W0394141

KNAUR

Von Daniel Holbe sind bereits folgende Titel erschienen:
Giftspur
Schwarzer Mann
Sühnekreuz

Über den Autor:
Daniel Holbe, Jahrgang 1976, lebt mit seiner Familie im oberhessischen Vogelsbergkreis. Insbesondere Krimis rund um Frankfurt und Hessen faszinieren den lesebegeisterten Daniel Holbe schon seit geraumer Zeit. So wurde er Andreas-Franz-Fan – und schließlich selbst Autor. Als er einen Krimi bei Droemer Knaur anbot, war Daniel Holbe überrascht von der Reaktion des Verlags: Ob er sich auch vorstellen könne, ein Projekt von Andreas Franz zu übernehmen? Daraus entstand die »Todesmelodie«, die zu einem Bestseller wurde. Nach »Giftspur«, »Schwarzer Mann« und »Sühnekreuz« ist »Totengericht« Daniel Holbes vierter eigenständiger Kriminalroman.

DANIEL HOLBE

BEN TOMASSON

Totengericht

Kriminalroman

KNAUR

Besuchen Sie uns im Internet:
www.knaur.de

Aus Verantwortung für die Umwelt hat sich die Verlagsgruppe Droemer Knaur zu einer nachhaltigen Buchproduktion verpflichtet. Der bewusste Umgang mit unseren Ressourcen, der Schutz unseres Klimas und der Natur gehören zu unseren obersten Unternehmenszielen. Gemeinsam mit unseren Partnern und Lieferanten setzen wir uns für eine klimaneutrale Buchproduktion ein, die den Erwerb von Klimazertifikaten zur Kompensation des CO2-Ausstoßes einschließt. Weitere Informationen finden Sie unter: www.klimaneutralerverlag.de

FSC®
www.fsc.org
MIX
Papier aus verantwortungsvollen Quellen
FSC® C083411

Redaktion: Regine Weisbrod
Covergestaltung: ZERO Werbeagentur, München
Coverabbildung: plainpicture/NaturePL/Kim Taylor
Satz: Adobe InDesign im Verlag
Druck und Bindung: CPI books GmbH, Leck
ISBN 978-3-426-52204-2

5 4 3 2 1

PROLOG

Zwanzig Jahre zuvor

Vor ihm erstreckte sich der alte Steinbruch. Tiefe Wunden, von Menschenhand in die Felsformationen geschlagen. Am oberen Rand säumten riesige Douglasien den Abgrund. Von seinem Standort aus konnte er über die Wipfel bis nach Bruchfeld im Nordwesten sehen. Die Menschen in dem winzigen Dorf lebten vom Basaltabbau.

Einige Steine lagen zu seinen Füßen, zu einem Ring angeordnet, in dessen Mitte Kohlen glommen. Das Brandeisen steckte dazwischen, das Metall bereits rot glühend. Ein Windstoß entfachte die Glut neu, und eine Rauchwolke trieb an seinem Gesicht vorbei. Trieb weiter in Richtung des Höhenzugs hinter ihm, den man gemeinhin Fuchsrücken nannte.

Er blickte zurück auf den Grat, wo der Douglasienbestand unvermittelt in einen alten, dichten Eichenwald überging. Inmitten der knorrigen Stämme meinte er Gestalten zu erkennen, Männer und Frauen in bunten Gewändern, die zu ihm hinübersahen. Sie wuchsen, bis sie so hoch waren wie die Bäume, und schwebten auf ihn zu. Ihre Gesichter waren grauenhafte Fratzen, hässlich und verzerrt.

Er begann zu zittern. Das Bild vor seinen Augen verschwamm. Bunte Wirbel kreiselten durch sein Sichtfeld, trübten seinen Blick und entfachten einen schmerzhaften Tornado in seinem Kopf. Dann hörte er dumpfe Stimmen, bedrohlich und tröstend zugleich.

Langsam sank er auf die Knie. Er konnte sich nicht erinnern, wie er hierhergekommen war, aber er wusste, dass seit Langem alles auf diesen Moment zugesteuert hatte. Er kniff die Augen zusammen, öffnete sie wieder und blinzelte, doch die roten Schlieren in seinem Blickfeld wollten nicht weichen. Die Stimmen in seinem Kopf wurden zu wütendem Geschrei.

»Bitte«, stammelte er. »Geht weg!«

Er streckte ängstlich die Hände aus, fand die Kapuze.

»Setz sie auf!«, forderten die Stimmen.

Das Leder schmiegte sich weich an Gesicht und Hinterkopf. Die Dunkelheit beruhigte ihn. Das Atmen durch die winzigen Nasenlöcher fiel ihm allerdings schwer. Und die Kordel, mit der die Maske am Hinterkopf festgezurrt wurde, lag ihm wie eine Henkersschlinge um den Hals.

Die Stimmen wurden wieder laut. Er tastete suchend um sich. Schloss die Finger um den Griff des Eisens und roch den aufsteigenden Qualm, der den Sauerstoff aus seiner Nase zu verdrängen schien.

Es zischte, als das heiße Metall auf seine nackte Brust traf, doch er spürte keinen Schmerz. Nur der Geruch war unangenehm, verbranntes Fleisch und noch etwas anderes – warmes Gummi vielleicht.

Er öffnete die Hände. Das Eisen fiel zu Boden, rutschte über die Kante und polterte über die Basaltsteine in den Abgrund, eine schnelle Folge metallischer Schläge, die sich immer weiter entfernten, bis nach einem letzten Knall wieder Ruhe einkehrte.

Mit Mühe kam er auf die Füße. Die Hitze auf seiner Brust grub sich ins Innere, als würde sie ihn zerfressen. Von einer

Sekunde auf die andere überrollte ihn der Schmerz, jagte durch jede Faser seines Körpers und bündelte sich in seinem Schädel, der jeden Moment zu zerspringen drohte.

Ein Schrei entrang sich seiner Kehle, so gellend, dass er ihm selbst in den Ohren schmerzte. Er taumelte vorwärts, die Arme Hilfe suchend ausgebreitet. Plötzlich trat er ins Leere.

Kopfüber stürzte er in den Abgrund. Arme und Beine krachten abwechselnd gegen die harte Felswand. Seine Knochen brachen wie morsche Zweige. Es kam ihm vor wie eine Ewigkeit, dabei waren es nur wenige Sekunden, bis sein Körper rücklings am Fuß des Steilhangs aufschlug.

Ein Knacken wie von einer Nuss, deren Schale aufbricht. Danach war es still bis auf das ferne Motorengeräusch einer Maschine, die am südlichen Ende des Abbaugebiets im Einsatz war. Von oben aus dem Wald antwortete ein Dompfaff. Totengesang.

1

Heute

Ralph Angersbach sah dem Mann nach, der in seinem 5er-BMW davonfuhr. Dann zog er die Tür hinter sich zu. Der Schließbolzen rastete mit dem vertrauten Geräusch ein. Wie ein Stich ins Herz.

Er hätte nicht geglaubt, dass ihm der Abschied so schwerfallen würde. Als ihm das Nachlassgericht vor ein paar Jahren mitgeteilt hatte, dass seine Mutter ihm ein Haus im Karbener Stadtteil Okarben vererbt habe, hätte er am liebsten abgelehnt. Doch es war ja nicht das Haus allein, um das es ging. Ralph hatte seine leibliche Mutter kaum gekannt. Er war im Kinderheim und in Pflegefamilien groß geworden, hatte den Hauptteil seiner Jugend in einem kleinen Dorf im Vogelsberg verbracht. Und er hatte bis dato nicht gewusst, wie viele Halbgeschwister er tatsächlich besaß. Bis zur Testamentseröffnung. Das Haus in einer Seitenstraße Okarbens sei bewohnt, hieß es. Bewohnt von seiner damals sechzehnjährigen Halbschwester Janine, die er quasi miterbte und um die er sich künftig kümmern sollte.

Es war ihm nicht viel übrig geblieben, als ebenfalls in das Haus zu ziehen. Eine neue Stelle bei der Bad Vilbeler Mordkommission, ein neues Zuhause, eine neue, kleine Familie. Am Anfang war es schwierig gewesen. Janine war eine Rebellin durch und durch, doch mit der Zeit hatten sie sich aneinander gewöhnt.

Im letzten Sommer war Janine ausgezogen und nach Berlin gegangen, wo sie ihr Freiwilliges Soziales Jahr im Jugendstrafvollzug ableistete. *Ausgerechnet,* hatte er gedacht, aber Janine hatte ihn überrascht. Sie kam gut zurecht, und im Herbst würde sie anfangen, ihr Abitur nachzuholen, um anschließend Sozialpädagogik zu studieren, ebenfalls in Berlin. Sie wohnte mit drei jungen Männern in einer WG in Kreuzberg. Mit einem der drei war sie seit einem knappen Jahr zusammen. Morten, ein Jurastudent aus Australien. Auch wenn Ralph so etwas wie Eifersucht verspürte, musste er zugeben, dass der Junge offenbar einen guten Einfluss hatte. Zumindest brauchte Ralph sich keine Sorgen mehr zu machen, dass Janine ins Drogenmilieu abrutschte.

Nachdem sie weg war und es auch die Stelle in Bad Vilbel nicht mehr gab, hatte Ralph sich zunehmend unwohl gefühlt. Allein in einem viel zu großen Haus, bei dem es einen gewissen Instandhaltungsstau gab. Er hatte überlegt, es zu verkaufen, doch keine Interessenten gefunden. Stattdessen hatte er an ein Ehepaar vermietet, das bereits nach einem halben Jahr wieder gekündigt hatte. Der Zustand des Hauses hatte sich seitdem nicht gebessert, doch der Makler, den er dieses Mal mit dem Verkauf beauftragt hatte, war tatsächlich erfolgreich gewesen.

Nun war das Haus verkauft, die Schlüssel waren übergeben, und Ralph stand vor der verschlossenen Tür und fühlte sich seltsam elend. So verschwommen die Erinnerungen auch waren: Es war und blieb sein Elternhaus. Oder, richtiger, das Haus seiner Mutter. Aber immerhin. Das *Familienanwesen.* Dieses Haus war das Einzige in seinem Leben, das einer Heimat zumindest nahekam.

Ralph rammte die Fäuste in die Taschen seiner Wetterjacke. *Dann such dir eben endlich eine eigene Heimat.*

Er träumte ja schon lange davon. Von einem alten Haus im Vogelsberg, ähnlich jenem, in dem sein Vater lebte. Ruhig gelegen, mit viel Holz und einem großen Garten. Ohne Schnickschnack.

Ralph zog die Wagenschlüssel aus der Tasche, schloss den alten dunkelgrünen Lada Niva auf und nickte. Gleich morgen würde er den Makler anrufen. Und am Wochenende vielleicht mit dem Auto durch den Vogelsberg kurven und sich ein bisschen umsehen.

Gedankenverloren steuerte er den Wagen über die B3 in Richtung Gießen, ließ den Blick über die Wiesen und Felder schweifen. Ins nahe Friedberg hätte er sich nach dem Aus der Mordkommission Bad Vilbel gerne versetzen lassen, am liebsten zusammen mit Sabine Kaufmann, obwohl er zunächst geglaubt hatte, er werde nie im Leben mit ihr warm werden. Aber es gab keine passenden Stellen. Ralph war zurück nach Gießen abkommandiert worden, und Sabine hatte vor einem Jahr zum LKA nach Wiesbaden gewechselt. Voneinander gehört hatten sie seitdem kaum. Sie hatte wohl zu viel zu tun. Und er tat sich schwer damit, Kontakt zu halten.

Kurz hinter Butzbach machte sich sein Mobiltelefon bemerkbar. Er nahm den Ruf über die Bluetoothverbindung mit seinem Autoradio an – mit Abstand das Modernste, was sein Neunzigerjahre-Wagen aufwies.

»Ja? Angersbach hier.«

»Nolting, KDD.« Kriminalkommissar Nolting, übersetzte Ralph, vom Kriminaldauerdienst. »Die Kollegen aus Lauterbach haben die Mordkommission angefordert. Leichenfund im Wald bei Fuchshain. Wissen Sie, wo das ist?«

»Sicher«, sagte Ralph und überlegte, wie er am schnellsten dorthin kam. Sollte er die A5 hinaufjagen, wobei der Begriff

»jagen« in Verbindung mit seinem schwerfälligen Diesel etwas fehl am Platz war. Oder besser über die Bundesstraße nach Lich und von dort über Laubach? »Wo muss ich genau hin?«, hakte er nach.

»Fuchsrod. Das ist so ein Fünf-Seelen-Dorf oben auf dem Fuchsrücken. Ein Kollege von der Streife erwartet Sie dort. Er zeigt Ihnen den Weg.«

»Gut. Sagen Sie ihm, ich bin in einer halben Stunde da.«

Ralph drückte das Gespräch weg und wendete. Während er seinen Lada über zunehmend kleiner und kurviger werdende Straßen trieb, überlegte er, ob das ein Zeichen war. Hatte er nicht gerade darüber nachgedacht, in den Vogelsberg zu fahren?

* * *

Eine gute halbe Stunde später rollte er von Laubach und Ulrichstein kommend auf den Fuchsrücken zu. Mit einem Blick auf die Karten-App seines Smartphones stellte er fest, dass er Fuchsrod von dieser Seite nicht erreichen konnte. Von hier aus kam man nur nach Rückenrod im Südosten und nach Bruchfeld und zum Basaltsteinbruch im Nordwesten. Um auf den Hügelkamm nach Fuchsrod zu gelangen, musste er zunächst am Höhenzug entlang in Richtung Bruchfeld fahren und dann auf der anderen Seite des Fuchsrückens bis zur Straße nach Lauterbach. Von dort ging es über den Fuchsbach hinauf in den Wald.

Man hat es hier wohl mit Füchsen, dachte er amüsiert, doch er wusste, wie die Namensgebung im Hohen Vogelsberg funktionierte. Die Silbe -rod bezog sich auf eine Rodung. Das traf hier oben auf einen Großteil der Gemeinden zu. Dörfer an Bachläufen bekamen den Namen der Gewässer verordnet. Letzten Endes war das in der Wetterau nicht anders gewesen. Und eigentlich fast überall im Land.

Ralph verfolgte auf dem Display des Telefons, wie sich der blaue Punkt, der seinen Standort anzeigte, an dem lang gezogenen Hügel vorbeibewegte. Das Original präsentierte steile Hänge und einen dichten Baumbestand. Ralph meinte, Douglasien, vielleicht auch Hemlocktannen zu erkennen. Kurz vor Bruchfeld wies das Schild einer Aktiengesellschaft auf die Einfahrt zum Steinbruch hin. Ein Stück dahinter gelangte er auf die Straße nach Lauterbach. Das Grün auf dem Höhenzug wechselte abrupt, statt der dichten Nadelbäume auf der Südseite zeigte der Norden einen knorrigen Eichenwald.

Ralph erreichte den Fuchsbach und überquerte zwei alte Steinbrücken, die wenig vertrauenerweckend aussahen, offenbar aber die einzige Zufahrt nach Fuchsrod darstellten. Auf der anderen Seite entdeckte er oben im Wald zwischen den Bäumen ein paar rote Dächer. Er hielt darauf zu und schaltete einen Gang zurück, damit der Niva die Steigung bewältigte. Eher zufällig fiel sein Blick nach rechts, und er trat hart auf die Bremse.

Da war es. Das Haus, das er sein Leben lang gesucht hatte. Umgeben von einem Jägerzaun und einer Streuobstwiese, teils aus Holz, teils aus weißen Steinen mit Fachwerk gebaut, mit bunten Fensterläden und kleinen Fenstern mit in der Sonne funkelnden Scheiben, die ihm zuzublinzeln schienen. Ralph wäre am liebsten ausgestiegen, um sich das Gebäude von allen Seiten anzusehen, besann sich jedoch darauf, weshalb er hier war. Im Wald hinter Fuchsrod wartete eine Leiche auf ihn.

Er gab wieder Gas und rollte auf den Ort zu, schwor sich aber, zurückzukommen, wenn er dort fertig war.

Hinter dem Ortsschild standen ein paar vereinzelte Häuser wie hingewürfelt, zehn oder zwölf, schätzte Ralph. Kaum genug, um die Bezeichnung »Dorf« zu rechtfertigen, eher konnte man Fuchsrod als außen liegende Siedlung betrachten. Ein Weiler. Das bedeutete: wenig Nachbarn. Viel Ruhe. Genau das, was Ralph sich wünschte.

Am Ende der einzigen Straße durch den Ort stand der Streifenwagen. Ein uniformierter Beamte lehnte an der Kühlerhaube und beschäftigte sich mit seinem Smartphone. Als er den dumpfen Motor des Lada vernahm, blickte er auf und steckte es weg. Ralph hielt neben ihm an und kurbelte die Seitenscheibe hinunter. »Angersbach, K11, Gießen.«

Sein Gegenüber, Mitte zwanzig, sportlich gestählt, mit blonden Haaren und blauen Augen, legte kurz die Hand an den Mützenschirm. »Röttger, Polizeistation Lauterbach.« Er deutete zum Wald, der gleich hinter dem Weiler begann. »Die Leiche liegt ein Stück von hier in Richtung Westen. Rechtsmedizin und Spurensicherung hat der Kollege vom KDD informiert, aber Sie sind der Erste. Wollen Sie bei mir mitfahren oder mit Ihrem eigenen Wagen?«

»Ich fahre selbst.«

»Gut.« Der Beamte machte ohne weiteren Kommentar kehrt und setzte sich in sein Einsatzfahrzeug. Ralph folgte ihm einen Weg zwischen den Eichenbäumen entlang, der immer schmaler wurde. Die Kronen der dunkelgrün belaubten Bäume wölbten sich über ihm, neigten sich ihm zu, als wollten sie sich auf ihn stürzen. Schön, dachte Angersbach, und zugleich irgendwie beklemmend.

Knapp zwei Kilometer weiter stoppte der Streifenwagen, und der Beamte stieg aus.

»Weiter kommen wir mit dem Wagen nicht. Den Rest müssen wir laufen.« Er zeigte zwischen den Stämmen hindurch. Ralph erahnte eine kleine Lichtung hinter den Bäumen. Ein rot-weißes Plastikband flatterte im Wind.

Angersbach stieg aus. »Wie ist die Lage?«

Der Lauterbacher Kollege bemühte sich um eine abgeklärte Miene, doch Ralph sah für eine Sekunde etwas in seinen Augen aufblitzen. Widerwillen? Ekel? Entsetzen? Ralph hätte es nicht zu sagen vermocht.

Röttger räusperte sich. »Männliche Leiche. Alter vermutlich zwischen vierzig und sechzig. Ablage rücklings auf einem flachen Stein. Das Opfer ist nackt. Multiple Verletzungen und Verstümmelungen, außerdem Spuren von Tierfraß. Wir haben weder Papiere noch persönliche Gegenstände oder Teile seiner Kleidung gefunden.«

Angersbach nickte. »Zeigen Sie es mir.«

Röttger atmete schwer und ging zwischen den Bäumen hindurch auf die Absperrung zu. Dort warteten ein weiterer Polizist und ein älterer Herr mit Dackel, braun gebrannt und faltig, gewandet in einen dunkelgrünen Lodenmantel mit einem passenden Filzhut auf dem Kopf, verziert mit Hutband und Feder. Fehlte nur noch die Plakette mit der Aufschrift »Jäger«, dachte Ralph.

»Riese«, stellte sich der Polizist vor, ebenso jung und sportlich wie sein Kollege, im Gegensatz zu diesem aber dunkelhaarig und mit einem gepflegten Dreitagebart. Sein Gesicht war blass, ein wenig grünlich. Er deutete auf den Jäger. »Das ist Herr Anton Zöllner aus Rückenrod. Er hat den Toten gefunden.«

»Eigentlich war es Lotte«, sagte dieser und blickte auf seinen Hund. »Sie hat im Unterholz gewühlt und dann angeschlagen.«

»Kennen Sie den Toten? Haben Sie ihn angefasst?«

»Nein. Weder noch. Glaube ich jedenfalls. Viel erkennen kann man ja nicht.«

»Gut. Ich sehe mir das an. Warten Sie bitte hier.« Angersbach tauchte unter dem Absperrband hindurch und folgte dem schmalen Pfad aus heruntergetretenen Zweigen zu der kleinen Lichtung. In deren Mitte befand sich ein großer, flacher, weißer Stein, darauf ein regloser nackter Körper. Ein paar Krähen hockten darauf, die aufflogen, als Angersbach näher kam. Ralph schnappte unwillkürlich nach Luft. Sein Magen zog sich schmerzhaft zusammen, und der Inhalt drängte mit einem sauren Brennen nach oben. Angersbach würgte und musste mehrmals schlucken, um die Übelkeit unter Kontrolle zu bekommen.

Er hatte im Laufe der Jahre schon einige schlimm zugerichtete Leichen gesehen, doch ein derartiges Massaker war nicht darunter gewesen. Die in nüchterner, bürokratischer Sprache gefasste Beschreibung des Lauterbacher Kollegen traf es nur unzureichend.

Die Arme und Beine des Mannes hingen schlaff und in seltsamer Stellung herunter wie bei einer kaputten Gliederpuppe. Der Unterleib war aufgeschlitzt, die Gedärme quollen heraus. Das Gesicht war vollkommen zerfressen, Mund, Nase, Augen und Ohren nur noch als zerfetzte Stummel zu erkennen. Überall um den Kopf herum schwirrten dicke Fliegen. Und auf der nackten Brust prangte das Wort »Verrat«, eingebrannt wie mit einem Eisen, das man zum Kennzeichnen von Vieh benutzte. Der Leichnam sonderte einen widerwärtigen Gestank ab, nach verbranntem und verfaultem Fleisch und Exkrementen.

Ralph musste unwillkürlich an die Hausschlachtungen denken, die er als Kind miterlebt hatte. Ein Trauma, das ihm noch heute nachhing. Nicht zuletzt deshalb war er Vegetarier geworden. Doch das hier war viel schlimmer.

Angersbach wandte sich ab und keuchte. Der Mann war so offensichtlich tot, dass es nicht nötig war, nach vitalen Zeichen zu suchen. Und alles Weitere konnten die Kollegen von der Spurensicherung und der Rechtsmedizin übernehmen. Es würde für keinen von ihnen ein leichter Gang werden. Selbst der altgediente und abgebrühte Gießener Rechtsmediziner Professor Hack, von Ralph und seinen Kollegen heimlich Hackebeil genannt, würde an diesem Tatort nicht unberührt bleiben.

Angersbach legte den Kopf in den Nacken und fuhr sich mit den flachen Händen übers Gesicht, als könnte er den Schock damit abwischen. Dabei wusste er schon jetzt, dass er diesen Anblick für den Rest seines Lebens nicht vergessen würde. Zugleich war ihm, als wolle noch eine andere Erinnerung in sein Gedächtnis drängen, doch er bekam sie nicht zu fassen. Da sie vermutlich ebenfalls unappetitlich war, schob er sie beiseite.

Langsam setzte er sich wieder in Bewegung und folgte dem Trampelpfad zurück zu dem Waldweg, wo seine Kollegen Röttger und Riese und der Jäger Zöllner mit Dackel Lotte warteten. Alle drei bemühten sich um Haltung und konnten ihre Erschütterung doch kaum verbergen.

Ralph zog sein zerfleddertes Notizbuch aus der Jackentasche und wandte sich an Zöllner. »Darf ich Ihnen ein paar Fragen stellen?«

»Natürlich.« Der Jäger hob eine Schulter. »Deshalb haben Lotte und ich ja auf Sie gewartet.«

»Gut. Sie machen die Runde hier entlang öfter?«

Zöllner nickte. »Täglich. Bei jedem Wetter. Wir, also Lotte und ich, fahren mit dem Auto hoch und stellen es in Fuchsrod ab.« Er wies nach Norden. »Dann gehen wir hier durch den Wald bis zum Steinbruch und wieder zurück.«

»Sie jagen?«

Zöllner blinzelte verwirrt. »Wie kommen Sie darauf?« Er sah an sich herunter und lächelte flüchtig. »Ach so. Nein. Ich sammele nur Blätter. Für ein Herbarium. Ich war früher Biologielehrer.«

»Aha.« Angersbach notierte sich das. »Ist Ihnen irgendetwas Ungewöhnliches aufgefallen? Heute oder in den letzten Tagen? Abgesehen von dem Toten, meine ich.«

Zöllner dachte nach. Er warf seinem Dackel einen fragenden Blick zu, bekam aber keine Reaktion.

»Nein«, sagte er schließlich. »Da war nichts. Aber die Leiche lag sicher noch nicht lange dort. Sonst hätte Lotte gestern schon angeschlagen.«

»Gut.« Ralph angelte eine Visitenkarte aus der Tasche. »Das war es fürs Erste. Wenn Ihnen noch etwas einfällt ...«

Zöllner nahm die Karte entgegen und verstaute sie sorgfältig in seiner Brieftasche. »Dann rufe ich Sie an.« Der Pensionär griff die Hundeleine fester, wirkte aber unschlüssig.

»Sie dürfen jetzt gehen«, erklärte Angersbach.

»Wenn Sie herausfinden, wer das war ... warum man ihm das angetan hat ... informieren Sie mich dann?«

»Das dürfen wir nicht. Aber ich bin sicher, Sie werden einen entsprechenden Bericht in der Zeitung finden.«

Die Miene des Lehrers, die sich verdüstert hatte, hellte sich wieder auf. Ralph, der das Aufblitzen einer Idee abzulesen glaubte, hob den Finger. »Ich kann Ihnen das nicht verbieten. Aber es wäre für unsere Arbeit hilfreich, wenn Sie sich nicht an die Presse wenden.«

»Das hätte ich ohnehin nicht getan«, protestierte Zöllner eingeschnappt. Er zerrte an der Hundeleine und marschierte mit energischen Schritten davon, sodass der Dackel mit seinen kurzen Beinen Mühe hatte zu folgen.

Ralph wandte sich an die Lauterbacher Kollegen. »Liegt Ihnen eine Vermisstenmeldung vor? Irgendjemand abgängig aus Fuchsrod oder den umliegenden Dörfern?«

Die beiden tauschten einen unbehaglichen Blick.

»Wer?«, fragte Angersbach.

»Unser Bürgermeister«, sagte Riese. »Also, der Bürgermeister der Gemeinde Fuchsrücken. Dazu gehören Bruchfeld, Rückenrod, Fuchsrod und Fuchshain. Da wohne ich. Fuchsrod ist der kleinste Ort, zwanzig oder dreißig Einwohner vielleicht. Insgesamt zählt Fuchsrücken neunhundertsiebenundachtzig Gemeindemitglieder. Wir sind die kleinste Gemeinde Hessens«, fügte er mit unüberhörbarem Stolz hinzu.

»Schön.« Ralph kritzelte die Ortsnamen in sein Notizbuch. »Und was ist nun mit Ihrem Bürgermeister?«

»Er ist gestern Abend nicht zur Gemeinderatssitzung gekommen, obwohl er wichtige Planungen besprechen wollte. Die Sanierung der Brücken über den Fuchsbach und den Zufluss, und noch irgendein anderes Projekt. Und heute Morgen ist er auch nicht bei der Arbeit erschienen. Das ist absolut ungewöhnlich, meint seine Sekretärin. Martin Lubitz ist ein Musterbeispiel an Pünktlichkeit und Zuverlässigkeit. Sagt sie.«

»Kennen Sie Lubitz? Könnte er der Tote da im Wald sein?«

Riese hob die kräftigen Schultern. »Kann ich nicht sagen. Ehrlich nicht. Der Leichnam hat ja«, er rülpste, als wäre er kurz davor, sich zu übergeben, »überhaupt kein Gesicht mehr.«

Angersbach, der sich ebenfalls nur widerwillig an den Anblick erinnerte, nickte. Erneut war da dieser Gedanke, den er nicht zu fassen bekam, und wieder schob er ihn beiseite.

»Wie alt ist dieser Lubitz?«

»Sechsundvierzig«, wusste Röttger.

»Sie leben auch in Fuchshain?«

»Nein. In Bruchfeld, in der Nähe vom Basaltwerk. Wir haben da ein Haus, meine Frau und ich.«

Angersbach knurrte. Warum hatte jeder hier seinen Wohnsitz an diesem herrlichen Fleckchen Erde, während er selbst in einer Mietwohnung in Gießen festsaß? Vielleicht hätte er das Haus in Okarben doch nicht verkaufen, sondern selbst wieder einziehen sollen? Nein. Beim Gedanken an seine Mutter überwogen die negativen Erinnerungen. Außerdem war der verfallene alte Kasten alles andere als schön gewesen. Nein, er wollte etwas anderes. So wie das Haus in Fuchsrod, das er auf dem Weg hierher gesehen hatte.

»Hat Lubitz eine Ehefrau oder Lebensgefährtin? Kinder?«

»Nein.« Riese schüttelte den Kopf. »Ist mit seinem Beruf verheiratet, der Mann. Wirklich engagiert.«

»Man munkelt allerdings, dass ihm seine Sekretärin nachts das Bett wärmt«, fügte Röttger hinzu. »Aber ob das stimmt?«

Ralph schrieb sich auch das auf. Viel mehr konnte er hier vor Ort nicht tun. Er sah auf die Uhr. Als hätten sie nur auf das Signal gewartet, wurden am Waldrand Motorengeräusche laut. Gleich darauf erschienen mehrere Mercedes-Busse auf dem schmalen Waldweg, die Kollegen von der Spurensicherung. Angersbach sprach kurz mit ihnen und ging dann zu seinem Wagen. Im Augenblick wurde er nicht gebraucht. Eine gute Gelegenheit, noch einen Blick auf sein Traumhaus zu werfen. Die würde er nicht ungenutzt verstreichen lassen.

* * *

Der Mann stand zwischen den Bäumen und schaute zu dem Bereich, den die Polizei mit rot-weißem Flatterband abgesperrt hatte. Bisher hatten sie ihn nicht bemerkt. Einzig eine Schleiereule mit ihrem typisch herzförmigen Gesicht hatte ihm mit einem wütenden Kreischen zu verstehen gegeben, dass er ihr Revier verletzt hatte. Vielleicht war er ihrem Nest zu nahe gekommen? Doch keiner hatte sich nach dem Tier umgedreht, als es aus den Bäumen gestoben war. Niemand würde ihn bemerken, und das sollte auch so bleiben.

Er hätte nicht gedacht, dass sie den Verräter so schnell finden würden. Aber letzten Endes war es nicht wichtig. Schließlich war es nicht der Plan gewesen, ihn zu verstecken. Es hätte nur noch ein wenig gruseliger ausgesehen, wenn ein paar mehr Tage verstrichen wären, in denen die Tiere des Waldes Gelegenheit gehabt hätten, sich an dem Kadaver gütlich zu tun. Doch vermutlich war der Effekt auch so eindrucksvoll genug. Und nur darum war es gegangen. Es war eine Botschaft. Und der, an den sie gerichtet war, würde sie hoffentlich verstehen.

2

Ralph Angersbach schüttelte blinzelnd den Kopf. Halluzinierte er jetzt schon? Oder stand da im Garten vor seinem Traumhaus tatsächlich ein Schild mit den Worten »Zu verkaufen«?

Er fuhr sich mit beiden Händen durch die Haare und ging auf die Haustür zu. Sein Herz galoppierte in einem unverschämten Tempo. In seinen Ohren rauschte das Blut. Ralph atmete einmal tief durch, ehe er den Finger auf den Klingelknopf legte.

Im Inneren erklang eine leise Glocke. Angersbach wartete auf Schritte, doch nichts geschah. Ratlos schaute er sich um. Was jetzt? Zumindest konnte er sich das Haus ja von außen ansehen.

Er durchquerte den Vorgarten, lief an der Schmalseite vorbei nach hinten und seufzte.

Es war noch viel schöner, als er angenommen hatte. Ein naturbelassener Garten mit hohem Gras, dazwischen wild blühende Blumen. Üppige Büsche und Bäume, in denen ein paar Vögel sangen. Eine aus Holz gezimmerte Terrasse mit Gartenmöbeln, die so bequem aussahen, dass Ralph sich am liebsten sofort hineingesetzt hätte. Und nach Nordwesten ein traumhafter Blick über den Flickenteppich aus Feldern, Wiesen und Waldstücken hinter dem Fuchsrücken.

Wenn das Innere des Hauses auch nur halb so schön war …

Ralph trat auf die Terrasse und spähte durch die großen Fenster hinein. Er sah eine Wand mit frei liegendem Fachwerk und dunkle Deckenbalken, einen Kamin und rustikale Möbel. Der Lesesessel lud ein, die Füße hochzulegen und einfach nur aus dem Fenster zu schauen.

»Was machen Sie hier?«, fragte eine Stimme direkt neben seinem Ohr.

Ralph zuckte schuldbewusst zusammen. Er richtete sich auf und wandte sich dem Sprecher zu.

Ein Mann Ende fünfzig, Anfang sechzig, schlank, bartlos und mit kurz geschorenen grauen Haaren.

»Entschuldigen Sie.« Ralph hob die Hände. »Ich habe das Schild gesehen. Ich war neugierig.«

Sein Gegenüber deutete ein Lächeln an. »Gefällt Ihnen, hm?«

Ralph konnte sich gerade noch zurückhalten, seiner Begeisterung freien Lauf zu lassen. In den letzten Monaten hatte er genug mit Immobilienmaklern zu tun gehabt. Er wusste, dass die Preise stiegen, wenn man erkennen ließ, dass man ein Objekt unbedingt haben wollte.

»Könnte was sein«, brummte er deshalb nur.

Der Hausbesitzer machte eine einladende Geste. »Wenn Sie wollen, zeige ich es Ihnen von innen.«

»Gerne.«

Angersbach folgte dem Mann, der um das Gebäude herumging und die Haustür aufschloss. Für einen Einheimischen, dachte der Kommissar, war er unerwartet freundlich. Man hatte da ja so seine Vorstellungen im Kopf. Wenn er an seinen Freund Neifiger dachte … ein herzensguter Mensch, aber diese Güte lag verborgen unter einer dicken Schicht Raubein und einem beinahe schon abschreckenden Dialekt. Dieser Hausbesitzer dagegen wirkte gänzlich anders. In diesem Augenblick hielt er ein breites Lächeln bereit und wies einladend in den geräumigen Flur.

Auch hier viel Holz, eine breite Garderobe und ein Schuhregal, in dem Wanderstiefel neben Businessschuhen und Pantoffeln standen. Die Tür zum nächsten Raum hatte einen bunten Glaseinsatz. Sie führte in das Wohnzimmer, in das Ralph von der Terrasse aus gespäht hatte. Was er nicht gesehen hatte, war die offene Küche. Die Möbel darin hätten noch aus der Zeit seiner Großmutter stammen können, waren aber offensichtlich erst in jüngerer Zeit aufpoliert worden. Über dem modernen Herd hingen Kochbesteck und mehrere glänzende Kupferpfannen, auf einem Regal daneben drängten sich unzählige Gewürzgläser.

»Ich koche gern«, kommentierte sein Gastgeber das Offensichtliche.

»Hm.« Ralph war durchaus in der Lage, ein paar einfache Gerichte zuzubereiten, doch mit Kochen, wie der Mann es vermutlich meinte, hatte das wenig zu tun.

Der lachte leise. »Kommen Sie. Ich zeige Ihnen das obere Stockwerk und die Badezimmer.«

Ralph lief hinter ihm die Treppe nach oben und fand auch dort alles so, wie er es sich schöner nicht hätte vorstellen können. Das Haus war gemütlich und alt, aber so gut gepflegt wie der Oldtimer eines Autoliebhabers.

»Sind Sie Architekt?«, erkundigte er sich.

»Fast«, erwiderte der Hausbesitzer. »Ingenieur.« Er verzog das Gesicht, schüttelte den Kopf. »Verzeihen Sie. Wo sind nur meine Manieren? Ich habe mich gar nicht vorgestellt.« Er streckte Ralph die Hand hin. »Reinhold Körber. Ich habe für ein regionales Energieunternehmen gearbeitet.«

»Ralph Angersbach.«

Körber hob die Augenbrauen. »Einen Beruf haben Sie nicht?«

»Doch. Beamter«, erwiderte Ralph, der seine Neugier nicht befeuern wollte.

»Ah ja.« Körbers Mundwinkel zuckten. »Darf ich raten? In den letzten beiden Stunden habe ich dreimal einen Streifenwagen gesehen, dazu eine ganze Reihe von Fahrzeugen, die durch Fuchsrod in den Wald gefahren sind. Sie haben dort etwas gefunden, nehme ich an. Diebesgut? Oder eine Leiche?« Er hob die Hände. »Ich will es gar nicht wissen. Aber ich nehme an, Sie sind von der Polizei.«

Ralph kapitulierte. »Ja. Kriminaloberkommissar. Regionalkriminalinspektion Gießen.«

Körber nickte zufrieden. »Dann haben Sie ein geregeltes Einkommen«, sagte er, und Ralph ging auf, dass das für einen Hausverkäufer natürlich wichtig war.

»Ich habe gerade mein Elternhaus in Okarben verkauft«, teilte er deshalb mit. »Und jetzt suche ich etwas Neues.«

»Hier oben?«, fragte Körber, beinahe verwundert. »Na ja, zugegeben, für den Preis finden Sie in der Wetterau nichts. Und bis Gießen lässt es sich ja gut fahren.«

Angersbach hatte es bislang nicht geschafft, das Gespräch auf den Verkaufspreis zu lenken, obwohl dieser ihn natürlich brennend interessierte. Gerade als er sich ein Herz fasste, machte der Hausbesitzer eine ausladende Handbewegung, die das gesamte Gebäude einschloss. »Und? Wäre es denn etwas für Sie?«

Ralph nickte vage. Er hatte den Gedanken noch längst nicht zu Ende gedacht. Irgendetwas in ihm wollte dieses Haus unbedingt haben. Am besten sofort. Aber das ging jetzt doch zu schnell. Es schien ihm daher angebracht, damit ein wenig hinter dem Berg zu halten, ehe Körber auf die Idee kam, den Kaufpreis entsprechend hochzujubeln.

»Ich bin nicht vom Fach«, sagte er daher, »und würde gern einen Baugutachter hinzuziehen. Nur zur Sicherheit. Es macht alles einen guten Eindruck, aber man kann ja nicht hineinsehen. Ich schon gar nicht. Das Haus in Okarben, na …« Er winkte ab. War jetzt der Zeitpunkt, um nach dem Preis zu fragen?

Doch wieder war Körber schneller. »Alles gut«, lächelte er. »Das spricht für Sie. Ich könnte Ihnen ein paar Adressen nennen, aber vielleicht wollen Sie sich da lieber selbst drum kümmern?«

Angersbach nickte. Irgendeinen Haken, dachte er, musste die Sache haben. Sonst würde Körber das Haus doch nicht hergeben. Er gab sich einen Ruck: »Gibt es einen speziellen Grund, weshalb Sie es verkaufen?«

Der Ingenieur lachte. »Ah. Sie sind von Berufs wegen misstrauisch.« Er lud Ralph mit einer knappen Geste ein, ihm wieder nach unten zu folgen. »Aber ich will das Haus nicht abstoßen, weil irgendetwas damit nicht in Ordnung ist.« Er ging mit Ralph durchs Wohnzimmer auf die Terrasse, und Ralph seufzte erneut, als er über die grüne Ebene schaute.

»Ich bin vor einem halben Jahr in den Ruhestand gegangen und habe mich entschieden, meinen Lebensabend in Portugal zu verbringen«, fuhr der Hausbesitzer fort. »Kennen Sie die Ost-Algarve? Verträumte kleine Dörfer, in denen das Leben noch ganz gemächlich vonstattengeht. Mit viel ursprünglichem Flair, nicht so touristisch überlaufen. Da will ich mir eine kleine Villa kaufen. Wenn die Knochen alt und morsch werden, ist es besser, in wärmeren Regionen zu leben. Ich denke nicht, dass ich zurückkommen werde. Höchstens, um ein Zimmer in einem gut ausgestatteten deutschen Altenheim zu beziehen. Dieses Haus brauche ich dann nicht mehr. Viel zu weit weg von Ärzten, Krankenhäusern und Pflegediensten.«

Ralph verspürte ein Grummeln im Magen. Er war noch nicht alt, aber auch nicht mehr jung. Und die Zeit verflog. Umso wichtiger war es, Pläne nicht auf die lange Bank zu schieben. Sonst war es irgendwann zu spät.

»Wie sind denn Ihre Preisvorstellungen?«, fragte er.

Körber spitzte die Lippen. »Ich dachte … nein.« Er winkte ab. »Lassen Sie Ihren Gutachter kommen. Er soll eine begründete Einschätzung abgeben. Und auf der Basis verhandeln wir dann.«

Ralph nickte. Das klang fair. Sie verabschiedeten sich mit Handschlag, und Ralph ging um das Haus herum zu seinem Wagen. Bevor er einstieg, schaute er noch einmal auf das Gebäude. Seine Hände waren feucht, sein Mund war komplett ausgetrocknet, und die Ader an seinem Hals pochte. Sollte sein größter Traum wirklich in Erfüllung gehen?

3

Sabine Kaufmann stand auf dem Balkon ihrer Wohnung und schaute über die Dächer des Wiesbadener Stadtteils Dotzheim zum Taunus. Buckelige Felsen, dicht bestanden von dunkelgrünen Bäumen. Seit fast einem Jahr lebte sie hier, auf knapp sechzig Quadratmetern. Zwei Zimmer, offene Küche, Bad und Balkon. Erstbezug nach Sanierung, hatte es in der Anzeige geheißen. Dafür zahlte sie fast tausend Euro warm, kein Vergleich zu der Wohnung, in der sie in Bad Vilbel mit ihrer Mutter gelebt hatte. Aber zum Ausgleich war ihr neuer Arbeitsplatz im Zentrum nur gut drei Kilometer entfernt. Lediglich zu der in ihrem Viertel angesiedelten Hessischen Hochschule für Polizei und Verwaltung wäre es noch näher gewesen.

Sabine mochte die Stadt, die so viel sauberer und geordneter wirkte als Frankfurt. Man spürte, dass man sich in der Landeshauptstadt aufhielt. Zugleich war Wiesbaden mit seinen fünfzehn Mineral- und Thermalquellen eines der ältesten Kurbäder Europas. Trotzdem fehlte ihr Bad Vilbel. Oder, vor allem, ihre Mutter. Natürlich war es anstrengend gewesen, sich um die psychisch kranke Frau zu kümmern. Die schizophrenen Phasen hatten ihr Angst gemacht. Oft hatte sie sich gefragt, wie das auf Dauer weitergehen sollte. Wenn ihre Mutter neben ihrer seelischen Verfassung auch noch älter und gebrechlicher würde. Doch diese Fragen hatten sich mit Hedwigs Tod erledigt. Was geblieben war, war Trauer. Und Einsamkeit.

Der Job im Hessischen Landeskriminalamt machte Sabine Spaß, es war eine neue Herausforderung. Weniger gut gefiel ihr, dass sie die meiste Zeit am Schreibtisch verbrachte. Sie vermisste die Arbeit auf der Straße. Und vielleicht auch Ralph Angersbach. Was er wohl gerade tat?

Seit Hedwigs Beerdigung hatte sie, abgesehen von einer SMS zu Weihnachten und einer zu ihrem Geburtstag, nichts mehr von ihm gehört. Sie hatte sich bedankt und ihm zu seinem Geburtstag ebenfalls eine Nachricht geschickt, doch mehr auch nicht. Hätte sie sich wieder bei ihm melden sollen? Aber er wusste doch auch, wie man ein Telefon bediente. Warum musste immer sie es sein, die hinter ihm herlief? Weil er ein grantelnder Sturkopf war? Dann musste er sich eben ändern.

Die Kollegen im LKA waren nett und viel unkomplizierter als Angersbach. So etwas wie eine Freundschaft hatte sich jedoch mit keinem von ihnen entwickelt. Die meisten der jüngeren hatten gerade eine Familie gegründet, manche auch ein Haus gebaut, die älteren hatten seit Langem Familie und Freunde. Sie waren beschäftigt, vergeben, gebunden. Sabine war die Einzige in ihrer Abteilung, die Kapazitäten frei gehabt hätte.

Hatte sie sich nach dem Tod ihrer Mutter zu sehr vergraben? Sich abgeschottet und in ihrem Schneckenhaus verkrochen? Hatte es gar Angebote von den Kollegen gegeben, die sie einfach nur nicht wahrgenommen hatte?

Sabine holte tief Luft. Zwei Wochen Urlaub lagen vor ihr. Sie hatte nichts geplant, nur, ihre Wohnung fertig einzurichten. Eine Reihe von Umzugskartons stand immer noch unausgepackt am hinteren Ende des Flurs. Dort, wo Mirco Weitzel und Levin Queckbörner, die Kollegen aus Bad Vilbel, sie abgestellt hatten. Auch bei den beiden hatte sie sich nicht mehr gemeldet. Dabei hätte sich vor allem Mirco riesig über eine Einladung nach Wiesbaden gefreut. Noch mehr, wenn das Ganze unter der Kategorie »Date« laufen würde. Aber wollte sie das überhaupt?

Vielleicht sollte ich einfach eine Party geben, dachte sie. Ralph und die beiden Kollegen einladen und die Tür zu ihrem sozialen Leben wieder öffnen. Doch Ralph, Mirco und Levin waren ein Stück Vergangenheit. Ihre Zukunft lag in Wiesbaden. Sie musste hier Kontakte knüpfen und neue Freunde finden.

Aber wie? Sollte sie sich in einem Onlineforum anmelden? Eine Kontaktanzeige aufgeben?

Bin neu in Wiesbaden. Suche Gleichgesinnte für gemeinsame Aktivitäten.

Oder einfach in einen Club gehen?

Warum eigentlich nicht? Alles war besser, als jeden Abend zu Hause vor dem Fernseher abzuhängen und Junkfood in sich hineinzuschaufeln.

Sabine nickte entschlossen. Sie ging zurück in die Wohnung, in ihr schick modernisiertes Bad. Sogar ein eingebautes Radio unter dem Lichtschalter gab es. Sie stellte es an, drehte die Musik laut und legte ein flauschiges Handtuch bereit. Sie würde jetzt eine heiße Dusche nehmen und sich hübsch machen. Und anschließend würde sie auf die Piste gehen.

* * *

Ralph Angersbach betrat zur selben Zeit das Gebäude des Gießener Instituts für Rechtsmedizin. Professor Hack, Koryphäe mit Glasauge, erwartete ihn bereits im Obduktionssaal. Ralph musste wie immer tief durchatmen, bevor er eintrat, und Hack, dem das auch mit einem Auge nicht entging, lachte meckernd.

»Man möchte wirklich meinen, Sie wären mit den Jahren abgehärtet«, kommentierte er und dirigierte Angersbach zu dem Stahltisch, auf dem der Leichnam aus dem Wald lag. Zumindest im Moment noch von einem weißen Tuch bedeckt. Ralph hätte nichts dagegen gehabt, wenn es an Ort und Stelle geblieben wäre. Hackebeil dagegen schien geradezu begierig auf die Sektion. Er lüftete das Laken mit einer Geste wie ein Zauberer, der ein Kaninchen aus dem Zylinder zieht.

»Et voilà. Da haben wir Ihren bemerkenswerten Fund aus dem Wald.«

Angersbach musste erneut schlucken. Der Leichnam war mittlerweile gewaschen worden, was darauf hindeutete, dass die äußerliche Spurensuche abgeschlossen war. Doch statt den Schrecken zu mindern, trugen der Geruch nach Desinfektionsmittel und die stahlglänzende Tischfläche als Kontrast dazu bei, dass der Anblick des furchtbar zugerichteten Toten noch schockierender wirkte.

»Mein Gott. Wer macht so etwas?«, entfuhr es Ralph.

Hackebeil legte den Kopf schief. »Das herauszufinden ist wohl Ihr Job. Und der da oben«, er richtete einen gekrümmten Finger zur Decke, »hat überhaupt nichts damit zu tun. Oder, wenn er die Antwort kennt, wird er sie Ihnen vermutlich nicht mitteilen.«

»Ha, ha.«

»Ja, ja, ich weiß. Humor liegt Ihnen nicht.« Hack beugte sich über den Leichnam. Ralph zog die Schultern hoch. Zumindest Hackebeils Humor lag ihm nicht. Aber Hack machte seinen Job außerordentlich gut. Dafür musste man seine Marotten eben in Kauf nehmen. Und im Grunde mochte er den alten Kauz. Wenn Ralph überhaupt Freunde hatte, waren es Neifiger und Hack. Ein Metzger im Vogelsberg, der seit einem Ausrutscher beim Kotelettschneiden nur noch neun Finger hatte. Und ein Rechtsmediziner mit Glasauge. Der schon in den entlegensten Krisengebieten Leichen obduziert hatte, um Kriegsverbrechen auf die Spur zu kommen, und für den das Öffnen eines Brustkorbs mehr wie das erwartungsvolle Tranchieren eines Geflügelbratens zu sein schien. Und das für einen Vegetarier. Ralph hätte fast gelacht, doch er fand, dass sich das neben einer Leiche nicht gehörte.

Auf dem Weg hierher hatte er mit Neifiger telefoniert. Der Metzger, bei dem er gelegentlich Lammfleisch für seinen Vater besorgte, kannte Gott und die Welt. Er hatte ihm den Kontakt zu einem Baugutachter vermittelt, der sich bereit erklärt hatte, sich gleich am nächsten Morgen das Haus in Fuchsrod anzusehen und eine Beurteilung abzugeben. Ralph fühlte sich fiebrig erregt, was ihm half, das Unbehagen im Obduktionssaal auszuhalten. Ein bisschen jedenfalls.

Als Hack die Gliedmaßen des Toten anhob und demonstrierte, dass sie sich in alle Richtungen bewegen ließen, auch in solche, die beim Menschen anatomisch eigentlich nicht möglich waren, schnürte es ihm den Hals zu.

»Da hat einer gründliche Arbeit geleistet«, kommentierte der Rechtsmediziner. »Ich schätze, da ist kaum noch ein Knochen in den Armen und Beinen heil. Und die Sehnen und Bänder dürften auch zum überwiegenden Teil gerissen sein.« Er zog die linke Schulter hoch, als wollte er dem Patienten sein Bedauern mitteilen. »Ich würde auf einen Vorschlaghammer oder dergleichen tippen.«

Ralph fuhr sich mit der Hand über den Mund. »Hat er da noch gelebt?«

»Kann ich so nicht sagen.« Hack bewegte den rechten Arm des Leichnams. »Wir sehen hier Einblutungen ins Gewebe. Nicht besonders ausgeprägt, das heißt, er hat zumindest nach dem Zufügen der Schläge nicht mehr lange geatmet. Hätte das Herz weitergepumpt, wären massive Blutergüsse entstanden.«

Ralph schluckte. »Aber die Schläge waren nicht die Todesursache?«

»Nein. An gebrochenen Knochen stirbt man nicht.« Hack blinzelte ihm zu. »Man wird höchstens ohnmächtig, weil man die Schmerzen nicht erträgt.«

»Und *das* da?« Ralph deutete auf das Wort »Verrat«, das schwarz in die Brust des Mannes eingebrannt war. Der Rechtsmediziner fuhr die Buchstaben mit den behandschuhten Fingern nach.

»Da hat sich jemand viel Mühe gegeben. So ein Brandeisen bekommt man nicht im Handel. Muss man vermutlich selbst schmieden. Oder vielleicht gibt es einzelne Buchstaben, die man zusammensetzen kann.«

Ralph nahm sich vor, das zu prüfen. »Das war aber auch nicht die Todesursache?«

»Theoretisch wäre es möglich. Es ist sicher mindestens ebenso schmerzhaft wie das Zertrümmern der Gliedmaßen, wenn einem jemand ein solches Brandzeichen aufdrückt. Und der Schock könnte einen Herzstillstand auslösen. Aber ob das hier so war?« Hacks Augen funkelten, das gläserne vom hellen Licht der Neonröhren, das gesunde aus Neugier. »Um das festzustellen, müssen wir ihn aufmachen.«

Angersbach verspannte sich. Er kannte die Programmpunkte, doch der Fluchtimpuls kam jedes Mal, wenn die Leichenöffnung anstand.

»Was ist mit dem Gesicht passiert?«, fragte er, um den Moment hinauszuzögern, in dem Hack zur Säge griff. »Tierfraß?«

Der Rechtsmediziner tippte mit dem behandschuhten Zeigefinger auf die Stellen, wo sich einmal Mund, Nase und Augen des Opfers befunden hatten und jetzt nur noch leere, blutige Höhlen klafften.

»Könnte man denken«, erklärte Hackebeil und schaute Angersbach an. »Aber ich vermute eher, dass jemand nur diesen Eindruck erwecken wollte, um die Identifikation zu erschweren oder die tatsächliche Liegezeit der Leiche zu verschleiern.«

Ralph schaute auf die grausliche Fratze. »Wie das?«

»Kneifzange«, tippte der Rechtsmediziner. »Einfach beherzt zugegriffen und ein bisschen gezupft. Das ist ja alles weiches Gewebe, da braucht man nicht einmal besonders viel Kraft.«

Angersbach musste würgen. Hack blickte ihn warnend an. »Wenn Sie etwas Schlechtes gegessen haben, gehen Sie da rüber zu den Waschbecken. Nicht dass Sie hier noch Fehlspuren auf unserem Untersuchungsobjekt verteilen.«

Ralph hob die Hände und befolgte den Rat. Die Übelkeit ließ nach, aber er hatte nichts dagegen, ein wenig Distanz zwischen den verstümmelten Leichnam und sich selbst zu bringen.

Hack zog seine Latexhandschuhe zurecht. »So. Dann wollen wir mal.« Er nahm die kleine Handkreissäge, führte sie am Hinterkopf des Toten entlang und zog anschließend die Kopfschwarte mit einem Ruck über die Gesichtspartie. Dann setzte er erneut an, um den Schädel zu öffnen.

Es war weiß Gott nicht Angersbachs erste Obduktion, doch heute fühlte er sich besonders dünnhäutig. Vor seine Augen trat eine Sau, irgendwo in einem Hinterhof seiner Jugendzeit. Wie sie da kopfüber hing, mit auseinanderklaffendem Bauch. Er schnitt eine Grimasse, zog eilig das Handy aus der Tasche und hielt es hoch.

»Ich gehe kurz vor die Tür und frage, wie weit die Kollegen von der Kriminaltechnik sind.«

Hack grinste wissend. »Ja, ja. Machen Sie nur. Ich komme zurecht. Wenn ich etwas für Sie habe, melde ich mich.«

Ralph nickte dankbar und stürmte aus dem Obduktionssaal. Er rannte die Treppe nach oben, durch den langen Flur, bis er endlich an der Tür war. Stieß sie auf, trat hinaus und schnappte nach Luft wie ein Ertrinkender. Langsam beruhigten sich sein Puls und sein Magen wieder. Erst jetzt merkte er, dass es bereits dämmerte.

Er telefonierte mit der Forensik und erfuhr, dass es wenig verwertbare Spuren gab. Seit Wochen hatte es nicht geregnet, der Boden war selbst im tiefen Wald trocken und hart, sodass man weder Schuhspuren noch Reifenabdrücke fand. Auch schien der Täter nichts Offensichtliches zurückgelassen zu haben, Zigarettenkippen, Papierstücke, Münzen oder dergleichen. Vom Leichnam hatte man selbstverständlich mit einem Kleberoller Faserspuren abgenommen, vielleicht war etwas dabei, das vom Täter stammte. Relativ sicher waren sich die Kollegen, dass der Fundort auch der Tatort war; es gab keine Hinweise, dass der Körper nach Eintritt des Todes bewegt worden war.

»Interessant ist vielleicht Folgendes«, ergänzte der Kriminaltechniker. »Dieser große, flache Stein, auf dem der Leichnam lag. Das ist ein alter Opferstein. Vorchristlich. Solche Stätten gibt es häufiger dort oben, um die meisten ranken sich alte Sagen. Hat uns dieser Jäger mit dem Dackel verraten, der den Toten gefunden hat. Ist extra noch mal zurückgekommen, weil er dachte, das könnte wichtig sein.«

»Er ist kein Jäger«, erwiderte Ralph abwesend. »Nur ein pensionierter Biologielehrer.«

»Wie auch immer.« Der Forensiker verabschiedete sich. »Wir melden uns, wenn wir etwas Neues haben.«

»Danke.« Ralph steckte das Telefon weg und schaute über den menschenleeren Parkplatz hinter dem Institut.

Ein brutal zugerichteter Toter, auf dessen Brust das Wort »Verrat« eingebrannt war, mitten im Wald auf einem vorchristlichen Opferstein. Das schrie geradezu nach einem religiösen oder pseudoreligiösen Hintergrund. Das Wort *Ritualmord* schoss Angersbach durch den Kopf.

Wollte da jemand nur falsche Spuren legen? Oder hatte er es womöglich mit einer durchgeknallten und gewaltbereiten Sekte zu tun?

Gedanken, die zu nichts führten, solange er nicht sicher wusste, wer das Opfer war. Er musste abwarten und außerdem mehr über das Verschwinden des Bürgermeisters der Gemeinde Fuchsrücken herausfinden. Es war ja zumindest ein plausibler Verdacht, dass er der Tote war. Das gefiel Ralph nicht, doch auf der anderen Seite bot es ihm die Möglichkeit, sich gleich am nächsten Morgen um sein Traumhaus zu kümmern.

* * *

Über den Fuchsrücken senkte sich die Dunkelheit. Dichte Wolken zogen auf. Nur ab und zu fiel ein Streifen Mondlicht auf die Bäume und die schmalen Wege. Und auf den Mann, der sich von Fuchsrod aus dem abgesperrten Areal näherte. Er achtete sorgsam darauf, wohin er trat, um nicht durch brechende Zweige oder raschelnde Äste auf sich aufmerksam zu machen. Immerhin musste er damit rechnen, dass die Polizei eine Wache an der Absperrung postiert hatte. Doch das war nicht der Fall. Entweder waren die Beamten der Ansicht, dass sie alles gründlich abgesucht hatten, oder es fehlte schlichtweg an Personal.

Ihm konnte das nur recht sein.

Er holte zwei Plastiküberzieher hervor und streifte sie über seine Schuhe. Dann ging er die letzten Meter, hob das

Flatterband an und schlüpfte darunter hindurch. Nahm währenddessen Latexhandschuhe aus der Jackentasche und zog sie an. Als er den Opferstein erreicht hatte, ging er in die Hocke und fuhr mit den Fingern über die glatte, blutbesudelte Oberfläche.

Der Verräter hatte bekommen, was er verdiente. Aber er war nicht der Einzige. Es gab andere, die ebenfalls bestraft werden mussten. Wenn sie die Botschaft vernommen und verstanden hatten, würden sie wissen, dass sie als Nächste dran waren. Zumindest einer von ihnen. Er stellte sich vor, wie jener in seinem Wohnzimmer saß, ein Bier oder einen Schnaps vor sich auf dem Tisch, und durch das Fenster in die drohende Dunkelheit starrte, während er sich fragte, wann es so weit sein würde. Ob er sich ergeben, in sein Schicksal fügen oder versuchen sollte zu fliehen. Zittern und schlottern würde er vor Furcht, und dann das alles wieder verdrängen. Natürlich könnte eine Flucht gelingen. Doch dafür würde er sein gesamtes bisheriges Leben opfern müssen. Und das würde ihm fast genauso viel Angst machen wie der mögliche Tod.

Der Mann bleckte die Zähne. Sie hatten geglaubt, dass sie damit durchkommen würden, mit allem, was sie geplant und ihm angetan hatten. Doch sie hatten sich getäuscht.

Er richtete sich wieder auf, machte ein paar Schritte vom Opferstein weg und leuchtete mit seiner Taschenlampe. Ein paar Meter entfernt sah er einen Baum mit einem gebrochenen Ast. Die abgeknickte Spitze steckte im Boden. Der Mann hob einen der Zweige an und zog einen vielleicht zwölf Zentimeter langen, schmalen und weichen Gegenstand aus der Tasche, den er daran befestigte.

Es war kein entscheidender Baustein in seinem Plan, nur ein weiterer kleiner Einsatz, der den Reiz erhöhen würde.

Wenn die Polizei das Objekt fand, würde es ihm in die Karten spielen. Falls nicht … würde er sich etwas anderes einfallen lassen. Seine Fantasie war grenzenlos. Und die Sache begann, ihm Spaß zu machen.

Er verließ das abgesperrte Areal so lautlos, wie er gekommen war. Nach fünfzig Metern entfernte er die Plastiküberzieher von den Schuhen und zog die Latexhandschuhe aus. Verstaute beides in der Jackentasche und vergrub die Hände darin. Dann schritt er schneller aus und pfiff lautlos vor sich hin. Der alte Biologielehrer Zöllner, der mit Lotte die letzte Runde des Tages machte, bemerkte ihn nicht. Auch der Dackel schlug nicht an.

4

Maria Jukovic war Mitte zwanzig und bildhübsch. Lange dunkle Haare, die ihr bis zum Po reichten. Ein schmales Gesicht, hohe Wangenknochen und leicht schräg stehende Augen. Angersbach meinte einen osteuropäischen Einschlag zu erkennen, was ja auch zum Namen passte. Wenn Bürgermeister Lubitz tatsächlich etwas mit ihr hatte, war er zu beneiden. Und er musste selbst auch einigermaßen attraktiv sein. Oder vielleicht genügte auch die Macht, die er hatte, um ihn interessant zu machen. Andererseits: Wie viel Macht konnte ein Bürgermeister einer Neunhundertsiebenundachtzig-Seelen-Gemeinde schon haben?

»Es ist noch nie vorgekommen, dass Martin nicht zur Arbeit und zu einer Sitzung erschienen ist, ohne sich abzumelden.« Die Sekretärin im Gemeindebüro in Fuchshain schluchzte. »Er ruft immer an.«

Angersbach zog eine Packung Taschentücher aus seiner grünen Wetterjacke und hielt sie ihr hin.

»Danke.« Maria Jukovic schnäuzte sich, mit der gebotenen Vorsicht, um ihr Make-up nicht zu verwischen. Sie nahm sich ein zweites Taschentuch und tupfte die Tränen ab.

»Wann haben Sie Herrn Lubitz zuletzt gesehen?«, fragte Angersbach.

»Vorgestern am frühen Nachmittag. Er wollte schnell noch einmal nach Hause fahren vor der Gemeinderatssitzung am Abend.« Ein flüchtiges Lächeln schlich sich auf ihre Lippen. »Er hatte seine Krawatte mit Tomatensoße bekleckert und wollte sie rasch wechseln. Normalerweise hat er Ersatz in seinem Büro, aber den hatte er am Tag zuvor schon gebraucht. Er war in den letzten Tagen ein wenig fahrig.«

»Weil etwas Wichtiges anlag?«

Die Sekretärin nickte heftig. »Auf der Tagesordnung stand die Brückensanierung. Die beiden Brücken über den Fuchsbach und den Zufluss sind brüchig und müssen dringend ausgebessert werden. Wenn sie noch ein- oder zweimal Starkregen oder Hochwasser überstehen müssen, sind sie wahrscheinlich nicht mehr passierbar. Aber der Gemeinde hat das Geld gefehlt.« Sie kam hinter ihrem Schreibtisch hervor und trat ans Fenster, von dem aus man auf den Hügel sehen konnte, hinter dem der Fuchsrücken mit den Gemeinden Fuchsrod, Bruchfeld und Rückenrod lag. »Jetzt allerdings meinte Martin, es gäbe die perfekte Lösung. Zwei Projekte, die wechselseitig voneinander profitieren.«

»Und welches war das zweite?«, fragte Angersbach und stellte sich neben die Sekretärin. Der Blick war herrlich, die sauberen roten Dächer von Fuchshain und dahinter die knorrigen Eichen auf dem Hügel, genau wie auf dem Fuchsrücken.

Maria Jukovic schniefte. »Er hat nicht mit mir darüber geredet. Wollte ein Geheimnis daraus machen. Nur gegrinst hat er und von einem Knalleffekt gesprochen. Aber ich habe ein paar Unterlagen gesehen. Da ging es um einen Windpark.«

»Aha?« Bei Ralph klingelten die Alarmglocken. Wo Windräder geplant oder gebaut wurden, kam es oft zu Konflikten. Zwischen denen, die den Profit sahen, und jenen, die sich vor der verschandelten Landschaft fürchteten. Oder sauer waren, dass die Räder eben nicht auf ihrem Grund und Boden aufgestellt wurden. Er hatte es in der Wetterau erlebt. Eine Bürgerinitiative hatte verbissen gegen die angebliche Verschandelung ihrer alten römischen Kulturlandschaft durch drei »Spargel« gekämpft. Und dieselben Mitglieder hatten sich in einer anderen Bürgerinitiative für die Zerschneidung desselben Landes zugunsten einer Ortsumgehung starkgemacht.

»Und der Windpark soll hier in der Gegend errichtet werden?«, hakte er nach und zog einen Kreis mit dem Finger.

Die Sekretärin hob die Hände und ließ sie wieder fallen. »Das hat er mir nicht verraten.«

Angersbach zog sein Notizbuch aus der Tasche »Wer könnte denn Genaueres wissen?«

Das Schulterzucken war beinahe bockig. »Sein Freund Dietmar vielleicht. Dietmar Schultheiß. Mit dem hat er in letzter Zeit ständig zusammengehangen.«

Auch zu Zeiten, die für gewöhnlich für die Sekretärin reserviert gewesen waren, hörte Angersbach heraus und schrieb sich den Namen auf. »Wo finde ich diesen Herrn Schultheiß?«

»In Lauterbach. Er ist der Geschäftsführer der Rücken-Wind AG.«

»Ach.« Interessant, dachte Angersbach. Es war wohl nicht allzu weit hergeholt, wenn man annahm, dass die Rücken-Wind AG mit dem geplanten Windpark zu tun hatte.

»Danke.« Er stopfte das Heft zurück in die Jackentasche. Das war eine Spur, der er folgen wollte, aber Lubitz' Verhältnis zu seiner Sekretärin interessierte ihn auch. Er wusste nur nicht so recht, wie er das Thema anschneiden sollte. Sabine Kaufmann hatte ihm oft vorgeworfen, dass er ein grober Klotz sei, der einfach in eine Vernehmung hineintrampele und kein Gespür für die Situation habe. Und so ganz falsch lag sie damit wohl nicht. Aber er hatte auch keine Ahnung, wie er es ändern sollte.

»Komisch, dass Sie nichts Näheres wissen, obwohl Sie doch eigentlich Lubitz' engste Vertraute sind«, stichelte er. »Oder vielleicht sogar noch mehr?«

Maria Jukovic funkelte ihn an. »Was wollen Sie damit andeuten?«

»Wie man hört, besteht zwischen Ihnen und Ihrem Chef eine ... hm ... besondere Beziehung.«

»So? Hört man das?« Die Sekretärin rochierte zu ihrem Schreibtisch und verschanzte sich dahinter. »Das ist nur das übliche Gerede. Herr Lubitz ist zwanzig Jahre älter als ich. Und außerdem bin ich verlobt.«

»Okay.« Angersbach hob die Hand. »War nur eine Frage.« Er dachte nach. »Gibt es sonst jemanden, der etwas über den Verbleib von Herrn Lubitz wissen könnte? Angehörige, Freunde, Vertraute?«

»Nein. Da ist niemand.« Die Abwehr fiel plötzlich von der Sekretärin ab, und die Tränen flossen wieder. »Glauben Sie, dass er das ist? Der Tote, den Sie auf dem Fuchsrücken gefunden haben?«

»Dazu kann ich noch nichts sagen.« Ralph hatte am frühen Morgen bereits mit Professor Hack telefoniert und erfahren, dass nicht der Schock durch das Anbringen des Brandzeichens die Todesursache gewesen war, sondern der Schlag mit einem schweren Hammer auf den Schädel. Er hatte auch herausgefunden, dass man Brandeisen mit einzelnen Buchstaben ohne Mühe im Internet bestellen konnte, dazu gedacht, das heimische Grillgut mit Initialen oder Wörtern zu versehen. Ein einzelnes Eisen kostete knapp vierzig Euro, die fünf Buchstaben, die man für *Verrat* brauchte, also zweihundert. Das Wort musste demzufolge wichtig sein, wenn es dem Täter so viel wert war. Ralph hatte einen Beamten in der RKI gebeten, alle infrage kommenden Händler anzuschreiben und sie zu bitten, ihre Bestelllisten daraufhin durchzusehen, ob jemand die Buchstaben V, E, R, A und T gekauft hatte. Bis sie dazu eine Rückmeldung bekamen, konnte es allerdings dauern.

Zur Identität des Toten hatte der Rechtsmediziner noch kein abschließendes Ergebnis. Er wartete noch auf die Röntgenbilder des Zahnarztes von Martin Lubitz. Davon abgesehen allerdings passte alles: Der Tote hatte in etwa Lubitz' Alter, und die noch sicht- und messbaren Merkmale wie Größe und Gewicht stimmten mit den Angaben seines Hausarztes überein. Doch das würde er der Sekretärin nicht auf die Nase binden.

»Ich bete, dass es ein Irrtum ist«, sagte Maria Jukovic.

»Tun Sie das«, erwiderte Ralph unverbindlich und reichte ihr seine Visitenkarte, um zu signalisieren, dass er fürs Erste keine weiteren Fragen hatte. Er verabschiedete sich und verließ das Vorzimmer des Bürgermeisters der Gemeinde Fuchsrücken. Als er die Tür hinter sich zuzog, hörte er, wie die Sekretärin laut aufschluchzte. Vermutlich, dachte Ralph, hatte sie hinsichtlich ihrer Beziehung zu Martin Lubitz gelogen, Verlobter hin oder her. Wenn es sich bei dem Toten tatsächlich um den Bürgermeister handelte, würde er sie erneut befragen müssen. Auch wenn die Auffindesituation auf einen Ritualmord hindeutete; Neid und Eifersucht waren nach wie vor die gängigsten Mordmotive. Und alles andere konnte genauso gut eine Inszenierung sein, die keinen anderen Zweck hatte, als von den wahren Hintergründen abzulenken.

* * *

Eine halbe Stunde später überquerte Angersbach die beiden alten Steinbrücken über den Zufluss zum Fuchsbach und den Bach selbst, die er schon beim ersten Mal als nicht besonders solide eingeschätzt hatte. Nachdem er nun wusste, dass sie seit Jahren dringend saniert werden sollten, bereitete ihm der Weg umso mehr Unbehagen. Er konnte nur hoffen, dass die geplante Instandsetzung bald stattfand. Wenn er das Haus in Fuchsrod tatsächlich kaufte, würde er jeden Tag diesen Weg nehmen müssen, weil es keine andere Zufahrt zum Ort gab. Doch zunächst waren das ja noch ungelegte Eier.

Der Baugutachter, den ihm Neifiger empfohlen hatte, wartete bereits an der Straße neben einem schwarzen SUV, der sicher doppelt so schwer war wie Angersbachs Lada Niva. Wenn man damit unbeschadet über die Brücken kam, war es vielleicht doch nicht so schlecht um deren Zustand bestellt. Angersbach parkte neben dem protzigen Gefährt und stieg aus.

»Herr Angersbach?« Der Gutachter, ein kräftig gebauter, rotblonder Mann mit schütterem Haar im grauen Anzug, hielt ihm die Hand hin, und Ralph ergriff sie.

»Ja.«

»Georg Gerber. Aber das hat Neifiger Ihnen ja sicher gesagt.« Der Gutachter wies zum Haus. »Ich habe schon mit Herrn Körber gesprochen. Auf den ersten Blick scheinen mir seine Preisvorstellungen angemessen, das nur unter uns, aber schauen wir mal in Ruhe.«

Gerber marschierte auf das Haus zu, und Angersbach folgte ihm. Reinhold Körber öffnete die Tür, ehe sie sie erreicht hatten. Der schlanke Mann trug ein weißes Hemd, ein kariertes Sakko und eine Krawatte. Er wollte der Situation wohl den passenden Anstrich geben. Angersbach kam sich plötzlich schäbig vor in seiner ausgebeulten Hose und der zerknitterten Wetterjacke. Doch er musste ja auch keine Werbung für sich machen. Unter Umständen war es sogar besser, wenn man ihm ansah, dass er keine Reichtümer besaß.

Vielleicht würde das den Besitzer bei der Preisgestaltung milde stimmen.

Körber führte Ralph und den Gutachter durch das gesamte Haus. Angersbach bemühte sich um eine undurchsichtige Miene, doch sein Herz schlug hart und schnell. Das Haus war ein Traum. Mit jeder Minute, die er im Inneren verbrachte, wollte er es mehr. Wenn Körber gepokert hätte, Ralph hätte in diesem Moment auch einen Vertrag unterschrieben, der seine finanziellen Mittel weit überstieg.

Gerber deutete auf eine Tür am hinteren Ende des Flurs, die einzige, durch die sie noch nicht gegangen waren. »Wo führt die hin?«

»Nur in den Keller.«

Gerber machte eine auffordernde Handbewegung. Reinhold Körber öffnete bereitwillig die Tür und winkte einladend. »Bitte.«

Angersbach kletterte hinter Gerber eine steile Treppe hinunter. Körber drehte oben an einem Schalter. Eine nackte Glühbirne, die von der Decke hing, erleuchtete schwach den Kellerraum, der groß und bis auf ein paar Regale mit Weinflaschen leer war. Es roch feucht, aber nicht nach Schimmel.

»Es war mir immer zu lästig, hier hinunterzugehen«, erklärte Körber. »Oben ist so viel Platz, da braucht man keinen Keller für Vorräte oder Gerümpel. Das wenige, das ich esse, passt in die Küchenschränke. Und für die Gartengeräte gibt es hinter dem Haus einen großen Schuppen. Das ist weitaus praktischer, als die Sachen immer die Treppen hinauf- und hinunterzuschleppen.«

Ralph stimmte ihm zu, und auch der Gutachter nickte. Er lief an den Wänden entlang und klopfte mit den Knöcheln dagegen.

»Hm.« Er zog einen Schraubenzieher aus der Tasche und wiederholte mit dem Griff die Prozedur an der rückwärtigen Wand. Angersbach hörte ein hohles Geräusch, und grauer Putz rieselte zu Boden.

Körber lächelte schief. »Tja. Da hatte ich vor ein paar Jahren einen Wasserschaden. Ist alles getrocknet und neu verputzt worden, aber ganz so gut wie vorher ist es nicht geworden.«

Gerber klopfte sich weiter an der Wand entlang. »Da muss was gemacht werden«, verkündete er. »Ist insgesamt ziemlich marode.«

Reinhold Körber strich über seine Krawatte. »Das habe ich wohl unterschätzt«, bekannte er. »Aber ich würde Ihnen mit dem Kaufpreis entgegenkommen.« Er zog ein Blatt und einen Stift hervor und kritzelte etwas auf das Papier. Dann hielt er es Ralph hin. Dessen Herz begann noch rascher zu galoppieren als zuvor, nachdem er die Sache schnell im Kopf überschlagen hatte.

Die geforderte Summe konnte er bezahlen. Er würde einen kleinen Kredit aufnehmen müssen, zusätzlich zu dem Geld, das der Verkauf des Hauses in Okarben einbrachte. Aber man hörte andauernd von Niedrigzinsen und Förderprogrammen in Sachen Wohneigentum. Die Raten wären sicher deutlich niedriger als seine Miete. Bis er im Ruhestand war, hätte er alles längst abbezahlt. Und dann würde dieses wunderbare Haus ihm gehören.

Der Gutachter warf einen Blick auf den Zettel. »Das ist ein guter Preis«, erklärte er.

Angersbach leckte sich die Lippen. »Na ja«, brummte er. »Solange da niemand eine Leiche eingemauert hat.«

Gerber lachte.

Körber zog das Papier zurück. »Ich will Sie nicht unter Druck setzen. Ich dachte nur … Ich finde Sie sympathisch.

Ich würde mich freuen, wenn Sie das Haus bekommen. Aber ich will auch ehrlich sein. Es gibt noch andere Interessenten. Wenn die zusagen …« Er hob entschuldigend die Hände. »Ich möchte so bald wie möglich nach Portugal. Und ich habe dort auch finanzielle Verpflichtungen.«

Ralph spürte, wie seine Hände zitterten. Er hatte noch nie im Leben eine so weitreichende Entscheidung getroffen. Wenn er an die Konsequenzen dachte, wurde ihm angst und bange.

»Ich nehme es«, hörte er sich sagen und verspürte einen Heidenschreck und ein berauschendes Glücksgefühl zugleich.

»Wunderbar.« Der Hausbesitzer lächelte und besiegelte Angersbachs Entscheidung per Handschlag. »Dann sorge ich dafür, dass die entsprechenden Verträge aufgesetzt werden. Und Sie kümmern sich um die Finanzierung.«

»Ja.« Ralph stieg die Kellertreppe nach oben wie ein Schlafwandler. Er merkte kaum, wohin er seine Füße setzte. Erst als er im Freien stand, schienen seine Sinneswahrnehmungen wieder normal zu funktionieren.

»Das war ja mal eine schnelle Entscheidung«, verkündete der Baugutachter, der neben ihn getreten war. »Aber ich denke, Sie machen keinen Fehler.«

Er schüttelte Ralph die Hand, kletterte in seinen SUV und sauste über die sanierungsbedürftigen Brücken in Richtung Fuchshain davon. Angersbach blieb auf dem Bürgersteig stehen und betrachtete das Haus. Sein Haus. Ein Schauer lief ihm über den Rücken. Es war ein wunderschönes Gefühl.

Leider hielt es nicht lange an. Nur ein paar Sekunden später klingelte Ralphs Mobiltelefon.

»Hack«, meldete sich der Rechtsmediziner knapp. »Ich habe das Ergebnis des Zahnabgleichs. Bei dem Toten handelt es sich eindeutig um Martin Lubitz, den Bürgermeister der Gemeinde Fuchsrücken.«

»Okay. Danke.« Angersbach wollte das Gespräch ebenso schroff beenden, doch Hack hielt ihn zurück.

»Warten Sie. Ich habe noch etwas. Der Tote hatte einen interessanten Drogencocktail intus. Haschisch, vermutlich oral konsumiert, und irgendein Pilzgift, das ich noch nicht näher bestimmen konnte. Aber fragen Sie mich nicht, ob er das Zeug freiwillig zu sich genommen hat. Dazu kann ich nichts sagen. Typische Verletzungen im Mund- und Rachenraum gibt es nicht, doch das muss nichts heißen. Man könnte ihn auch anderweitig gezwungen haben, die Substanzen zu schlucken. Auf jeden Fall dürfte er dadurch von den Schlägen mit dem Vorschlaghammer und den anderen Verletzungen nicht allzu viel mitbekommen haben.«

»Hm«, machte Ralph und nahm das Telefon vom Ohr, weil Hack am anderen Ende die Verbindung mit einem harten Knacken beendete.

Was hatte das nun zu bedeuten? Hatte er es mit einem besonders barmherzigen Mörder zu tun, der seinem Opfer unnötiges Leid ersparen wollte? Die Hammerschläge, der aufgeschlitzte Bauch und das zerfetzte Gesicht passten nicht dazu. Es gab weitaus weniger grausame Methoden, einen Menschen zu töten.

Hatte der Täter sein Opfer in einen wehrlosen Zustand versetzen wollen, um es in aller Ruhe schänden zu können? Oder war das Ganze doch Teil eines Rituals?

Zunächst einmal musste er mehr über Martin Lubitz erfahren. Dann würden sich hoffentlich auch die anderen Fragen klären.

5

Als er nur zwei Stunden nach seinem ersten Besuch wieder im Sekretariat des Gemeindebüros in Fuchshain vor der Sekretärin Maria Jukovic stand, war von ihrer Haltung nichts mehr übrig.

»Er ist es wirklich?«, schluchzte sie. »Der Tote vom Fuchsrücken? Das ist Martin?«

»Es tut mir leid.« Er reichte ihr erneut seine Taschentücher, und sie benutzte sie dieses Mal ohne Rücksicht auf ihre Schminke. Das Ergebnis waren schwarze Streifen auf den Wangen und rote Flecken am Kinn. Trotzdem, fand Ralph, sah Lubitz' Sekretärin immer noch außergewöhnlich hübsch aus.

»Was soll ich denn jetzt machen?«, jammerte sie.

»In welcher Hinsicht?«, fragte Angersbach nüchtern und wünschte sich, er hätte Sabine Kaufmann an seiner Seite. Sie hätte es besser verstanden, mit der vollkommen aufgelösten Sekretärin umzugehen. Er selbst wusste keine andere Lösung, als sich in Sachlichkeit zu flüchten.

»Ich habe ihn geliebt!«, rief Maria Jukovic. »Wir wollten zusammenziehen und heiraten.«

»Ach so?« Bei seinem ersten Besuch hatte sie noch das Gegenteil behauptet. »Und Ihr Verlobter?«

»Der versteht mich überhaupt nicht! Hockt immer nur mit seinen Kumpels in der Kneipe und guckt Fußball. Und dann kommt er besoffen nach Hause und erwartet, dass ich ihm das Bett wärme. Martin war ganz anders. Aufmerksam, höflich und zuvorkommend. Und total romantisch. Vor ein paar Wochen ist er einfach übers Wochenende mit mir nach London geflogen.«

Auf Kosten der Gemeinde?, wollte Ralph fragen und konnte sich gerade noch zurückhalten.

»Wenn Sie so vertraut miteinander waren, wissen Sie vielleicht, wer einen Grund hatte, ihm nach dem Leben zu trachten?«, erkundigte er sich stattdessen.

Maria Jukovic wischte sich die Tränen ab. »Martin ist mit allen gut ausgekommen. Alle mochten ihn. Er hat so viel für die Gemeinde getan. Es war ja kein Zufall, dass sie ihn immer wieder zum Bürgermeister gewählt haben. Er hatte dreiundneunzig Prozent der Stimmen.«

»Und die restlichen sieben?« Angersbach versuchte zu überschlagen, wie viele Wahlberechtigte das wohl sein mochten, doch die Antwort der Sekretärin unterbrach ihn, bevor er zu einem Ergebnis kam.

»Ach. An vorderster Front waren das so ein paar Quertreiber, die wollten, dass jemand die Gemeinde führt, der sich für die alten Kultstätten interessiert.«

»Aha?« Ralph horchte auf. Außer dem Zeugen wusste bisher niemand von dem Brandmal und dem Opferstein.

Die Sekretärin wehrte ab. »Ich verstehe nichts davon. Aber Martin hat mal gesagt, dass es in Fuchsrod ein paar Spinner gibt, die unbedingt eine offizielle Anerkennung für so ein paar alte Steine haben wollen, die angeblich eine religiöse Bedeutung haben.«

Angersbach notierte sich das in seinem Notizbuch. »Wissen Sie Namen?«

Jukovic hob die Schultern. »Keine Ahnung.«

»Schade.« Angersbach schaute auf. »Gab es noch andere Widersacher?«

»Nein.« Maria Jukovic tupfte mit einem frischen Taschentuch über ihr Gesicht. »Ich habe doch schon gesagt, er hatte keine Feinde.«

Ralph hätte es fast übersehen, weil er Mitleid mit der jungen Frau verspürte. Doch dann dachte er plötzlich, dass sie zu dick auftrug. Sich eine Spur zu naiv gab. Und Lubitz zu sehr als guten und allseits beliebten Politiker darstellte wie auf einer Werbeveranstaltung.

Er stemmte beide Hände auf ihren Schreibtisch und beugte sich zu ihr vor.

»So. Und jetzt mal Klartext. Sie wissen doch mehr als das, was Sie mir bisher gesagt haben. Was war da mit diesem ...«, er musste kurz nachdenken, »... Dietmar Schultheiß von der Rücken-Wind AG und Lubitz' neuem Projekt?«

Die Sekretärin wischte sich energisch über das Gesicht, zerknüllte das Taschentuch und warf es in den Papierkorb.

»Also gut«, schniefte sie. »Wenn Sie mir versprechen, dass Sie Martins Mörder finden, sage ich Ihnen, was ich weiß.«

* * *

Angersbach warf den Schlüssel, den ihm Maria Jukovic gegeben hatte, in die Luft und fing ihn wieder auf. Was sie ihm verraten hatte, war interessant und womöglich eine Spur, doch ehe er dieser nachging, wollte er sich bei Lubitz zu Hause umsehen. Ein paar Kollegen von der Schutzpolizei, die das Haus ebenfalls untersuchen und wichtige Unterlagen und elektronische Geräte nach Gießen bringen würden, hatte er bereits angefordert. Er überlegte kurz, ob er auf sie warten sollte, entschied sich aber dagegen. Lubitz war nicht in seinem Haus getötet worden, es gab also keine Spuren, die er versehentlich zerstören konnte. Es ging nur darum, die persönlichen Habseligkeiten zu sichten, um einen besseren Eindruck von dem Toten zu bekommen.

Martin Lubitz hatte an seinem Dienstort Fuchshain gelebt, sein Haus war nur ein paar Hundert Meter von seinem Arbeitsplatz entfernt. Ralph nahm trotzdem den Niva, weil er anschließend direkt weiter nach Lauterbach zur RückenWind AG fahren wollte. Immerhin musste er nun nicht mehr mit seinem Neid auf die glücklichen Bewohner der Gemeinde kämpfen. In nicht allzu langer Zeit würde er selbst dazugehören.

Als er vor Lubitz' Haus parkte, stellte er fest, dass er den toten Bürgermeister darum ohnehin nicht beneidet hätte. Die Lage war zwar fantastisch, auf einem großen Grundstück am Ortsrand, unmittelbar anschließend an ein dichtes Waldstück, doch das Gebäude selbst war in Ralphs Augen ein Verbrechen. Ein Klotz aus hellgrauen Steinen mit riesigen Fenstern, umgeben von einer ebenfalls grauen, fast mannshohen Mauer. Quadratisch, praktisch, gut, dachte er. Oder eben nicht gut. Der Rasen war kurz gestutzt, die wenigen Büsche zu rechteckigen Gebilden geschnitten. Was bei Körbers Haus in Fuchsrod anheimelnd und einladend wirkte, war bei Lubitz abweisend und steril. Nein, dieses Haus hätte Angersbach sich im Leben nicht gekauft.

Er öffnete das Metalltor in der Mauer und ging über den Weg aus Steinplatten zur Haustür, die ebenfalls aus Metall war. Wie die Sicherheitstür einer Bank, fand Ralph. Zum Anwesen passte sie, seinem Geschmack entsprach das alles nicht.

Im Inneren setzte sich die antiseptische Atmosphäre fort. Das Wohnzimmer war zwar lichtdurchflutet, doch die weißen Ledermöbel wirkten so kalt, dass Ralph sich auch dann nicht gern hineingesetzt hätte, wenn er hier zu Besuch gewesen wäre. Auch die Küche und das Gästebad waren modern und hatten außer penibler Ordnung und Sauberkeit nicht viel zu bieten.

Angersbach hatte gerade einen Fuß auf die unterste Stufe der weiß gestrichenen Holztreppe gesetzt und wollte sich auf den Weg in die obere Etage machen, wo er Lubitz' Arbeitszimmer vermutete, als er ein Geräusch hörte. Ein Quietschen wie von einer schlecht geölten Tür, danach das Knarren von Dielenbrettern.

Sofort spannte Ralph sich an. Er öffnete sein Holster, legte die Hand auf den Griff der Dienstpistole und verharrte regungslos am Fuß der Treppe, während er lauschte. Hatte er sich getäuscht? So leise er konnte, stieg er die Treppe hinauf.

Der Flur oben – weiß und kahl wie erwartet – war leer. Von den vier abgehenden Türen waren drei geschlossen, nur eine war angelehnt. Ralph ging darauf zu und schob sie leise auf, während er aufmerksam in den Raum spähte. Es war ein Arbeitszimmer, ebenso aufgeräumt und farblos wie das restliche Haus – und außerdem menschenleer.

Angersbach knurrte unwillig und entspannte sich. Offenbar hatte er sich die Geräusche nur eingebildet, oder sie waren von draußen gekommen. Oder hielt sich der Eindringling in einem der anderen drei Räume auf? Ralph wandte sich um.

Im selben Moment hörte er wieder etwas, und die Tür des Arbeitszimmers kam ihm mit Schwung entgegen und knallte gegen seinen Kopf. Angersbach taumelte benommen zurück. Für ein paar Sekunden wurde ihm schwarz vor Augen.

Er registrierte, wie eine Gestalt hinter der Tür hervorkam, sich an ihm vorbeidrängte und durch den Flur zur Treppe rannte, konnte aber kaum mehr als menschliche Umrisse ausmachen. Das Bild vor seinen Augen wurde einfach nicht scharf. Nur dass die Person schwarze Kleidung trug, hätte er vor Gericht beschwören können.

Der Eindringling rannte die Treppe hinunter, und im nächsten Augenblick hörte Ralph das Klappern der Haustür. Er schüttelte sich. Ein-, zweimal musste er tief durchatmen, ehe er sich wieder sicher auf den Beinen fühlte und sich sein Blick klärte. Dann nahm er die Verfolgung auf.

* * *

Auf der Straße war niemand zu sehen, doch am Waldrand bemerkte Ralph aus dem Augenwinkel eine Bewegung. Er wirbelte herum und nahm gerade noch wahr, wie eine schwarz gekleidete Gestalt zwischen die Bäume huschte. Mann oder Frau? Groß oder klein? Dick oder dünn? Ralph hätte es nicht zu sagen vermocht, doch er war sich sicher, dass es dieselbe Person war, die ihn in Lubitz' Haus überrumpelt hatte. Ohne lange nachzudenken, rannte er los.

Er erreichte den Waldrand und sah den schwarzen Schatten zwischen den Bäumen hindurchhuschen. Die Route, die der Flüchtige gewählt hatte, war leicht auszumachen, heruntergetretenes Gras, abgeknickte Zweige und abgerissene junge Blätter wiesen Ralph den Weg. Er rannte, so schnell er konnte, und hatte das Gefühl, dem Angreifer näher zu kommen. Der wechselte die Richtung und schlug Haken wie ein Hase. Mal tauchte er rechts, gleich darauf links in Ralphs Blickfeld auf. Und immer verdeckten Büsche und Zweige mit frischem, leuchtendem Grün die Sicht, sodass Angersbach kaum etwas erkennen konnte. Nur dass der Verfolgte langsamer wurde, stand außer Zweifel. Ralph war selbst alles andere als topfit, aber er holte auf. Sein Herz schlug rasend schnell, und er keuchte, trotzdem beschleunigte er weiter. Ehe er nicht tot umfiel, würde er nicht aufgeben.

Er hob die Arme, um das Gesicht vor den Zweigen zu schützen, und kämpfte sich durch das Dickicht. Kurz glitt er auf einem Stück feuchtem Moos aus und geriet in Schieflage, fing sich aber sofort wieder. Unter seinen Sohlen zerbarst krachend ein morscher Ast. Unauffällig war seine Jagd nicht, doch das machte nichts. Der Verfolgte sollte ruhig merken, dass ihm Ralph auf den Fersen war. Umso eher würde er einen Fehler machen.

Angersbach schob einen dünnen Ast beiseite, der quer über seinen Weg ragte. Er sah, wie die Gestalt vor ihm stolperte. Sie rappelte sich wieder auf, hatte aber erneut etliche Meter verloren. Offenbar ging ihr auf, dass sie den Wettlauf verlieren würde, denn sie rannte nicht weiter, sondern duckte sich plötzlich und tauchte im Gebüsch unter.

Angersbach holte das Letzte aus sich heraus und eilte zu der Stelle, an der er die Person zuletzt erspäht hatte. Es war eine kleine, mit Moos bewachsene Mulde, überschattet von hohen Laubbäumen. Doch als Ralph dort ankam, war von dem Flüchtigen nichts mehr zu sehen.

Verwirrt drehte er sich um die eigene Achse und scannte die Umgebung. Die Fährte verlor sich auf dem weichen Moos. Er sah auch keine abgeknickten Zweige mehr. Der Verfolgte musste sich versteckt haben. Irgendwo ganz in seiner Nähe.

Angersbach legte die Hand auf den Griff seiner Dienstwaffe und kniff die Augen zusammen. Er musterte konzentriert die Büsche, die um die Mulde herum wuchsen. War dort irgendwo etwas Schwarzes zu sehen? Ein Stück Stoff, das nicht zu der natürlichen Umgebung gehörte?

Hinter ihm knackte etwas. Ralph wirbelte herum, doch er war zu langsam. Ein heftiger Schmerz explodierte in seinem Hinterkopf. Tränen schossen ihm in die Augen. Er fiel auf die Knie, riss die Arme schützend vors Gesicht und landete bäuchlings in der Mulde. Dann traf ihn ein zweiter Schlag auf den Hinterkopf, und um ihn herum wurde es schwarz.

* * *

Der Mann betrachtete den reglosen Körper zu seinen Füßen und warf den Ast beiseite, mit dem er seinen Verfolger niedergeschlagen hatte. Er hatte nicht damit gerechnet, bei der Durchsuchung von Lubitz' Arbeitszimmer so rasch gestört zu werden. Schließlich war der Leichnam doch beinahe unkenntlich gewesen. Wie hatte die Polizei so schnell die Identität des Toten ermittelt? Er ärgerte sich, nicht schon am Abend zuvor bei Lubitz eingedrungen zu sein. Es war ihm riskant erschienen, weil die Nachbarn im Garten gegrillt hatten, obwohl erst Ende April war, doch die wahren Grillfanatiker stellten ja schon beim ersten Sonnenstrahl ihre Geräte auf und bewiesen sich und der Welt, dass sie echte und harte Kerle waren. Er hatte die Stimmen mehrerer gut gelaunter und nicht mehr ganz nüchterner Männer gehört und das Risiko als zu hoch eingeschätzt. Dabei hätten die Griller vermutlich nichts von dem Einbruch mitbekommen. Jetzt dagegen musste er sich mit der Polizei herumschlagen. Aber sein Verfolger war fürs Erste außer Gefecht gesetzt. Der Mann schätzte, dass es eine halbe Stunde dauern würde, bis der wieder bei Sinnen wäre und zurück zu Lubitz' Haus laufen konnte. Das sollte reichen.

Um seinen Frust abzubauen, versetzte der Mann seinem Opfer noch einen Tritt in die Rippen. Dann eilte er den Weg zurück, den er gekommen war. Er konnte nur hoffen, dass der Polizist keine Verstärkung angefordert hatte und ihm tatsächlich eine halbe Stunde blieb, um in Lubitz' Arbeitszimmer zu finden, was er suchte.

6

Ralph Angersbach stöhnte. Der Schädel hämmerte, die Augen waren verklebt, die Gliedmaßen weich wie Gummi, und in der linken Brust verspürte er ein Stechen. Hatte er einen Herzinfarkt gehabt? Er blinzelte, während ihm die Gedanken zäh durch den Kopf schwappten. Nein. Er hatte einen Verdächtigen verfolgt. Eine Person, die ihm im Haus des toten Bürgermeisters eine Tür an den Kopf geknallt hatte und dann geflohen war. Das musste nicht notwendigerweise Lubitz' Mörder gewesen sein, doch die Wahrscheinlichkeit war hoch. Und er hatte ihn entkommen lassen.

Angersbach knurrte. Auch falsch. Der Flüchtige war ihm nicht entwischt, er hatte sich irgendwo im Dickicht versteckt und ihn niedergeschlagen. Mit einem Ast vermutlich. Vorsichtig setzte er sich auf und betastete seinen Hinterkopf. Er spürte etwas Feuchtes, außerdem war die Haut geschwollen. Ralph zuckte zusammen, als er die Wunde berührte, weil ihm ein scharfer Schmerz durch den Schädel schoss. Er betrachtete seine Finger, an denen rötlich braunes Blut klebte.

Nicht so schlimm, konstatierte er. Eine Platzwunde. Das Blut sprudelte nicht, sondern war bereits angetrocknet. Damit konnte er aufstehen und weiterlaufen.

Und was war mit seiner Brust? Er drückte vorsichtig auf die betroffene Stelle. Der Knochen gab ein wenig nach und knirschte. Ralph japste. Da schien eine Rippe gebrochen oder zumindest angebrochen zu sein.

Aber daran stirbt man nicht, meinte er Hackebeils Stimme zu hören.

Ralph holte vorsichtig Luft, einmal, zweimal, dreimal, bei jedem Atemzug etwas tiefer als zuvor. Das drückende Gefühl in der Brust ließ ein wenig nach, auch wenn der Schmerz noch immer äußerst unangenehm war. Er drehte sich zur Seite, stützte sich auf die Knie und den rechten Arm und stemmte sich langsam hoch. Als er endlich stand, seufzte er erleichtert. Dann sah er auf die Uhr.

Fast dreißig Minuten, seit er das Haus von Lubitz betreten hatte. Wenn der Eindringling dorthin zurückgekehrt war, hatte er mittlerweile in aller Ruhe Lubitz' Arbeitszimmer durchsuchen und Spuren verwischen können. Ralph wollte losrennen, merkte aber sofort, dass es nicht ging. Es fühlte sich an, als würde ihm jemand bei jedem Schritt ein Messer in die Rippen bohren. Also ging er langsam. Überrascht stellte er fest, wie weit er mit dem Flüchtigen in den Wald hineingerannt war. Für den Rückweg zum Haus des Bürgermeisters brauchte er fast eine Viertelstunde. Als er endlich dort ankam, standen zwei Mannschaftsbusse der Polizei vor dem Haus. An einem davon lehnte ein Uniformierter mit einem Klemmbrett in der Hand, studierte die Zettel darauf mit konzentrierter Miene und machte hier und da einen Vermerk. Polizeihauptkommissar Winter aus dem Gießener Präsidium, ein Mann, mit dem Angersbach schon oft zusammengearbeitet hatte. Winter war ein alter Hase, feist und aufgeschwemmt im Laufe der Jahre, doch nach wie vor ein guter Polizist. Nur der unsägliche Schnurrbart, den er trug, seit Ralph ihn kannte, störte ihn immer noch. Klar sollte jeder nach seiner Fasson glücklich werden. Aber gezwirbelte Enden wie Kaiser Wilhelm? Angersbach wischte den Gedanken beiseite.

»Hallo, Schorsch«, grüßte er den Kollegen, der von seinen Notizen aufsah.

»Ralph. Wo warst du denn? Wir haben auf dich gewartet, aber als du nicht gekommen bist, haben wir schon mal angefangen. Die Tür stand ja offen.« Winter kniff die Augen zusammen und blinzelte. »Ist was mit dir? Du siehst aus, als wärst du vor einen Laster gelaufen.«

Angersbach berichtete, was passiert war.

»Kacke«, kommentierte Winter. »Hab so was befürchtet. Oben in Lubitz' Arbeitszimmer hat einer gewütet. Alle Schubladen aufgerissen und durchwühlt. Und die Geräte sind weg. Handy, Laptop, Desktop, Anrufbeantworter, was immer er gehabt haben mag. Im ganzen Haus gibt es kein einziges elektronisches Gerät mehr, das die Jungs von der IT interessieren könnte.«

Ralph ballte die Fäuste und stopfte sie in die Taschen seiner Wetterjacke. Das war übel. Er hatte gehofft, etwas über Lubitz' Kontakte der letzten Tage zu erfahren. Doch dann musste es eben auf anderem Weg gehen. Er telefonierte mit den Kollegen von der IT und bat sie, nach dem Mobilfunkanbieter zu forschen und dort die Anruferliste des Bürgermeisters abzufragen. Außerdem beorderte er ein Team ins Büro des Bürgermeisters. Vielleicht hatte er einen Teil seiner privaten Korrespondenz ja auch von dort erledigt, oder es fanden sich unter den beruflichen Kontakten interessante Hinweise. Als Nächstes informierte er Maria Jukovic, dass sie niemanden außer der Polizei ins Büro ihres verstorbenen Chefs lassen sollte. Schließlich schob er das Telefon zurück in die Tasche.

»Mehr können wir im Augenblick nicht tun«, sagte er zu Winter. »Schaut euch trotzdem weiter um, vielleicht findet ihr noch irgendwas.«

»Klar.« Winter tippte sich an die Mütze. »Und du?«

»Ich fahre nach Lauterbach. Ich habe da so etwas wie eine heiße Spur. Einen Hinweis von Lubitz' Sekretärin.«

Der Polizeihauptkommissar musterte ihn kritisch. »Solltest du nicht lieber zum Arzt gehen?«

Ralph winkte ab. »Das kann warten.«

»Nicht zu lange«, riet Winter. »So ein Blutgerinnsel hat sich schnell mal gelöst. Wandert ins Gehirn oder ins Herz, und dann ist eins, zwei, drei Schicht im Schacht. Exitus und hopp.«

»Ja, ja.« Angersbach winkte ab und entfernte sich rasch. Er ging nicht gern zum Arzt oder ins Krankenhaus. Und von Winters Horrorszenarien wollte er nichts hören. Sonst setzten sie sich noch in seinem Kopf fest, und er wurde sie nicht wieder los.

* * *

Auf dem Weg nach Lauterbach klingelte sein Mobiltelefon. Angersbach nahm das Gespräch via Freisprechanlage an, ohne darauf zu achten, wer der Anrufer war.

»Ja?«

»Ralph?«

Sein Herz machte unwillkürlich einen Satz. Er hatte ihre Stimme beinahe ein Jahr lang nicht gehört, erkannte sie aber trotzdem sofort wieder. Es fühlte sich warm und vertraut an.

»Ja.«

»Meinst du nicht, du könntest dich mit Namen melden?«

»Weshalb denn?« Angersbach setzte den Blinker und lenkte den Wagen auf die Straße in Richtung Lauterbach. Rechts und links von ihm standen dichte Laubbäume an den

Hängen. »Du weißt doch, wessen Nummer du gewählt hast, oder nicht?«

»Vielleicht hätte ich gern eine Bestätigung, dass es die richtige war? Außerdem gehört das zu den Grundregeln höflichen zwischenmenschlichen Umgangs.«

»Die ich nicht beherrsche, wie du nie müde geworden bist zu betonen.«

»Stimmt.« Sabine Kaufmann lachte. Genau wie Ralph hatte sie offenbar mittlerweile an ihren Frotzeleien Gefallen gefunden, auch wenn es bei ihrem ersten gemeinsamen Fall so ausgesehen hatte, als wären die Gegensätze zwischen ihnen unüberbrückbar.

Angersbach wollte trotzdem etwas Nettes sagen. »Freut mich, dass du anrufst.«

»Hm. Ehrlich gesagt fällt mir die Decke auf den Kopf.«

»Nichts zu tun beim LKA?« Ralph fuhr durch ein kleines Dorf und bremste, weil vor ihm ein Hund den Zebrastreifen zwischen einem Wohnhaus und dem Tante-Emma-Laden überquerte.

»Doch. Genug. Aber zu viel Papierkram. Mir fehlt die Arbeit mit den Menschen. Und jetzt habe ich außerdem gerade zwei Wochen Urlaub.«

»Was ist mit den Kollegen?«

»Nett. Haben jedoch wenig Interesse an privaten Kontakten.«

»Ah, verstehe! Und da ist dir der alte Angersbach eingefallen.« Er hörte selbst, dass es gekränkter klang, als er beabsichtigt hatte.

»Ja«, sagte Sabine schlicht. »Ich habe gemerkt, dass du mir fehlst.«

Angersbach musste sich räuspern. Ihm ging es ja gar nicht anders, stellte er fest, doch das wollte er auf keinen Fall zugeben. Sie hätte ja zu Recht gefragt, weshalb er sich dann nicht bei ihr gemeldet hatte. Warum, in Gottes Namen, hatte er das eigentlich nicht?

Vielleicht, weil du ein sozialer Krüppel bist, beantwortete er sich die Frage stumm. Sabine redete bereits weiter.

»Ich dachte, ich müsste das alte Leben hinter mir lassen. Auch wegen meiner Mutter. Du weißt schon.«

Hedwig Kaufmann war im letzten Jahr gestorben, ein Ereignis, das Sabine und Ralph Rätsel aufgegeben und seine Kollegin durch ein emotionales Höllental geführt hatte. Nachdem schließlich die Todesumstände geklärt waren, hatte Ralph gehofft, dass es leichter für sie werden würde, die Sache zu verarbeiten, doch nachgefragt hatte er nie. Obwohl er ihr, wie ihm jetzt siedend heiß einfiel, auf der Beerdigung versprochen hatte, dass er für sie da wäre, wenn sie ihn brauchte. Aber sie hätte sich ja auch melden können, dachte er bockig.

»Das hat jedoch nicht funktioniert«, erklärte Sabine. »Man kann die Vergangenheit nicht einfach abschneiden. Und man muss auch nicht alles Gute wegwerfen, nur weil es einen vielleicht gelegentlich an das Schlechte erinnert, das es auch gab.«

Ralph meinte entschlüsseln zu können, wie sie das meinte, war sich aber nicht ganz sicher und machte deshalb nur: »Hm.«

Sabine schien das zu reichen. »Kurz und gut: Ich dachte, ich melde mich einfach mal.«

»Schön.« Ralph hatte die Ortseinfahrt von Lauterbach erreicht und suchte nach einem Schild, das ihm den Weg zur Rücken-Wind AG wies.

Sabine hörte den veränderten Tonfall seiner Stimme sofort. »Bist du im Dienst?«

»Ja. Mordfall auf dem Fuchsrücken.«

»Wo?«

»Hier oben, im Vogelsberg. Lange Geschichte. Jedenfalls gibt es einen verstümmelten Toten. Hack hat ihn als Bürgermeister der Gemeinde identifiziert, und ich folge gerade der ersten heißen Spur.«

»Die wohin führt?«

»Zur Rücken-Wind AG. Die wollen offenbar einen Windpark auf den Fuchsrücken stellen, das ist ein Höhenzug in der Gemeinde, wo das Opfer Bürgermeister ist. Es ist kein Geheimnis, dass das nicht jedem der Anwohner dort gefällt.«

Was vermutlich eine ziemliche Untertreibung war, schoss ihm durch den Kopf. Es gab in vielen Gemeinden einen erbitterten Widerstand. Und ehrlicherweise würde die Aussicht von der Terrasse seines neu erstandenen Hauses ebenfalls etwas einbüßen, wenn sich oben auf dem Berggrat mehrere Windräder drehten, auch wenn der Blick im Wesentlichen ins Tal ging. Aus den Augenwinkeln würde man sie trotzdem sehen. Doch noch war nichts offiziell. Nach dem Tod des Bürgermeisters würden die Karten womöglich neu gemischt werden.

»Na dann.« Sabine Kaufmann ging spürbar auf Distanz. »Viel Erfolg. Und wenn du mal Zeit hast, kannst du dich ja melden.«

Angersbach entdeckte ein Hinweisschild der Rücken-Wind AG, trat hart auf die Bremse und rumpelte über den Bürgersteig um die Kurve.

»Mache ich«, rief er ins Telefon, während er den Lada wieder in die Spur lenkte und auf das Werksgelände der Firma zufuhr. Erst dann merkte er, dass Sabine das Gespräch bereits beendet hatte.

Er verspürte ein vages Bedauern, wurde aber abgelenkt, denn kaum dass er das Handydisplay ausgeschaltet hatte, leuchtete es wieder auf, weil ein neuer Anruf einging. Noch mal Sabine? Angersbach schaute auf die Nummer, doch die sagte ihm nichts. Also stellte er den Lada auf dem Firmenparkplatz ab und drückte die Rufannahmetaste.

»Ja?«

»War dieser Lubitz ein verdammter Heiliger?«, fragte jemand am anderen Ende, der sich ebenso wenig wie Ralph die Mühe machte, sich mit Namen vorzustellen. »Auf seinem Bürorechner ist nicht ein Fitzelchen Persönliches. Keine Bilder, keine Filme, keine Notizen, nicht mal ein privater Mailaccount. Von Facebook, Twitter und Co. mal ganz zu schweigen. Alles nur staubtrockener Verwaltungskram, sauber und übersichtlich geordnet. Hatte der Mann überhaupt kein Privatleben?«

Ralph dachte an Lubitz' Haus, ebenfalls außergewöhnlich sauber und ordentlich, vor allem für einen alleinstehenden Mann. Viel zu ordentlich, beinahe steril. Vielleicht war der Bürgermeister ja krank gewesen, womöglich bis hin zu einer Zwangsstörung oder einer Form von Autismus. Oder war es nur sein eigener Ordnungssinn, der ungenügend ausgeprägt war?

»Doch«, erwiderte er. »Er hatte ein Privatleben. Mit seiner Sekretärin.«

»Ah.« Als er das donnernde Lachen am anderen Ende hörte, wusste er auch, mit wem er sprach. Andreas Jungblut, Kriminaltechniker. Im Präsidium war man sich einig, dass der Name *Heißsporn* besser zu ihm passen würde.

»Das ist ein verdammt hübsches Ding«, bestätigte Jungblut diese Einschätzung. »Aber wenn sie in Trauer ist …«

»So oder so solltest du die Finger von ihr lassen«, grummelte Angersbach. »Sie ist Zeugin in einem Mordfall.«

»Ja, ja.« Jungblut lachte wieder dröhnend. »War ja nur Spaß.«

»Hm.« Ralph hatte seine Zweifel, wollte das Thema aber nicht vertiefen. »Hast du deswegen angerufen? Um mir zu sagen, dass ihr nichts habt?«

»Nein. Oder ja, je nachdem, wie man die Sache betrachtet.«

Angersbach rollte mit den Augen. »Du sprichst in Rätseln.«

»Die Regale in Lubitz' Büro sind genauso ordentlich wie seine Ablagestruktur auf dem Rechner. Deshalb haben wir auch sofort gesehen, dass ein Aktenordner fehlt.« Jungblut machte eine kurze Pause. Musste er nachdenken, oder wollte er bloß die Spannung steigern? Ralph vermutete Letzteres.

»Wir haben die Sekretärin gefragt«, fuhr der Kollege endlich fort. »Der fehlende Ordner enthält die Unterlagen zum Windprojekt Fuchsrücken.«

Ralph schnalzte mit der Zunge. Das könnte bedeuten, dass er hier genau richtig war.

»Hat er den Ordner vielleicht mit nach Hause genommen?«, fragte er trotzdem.

»Falls ja, hat er ihn unterwegs verloren«, erwiderte Jungblut. »Ich habe mit den Kollegen gesprochen, die sich das Haus ansehen. Der Ordner befindet sich weder dort noch in Lubitz' Wagen.«

Was den Verdacht nahelegte, dass ihn Lubitz' Mörder an sich genommen hatte, genau wie den Rechner und das Handy des ermordeten Bürgermeisters. Ralph hätte sich in den Hintern beißen können, dass er sich von dem Einbrecher hatte übertölpeln lassen, und das gleich zwei Mal. Doch es nützte ja nichts.

»Das heißt, ihr habt sein Auto gefunden?«

»War nicht schwer. Es steht in seiner Garage, sagt Winter. Ein Oberklasse-Mercedes in Silbergrau, akkurat in der Mitte geparkt und offenbar frisch gewaschen und poliert.«

Noch ein Indiz dafür, dass Lubitz eine zwanghafte Persönlichkeit gewesen war, was bedeutete, dass der Inhalt des Ordners aufschlussreich sein könnte. Sicher hatte der Bürgermeister darin alles Wissenswerte über das Windprojekt zusammengetragen. Und darüber hinaus bedeutete der Wagen in der Garage natürlich, dass Lubitz nicht selbst in den Wald auf den Fuchsrücken gefahren war. Jemand musste ihn mitgenommen haben, denn er war definitiv dort ermordet worden und nicht erst nach seinem Tod zum Opferstein transportiert worden. Man konnte also davon ausgehen, dass er seinen Mörder gekannt hatte und kein zufälliges Opfer geworden war. Aber davon war angesichts der speziellen Art der Tötung und des eingebrannten Wortes »Verrat« auf Lubitz' Brust ohnehin auszugehen gewesen. Doch wenn der Mörder ihn zu Hause abgeholt hatte, war er vielleicht gesehen worden.

Angersbach bedankte sich bei Jungblut und verabschiedete sich, drückte das Gespräch weg und wählte die Nummer von Hauptkommissar Winter.

»Schorsch«, sagte er, als dieser nach dem ersten Klingeln das Gespräch annahm, »seid ihr noch bei Lubitz?«

»Sicher. Dauert auch noch, bis wir hier durch sind.«

»Prima.« Ralph erklärte seinen Gedankengang und bat Winter, ein paar Beamten loszuschicken, um die Nachbarn zu befragen. Vielleicht hatte jemand gesehen, wie der Bürgermeister zwei Tage zuvor in einen Wagen gestiegen war, und wenn sie Glück hatten, konnte die Person das Fahrzeug beschreiben oder hatte sich im besten Fall sogar das Kennzeichen gemerkt.

»Wir kümmern uns darum«, versprach Winter. »Ich melde mich, wenn wir etwas haben. Was machst du gerade?«

»Ich bin bei der Rücken-Wind AG«, entgegnete Ralph. »Und ich bin sehr gespannt, was der Geschäftsführer hier zu der ganzen Sache zu sagen hat.«

»Viel Erfolg«, wünschte Winter und beendete das Gespräch mit einem knappen Abschiedsgruß. Angersbach warf einen Blick über das Firmengelände. Es war eine weite Fläche mit mehreren großen, lang gezogenen Fabrikhallen, in Fertigbauweise aus Betonplatten errichtet, mit Flachdächern, auf denen Sonnenkollektoren montiert waren. Vor einer Halle stand ein Lastzug mit Überlänge, der mehrere Windradflügel geladen hatte. Im hinteren Teil des Geländes konnte Ralph weitere Stapel mit Bauteilen ausmachen. In der Nähe des Eingangs befanden sich zwei Bürogebäude, weiß getüncht und schmucklos.

Als hätte jemand im Inneren nur auf das Signal gewartet, öffnete sich die Eingangstür des rechten Gebäudes. Ein gut gekleideter Mittfünfziger trat auf den Hof und strebte zu einer der Werkshallen.

In Angersbach erwachte das Jagdfieber. Er stieß die Wagentür auf und sprang hinaus. Ein scharfer Schmerz durchzuckte seine Brust wie ein Stich ins Herz. Ralph keuchte und presste eine Hand auf die Rippen, bis er nachließ. Dann holte er tief Luft, um sich wieder zu fokussieren.

»Herr Schultheiß? Dietmar Schultheiß?«, rief er.

Der Mann blieb stehen und drehte sich um. »Ja. Das bin ich«, gab er in derselben Lautstärke zurück. Mit dynamischen Schritten trat er den Rückweg an und blieb vor Ralph stehen. Er musterte ihn kurz und lächelte geschäftsmäßig, wenn auch ohne große Erwartung. Ralph sah wohl nicht aus wie jemand, der einem Windenergieunternehmen großen Profit versprach. »Was kann ich für Sie tun?«

* * *

Fünf Minuten später saßen sie sich in Schultheiß' Büro gegenüber. Vor Ralph standen ein Glas Wasser und eine Tasse Espresso, stark und schwarz, wie er ihn mochte. Dietmar Schultheiß hatte sich eine Cola eingeschenkt und das halbe Glas in einem Zug geleert. Jetzt setzte er es mit einem Knall auf seinem gläsernen Schreibtisch ab.

»Ich fasse es nicht«, verkündete er, während sein Blick ziellos durch das riesige Büro mit den Designermöbeln und den hohen Glasfenstern zum Werkshof irrte. »Wer tut so etwas?« Er fuhr sich mit der Handfläche über das Kinn. »Das muss doch ein Verrückter sein.«

»Sie waren gut mit Martin Lubitz befreundet?«, fragte Ralph. Er wippte ein wenig in dem gut gefederten Besuchersessel, um seine Rippenmuskulatur zu lockern, die sich wie ein enger Druckverband um den Oberkörper anfühlte, und dachte an Sabine Kaufmann. Wenn sie hier wäre, würde sie ihn wahrscheinlich wieder für seine wenig subtile Strategie tadeln. Aber er konnte nicht anders als einfach geradeaus aufs Ziel zu.

Schultheiß strich sich die Haare zurück. Sie waren voll und dunkel und ein wenig gelockt, beneidenswert dicht, dachte Ralph. Er selbst schätzte sich ein paar Jahre jünger als Schultheiß und nahm dennoch seit einiger Zeit beim Blick in den Spiegel vermehrten Haarausfall und graue Strähnen zur Kenntnis.

»Befreundet wäre zu hoch gegriffen«, erwiderte Schultheiß. »Es wäre ja auch gar nicht opportun gewesen. Schließlich vertritt Martin die Gemeinde, und ich repräsentiere ein Wirtschaftsunternehmen. Wir wollten kooperieren, aber nicht aus Gründen, die man unter Vetternwirtschaft subsumieren würde, sondern aus rein sachlichen Erwägungen. Wir haben uns gut verstanden, weil wir dieselbe Vision hatten.«

»Ein Windpark auf dem Fuchsrücken.«

Schultheiß' Augenbrauen wanderten nach oben. »Ach. Das wissen Sie schon?«

Ralph hob die Hände. »Maria Jukovic.«

»Ah.« Schultheiß lehnte sich in seinem bequemen Sessel zurück. »Martins bildhübsche Sekretärin. Nun ja. Eigentlich wollten wir die Pläne noch eine Weile geheim halten, aber es ist ohnehin schon an allen Ecken und Enden etwas durchgesickert. Also: Ja. Martin und ich wollten den Fuchsrücken als neuen Standort erschließen.«

»Und wer wusste davon?«

Der Geschäftsführer lachte rau. »Tja. Im Grunde alle, die es irgendwie angeht. Ursprünglich hatten wir vor, zunächst nur im kleinen Kreis der Gemeinde darüber zu sprechen. Das Projekt an sich hatten wir schon auf Landesebene vorgestellt, nur über den genauen Standort wurde noch verhandelt. Aber vor der letzten Sitzung hatte Martin sich entschieden, und irgendjemand hat es in der gesamten Gemeinde herumposaunt. Mit dem Erfolg, dass hier und bei ihm eine ganze Reihe von Bedenkenträgern aufmarschiert ist und protestiert hat.«

»Haben Sie Namen?«

Wieder lachte Schultheiß. »Ich kann Ihnen eine Liste machen.«

»So viele?«

»Nun ja. Jeder, der in Fuchsrod wohnt, plus ein paar Sympathisanten. Wissen Sie: Das Projekt ist nicht neu. Wir hatten vor zwanzig Jahren schon einmal etwas Ähnliches vor, sind damals aber gescheitert. Dank Martin sollte die Idee jetzt doch noch verwirklicht werden, aber von den Gegnern von damals hat sich auch noch der eine oder andere erinnert. Und wenn es um einen Bauplatz vor der eigenen Haustür geht, kochen schnell die Gemüter über.«

Ralph reichte Schultheiß eine seiner Visitenkarten. »Schicken Sie mir die Liste mit den Namen?«

»Sicher.«

»Hat jemand von denen Lubitz bedroht? Oder Sie?«

»Nein. Die Proteste waren friedlich, und Drohbriefe haben wir nicht bekommen.« Er lachte heiser. »Jedenfalls bisher nicht.« Seine Augen verengten sich. »Glauben Sie, ich bin auch in Gefahr?«

Angersbach zuckte mit den Schultern. »Momentan steht noch nicht fest, ob es wirklich um den Windpark ging. Möglicherweise gibt es auch noch andere Motive. Wissen Sie, ob Lubitz Feinde hatte?«

»Nein. Er war ein umgänglicher Typ. Hat viel für die Gemeinde getan. Die Leute mochten ihn. Deswegen haben sie ihn ja immer wieder gewählt.«

»Und Sie? Sind Sie gut mit ihm ausgekommen? Waren Sie sich einig? Oder gab es Streit?«

Schultheiß schüttelte den Kopf. »Wir hatten dieselbe Vision. Waren geradezu euphorisch. Dass es jetzt, nach all den Jahren, doch noch klappen sollte mit der Windenergie auf dem Fuchsrücken. Lubitz' Tod ist ein echter Verlust für mich. Nicht nur geschäftlich, sondern auch persönlich.«

»Und Sie wissen nichts von privaten Streitigkeiten?«

»Nein.« Der Geschäftsführer blinzelte. »Hatte Martin überhaupt ein Privatleben?«

Dieselbe Frage, die auch schon der Kollege Jungblut gestellt hatte. Ob Schultheiß von Lubitz' Affäre mit seiner Sekretärin wusste?

»Maria Jukovic?«, schlug Ralph vor.

Schultheiß winkte ab. »Das war nichts Ernstes. Martin hatte seinen Spaß mit ihr, aber er hätte sie sicher nicht geheiratet. Er wollte keine Frau im Haus. Viel zu viel Unordnung. Das konnte er nicht leiden.«

»Hm.« War das ein Motiv? Eine verschmähte Liebe? Eine Art von Verrat wäre das vielleicht, so, wie es das Brandmal auf Lubitz' Brust andeutete. Aber war eine Frau zu einer solchen Tat überhaupt in der Lage? Körperlich war die zierliche Frau dem Bürgermeister sicher unterlegen gewesen, aber Lubitz hatte nach Hacks Analyse einen Drogencocktail intus gehabt, der ihn mehr oder weniger hilflos gemacht hatte. Trotzdem konnte sich Ralph die Sekretärin als Täterin nicht vorstellen. Im Auge behalten musste er sie natürlich trotzdem.

Ralph stand auf. »Wenn Ihnen sonst nichts mehr einfällt?«

»Im Augenblick nicht, tut mir leid.« Schultheiß erhob sich ebenfalls und reichte Ralph die Hand. »Ich hoffe, Sie finden den Täter. Vielleicht hat die Sache ja auch gar nichts mit unserem Projekt zu tun.«

Angersbach sah ihn forschend an. »Glauben Sie das?«

Wieder fuhr sich der Geschäftsführer durch die Haare. »Keine Ahnung. Ich meine: Das wäre schon … heftig. Auf der anderen Seite … damals …« Er winkte ab. »Vergessen Sie's. Das war eine ganz andere Geschichte.«

Angersbach war sich nicht ganz sicher, doch er meinte, in Schultheiß' Stimme einen seltsamen Unterton vernommen zu haben. Und auch ihn beschlich ein Unbehagen, das er nicht recht einordnen konnte. Als würde etwas in seinem Hinterkopf anklopfen, ein Gedanke, den er nicht zu fassen bekam. Schon wieder. Eine Erinnerung, die er verdrängt hatte.

»Gibt es noch etwas, das ich wissen sollte?«, fragte er.

Schultheiß verneinte. Ralph hatte den Impuls, nachzubohren, entschied sich aber dagegen. Zunächst einmal würde er recherchieren, ob sich vor zwanzig Jahren, als das Windparkprojekt im ersten Anlauf gescheitert war, etwas ereignet hatte, das womöglich heute wieder eine Rolle spielte.

7

Der Mann stand auf einer kleinen Anhöhe, halb verborgen hinter dem schartigen Stamm einer uralten Eiche. Er trug Hose und Jacke in Tarnfarben, dazu eine Bundeswehrmütze und Springerstiefel. Von der Lichtung aus war er unmöglich zu erkennen. Doch es blickte ohnehin niemand in seine Richtung.

Am späten Nachmittag war erneut ein Suchtrupp der Polizei aufgekreuzt, durchweg junge Beamte in Uniform, keine erfahrenen Spurensucher mit weißen Schutzanzügen. Es ging wohl darum, das gesamte Gelände noch einmal abzusuchen. Nicht einmal Latexhandschuhe trugen die Uniformierten, würden solche jedoch wohl überstreifen, wenn sie einen Fund machten. Ob sie seine in der vergangenen Nacht gelegte Spur entdeckten?

Der Mann nahm sein Fernglas vor die Augen und fokussierte den Baum mit dem gebrochenen Ast. Eine Gruppe von Polizisten – zwei Männer und eine Frau – kam soeben daran vorbei. Die beiden Männer beachteten den Ast nicht. Die Frau hingegen blieb stehen und sagte etwas. Ihre Kollegen stoppten, drehten sich zu ihr um, grinsten. Der eine machte eine Bemerkung. Irgendwas Abfälliges über die weibliche Intuition, tippte der Mann hinter der Eiche. Zumindest wirkte die Polizistin entsprechend verärgert. Trotzdem untersuchte sie den abgeknickten Ast und griff nun auch nach dem Zweig, der im Boden steckte.

Der Mann hinter der Eiche leckte sich die Lippen. *Jetzt.*

Die Polizistin bückte sich und hielt triumphierend das Objekt hoch. Es war ein Freundschaftsbändchen, aus roten, grünen und blauen Wollfäden gewebt.

Die beiden jungen Polizisten machten betroffene Mienen. Die Polizistin lächelte. Allerdings nicht so breit wie der Mann auf der Anhöhe hinter dem Baum.

* * *

Die Liste des Geschäftsführers der Rücken-Wind AG ließ nicht lange auf sich warten. Angersbach fand sie in seinem E-Mail-Posteingang, als er den Rechner in seinem Büro in der Regionalen Kriminalinspektion Gießen hochfuhr. Sie umfasste siebzehn Namen, von denen einer ihn wie der Stich einer Hornisse traf. Johann Gründler. Ralphs Vater. Er stöhnte auf. Das musste ja kommen … Wo immer es zu rebellieren galt, stand Gründler in der ersten Reihe. Beim zweiten Blick auf die Liste stellte der Kommissar fest, dass sein Vater der Einzige war, der nicht in Fuchsrod wohnte. Ralph griff kurzerhand zum Telefon und rief seinen alten Herrn an, während er sich noch fragte, wieso Schultheiß eigentlich sämtliche Windkraftgegner namentlich kannte. Sie würden sich doch wohl kaum einzeln bei ihm vorgestellt haben?

»Ralph?«, meldete sich Gründler. Seit er ein Telefon hatte, das Name und Nummer des Anrufers anzeigte, verzichtete er darauf, sich vorzustellen, und sprach stattdessen den Anrufer direkt an.

»Ja.«

»Willst du endlich mal wieder vorbeikommen?«

»Das wird sich wahrscheinlich nicht vermeiden lassen«, erwiderte Angersbach und tippte nebenbei auf seiner Tastatur. Vielleicht fand er ja zu dem einen oder anderen Namen von Schultheiß' Liste einen polizeilichen Eintrag.

»Was heißt denn das?«, fragte sein Vater.

»Dein Name ist im Zusammenhang mit einer Ermittlung aufgetaucht.«

»Ach ja?« Gründler klang geradezu erfreut. Ralph war seinem Vater erst vor einigen Jahren zum ersten Mal begegnet, als ein spektakulärer Fall sie zusammengeführt hatte. Ralph nahm es ihm immer noch übel, dass er sich nie um ihn gekümmert hatte, zugleich war er aber froh, dass er ihn schließlich doch noch kennengelernt hatte. Langsam hatten sie sich angenähert, wenngleich eine Kluft blieb. Nicht nur, weil sie keine gemeinsame Geschichte hatten, sondern auch, weil sie grundverschieden waren. Der alte Gründler war ein Alternativer, der seit einiger Zeit plante, sein Haus im Vogelsberg in eine Hippiekommune zu verwandeln. Immerhin hatte er es bisher nicht getan. Ralph, der es als Polizist selbstverständlich fand, sich an Recht und Gesetz zu halten, wäre in echte Schwierigkeiten geraten, wenn sein Vater und seine Genossen anfingen, Hasch anzubauen und zu rauchen. Nicht, dass Gründler das nicht auch alleine tat, doch darüber konnte Ralph so gerade noch hinwegsehen. Bei jedem anderen wäre das aber zu viel, und es wäre ein Grund, seinen Vater nicht mehr zu besuchen. Er glaubte nicht, dass sein Vater seinetwegen seine Pläne noch nicht in die Tat umgesetzt hatte, hätte sich aber gefreut, wenn es so wäre.

»Worum geht es denn da?«, fragte Gründler.

Angersbach gab »Possel« ins System ein. Gleich sechs Personen auf der Liste des Rücken-Wind-Geschäftsführers trugen diesen Namen. Eine Strafakte hatte keiner von ihnen. Stattdessen erwies sich Maik Possel als Dozent für die Geschichte des Mittelalters an der Justus-Liebig-Universität

Gießen, der in seiner Freizeit mit seiner Familie eine Art Mittelalterkommune betrieb. Sie lebten auf einem Hof in Fuchsrod und posteten regelmäßig Videos über ihr einfaches Leben im Netz. Ralph sah mehrere junge Menschen in schlichten Kleidern wie aus einem Historienfilm, die sich um Ackerbau und Viehzucht kümmerten.

»Fuchsrod«, sagte er zu seinem Vater.

»Ha! Die Verbrecher von der Rücken-Wind mit ihrem Windpark!«

»Was weißt du darüber?« Angersbach gab den nächsten Namen ein, Rupp. Auch davon gab es zwei. Wie sich herausstellte, ein Kundenberater und die Zweigstellenleiterin der Sparkasse in Fuchshain, die nebenbei als *Elfenbeauftragte* tätig war. Was, in Gottes Namen, war das?

»Was hast du gesagt?« Ralph hatte die Stimme seines Vaters vernommen, aber den Inhalt nicht mitbekommen, weil ihn die »Elfenbeauftragte« abgelenkt hatte.

»Die wollen den halben Fuchsrücken abholzen und das komplette Dorf entsiedeln«, wetterte Gründler. »Das heißt das eigentliche Fuchsrod. Das Haus vorne vor dem Ortseingang von Körber soll stehen bleiben.«

»Immerhin.« Angersbach seufzte erleichtert. Zumindest war sein Traumhaus nicht betroffen.

Sein Vater schnaubte. »Weißt du, was das bedeutet? Jahrhundertealter Eichenbestand. Unersetzlich. Vom Anblick gar nicht zu reden, wenn sie stattdessen ihre geflügelten Riesenpenisse aufstellen. Die Dorfbewohner sollen runter nach Fuchshain ziehen. In ganz *wunderbare* moderne Neubauten. Und dann werden auch noch die Kultstätten zerstört.«

»Was für ein Kult?«

»Es gibt da oben ein paar vorchristliche Opfersteine.«

»Hm.« Ralph machte sich eine Notiz. Von der geplanten Entsiedlung hatte Dietmar Schultheiß, der Geschäftsführer der Rücken-Wind AG, nichts erwähnt. Von einem Bauplatz »vor der eigenen Haustür« hatte er gesprochen, nicht aber davon, dass es diese Tür in naher Zukunft nicht mehr geben sollte. Weil es für ihn nebensächlich war, eine Belanglosigkeit, wie sie in seinem Gewerbe ständig vorkam? Oder weil dies der Teil des Projekts war, von dem er hoffte, dass noch nichts davon an die Öffentlichkeit gedrungen war? Doch wenn die Fuchsroder bereits eine Protestbewegung organisiert hatten, musste Schultheiß wissen, dass ihnen die Fakten bekannt waren, und auch in der Presse musste über die Sache berichtet worden sein. Ralph würde das checken. Vielleicht war Schultheiß das Ganze auch bloß peinlich, und er hatte Ralph gegenüber nicht zugeben wollen, dass er um des Profits willen Menschen herumschob wie Schachfiguren.

»Sagt dir der Begriff ›Elfenbeauftragte‹ etwas?«

»Sicher. Das ist eine Frau, die Kontakt zu den unsichtbaren Lebewesen aufnehmen kann. Trolle, Elfen und dergleichen. Ist eher in Skandinavien verbreitet, aber bei uns gibt es sie auch. Sie sorgen dafür, dass man bei neuen Baumaßnahmen keine Felsformationen zerstört, in denen diese Wesen leben.«

»Ah ja.«

»Du brauchst nicht zu spotten. In Niedersachsen hat man vor einiger Zeit zwei Elfenbeauftragte eingesetzt, um die Zahl der Unfälle auf der A2 zu reduzieren.«

»Und das hat funktioniert?«

»Es ist nicht so einfach, aufgebrachte Geister zu besänftigen«, wicl Gründler einer klaren Antwort aus, die wohl »Nein« geheißen hätte.

»Welches Interesse hast du denn an Fuchsrod?«

»Mich interessiert alles, was im Vogelsberg vor sich geht. Außerdem wohnt da oben in Fuchsrod ein alter Freund von mir.«

»Ein Hippie?«

»Nein. Ein Bauer. Rudd. Rudolf Berger.«

»Okay.« Ralph versah den Namen mit einem Kreuz. »Und die anderen Bewohner des Dorfes? Kennst du die auch?«

»Selbstverständlich. Wir haben uns schließlich einige Male zusammengesetzt, um zu überlegen, wie wir dieses Windprojekt verhindern können.«

»Wie habt ihr davon erfahren? Dietmar Schultheiß, der Geschäftsführer der Rücken-Wind AG, meinte, sie hätten es noch für sich behalten wollen.«

Gründler lachte bellend. »Ha! Als ob man so etwas geheim halten könnte. Norman Rupp von der Fuchshainer Sparkasse prüft für die Gemeinde die Bücher. Nicht offiziell, nur aus Gefälligkeit. Da hat er das ganze Finanzierungskonzept gesehen. Und dann hat er ein bisschen bei der kleinen Maria nachgebohrt. Das ist die Gemeindesekretärin.«

»Ja. Die kenne ich.« Ralph tippte »Rudolf Berger« ein. Der Freund seines Vaters war fünfundsiebzig, seit fünfzehn Jahren in Fuchsrod ansässig und tatsächlich als Landwirt eingetragen.

»Woher?« Angersbach konnte geradezu sehen, wie sein Vater die dichten Augenbrauen zusammenzog.

»Ich ermittle in einem Mordfall.«

»Wer ist denn tot?«

»Martin Lubitz.«

»Der Bürgermeister?« Gründler hustete. »Was für ein Zufall. Und jetzt glaubst du, einer von den Windkraftgegnern hat ihn ermordet, um das Projekt zu verhindern?«

»Hältst du das für ausgeschlossen?«

»Absolut. Wir haben eine klare Position, aber wir lehnen jede Form von Gewalt ab. Wir protestieren friedlich. Und wir sind nicht blöd. Mord ist doch keine Lösung.«

»Vielleicht sieht das nicht jeder so.« Angersbach entdeckte, dass drei weitere Personen von Schultheiß' Liste genau wie die Mittelalterfraktion eine Gruppe bildeten. Jene betrieb eine kleine biologisch-dynamische Landwirtschaft mit Hofladen. Blieben noch zwei einzelne Frauen. Wie er gleich darauf herausfand, handelte es sich bei ihnen um eine ehemalige Lehrerin und eine Künstlerin, die online Traumfänger und dergleichen verkaufte.

»Kann sein. Aber für die Gegner der Windkraft auf dem Fuchsrücken lege ich jederzeit die Hand ins Feuer.« Damit beendete sein Vater das Gespräch. Ralph schaute konsterniert auf den nutzlosen Hörer in seiner Hand und erwog, die Wahlwiederholung zu betätigen, ließ es dann aber sein. Gründler hatte gesagt, was er sagen wollte, und mehr würde er nicht aus ihm herausholen.

Angersbach legte auf und starrte auf seinen Bildschirm. Siebzehn Menschen, die in Fuchsrod lebten und denen der Verlust ihrer Heimat drohte. Denen man ihr Haus wegnehmen wollte, um es dem Erdboden gleichzumachen. Für einen Windpark, dem darüber hinaus auch noch ein alter Eichenwald und ein paar historisch bedeutsame Steine zum Opfer fallen würden. Ein solches Projekt musste Existenzängste auslösen und große Wut, Motive genug für einen Mord. Er würde alle siebzehn Personen durchleuchten müssen und darüber hinaus herausfinden, ob es auch in anderen Lebensbereichen des Martin Lubitz noch mögliche Motive gab. Immerhin war die attraktive Gemeindesekretärin Maria Jukovic vielleicht nicht nur enttäuscht, dass Lubitz sich keine gemeinsame Zukunft mit ihr vorstellen konnte, sondern es gab auch noch einen Verlobten, der vielleicht eifersüchtig auf ihren Chef gewesen war.

Zu viel Arbeit für einen allein, fand Angersbach. Er telefonierte mit ein paar Kollegen und bat sie, die Befragung der Fuchsroder Einwohner zu übernehmen. Er selbst wollte sich zunächst um Lubitz und sein privates Umfeld kümmern.

Er checkte beim Einwohnermeldeamt die Informationen über Lubitz und erfuhr, dass der Bürgermeister ledig war. Keine geschiedene Ehe, keine Kinder. Ein eingefleischter Single also, genau wie Ralph selbst, oder einer, der einfach noch nicht die Richtige gefunden hatte? Wenn Rücken-Wind-Geschäftsführer Schultheiß richtiglag, kein Zufall, sondern Absicht, weil der Bürgermeister niemanden in seinem Haus hatte haben wollen, der alles in Unordnung brachte. Lubitz' Eltern waren tot, die Mutter mit Anfang, der Vater mit Ende sechzig gestorben, beide eines natürlichen Todes. Herzinfarkt, Hirnschlag, Krebs wahrscheinlich. Was man eben so bekam, wenn man älter wurde, wobei sie für heutige Verhältnisse eher jung gestorben waren. Aber auch das kam vor. Geschwister gab es keine, auch keine entfernten Verwandten. Eine Linie, die mit Martin Lubitz ausgestorben war.

Angersbach widmete sich der Homepage der Gemeinde Fuchsrücken und fand ein Foto des Bürgermeisters. Ein gut aussehender, selbstbewusst wirkender Mann, volles dunkles Haar mit grauen Schläfen, sportlich, mit einem leichten Bauchansatz, der ihn irgendwie seriös aussehen ließ. Ralph klickte sich durch die sozialen Medien und entdeckte reihenweise Bilder. Von offiziellen Anlässen – Einweihungen, Preisverleihungen, Gemeindesitzungen –, die Lubitz im stets korrekten Anzug zeigten. Und aus irgendwelchen Clubs, Frankfurt wahrscheinlich, vielleicht auch Gießen. Lubitz tanzte oder saß an der Theke. Und immer hielt er eine hübsche Frau im Arm. Nie dieselbe, und alle durch die Bank zehn, fünfzehn Jahre jünger als er selbst. Die Sekretärin war nicht darunter. Diese Affäre hatte er wohl geheim gehalten, um sein Bild in der Gemeinde nicht zu beschädigen. Ob Maria Jukovic von den anderen Frauen gewusst hatte? Vermutlich, wenn sie in der Lage war, ein Smartphone zu bedienen und die entsprechenden Facebook-Seiten aufzurufen. Und das beherrschten heutzutage alle Leute unter dreißig. Aber würde eine Frau, die rasend eifersüchtig war, dem Mann, der sie betrog, mit dem Vorschlaghammer sämtliche Glieder zertrümmern, ihm den Bauch aufschlitzen, das Wort »Verrat« auf die Brust brennen und sein Gesicht verstümmeln? Oder würde ein eifersüchtiger Verlobter das tun? Nach Ralphs Gefühl passte das brutale und demonstrative Vorgehen eher zu einem Täter, der befürchtete, sein Haus, seine Heimat, seinen gesamten Besitz zu verlieren, und der darüber hinaus ein Zeichen setzen wollte, eine Warnung. Und womöglich war es ja auch kein Einzeltäter. Mehrere Windkraftgegner könnten sich zusammengeschlossen haben, um den Bürgermeister, der an ihrer misslichen Situation schuld war, aus dem Weg zu räumen. Aber das waren natürlich nur Hypothesen. Wenn er bei seinen Ermittlungen keine klaren Hinweise erhielt, wäre es vielleicht klug, einen Psychologen zurate zu ziehen. Später.

Angersbach hoffte, dass sich der Kreis der Verdächtigen würde eingrenzen lassen, wenn alle siebzehn Personen von der Liste nach ihrem Alibi für die Tatzeit befragt worden waren, die Professor Hack allerdings nicht sonderlich genau hatte eingrenzen können. Irgendwann in der Nacht vor zwei Tagen, zwischen neun Uhr abends und vier Uhr in der Früh vermutlich. Eine Zeit, zu der sich jeder, der in Fuchsrod wohnte, ungesehen in den Wald hätte schleichen können, um sich mit Lubitz zu treffen, ihn zu töten, zu verstümmeln und auf dem Opferstein abzulegen. Oder, wie es nach dem Auffinden von Lubitz' Mercedes in der heimischen Garage wahrscheinlicher war, ihn dort abzuholen und gemeinsam mit ihm auf den Fuchsrücken zu fahren.

Warum hatte Lubitz sich darauf eingelassen? Hatte man ihm vorgegaukelt, eine Art Ortsbegehung machen zu wollen, um das Areal für die geplante Anlage abzustecken? Hatte man auf eine friedliche Lösung gehofft, und die Situation war eskaliert, als Lubitz sich störrisch und uneinsichtig gezeigt hatte? Aber der Mord musste von vornherein geplant gewesen sein, schon allein wegen des Brandeisens. Hatte man den Bürgermeister also mit dem Drogencocktail derart außer Gefecht gesetzt, dass er gar nicht mehr hatte entscheiden können, ob er mit auf den Fuchsrücken fahren wollte oder nicht? Dann müsste man ihm die Drogen bei ihm zu Hause verabreicht haben. Vielleicht hatte davon jemand etwas mitbekommen? Doch bisher gab es von Winters Beamten in Fuchshain keine Erfolgsmeldung. Keiner der Nachbarn hatte etwas gesehen, weder, dass Lubitz Besuch bekommen hatte, noch, dass er in ein fremdes Auto gestiegen war. Und von den Kollegen der IT, die sich um Lubitz' Mailaccounts und Telefonverbindungen kümmern sollten, gab es auch noch nichts Neues. Im Augenblick blieb ihm kaum etwas anderes übrig, als zu warten.

Ralph öffnete ein weiteres Browserfenster und suchte nach Berichten über die Protestaktionen gegen den geplanten Windpark. Es gab tatsächlich einige, vornehmlich in den regionalen Blättern. Die Informationen deckten sich mit jenen, die er bislang zusammengetragen hatte. Ralph fand auch einen offenen Brief, den die Mitglieder der Bürgerinitiative an die Rücken-Wind AG gerichtet hatten und den alle unterschrieben hatten. Daher kannte Schultheiß wohl alle Namen.

Ralph schob die Tastatur von sich weg und zog sie gleich darauf wieder zu sich heran. Diese Erinnerung, die in irgendeinem Winkel seines Gehirns nagte, ließ ihm keine Ruhe. Was war da vor zwanzig Jahren gewesen? Warum hatte man damals das Projekt aufgegeben, Windräder auf dem Fuchsrücken aufzustellen?

Er gab einige Stichworte in die Suchmaske ein. Nur Sekunden später hatte er ein paar Dutzend Treffer. Sofort stellten sich ihm die Nackenhaare auf. Seine Kehle war plötzlich so trocken, dass er kaum noch schlucken konnte, und ein eisiger Schauer lief ihm über den Rücken.

Wie hatte er das nur vergessen können?

8

Zwanzig Jahre zuvor

Der Bus rumpelte einen holprigen Waldweg hinauf. Ralph konnte nicht sehen, wohin es ging. Er saß eingezwängt zwischen vier Kollegen auf der rechten der beiden in Fahrtrichtung angebrachten Bänke hinten im Wagen. Durch das kleine Seitenfenster erkannte er nur hohe Bäume und blauen Himmel. Davor saßen aufgereiht fünf weitere Kollegen, wie er selbst Polizeischüler, allerdings allesamt ein paar Jahre jünger und ein gutes Stück fitter als er.

Ralph hatte zweimal eine Ehrenrunde in der Schule gedreht, weil er im Heim und in den verschiedenen Pflegefamilien nur selten Ruhe zum Lernen gefunden hatte. Danach den Zivildienst absolviert und sich anschließend bei der Polizei beworben. Die ihn abgelehnt hatte. Was will ein Kriegsdienstverweigerer bei der Polizei? Ralph war mit Interrail und per Anhalter durch Europa getingelt, hatte das eine oder andere Studium angefangen und wieder abgebrochen und sich immer wieder neu beworben, bis sie ihn doch genommen hatten bei der Polizei. Da war er fünfundzwanzig gewesen.

Was er hier wollte, wusste er immer noch nicht. Irgendwie hing es wohl damit zusammen, dass ihm in seinem Leben so viel Ungerechtigkeit widerfahren war. Nun wollte er dazu beitragen, dass die Welt besser und gerechter wurde.

Der Bus hielt an, und die Kollegen an den Türen stießen diese auf und sprangen hinaus. Ralph und die anderen folgten. Ralph landete auf weichem, schlammigem Untergrund

und hatte Mühe, das Gleichgewicht zu halten. Die schwere Ausrüstung und die klobigen Stiefel behinderten ihn. Zusammen mit den anderen Polizeischülern stellte er sich in einer Reihe auf und nahm Haltung an, während seine Augen die Gegend scannten.

Bäume, Bäume und noch mal Bäume. Knorrige Eichen auf der einen, hohe Douglasien auf der anderen Seite. Und dahinter ein tiefer Abgrund.

Der Zugführer trat vor und musterte seine Abteilung.

»Leichenfund im Steinbruch«, schnarrte er. »Der Mann ist von hier oben abgestürzt. Die Spurenlage ist nicht eindeutig. Könnte Mord gewesen sein oder Selbstmord. Wir suchen nach weiteren Hinweisen.«

Ralph und seine Mitschüler legten die Hände an die Mützenschirme und machten sich dann jeweils zu zweit auf den Weg. Mit Stangen durchkämmten sie das dichte Waldgebiet. Nebenbei schielten sie immer wieder zum Zentrum des Geschehens, abgesperrt mit rot-weißem Flatterband. Dort waren die weiß gewandeten Forensiker am Werk, und zwei schwarz gekleidete Männer trugen einen Zinksarg zu einem Leichenwagen, der zweifellos direkt in die Gießener Rechtsmedizin fahren würde. Informationen und Gerüchte wurden schnell von Gruppe zu Gruppe weitergegeben.

Ein völlig zertrümmerter Körper.

Eine schwarze Maske über dem Kopf.

Ein Brandmal auf der Brust.

»Der Rechtsmediziner meint, er stand unter Drogen. Halluzinogene Pilze oder so was«, berichtete einer der Beamten, die an der Absperrung Wache hielten. Er deutete zum Steinbruch. »Die haben an der Absturzstelle das Werkzeug gefunden. Ein Brandeisen und ein Feuer, um es zu erhitzen. Keine

Hinweise auf Fremdeinwirkung bisher. Der muss komplett in seinem Film gewesen sein. Hat wohl geglaubt, er würde keine Schmerzen empfinden und könnte fliegen.«

Ralph schaute zur Unglücksstelle. Er wäre gerne näher herangegangen und hätte sich die Sache angesehen. In seinen Ohren klang das nicht sehr plausibel. Natürlich taten Leute unter Drogeneinfluss verrückte Dinge. Aber sich selbst eine Maske über den Kopf ziehen, ein heißes Brandeisen auf die Brust drücken und in einen Abgrund springen?

Der Beamte an der Absperrung sah ihm seine Neugier an der Nasenspitze an.

»Zerbrich dir nicht den Kopf über Dinge, die dich nichts angehen«, riet er. »Die Kollegen wissen schon, was sie tun. Und Hackebeil ist eine echte Koryphäe. Dem bleibt nichts verborgen.«

»Hackebeil?«

»Der Rechtsmediziner. Professor Hack«, erklärte der Kollege und tippte auf sein rechtes Augenlid. »Hat nur ein Auge, sieht damit aber wie ein Luchs. Dem macht keiner was vor.«

Ralph hätte gerne noch weitergefragt, doch der Zugführer bereitete der Sache ein Ende.

»Angersbach! Was stehen Sie hier rum und halten Maulaffen feil? Wo ist Ihr Partner? Und weshalb sind Sie nicht bei der Arbeit?«

»Ich wollte mehr über den Fall erfahren. Ich dachte, es hilft, wenn wir wissen, wonach wir suchen.«

Der Ausbilder schnitt ihm mit einer knappen Handbewegung das Wort ab. »Überlassen Sie das Denken Ihren Vorgesetzten, Angersbach. Sie sollen einfach nur gründlich den Wald durchkämmen. Wenn es etwas zu finden gibt, finden Sie es, egal ob Sie wissen, wonach Sie suchen oder nicht.«

Ralphs Widerspruchsgeist regte sich, doch er war bereits lange genug bei dem Verein, um zu wissen, wann Opposition geduldet wurde und wann man lieber den Mund hielt.

»Zu Befehl«, sagte er deshalb nur, salutierte und wandte sich ab, um weiter das weitläufige Waldstück zu durchstöbern. Den ganzen Tag marschierte er hangabwärts und hangaufwärts durch das dichte Grün und entdeckte nichts.

9

Angersbach stieg hinunter ins Archiv und ließ sich die alte Akte heraussuchen. Er ging damit in sein Büro, kochte sich einen Kaffee und setzte sich an den Schreibtisch. Zwei Todesfälle im winzigen Fuchsrod, und beide Male mit einer Leiche, die gebrandmarkt worden war – das konnte doch kein Zufall sein?

Der Tote von damals, Gert Debus, achtunddreißig Jahre alt, hatte einen kleinen Hof in Fuchsrod besessen. Denselben, den, wie Ralphs Recherche ergab, heute der Freund seines Vaters, Rudolf Berger, beackerte. Debus' Hof hatte sich zum Zeitpunkt seines Todes in wirtschaftlicher Schieflage befunden. Die Einnahmen waren unter den Erwartungen geblieben, den horrenden Kredit bei seiner Hausbank hatte er nicht bedienen können. Grund genug für einen Suizid.

Dafür sprach, dass man im Schuppen auf seinem Grundstück Materialien zur Herstellung des am Tatort gefundenen Brandeisens entdeckt hatte. Außerdem hatte die Rechtsmedizin halluzinogene Substanzen in seinem Blut nachgewiesen. Dazu kam, dass der Körper so zerschlagen war, dass sich rechtsmedizinisch nicht mehr hatte nachweisen lassen, ob alle Verletzungen vom Sturz stammten oder einige vorher zugefügt worden waren. Die zuständigen Ermittler gelangten zu dem Schluss, dass es sich um einen drogeninduzierten Selbstmord gehandelt hatte.

Vorstellbar, dachte Ralph. Die Verzweiflung über die aussichtslose Situation, die zum Konsum von Drogen führte.

Solche, deren Wirkung nicht abzuschätzen war. Menschen unter Alkoholeinfluss verloren ein Stück weit die Kontrolle, doch Pilzgifte konnten noch weiter reichende Konsequenzen haben. Wahnvorstellungen, psychische Abstürze, vollkommen übersteigerte Emotionen. Wer unter Halluzinationen litt, sah sich vielleicht in einem völlig abgedrehten Film, bildete sich Stimmen oder Personen ein, die drastische Befehle gaben. Debus könnte tatsächlich im Rausch das Brandeisen angefertigt und sich am Steinbruch in einem heidnischen Ritual in den Tod gestürzt haben.

Angersbach schnippte mit dem Fingernagel gegen seinen Kugelschreiber. Möglich, ja. Doch solche Fälle waren in der Kriminalgeschichte eine absolute Rarität. Er versuchte, sich die Situation damals, vor zwanzig Jahren, vorzustellen.

Die Rücken-Wind AG – ein europaweit agierender Konzern mit Sitz in Lauterbach – plante, das Dorf Fuchsrod zu entsiedeln und auf dem Fuchsrücken Kahlschlag zu betreiben, um dort einen Windpark zu errichten. Die kleine Dorfgemeinschaft – auch damals waren es nur zehn, zwölf bewohnte Häuser – wehrte sich dagegen. Debus dagegen ließ sich kaufen – weil ihm das Wasser bis zum Hals stand und ihm in seiner verzweifelten finanziellen Situation keine andere Wahl blieb. Hatte er damit den Zorn der anderen Protestler auf sich gezogen?

Angersbach warf den Kugelschreiber auf den Tisch. Selbst wenn. Würden ein paar harmlose Dorfbewohner einen Abtrünnigen unter Drogen setzen, ihm mit einem Brandeisen die Brust versengen und ihn in den Abgrund stürzen? Kein normaler Mensch kam auf eine solche Idee. Es sei denn, es handelte sich um eine Sekte. Dort gab es gelegentlich wirklich krude Inszenierungen.

Hatte es vor zwanzig Jahren eine solche Vereinigung in Fuchsrod gegeben? Angersbach durchstöberte die üblichen

Datenbanken, fand aber keinen entsprechenden Eintrag. Was nichts heißen musste. Solange die Mitglieder im Verborgenen agierten und nicht strafrechtlich in Erscheinung traten, wurden kleinere Sekten nicht zwangsläufig aktenkundig.

Er griff nach dem Bericht der Rechtsmedizin. Selbst die Fotografien von Obduktionen bereiteten ihm regelmäßig Übelkeit. Diese hier versetzten ihm einen regelrechten Schock.

Auf der Brust des toten Gert Debus war dasselbe Wort eingebrannt wie beim toten Bürgermeister Martin Lubitz: *Verrat*.

Es musste das Werk desselben Mörders sein. Ein oder mehrere Täter, die auf dieselbe bedrohliche Situation mit einem stereotypen Bestrafungsakt reagierten. Lubitz war ein Befürworter des Windparks gewesen. Und es war durchaus zu vermuten, dass Debus seinerzeit den Rücken-Wind-Betreibern sein Grundstück verkaufen wollte, welches allein die halbe Fläche von Fuchsrod ausmachte. Was den Verdacht nahelegte, dass auch der Täter auf dem Fuchsrücken lebte und damals wie heute um keinen Preis verkaufen und von dort wegziehen wollte.

In Ralphs Hinterkopf regte sich etwas, und er blätterte noch einmal nach vorn. Es war nur ein Nebensatz irgendwo im Protokoll gewesen. Nach kurzem Suchen fand er ihn wieder.

Von einem Zusammenhang des Todesfalls im Steinbruch mit den als abgängig gemeldeten Personen, dem Bürgermeister Manfred Beppler (Fuchshain) und Werner Runzheimer (Bruchfeld), ist nicht auszugehen, stand dort. Angersbach lief es kalt über den Rücken. Wie es schien, hatten die Kollegen damals so einiges übersehen.

Ralph sprang auf und stieß dabei fast seinen Kaffeebecher um. Im letzten Moment erwischte er ihn und verhinderte, dass sich die braune Brühe über die Akte ergoss. Er kippte den restlichen Kaffee, der mittlerweile kalt geworden war, in den Ausguss und stellte den Becher beiseite. Dann hetzte er erneut ins Archiv.

* * *

Sabine Kaufmann schlüpfte aus den verschwitzten Klamotten und warf sie in die Waschmaschine. Sie stellte sich unter die Dusche und drehte das Wasser so heiß, wie sie es gerade noch aushielt.

Sie war ein Stück aus der Stadt hinaus in den Taunus gefahren und eine gute Stunde durch den Wald gejoggt. Anfangs hatte die Sonne noch über den Bäumen gestanden. Auf dem Rückweg dagegen hatte der Wald lange Schatten geworfen, und sie hatte in ihrer durchnässten Kleidung gefroren. Es war eben doch erst Ende April, auch wenn das klare Blau des Himmels den nahenden Sommer bereits ankündigte. Sie hatte auch die Heizung im Wagen nicht zu weit aufdrehen wollen; der Renault Zoe hatte nicht mehr viel Saft und musste dringend an die Ladestation. Es wäre einfach dumm, liegen zu bleiben, weil man die Energie statt für den Motor für die Wärmeerzeugung genutzt hatte.

Sie schloss die Augen und ließ sich das Wasser auf den Kopf rieseln, genoss, wie es über Brust und Arme lief und im Ausguss versickerte.

Der gestrige Abend im Club war ein Reinfall gewesen, die Musik zu laut und überhaupt nicht ihr Geschmack, die Männer viel zu alt oder viel zu jung. Die beiden, die sie angesprochen hatten, waren außerdem allzu offensichtlich nur auf das eine aus gewesen. Nicht, dass Sabine nicht gern einmal wieder ein paar Streicheleinheiten genossen hätte, aber One-

Night-Stands waren nicht ihr Ding. Zumindest die vage Aussicht auf ein bisschen mehr sollte schon dabei sein.

Sie seifte sich gründlich ein, spülte den Schaum ab und drehte das Wasser zuletzt auf kalt. Erst Arme und Beine, danach Kopf und Körper. Sie prustete laut, als sie den Hahn zudrehte, und rubbelte sich gründlich mit dem Handtuch trocken. Aus dem Flur hörte sie ein Piepen.

Rasch schlang sie sich das Handtuch um den Oberkörper. Dann eilte sie ins Wohnzimmer und nahm das Smartphone vom Tisch. »Ja?«

»Ich dachte, es gehört sich, dass man sich mit seinem vollen Namen vorstellt«, sagte eine dunkle Stimme am anderen Ende.

»Ralph.« Ein Lächeln schlich sich auf Sabines Lippen. Nach dem gestrigen Telefonat hatte sie nicht damit gerechnet, dass er sich in naher Zukunft melden würde.

»Hm«, brummte Angersbach. »Was machst du gerade?«

»Warum? Wolltest du mich zu einem romantischen Candle-Light-Dinner einladen?«

»Nein. Eher zu einer düsteren Reise in die Vergangenheit.«

»Deine?«

Angersbach lachte. Jedenfalls nahm sie das an. Vom Klang her hätte es auch ein Husten sein können.

»Ich habe hier einen Fall, der eine Nummer zu groß für die Landespolizei ist«, erklärte er. »Ich wollte Unterstützung beim LKA anfordern. Ich dachte … wenn es dir recht ist … könnte ich konkret dich anfragen.«

Sabine setzte sich aufs Sofa, wickelte sich in eine Decke und schaute aus dem Fenster über die Dotzheimer Dächer.

»Was ist das für ein Fall? Dein verstümmelter Bürgermeister mit dem Windpark?«

»Der und ein Toter vor zwanzig Jahren. Die Rücken-Wind AG, die den Windpark auf dem Fuchsrücken plant, wollte das Projekt damals schon umsetzen. Der damalige Bürgermeister und die Mehrheit im Gemeinderat waren dafür. Rücken-Wind wollte das ganze Dorf kaufen, die Leute umsiedeln und Fuchsrod plattmachen. Die Bewohner haben sich dagegen gewehrt, nur wenige waren bereit zu verkaufen. Und einer von denen lag dann ein paar Wochen später tot im Steinbruch, mit zerschlagenen Gliedmaßen und einem Brandmal auf der Brust. *Verrat,* stand da. Und meinem toten Bürgermeister von gestern hat man dasselbe Zeichen eingebrannt.«

»Uh.« Sabine schüttelte sich. »Das klingt grauslich.«

»Es geht noch weiter. Der Bürgermeister, der das Projekt vor zwanzig Jahren durchsetzen wollte, ist von einem Tag auf den anderen spurlos verschwunden, zusammen mit einem weiteren Gemeinderatsmitglied. Keiner von beiden ist seitdem wieder aufgetaucht.«

»Du meinst, man hat sie ebenfalls ermordet?«

»Liegt nahe, oder nicht?«

Sabine zog das Handtuch unter der Wolldecke hervor und rubbelte sich die Haare trocken. Sie waren wieder kurz, obwohl sie sie eigentlich endlich einmal hatte wachsen lassen wollen. Doch mit dem Neuanfang war irgendwie auch ein Schnitt dran gewesen, und in der Phase zwischen kurz und lang sahen die Haare einfach nur hässlich aus, sodass sie doch immer wieder zum Friseur ging. Nun hatte sie einen Look, der zumindest praktisch war und schnell trocknete.

»Was ist danach mit dem Projekt passiert?«, erkundigte sie sich. »Damals, meine ich.«

»Die wenigen, die einen Verkauf zumindest erwogen hatten, haben ihre Einwilligung zurückgezogen. Und die Gemeinde hat kalte Füße bekommen und die Pläne auf Eis gelegt.«

»Bis jetzt.«

»Ja. Martin Lubitz hat sich in den letzten Jahren einen sicheren Stand als Bürgermeister verschafft. Er hat nach einer Möglichkeit gesucht, Geld für die Sanierung der beiden Brücken über den Fuchsbach und den Zufluss aufzutreiben. Die sind der einzige Zuweg nach Fuchsrod, aber völlig marode. Wenn der Windpark gebaut wird, setzt Rücken-Wind auch die Brücken instand, weil sie sie für ihre Materiallieferungen brauchen.«

»Zwei Fliegen mit einer Klappe.«

»Ja. Nur die Bewohner von Fuchsrod sind nach wie vor nicht begeistert. Sie wollen nicht wegziehen. Sie haben eine Protestbewegung organisiert. Mein Vater ist auch dabei.«

Sabine lächelte. Sie mochte den alten Gründler, der so alternativ und rebellisch war. »Und du glaubst, die Dorfbewohner morden jedes Mal, wenn jemand anfängt, über den Windpark da oben zu reden?«

»Ich denke, es ist was Größeres. Deswegen will ich das LKA. Der Tote damals stand unter Drogen, genau wie Lubitz jetzt. Beide hatten dasselbe Brandmal auf der Brust. Und Lubitz ist auf einem Stein abgelegt worden, der als vorchristlicher Opferstein gilt. Das hat etwas Religiöses. Wie Ritualmorde.«

Sabine warf das feuchte Handtuch über eine Stuhllehne. »Du meinst, dahinter steckt eine Sekte?«

»Etwas in der Art, ja.«

Sabine trat ans Fenster. Sie hatte Urlaub eingereicht, weil sie ein dringendes Bedürfnis verspürte, vom Schreibtisch weg und an die frische Luft zu kommen. Das würde sie bei Ralphs Fall im Vogelsberg auch. Den Urlaub könnte sie später nachholen. Und es wäre schön, wieder mit Ralph zu arbeiten, auch wenn er nicht immer einfach war.

»Ich frag meinen Chef, ob er einverstanden ist«, sagte sie deshalb. »Wenn er nichts dagegen hat, meinen Urlaub zu verschieben, gehe ich gern mit dir auf die Jagd.«

»Prima.« Es knackte und krachte, als hätte Ralph den Apparat auf den Tisch geworfen, ehe er das Gespräch per Knopfdruck beendet hatte, aber dann vernahm sie noch einmal seine Stimme.

»Ich freue mich«, sagte er rau.

Sabine räusperte sich.

»Ich auch«, erwiderte sie, doch da hatte Angersbach schon aufgelegt.

10

Ralph Angersbach grinste, als Sabine Kaufmann früh am nächsten Morgen auf dem Parkplatz des Gießener Polizeipräsidiums in der Ferniestraße aus ihrem Renault Zoe stieg. Sie war also immer noch auf dem Elektroautotrip. In den Vogelsberg allerdings würde sie wohl oder übel mit in seinem alten Lada Niva fahren müssen, den sie verabscheute, weil er angeblich schlecht gefedert war. Doch nach der Fahrt von Wiesbaden nach Gießen würde die Strecke nach Fuchsrod und zurück die Reichweite des Zoe-Akkus überschreiten.

Seine frühere Kollegin kam auf ihn zu, schlank und dynamisch wie immer. Nur ihr Gesicht war ernster geworden, ein paar mehr Falten, und die Mundwinkel hingen leicht herab. Graue Haare hatte sie nicht bekommen, oder sie färbte sie, doch das glaubte Ralph nicht.

»Hallo, Ralph.« Sabine blieb vor ihm stehen, offenbar unschlüssig, wie sie ihn begrüßen sollte. Händeschütteln war irgendwie uncool, nur die Hand zum Gruß zu heben zu wenig, eine Umarmung zu nah und zu viel. Angersbach, der sich in Sabines Gegenwart oft noch unbeholfener fühlte als ohnehin schon, schob die Hände in die Hosentaschen.

»Hey. Danke, dass du gekommen bist.«

»Das war kein großes Opfer, weißt du? Den Urlaub konnte ich verschieben. Bei uns liegt gerade nichts an, das nicht warten kann. Mein Chef hat mich gerne abgeordnet. Und deine Geschichte hier klingt spannend. Zwei Morde, die sich so ähneln, im Abstand von zwanzig Jahren. Wenn es derselbe

Täter war, sagt uns das zumindest etwas über sein Alter. Alle unter dreißig, fünfunddreißig können wir ausschließen.«

»Stimmt.« Angersbach nickte. Er hatte doch gewusst, dass es eine gute Idee war, Sabine ins Boot zu holen. Die Intuition und der weibliche Blick – das hatte ihm gefehlt.

»Wenn du willst, können wir gleich losfahren. Ich zeige dir den Tatort. Die interessanten Akten und die Berichte von Hack und von der Spurensicherung habe ich im Auto, die kannst du unterwegs lesen.«

Kaufmann zuckte, aber nur kurz. Sie schaute zu ihrem Zoe, dann zu seinem dunkelgrünen Geländewagen. »Wann kaufst du dir endlich ein anständiges Auto?«

Angersbach wies großmütig auf ihren Renault. »Wenn du willst, können wir auch mit deinem fahren.«

Erwartungsgemäß biss sie die Zähne zusammen und schüttelte den Kopf. »Ich muss erst *tanken*.« Sie setzte das Wort bewusst mit den Fingern in Anführungszeichen.

»Ja, ja. Die Reichweite«, grinste Ralph und wandte sich eilig ab, damit ihr flammender Blick ihn nicht durchbohrte.

Er kletterte auf den Fahrersitz, wartete, bis sie neben ihm Platz genommen hatte. Die Ermittlung von damals kam ihm in den Sinn. Der geschrottete Renault Twizy. Der Erhängte, das LKA, die Ermittlung im Lauterbacher Umland. Irgendwie hatte sich alles seither rasend schnell weiterentwickelt. Verändert. Ralph hatte seinen Vater gefunden. Sabine ihre Mutter verloren. Das LKA war auf sie aufmerksam geworden. Die Mordkommission in Bad Vilbel Geschichte. Und dennoch hatte das Schicksal die beiden Kommissare wieder zusammengeführt.

Sabines Anschnaller rastete mit einem Klicken ein, und Ralphs Gedanken kehrten zu ihrem Wortwechsel zurück. Nicht alles hatte sich verändert. Er startete den Motor, ließ ihn im Stand aufröhren und fuhr schwungvoll vom Parkplatz. Nie im Leben, dachte er, würde er darauf verzichten. Ein Auto musste Geräusche machen, der Motor so wummern, dass man ihn spürte. Wo blieb sonst das Gefühl der Lebendigkeit, das jede Fahrt mit dem Niva auszeichnete?

Kaufmann schnappte sich den Aktenstapel vom Rücksitz und schlug ihn auf. Sie las konzentriert, während Angersbach den Lada über den Gießener Ring aus der Stadt und hinter der Autobahn auf die Straße in Richtung Lauterbach lenkte.

»Was ist mit den Mobilfunkdaten?«, erkundigte sie sich, während sie die Unterlagen durchblätterte. »E-Mail-Verkehr, soziale Profile?«

»Haben wir noch nicht.« Ralph berichtete ihr zähneknirschend von dem Einbrecher bei Lubitz, der ihn gleich zwei Mal niedergeschlagen hatte und sowohl Lubitz' elektronische Geräte als auch vermutlich den Ordner über das Rücken-Wind-Projekt entwendet hatte. Rasch warf er ihr einen Seitenblick zu, hatte erwartet, Belustigung in ihrer Miene zu sehen. Stattdessen entdeckte er Mitgefühl.

»Mist«, sagte sie leise und fragte: »Tut es noch weh?«

»Nur wenn ich lache«, markierte Ralph den starken Macker, was dazu führte, dass sie mit den Augen rollte. Damit konnte er besser umgehen als mit ihrem Mitleid.

Er umkurvte den Fuchsrücken, kam an der Einfahrt zum Steinbruch bei Bruchfeld vorbei. Dort hatte man damals den toten Gert Debus gefunden. Ralph hatte nicht gewusst, dass es dieser Ort gewesen war. Er hatte sich in der Gegend damals nicht ausgekannt und aus dem hinteren Abteil des Polizeibusses zu wenig sehen können, um zu wissen, wohin die Reise ging. Für ihn war es einfach nur ein Wald gewesen, den er nach Anweisung durchkämmt hatte wie viele Waldstücke davor und danach. Niemals hätte er geglaubt, dass ihm diese Geschichte so viele Jahre später wieder begegnen würde. Seinerzeit hatte man ihnen nur kurz und bündig mitgeteilt, dass die ermittelnden Beamten aufgrund der Spurenlage auf Selbstmord erkannt hätten, und für Angersbach war die Sache damit abgeschlossen gewesen. Wäre das Ergebnis ein anderes gewesen, wenn er damals nicht nur als Polizeischüler, sondern als zuständiger Beamter beteiligt gewesen wäre?

Ralph lachte leise. Bild dir bloß nichts ein, dachte er.

Kaufmann blickte von den Akten auf. »Was ist so lustig?«

Angersbach erzählte es ihr, inklusive der Selbstironie. Die Kollegin betrachtete ihn nachdenklich.

»Vielleicht wäre es anders ausgegangen«, meinte sie. »Du bist nämlich ein guter Polizist, auch wenn mein erster Eindruck ein ganz anderer war. Aber du lässt nicht locker.« Sie grinste. »Wie ein Hund, der einen Knochen gefunden hat und ihn nicht freigibt, auch wenn er sich hoffnungslos in ein paar Baumwurzeln verkeilt hat.«

Ralph knurrte. War das nun ein Kompliment? Und wenn ja, sollte er sich darüber freuen?

Sie erreichten die Brücken über den Fuchsbach, und Angersbach wies auf deren desolaten Zustand hin. Obgleich er feststellen musste, dass man diesen optisch wohl nur als Fachmann erkennen konnte. Er jedenfalls tat es nicht. Zwei Minuten später hielt er auf Fuchsrod zu. Auf der rechten Seite tauchte ein Haus auf. Ralph stieg so heftig in die Eisen, dass Sabine nach vorn geschleudert wurde.

»Hey!« Sie lockerte den Gurt, der sich wahrscheinlich schmerzhaft in ihre Brust gegraben hatte. »Was sollte das denn? Hast du eine Kröte entdeckt, die die Straße überqueren wollte?« Sie schaute demonstrativ durch die Frontscheibe. »Also, ich sehe nichts.«

Angersbach hatte plötzlich einen trockenen Hals. Er deutete nach rechts. »Das Haus.«

»Ja?« Sie krauste die Stirn. »Was ist damit?«

»Das ist meins. Ich habe es gekauft. Gestern.«

Kaufmann starrte ihn an. »Das ist ein Witz, oder?«

»Nein. Also: Gekauft ist vielleicht zu viel gesagt. Per Handschlag. Aber es ist das Haus, nach dem ich mein Leben lang gesucht habe. Da musste ich einfach …«

»Aha?« Sie stieß die Wagentür auf, kletterte hinaus und öffnete die Gartenpforte. Ralph folgte ihr eilig.

»Warte. Du kannst nicht einfach das Grundstück betreten.«

»Warum nicht? Ich denke, es gehört dir?«

»Na ja, fast. Ich sagte ja: Handschlag. Der Vertrag muss erst zum Notar et cetera. Und ich war auch noch nicht auf der Bank wegen der Finanzierung.«

»So?« Kaufmann erspähte das »Zu verkaufen«-Schild, das immer noch im Garten stand, und grinste. »Offiziell ist es demnach noch zu haben. Dann wird doch niemand etwas dagegen haben, wenn ich mich ein wenig umsehe. Vielleicht bin ich ja auch interessiert. Und solange die Unterschrift auf den Papieren noch fehlt …«

Angersbach schob unbehaglich die Hände in die Taschen. Einerseits wollte er Sabine das Haus und den Garten unbedingt zeigen, um seine eigene Begeisterung in ihren Augen gespiegelt zu sehen. Andererseits wollte er Körber nicht überrumpeln. Am Ende überlegte es sich der Ingenieur noch anders und bevorzugte einen der anderen Kaufwilligen. Doch die Entscheidung lag ohnehin nicht bei ihm. Oder lag es womöglich daran, dass Ralph eine diffuse Angst verspürte, seiner Kollegin könnte das Haus nicht gefallen? Doch dafür war es zu spät. Kaufmann hatte bereits das Haus umrundet und blieb wie angewurzelt auf der Terrasse stehen. Angersbach folgte ihr.

»Mein Gott.« Sabine drehte sich zu ihm um. »Also, mal abgesehen davon, dass ich ein Stadtkind bin. Und mal abgesehen davon … haben die hier schon so was wie Mobilfunk? Internet? Na, egal. Aber alles mal außer Acht gelassen: Das Haus – es ist wirklich ein Traum.«

Ralph lächelte und schaute zufrieden auf die weite Ebene, ein bunter Flickenteppich aus Wiesen, Feldern und Waldstücken, deren junges Grün in der Sonne leuchtete. »Drinnen ist es auch sehr schön«, sagte er, und Kaufmann spähte durch die große Scheibe hinein, genau wie er selbst zwei Tage zuvor. Und so wie beim letzten Mal ertönte auch jetzt plötzlich eine Stimme neben ihm.

»Noch nicht überzeugt?«, fragte Reinhold Körber.

Ralph richtete sich mit einem Ruck auf. »Doch. Ich bin mir absolut sicher. Ich wollte nur …«

»Der Frau Ihres Herzens das neue Zuhause zeigen?«

Angersbach verschluckte sich. Er fühlte sich verlegen wie ein Teenager. Sabine dagegen blieb ganz souverän und sagte, betont formell: »Kriminaloberkommissarin Kaufmann vom LKA in Wiesbaden. Ich bin eine Kollegin von Herrn Angersbach. Wir sind nur zufällig hier vorbeigekommen, und ich war neugierig.«

»Verstehe. Wegen des Toten oben im Wald, richtig?« Körber machte eine ernste Miene, lächelte aber gleich darauf warm. »Und? Gefällt Ihnen das Haus?«

»Ja, sehr«, sagte sie aufrichtig und blinzelte Ralph zu. »Und das kannst du dir leisten?«

Angersbach hustete. Er wünschte, er hätte nicht hier angehalten, sondern wäre, ohne nach rechts und links zu schauen, durch Fuchsrod hindurch auf den Fuchsrücken zum Tatort gefahren. Auf diese Situation hätte er verzichten können.

»Herr Körber macht mir einen guten Preis«, brummte er. »Weil eine Wand im Keller marode ist und ein gewisser Sanierungsbedarf besteht. Ich habe noch einen blöden Witz gerissen. Dass man nie wissen könne, ob da einer eine Leiche eingemauert hat.«

»Ah ja.« Sabines Augen verengten sich kritisch. »Und der Rest ist intakt?«

»Alles in Ordnung, ja. Ich war mit einem Baugutachter hier, den mir Neifiger empfohlen hat.«

»Ja dann.« Sie hielt Reinhold Körber die Hand hin. »Hat mich gefreut. Schön, dass Sie meinem Kollegen Ihr Haus verkaufen.« Sie legte den Kopf schief. »Wird es Ihnen nicht fehlen?«

»Bestimmt«, erwiderte Körber und hielt Sabines Hand länger fest als nötig. »Aber ich will meinen Ruhestand in Portugal verbringen, und da ich das Haus nicht mitnehmen kann, muss ich mir dort wohl oder übel ein neues kaufen.«

Angersbach entdeckte eine leise Sehnsucht auf ihrem Gesicht.

»Ach«, seufzte Sabine. »Jeden Tag Sonne, Strand und Meer. Das ist wirklich beneidenswert.«

»Wenn Sie wollen, kommen Sie doch mit.«

Sabine lachte. »Ich muss noch ein paar Jahre arbeiten, sonst reicht meine Pension nicht. Ich stehe gern auf eigenen Füßen.«

»Ich nehme an, es ist noch eine ganze Reihe von Jahren, sonst würde ich Ihnen anbieten nachzukommen«, scherzte Körber und ließ endlich ihre Hand los.

»Allerdings«, erklärte Angersbach schroff und schob Kaufmann in Richtung Gartentor. »Ich melde mich bei Ihnen, sobald ich mit meiner Bank gesprochen habe.«

»Tun Sie das«, erwiderte Körber, schaute aber an Ralph vorbei zu Sabine und winkte ihr nach, bis sie in den Lada gestiegen war.

Angersbach fuhr mit knirschenden Reifen an. »Was war das denn?«

Kaufmann blickte zurück zum Haus, wo der Ingenieur gerade im rückwärtigen Garten verschwand. »Ich weiß nicht, wovon du redest.«

»Du hast mit ihm geflirtet.«

»Na und? Also erstens hat *er* mit *mir* geflirtet. Und außerdem: Warum nicht? Er ist ein netter und charmanter Mann. Er hat etwas … Einnehmendes.«

»Er ist mindestens sechzig.«

Kaufmann verdrehte die Augen. »Ich wollte ihn auch nicht heiraten. Es war einfach nur ein nettes Geplänkel.«

»Hm.« Angersbach brummte und fragte sich, was ihn eigentlich störte. Für ihn kam Sabine schließlich als Partnerin nicht infrage. Genauso wenig wie irgendeine andere Frau. Er war einfach nicht beziehungsfähig. Mit keiner seiner früheren Freundinnen hatte er es länger als maximal ein Jahr ausgehalten. Zu eng, zu klebrig, zu viele Kompromisse. Er war ein einsamer Wolf, einer, der sich selbst genug war. Doch lebten Wölfe nicht eigentlich im Rudel? Egal. Das Bild mochte biologisch betrachtet falsch sein, für ihn war es stimmig.

Seine Gedanken drängten weiter. Was, wenn es anders wäre? Er mochte Sabine, auch wenn sie grundverschieden waren. Und das Gefühl, das irgendwo in seinem Magen bohrte, hatte verdächtige Ähnlichkeit mit Eifersucht.

Quatsch, beendete er seinen inneren Dialog. Er brauchte keine Frau. Er brauchte niemanden.

Er lenkte den Lada über die Straße in Fuchsrod, die menschenleer war. Auch die Häuser sahen verlassen aus.

»Wohnt hier überhaupt jemand?«, fragte Kaufmann.

»Doch. Jede Menge Leute.« Angersbach berichtete von den siebzehn Einwohnern. Der Mittelaltergruppe, dem Pärchen von der Sparkasse in Fuchshain, dem Ökohof, dem alten Bauern, der Lehrerin und der Frau mit den Traumfängern.

»Ah ja. Das ist ja eine hübsche Ansammlung von Sonderlingen. Und keiner von denen möchte verkaufen und aus Fuchsrod weggehen?«

»Nein. Warum auch? Das ist ein wunderschönes Fleckchen Erde, findest du nicht?«

Sabine lachte auf: »Das wird der Grund sein! Das, und nicht die Tatsache, dass die meisten von ihnen sich vermutlich nirgendwo integrieren können. Wie war das? *Zwergenbeauftragte?*«

»Elfen«, korrigierte Ralph frostig. »Und vergiss mal nicht: Auch ich bin hier oben groß geworden.«

»War ja nicht so gemeint.« Die Kommissarin schaute von den Akten auf, in denen sie weitergeblättert hatte. »Und ich gebe es zu, die Gegend ist etwas Besonderes. Ein bisschen einsam vielleicht.«

»Mir gefällt es genau so«, verteidigte Angersbach seine neu gewählte Heimat. »Und ich hoffe, sie setzen sich durch. Nicht dass ich etwas gegen Windkraft hätte. Wirklich nicht. Aber so ganz direkt vor der Haustür brauche ich sie jetzt auch nicht …«

»Dann hättest du mit deiner Kaufzusage vielleicht besser warten sollen, bis die endgültige Entscheidung gefallen ist. Falls der Windpark kommt, würde das Haus wahrscheinlich noch um einiges billiger werden.«

Angersbach biss die Zähne zusammen. Er wollte das Haus einfach unbedingt haben. Schließlich stand nicht jeden Tag die Erfüllung seines größten Traums vor ihm.

»Da ist sicher noch Verhandlungsspielraum«, knurrte er.

Sabine grinste. »Und ich dachte immer, du hättest gar keine Gefühle. Dabei bist du butterweich.«

»Pfff.« Ralph begann zu bereuen, dass er Sabine angefordert hatte. Er wollte Hilfe bei diesen seltsamen Mordfällen, nicht jemanden, der in seiner Psyche herumstocherte. Und die Kollegin war noch nicht fertig.

»Macht es dir nichts aus, neben Leuten zu wohnen, von denen einer ein Mörder ist?«

»Den werde ich ja verhaften«, knurrte Ralph. »Dann hat alles seine Ordnung.«

Er winkte einem Kollegen von der Gießener Kriminalinspektion, der gerade aus einem der Häuser trat, die offenbar doch nicht so unbewohnt waren, wie sie aussahen. Der Kollege hob den Daumen, um zu signalisieren, dass die Befragung in vollem Gange war. Man würde sich am Nachmittag im Revier zusammensetzen, um die Ergebnisse zu besprechen. Vielleicht sahen sie dann klarer.

Ralph rumpelte mit dem Lada zwischen den Bäumen hinter dem Dorf hindurch.

»Da vorn ist es«, sagte er und stellte den Niva auf dem schmalen Waldweg ab. »Den Rest müssen wir laufen.« Er führte Kaufmann in Richtung der Stelle, wo man den toten Bürgermeister Martin Lubitz gefunden hatte. Die rot-weißen Absperrbänder waren entfernt worden, nur an dem Ast einer alten Eiche wehte noch ein vergessenes Stück. In diesem Moment kreuzte ein riesiger Vogel ihren Weg. Ralph glaubte, in dem leuchtenden Weiß zwei schwarze Knopfaugen zu erkennen. Eine Schleiereule. Vermutlich waren sie in ihr Revier eingedrungen. Der Vogel flog auf eine schattige Lichtung, wo er auf einem Baumstumpf pausierte. Dann verschwand er wieder. Der Kommissar musste lächeln. Sicher, die Nidda wurde im Großraum Karben renaturiert. Seltene Tiere siedelten sich wieder an dem Fluss an. Aber so auf Tuchfühlung mit großen Raubvögeln zu kommen – das gab es nur noch hier oben.

Sie erreichten die Lichtung. Nur die roten Flecken auf einem großen und flachen weißen Stein, der genau in der Mitte der unbewachsenen Fläche lag, erinnerten noch an die grausige Tat.

»Das ist ein vorchristlicher Opferstein?«

»So heißt es. Kann stimmen oder auch nicht. Es gibt in Fuchshain einen Kulturverein, der das steif und fest behauptet und Beispiele anführt für Rituale, mit denen hier vor ein paar Tausend Jahren Tieropfer dargebracht wurden«, berichtete Ralph, der das in der Zeit, in der er auf Sabine gewartet hatte, im Netz recherchiert hatte. »Das sind ein paar pensionierte Lehrer, keiner unter siebzig, die sich einmal im Monat treffen und sich durch alles wühlen, was sie an Landesgeschichte in die Finger bekommen. Haben eine sehr umfangreiche Homepage, auf der sie Fotos all dieser angeblichen Opfersteine präsentieren. Aber wirklich historisch belegt ist nichts davon.« Er stampfte auf den Boden. »Du weißt ja. Jede Kuppe hier ist ein alter Lavaschlot. Europas größtes Vulkangebiet. Diese Steinformationen gibt es hier oben dutzendfach. Und zu jedem erzählt man sich irgendwelche Sagen und Schauergeschichten.«

Sabine ging zu dem Stein, fuhr mit der flachen Hand darüber. »Entscheidend ist nicht, ob es stimmt«, bemerkte sie. »Sondern, ob es jemand glaubt. Aber wie passt das zusammen? Windkraftgegner und Ritualmord?«

Angersbach machte eine weit ausholende Handbewegung. »Könnte ich mir schon vorstellen. Wenn das hier für eine Sekte oder eine ähnliche Vereinigung ein heiliger Ort ist …«

»Okay.« Kaufmann hob die Hände. »Nehmen wir das mal an. Könnte es dieser Kulturverein sein?«

Ralph lachte bellend. »Sicher nicht. Wie gesagt: keiner unter siebzig. Und alles kein Stück esoterisch, sondern mit staubtrockenem wissenschaftlichem Anspruch.«

»Gut. Also nicht der Kulturverein. Irgendeine Glaubensgemeinschaft, eine geheime wahrscheinlich. Die haben den Fuchsrücken zu ihrem rituellen Zentrum auserkoren. Und dann kommt die Rücken-Wind AG und will den Wald und das Dorf plattmachen. Da setzt man dann ein Zeichen.«

»Den Toten im Steinbruch. Ein Bauer, der verkaufen wollte. Man brennt ihm das Wort ›Verrat‹ auf die Brust. Eine deutliche Botschaft an alle, die ebenfalls bereit sind, mit der Rücken-Wind zu kooperieren.«

»Lasst die Finger vom Fuchsrücken.«

»Genau.«

»Und zwanzig Jahre später wiederholt sich die Geschichte.« Kaufmann dachte nach. »Was ist mit den beiden anderen Männern damals passiert? Wenn sie ermordet wurden, warum hat man sie nicht ebenfalls ausgestellt?«

»Vielleicht hätte man an ihnen Spuren gefunden, die zum Täter geführt hätten. Oder schneller auf die Verbindung zwischen den Taten geschlossen? Deshalb hat man sie versteckt. So gut, dass sie bis heute nicht gefunden wurden.«

»Hm.« Kaufmann ließ den Blick über die Lichtung und die Baumwipfel in Richtung Steinbruch gleiten und dachte an die flapsige Bemerkung, die Ralph gemacht hatte. »Ich habe da gerade eine ganz verrückte Idee. Total abstrus. Oder vielleicht auch nicht.«

»Was?«

Sabine erklärte es ihm, und Ralph verspürte ein unangenehmes Gefühl im Magen. War das möglich? Blödsinn, sagte er sich. Aber es war wohl seine Pflicht, die Sache zu prüfen.

* * *

Reinhold Körber schüttelte den Kopf, als die Kollegen ihr schweres Gerät aus dem Fahrzeug luden und in seinen Keller schleppten.

»Sie machen Nägel mit Köpfen, was?«, fragte er mit einem Lächeln, das gleichermaßen anerkennend und säuerlich wirkte.

»Ich muss wissen, wie umfangreich der Renovierungsbedarf wirklich ist«, behauptete Ralph. »Möglicherweise ist es ja ein größeres Problem. Das kann schnell richtig teuer werden.«

»Und dann würde Ihnen der vorgeschlagene Kaufpreis unangemessen erscheinen, obwohl ich Ihnen bereits ein gutes Stück entgegengekommen bin«, stellte Körber nüchtern fest.

Ralph hob entschuldigend die Hände. »Sie müssen das verstehen.«

Der Ingenieur nickte ergeben. »Bitte. Tun Sie, was Sie für nötig halten.«

Kaufmann und Angersbach begleiteten die Kollegen in den Keller, und auch Körber folgte ihnen. Die Männer von der Spurensicherung stellten mehrere Scheinwerfer auf, die jeden Winkel des düsteren Gewölbes ausleuchteten. Anschließend setzten sie ein mobiles Röntgengerät in Betrieb und fuhren damit die feuchte Wand ab. Körber runzelte die Stirn.

»Wir wollen uns zunächst ein Bild machen«, erklärte Ralph. »Damit wir keine böse Überraschung erleben.«

Ein unangenehmes Piepen drang durch den Raum, und einer der Kollegen winkte Angersbach. »Hier ist etwas.«

Er trat zu dem Kollegen und blickte auf den Monitor. Auf der dunkelgrauen Fläche waren helle Flecken zu sehen. Schmal und länglich, mit runden Köpfen am oberen und unteren Ende.

»Knochen«, sagte der Kollege.

»Wie bitte?« Reinhold Körber drängte sich zwischen Angersbach und den Kollegen und starrte auf den Monitor. »Das kann nicht sein.«

Kaufmann wandte sich ihm zu. »Seit wann wohnen Sie hier?«

Körber rieb sich die Schläfen und verdrehte die Augen zur Decke. »Achtzehn. Nein. Neunzehn Jahre. Vor neunzehn Jahren habe ich das Haus gekauft.«

»Von wem?«

»Keine Ahnung. Es war ein Angebot der Sparkasse in Lauterbach. Die haben das ganze Geschäft abgewickelt. Wem es vorher gehört hat, weiß ich nicht. Irgendein alter Mann, glaube ich, aber der Name ist mir entfallen.«

»Und Ihre Kontaktperson?«

»Irgendein Makler. Ich habe das Haus im Internet entdeckt und mich vor Ort mit ihm verabredet. Er hat sich dann um alles gekümmert. Ich war damals kaum hier, hatte in unserer Dependance in Südfrankreich zu tun. Da ist einiges durcheinandergegangen. Ich glaube kaum, dass ich die Papiere wiederfinde. Nur den Kaufvertrag, aber da ist lediglich die Sparkasse Lauterbach vermerkt, soweit ich mich erinnere.«

»Wir werden das prüfen.«

Körber fuhr sich mit der flachen Hand über das Gesicht. »Diese Knochen da. Glauben Sie, das sind menschliche Gebeine? Ich habe hier seit neunzehn Jahren mit einer Leiche gelebt?«

»Schätzungsweise sind es eher zwei«, warf der Kollege mit dem Röntgengerät wenig zartfühlend ein. »Sehen Sie das hier?« Er deutete auf seinen Monitor. »Das sind Oberschenkelknochen. Drei. Eine Person«, er zwinkerte, »kann aber nur zwei davon haben.«

Körber presste die Hand vor den Mund. »Das kann doch alles nicht wahr sein.«

»Würden Sie bitte nach oben gehen?«, sagte Kaufmann. »Dies hier ist ein Tatort. Da haben Zivilisten nichts verloren.«

»Aber es ist mein Haus!«, begehrte der Ingenieur auf.

»Das spielt keine Rolle«, beschied ihm Ralph. »Unsere Ermittlungen haben Vorrang vor persönlichen Interessen. Tut mir leid«, schob er nach.

Körber atmete tief ein. Seine Kiefer mahlten, seine Augenbrauen zogen sich zusammen. Angersbach rechnete mit einer Auseinandersetzung, doch dann sackten Körbers Schultern plötzlich hinunter. Er drehte sich um und wandte sich der Kellertreppe zu. »Ich brauche einen Schnaps«, hörte Ralph ihn murmeln. Den hätte Angersbach auch gern gehabt. Nicht nur, dass sein Traumhaus Gefahr lief, von surrenden Windrädern überschattet zu werden, nun war es auch noch ein Leichenhaus. Zum Glück hatte er den Kaufvertrag noch nicht unterschrieben. Aber es würde ihm das Herz zerreißen, wenn aus der Sache nichts wurde. Konnte er über einen Leichenfund im eigenen Keller hinwegsehen? Immerhin war er Kriminaloberkommissar und Derartiges gewohnt. Trotzdem … Würde es nicht das Gefühl von Ruhe und Frieden von vornherein zerstören? Als wohnte er nicht allein, sondern zusammen mit einem bösen Geist in dem Haus? Hackebeil würde wahrscheinlich sagen, er solle sich nicht so anstellen. Mit Toten könne man gut zusammenleben. Das Problem seien eher die Lebenden. Und Metzger Neifiger würde vermutlich auch befinden, dass ein paar alte Knochen kein Grund waren, ein Haus nicht zu bewohnen. Doch würde er, wenn er oben im Wohnzimmer saß, nicht ständig an die Menschen denken, die gewaltsam zu Tode gekommen und hier versteckt worden waren? Hatte man sie womöglich sogar lebendig eingemauert? Sabine Kaufmann mochte ihn ja für einen groben Klotz halten, doch in Wirklichkeit war er sensibel. Diese Leichen im Keller würden ihm Alpträume bereiten.

Einer der Forensiker baute einen Klappständer aus Metall auf, an dem eine große Lampe befestigt war. Anschließend nahm er eine Sprühflasche aus seinem Koffer und begann, die Wände und den Boden systematisch mit einer klaren Flüssigkeit einzusprühen. Angersbach wusste, dass es sich um Luminol handelte. Eine Substanz, die sich mit Blut verband und es unter UV-Licht zum Leuchten brachte. Das funktionierte auch bei alten Spuren, selbst bei geringen Mengen.

Die Kollegen traten beiseite und warteten, bis alle Flächen mit Luminol benetzt waren. Es wurde still, und Angersbach spürte die Anspannung der Anwesenden, als der Forensiker die große UV-Lampe an- und im Gegenzug alle anderen ausschaltete.

Im Keller wurde es stockfinster. Zugleich leuchteten die Wand mit den Leichenteilen und der Boden in phosphoreszierendem Grün auf. Zwei riesige Flecken auf der Erde, ausgedehnte Spritzer darum herum und an den Wänden. Es musste ein regelrechtes Blutbad gewesen sein. Die beiden verschwundenen Männer – wenn denn die Knochen in der Wand zu ihnen gehörten – waren offenbar in diesem Keller ermordet und anschließend eingemauert worden.

Ralph verspürte Übelkeit. Bei der Menge an Blut musste ein Wahnsinniger am Werk gewesen sein. Oder am Ende sogar mehrere. Nach all seinen Dienstjahren war es für Angersbach immer noch kaum vorstellbar, in welche Rage Menschen geraten konnten. Wie eine rational denkende Person, die über Jahre ein normales Leben geführt hatte, in einen derartigen Blutrausch verfallen konnte. Ein Massaker.

Das UV-Licht erlosch. Die grün schimmernden Spuren verschwanden. Das Licht der starken Scheinwerfer der Spurensicherung flammte wieder auf und blendete Angersbach. Er kniff die Augen zusammen und wartete, bis sie sich an die Helligkeit gewöhnt hatten.

Die Kollegen packten ihr schweres Gerät aus und begannen, die Wand mit einem elektrischen Meißel aufzubrechen. Weit genug von den Knochen entfernt, sodass sie die Leichenteile in handlichen Blöcken bergen und in der Rechtsmedizin oder Kriminaltechnik mit kleineren Werkzeugen vorsichtig aus dem Gestein befreien konnten. Ralph wusste nicht, wer in einem solchen Fall diese Aufgabe übernahm. Er hatte so etwas noch nie erlebt.

»Wird eine Weile dauern, bis wir die Knochen freigelegt haben«, bekundete der Kriminaltechniker. »Anschließend müssen wir noch die DNA extrahieren. Dauert mindestens eine Woche, vielleicht auch zwei. Wenn ihr eine Idee habt, wem die Knochen da gehören, könnt ihr versuchen, Vergleichsproben aufzutreiben. Dann können wir sofort nach der Analyse den Abgleich vornehmen.«

Ralph verständigte sich mit einem kurzen Blick mit Sabine. Hier konnten sie fürs Erste nichts mehr tun. Die Arbeit der Kriminaltechnik brauchte Zeit, und andere Spuren des Verbrechens außer dem Blut würden sich nach fast zwanzig Jahren – vorausgesetzt, die Hypothese stimmte – in diesem Keller nicht mehr finden.

* * *

Sabine Kaufmann atmete tief durch, als sie wieder in Körbers Vorgarten standen und in den lauen Frühlingstag blinzelten. Das Grauen im Keller hatte ihr die Kehle zugeschnürt. Auch wenn es ihre Idee gewesen war, war sie erschüttert, dass sie tatsächlich recht behalten hatte. Der vor zwanzig Jahren verschwundene Bürgermeister und das Gemeinderatsmitglied waren in Körbers Keller abgeschlachtet und eingemauert worden. Zumindest war das die plausibelste Vermutung. Es sei denn, in Fuchsrod wurden beständig Menschen verschleppt, ermordet und eingemauert. Sie sah, dass Angersbach um Fassung rang. Ob er das Haus nun immer noch kaufen wollte? Sie selbst hätte es nicht getan. Es war schwer genug, mit den Toten zu leben, die man im Herzen trug. Leichen im Keller brauchte definitiv kein Mensch. Sie dachte an ihre Mutter, und tiefe Traurigkeit überwältigte sie. Sie schüttelte sich, um die Erinnerung zu vertreiben. Jetzt war nicht der Moment, sich mit ihrer Vergangenheit auseinanderzusetzen. Es gab genug zu tun, um Ralphs Fall zu lösen.

»Sparkasse Lauterbach?«, fragte sie, und Angersbach nickte.

»Wir müssen wissen, wem das Haus vor zwanzig Jahren gehört hat. Der damalige Besitzer muss etwas mit der Sache zu tun haben. Ein solches Verbrechen würde man wohl kaum im Keller eines Fremden begehen. Wenn er nicht selbst das Opfer war. Aber dazu müssten die bei der Sparkasse ja was wissen, ob er es selbst verkauft hat oder irgendein Erbe abgewickelt werden musste.«

Sie kletterte auf den Beifahrersitz von Ralphs Lada und schaute aus dem Fenster auf die Wiesen und Felder, während Angersbach den Wagen in Richtung Nordosten steuerte. Sie fühlte sich beklommen. Auch wenn sie beim LKA mittlerweile des Öfteren mit Fällen von organisierter Kriminalität zu tun hatte, waren die Täter gewöhnlich Personen, die Verbrechen aus rationalen Motiven begingen. Es ging um Geld und Macht, gelegentlich auch um Rache oder die Bestrafung abtrünniger Mitglieder. Doch hier waren offenbar noch andere Beweggründe im Spiel. Etwas Düsteres, Religiöses. Sich in den Fall hineinzubegeben fühlte sich an, wie sich bei Nacht in ein Sumpfgebiet zu wagen. Überall konnten Abgründe lauern, die nicht nur gefährlich, sondern auch emotional tückisch waren. Beinahe wünschte sie, man hätte Ralph einen anderen Kollegen zugeordnet. Auf der anderen Seite verspürte sie auch Wut. Da hatte irgendjemand skrupellos Menschen abgeschlachtet und war damit davongekommen. Sie wollte den Täter dingfest machen und seiner gerechten Strafe zuführen.

Ralphs Mobiltelefon klingelte. Er hatte vergessen, die Bluetoothverbindung zu aktivieren. Also stoppte er am Straßenrand und blinzelte Sabine zu: »So viel zum Thema Mobilfunk«, meinte er, ehe er das Gespräch annahm.

»Angersbach.« Ganz korrekt diesmal, mit Namen, wenn auch ohne Dienstgrad.

»Ah.« Er schaute zu Sabine und bedeutete ihr, sich Notizen zu machen. Sie angelte einen zerfledderten Block und einen abgekauten Bleistift aus dem Handschuhfach.

»Die Daten von Lubitz' Mobilfunkbetreiber«, sagte Ralph, während er auf dem Display herumwischte. »Eine Liste der Personen, mit denen er in den letzten drei Tagen vor seinem Tod telefoniert hat. Mehrfach mit Dietmar Schultheiß und Maria Jukovic.« Was nach dem, was sie bisher wussten, keine Überraschung war, dachte Sabine und schrieb die Namen auf.

»Außerdem mit Maik Possel, Harald Kromm, Rudolf Berger, Reinhold Körber und ...«, Ralph verschluckte sich und hustete, »... Johann Gründler.«

Sabine listete die Namen auf und hob die Augenbrauen. Was hatte Ralphs Vater mit der Sache zu tun?

»Er ist immer dabei, wenn es irgendwo einen Grund zu protestieren gibt«, grummelte Ralph, bevor er sich wieder seinem Gesprächspartner zuwandte. »Und sonst?« Er drehte am Radio, und endlich schaltete das Gespräch auf Lautsprecher um.

»Niemand aus der näheren Umgebung«, erklärte der Kollege von der IT. »Eine ganze Reihe von Telefonaten mit anderen Gemeindevertretern und Politikern, auch von seinem privaten Festnetzanschluss aus und von dem Apparat in seinem Büro. Aber die, deren Namen ich dir genannt habe, sind, abgesehen von Schultheiß und Jukovic, die Einzigen, die in Fuchsrod ansässig sind oder mit deiner Liste übereinstimmen.«

»Was für eine Liste?«, erkundigte sich Sabine.

»Die hat mir Dietmar Schultheiß zusammengestellt, der Geschäftsführer der Rücken-Wind AG. Alle, die gegen das Projekt auf dem Fuchsrücken demonstriert haben.«

»Ah.«

Ralph sprach bereits wieder ins Handy. »Was ist mit den sozialen Profilen? Und seinen E-Mails?«

»So weit sind wir noch nicht. Die dienstlichen Accounts geben nichts her. Nur ein Haufen Fotos von dem smarten Bürgermeister und anderen hochkarätigen Politikern und eine Menge Werbung für seine Regierungspolitik. Die private Facebook-Seite ist natürlich aufschlussreich, aber die kennst du ja schon. Wirklich hübsche Hasen, die er da aufgerissen hat.«

Kaufmann verzog den Mund. Natürlich wusste der Kollege nicht, dass sie mithörte. Aber musste er so eine Macho-Attitüde an den Tag legen? Michael Schreck kam ihr in den Sinn, ihr Ex-Freund, der als Computerforensiker für die Frankfurter Polizei tätig war. Ein glühender Verehrer von

Actionstreifen der Achtzigerjahre, immer ein Filmzitat auf den Lippen, ob es nun passte oder nicht. Zum Glück wusste Michael, dass es zwischen Blockbustern und der Realität einen Unterschied gab. Dass die Welt eben nicht aus coolen, harten Typen und schwachen, willigen Blondinen bestand. Niemals hätte der so einen Spruch gebracht. Sonst hätten die beiden es wohl kaum so lange miteinander ausgehalten. Aber vermutlich bildete ihr Abgelegter da nicht die Allgemeinheit ab. Viel zu viele Männer waren so wie die Stimme aus dem Lautsprecher.

Ralph indes schien nichts weiter an der Bemerkung zu finden. »Ja, die habe ich gesehen«, sagte er nur. »Scheint aber in unserem Fall nicht weiterzuhelfen.«

»Einen privaten Mailaccount habe ich noch nicht gefunden«, fuhr der Kriminaltechniker fort. »Wäre natürlich einfacher, wenn wir die Geräte hätten.«

Sabine sah, wie sich Ralph versteifte. Offenbar fühlte er sich angegriffen. Zu Recht? Hätte er vor Lubitz' Haus auf die Kollegen gewartet, statt voreilig allein hineinzugehen, wäre der Täter mit den elektronischen Geräten des Bürgermeisters vielleicht nicht entkommen. Doch es nützte nichts, über verschüttete Milch zu jammern.

Ralph hatte offensichtlich kein Interesse, das Gespräch fortzusetzen. Mit Kritik konnte er sichtlich immer noch nicht gut umgehen. Er bedankte und verabschiedete sich so knapp, dass es gerade eben nicht als unhöflich anzusehen war, und drückte das Gespräch weg. Sabine juckte es in den Fingern, noch eine Bemerkung über den Täter loszulassen, der Ralph in Lubitz' Haus übertölpelt hatte, doch dann ließ sie es sein. Angersbach mochte seine Ecken und Kanten haben, doch er war fair. Bei ihrem letzten gemeinsamen Fall hatte sie selbst eine ganze Reihe von Fehlern gemacht, weil sie der Tod ihrer Mutter erschüttert hatte. Ralph hatte ihr nie einen Vorwurf gemacht, sondern die Dinge genommen, wie sie waren. Es war nicht mehr als recht und billig, dass sie es ebenso hielt. Sie überflog ihre Notizen, während Angersbach den Blinker setzte und den Niva zurück auf die Straße in Richtung Lauterbach lenkte.

»Weißt du, wer diese Männer sind?«, fragte sie. »Maik Possel, Harald Kromm, Rudolf Berger? Und was Körber von Lubitz wollte?«

»Ja«, sagte Ralph, unübersehbar froh, dass sie sachlich blieb. »Aber ich habe keine Ahnung, was Körber mit dem Bürgermeister zu besprechen hatte. Der Windpark kann ihm gleichgültig sein, weil er ohnehin verkauft und nach Portugal geht und sein Haus von der beabsichtigten Entsiedlung nicht betroffen ist. Vielleicht wollte er Lubitz bitten, die Entscheidung über den geplanten Standort zu verschleiern, bis alles unter Dach und Fach ist, damit der Preis nicht in den Keller geht. Oder es gibt eine andere Verbindung. Wir müssen ihn fragen.«

»Ja. Und die anderen?«

»Possel ist Unidozent in Gießen«, berichtete Ralph. »Hat in Fuchsrod mit seiner Familie diese Mittelaltergruppe aufgezogen.«

»Ah.« Kaufmann erinnerte sich, dass er davon gesprochen hatte.

»Kromm betreibt mit zwei weiteren Leuten einen Ökohof in Fuchsrod. Biologische Landwirtschaft mit Hofladen. Und Rudolf Berger ist Bauer. Außerdem ein Freund meines Vaters.«

»Mit den dreien sollten wir dringend sprechen, sobald wir die Sache mit dem Vorbesitzer von Körbers Haus geklärt haben«, sagte Sabine. »Die gehören definitiv zu den Windkraftgegnern. Einer von ihnen könnte mit Lubitz die Verabredung getroffen haben, die für ihn tödlich endete. Wobei es schon ein ziemlicher Aufwand ist, um einen politischen Gegner loszuwerden. Na ja«, sie schüttelte den Kopf. »Schultheiß und die Sekretärin können wir jedenfalls ausschließen, hm? Oder meinst du, einer von beiden hatte ein Motiv, Lubitz zu töten?«

Ralph bremste scharf, weil er fast an einer Abzweigung vorbeigebraust wäre, und steuerte den Wagen mit wenig Eleganz auf eine Nebenstraße. Es rumpelte, und Sabine spürte die harte Federung des Niva. Dieses Gefährt war eine Zumutung.

»Schultheiß sicher nicht«, erwiderte Angersbach, nachdem er den Wagen wieder zurück in die Spur gebracht hatte. »Der wollte ja mit Lubitz endlich seinen Windparktraum verwirklichen. Und die Jukovic? Hat sich wohl mehr erhofft als eine Affäre, aber angewiesen war sie auf Lubitz nicht. Sie ist schon verlobt.«

»Dann käme auch der Verlobte infrage.«

»Klar.« Ralph vollführte eine ausgreifende Handbewegung und stieß mit dem Handgelenk gegen den Innenspiegel. »Au«, murmelte er, und während er den Arm ausschüttelte, traf ihn ein weitaus heftigerer Schmerz aus der Gegend seiner lädierten Rippe. »AU!« Es dauerte Sekunden, bis er bereit war, den Faden wieder aufzunehmen: »Meinst du wirklich, jemand setzt seinen Nebenbuhler oder Geliebten aus Eifersucht oder verschmähter Liebe unter Drogen, schleift ihn in den Wald, zertrümmert ihm sämtliche Gliedmaßen, schneidet ihm den Bauch auf und brennt ihm das Wort ›Verrat‹ auf die Brust?«

»Ist vielleicht nicht die erste Option«, gab Sabine zu. »Aber ausschließen sollten wir es nicht. Hängt schließlich auch immer davon ab, wie heftig die Gefühle sind. Und ob die betreffende Person vielleicht psychisch krank ist.« Sie biss sich auf die Lippen. Sie wollte nicht an ihre Mutter denken, doch das Bild schob sich automatisch vor ihre Augen. Sie presste jeweils zwei Finger auf die Lider, um sie zu vertreiben.

Als sie die Augen wieder öffnete, bemerkte sie, dass sie bereits in Lauterbach angekommen waren. Ralph fuhr kreuz und quer durch den Ort, bis er die Sparkasse entdeckt hatte. Er stellte den Niva schief auf dem Bürgersteig ab und stieg aus. Dass er damit nicht nur zwei Parkplätze blockierte, sondern auch den Fußgängern den Weg versperrte, schien ihn nicht zu interessieren. Sabine kommentierte es trotzdem nicht. Genau wie er wollte sie einfach nur der Lösung des Falls näher kommen.

In der Sparkasse war man freundlich und zuvorkommend, konnte ihnen aber nicht weiterhelfen.

»Wir haben hier nur die Abwicklung übernommen«, erklärte die junge blonde Frau im grauen Kostüm, die sie in ihr Büro geleitet hatte. »Der Auftrag kam von der Sparkasse Fuchshain, und die haben auch die Gespräche mit dem Verkäufer geführt. Wenn Sie mehr wissen wollen, müssen Sie sich an die Kollegen dort wenden.« Sie blätterte in der entsprechenden Akte. »Den Kontakt hat Herr Norman Rupp hergestellt.«

Sabine sah, dass etwas in Ralphs Augen aufblitzte.

»Den Namen kenne ich«, erklärte er. »Der Mann wohnt in Fuchsrod und gehört auch zur Protestbewegung gegen den Windpark.« Er bedankte sich bei der Lauterbacher Sparkassenangestellten und eilte zurück zu seinem Wagen.

»Rupp ist übrigens verheiratet«, bemerkte er. »Er ist Kundenberater bei der Sparkasse Fuchshain, seine Frau Zweigstellenleiterin. Und im Nebenjob ist sie *Elfenbeauftragte.*« Er berichtete, was ihm sein Vater darüber erzählt hatte.

Kaufmann folgte ihm und verspürte ein Prickeln. Bewegung kam in die Sache.

* * *

Der Mann sah zu, wie die Polizisten Kisten und Säcke aus dem Haus schleppten und in ihren Bussen verstauten. Nun waren die beiden alten Leichen also ans Licht gekommen. Das war so nicht geplant gewesen, doch letzten Endes spielte ihm auch das in die Karten. Die Angst des Gegners würde auf diese Weise nur noch wachsen. Ins Unermessliche, wie er hoffte.

11

Die Sparkassenfiliale in Fuchshain war größer, als Angersbach es aufgrund der Einwohnerzahl des Ortes erwartet hatte. Eine Fassade aus glänzenden grauen Steinplatten und jeder Menge Glas, nicht unähnlich dem Wohnbunker von Lubitz, unpassend eingezwängt zwischen zwei kleine Fachwerkhäuser mit abblätternder Farbe an den Fenstern. An einem Stehpult im Eingangsbereich wartete eine adrett gekleidete Frau Mitte dreißig mit dunklem Brillengestell auf Kundschaft.

»Norman Rupp«, verlangte Ralph.

Die Mitarbeiterin verzog kaum merklich die Mundwinkel, Kaufmann umso deutlicher.

»Den würden wir gerne sprechen«, schob er nach. »Wir sind von der Kriminalpolizei.«

»Ah. So. Nein. Tut mir leid. Herr Rupp macht gerade Mittag. Aber seine Frau ist da. Moment.« Sie stöckelte zu einem der Büroräume, die hinter dem Kassenbereich lagen, komplett verglast und einsehbar. Wie im Zoo, dachte Angersbach. Er selbst könnte so nicht arbeiten, wenn ihm jeder Dahergelaufene auf den Schreibtisch glotzen könnte.

»Wie ein Elefant im Porzellanladen«, murmelte Sabine mit angedeutetem Kopfschütteln.

»Was?« Ralph wandte ihr den Kopf zu. »Ach so, das. Ich wollte einfach zur Sache kommen.«

»Rupp ist kein Verdächtiger, nur ein Zeuge«, belehrte ihn Sabine. »Da könnte man zumindest ein Minimum an Höflichkeit aufbringen.«

»Ja, ja.« Ralph schaute zu den Büros. Die Empfangsdame kam mit einer Frau zurück, die wie eine ältere Kopie von ihr aussah. Das gleiche akkurate graue Kostüm, ein fast identisches schwarzes Brillengestell auf der schmalen Nase. Die blonden Haare waren im Nacken zu einem Knoten zusammengefasst und wiesen, anders als bei der jüngeren Kollegin, etliche graue Strähnen auf. Die Augenbrauen waren gezupft und bildeten symmetrische Halbmonde über den grauen Augen. Die Frau reichte erst Sabine, dann ihm die Hand, die knochig und ein wenig schlaff war.

»Bärbel Rupp«, stellte sie sich vor. »Ich bin die Zweigstellenleiterin. Was kann ich für Sie tun?«

Angersbach nannte erst seinen, dann Sabines Namen und die Dienstbezeichnungen. Eine *Elfenbeauftragte* hatte er sich anders vorgestellt. Wallende, lockige braune Haare, einen schlabbrigen selbst gestrickten Pullover und Gesundheitsschuhe oder etwas in der Art hätte er erwartet. Doch bei der Sparkasse gab es sicher Bekleidungsvorschriften.

»Wir wollten mit Ihrem Mann sprechen. Über ein Haus in Fuchsrod. Das von Reinhold Körber.«

»Dann müssen Sie einen Moment warten. Norman holt sich nur schnell ein Mettbrötchen aus der Fleischerei. Kommen Sie doch in mein Büro. Möchten Sie einen Kaffee?«

Ralph und Sabine nickten.

»Dreimal«, sagte Bärbel Rupp zu ihrer Kollegin. »Und bring auch Wasser und ein paar Kekse mit.«

Die Angesprochene verkniff den Mund, entfernte sich aber kommentarlos. Bärbel Rupp führte die Kommissare in ihr Büro und bot ihnen Plätze an.

»Wissen Sie schon, wer das getan hat?«, fragte sie, während sie sich setzte. »Lubitz auf so bestialische Weise ermordet?«

»Bisher nicht«, erwiderte Ralph zurückhaltend. »Aber Ihnen müsste das doch entgegenkommen.«

Die Augenbrauen der Zweigstellenleiterin wanderten nach oben, und Angersbach bemerkte, wie Sabine Kaufmann mit den Augen rollte. Aber es stimmte doch. Bärbel Rupp gehörte zu den Windkraftgegnern. Warum sollte er sie mit Samthandschuhen anfassen?

»Sie vermuten also einen Zusammenhang mit dem geplanten Windpark auf dem Fuchsrücken«, stellte die Zweigstellenleiterin fest. »Nun, Sie haben natürlich recht, dass uns das nicht gefällt. Aber Mord ist wohl kaum eine Lösung. Auch wenn ich ihm manchmal tatsächlich die Pest an den Hals gewünscht habe.« Ihre Lippen wurden ein schmaler Strich. »Dieses unselige Projekt. Lubitz hat einfach nicht verstanden, dass er dort keine Windräder hinstellen darf.«

»Weil Sie das Dorf nicht verlassen wollen?«

Die junge Kollegin kam ins Büro und stellte Kaffee, Wasser und Kekse auf den Tisch und schenkte ein.

»Danke.« Bärbel Rupp wedelte sie aus dem Raum, ohne sie anzusehen. Sie nippte an ihrem Kaffee. »Nein. Wir hätten nichts dagegen, uns anderswo etwas Neues zu suchen. Die Rücken-Wind AG hat uns ein großzügiges Angebot gemacht. Aber da oben auf dem Fuchsrücken gibt es Steine, die auf keinen Fall bewegt oder beschädigt werden dürfen.«

»Weil es vorchristliche Opfersteine sind?«, tippte Ralph.

»Was? Nein, das ist Unsinn. Das hat sich dieser Kulturverein hier in Fuchshain ausgedacht, um sich wichtigzumachen.« Rupp stellte ihre Tasse so heftig auf den Tisch, dass etwas Kaffee herausschwappte und sich in die Untertasse ergoss. Sie schaute Ralph an, und die grauen Augen glänzten. »In diesen Steinen leben unsichtbare Wesen. Elfen und Trolle. Wenn man ihnen ihre Wohnstatt wegnimmt, werden sie unleidlich und bringen Unglück über die Menschen. So wie bei Lubitz.«

»Martin Lubitz ist sicher nicht von ein paar Elfen und Trollen ermordet worden«, schnaubte Ralph. »Das war das Werk von Menschen.«

»Aber die Elfen und Trolle machen die Menschen böse, wenn sie wütend sind«, konterte Bärbel Rupp. »Das habe ich Lubitz hundert Mal erklärt. Aber er wollte nicht hören.«

Kein Wunder, dachte Ralph. Das war doch kompletter Schwachsinn.

Er bemerkte einen Schatten an der Glastür, die im nächsten Moment aufgestoßen wurde. Ein großer, kräftiger Mann im grauen Anzug mit gescheitelten schwarzen Haaren betrat den Raum, ein Mettbrötchen in der Hand. Sein rundliches Gesicht war gerötet. Er legte das Brötchen auf den Tisch, wischte sich die Hände an einer Serviette ab und reichte Kaufmann und Angersbach die Hand.

»Norman Rupp«, stellte er sich vor. »Nele sagt, Sie wollten mich sprechen?«

Er schnappte sich sein Mettbrötchen und ließ sich schwungvoll auf den letzten freien Stuhl fallen. Biss herzhaft in das Brötchen und kaute. »Worum geht es denn?«, nuschelte er.

»Das Haus von Reinhold Körber«, teilte ihm seine Frau mit.

»Aha?« Wieder biss er in die Semmel. »Was ist damit?«

»Wir sind auf der Suche nach dem Besitzer.«

»Wieso? Ist Reinhold verschwunden?«

»Nein. Nicht Körber, sondern der Vorbesitzer. Herr Körber sagte uns, er habe das Haus seinerzeit von der Sparkasse gekauft.«

»Ach du liebe Güte.« Norman Rupp schlug die Zähne krachend in das Brötchen. Krümel rieselten auf seinen grauen Anzug. »Das muss zwanzig Jahre her sein.«

»Neunzehn.« Angersbach zückte sein Notizbuch. »Bei der Sparkasse in Lauterbach hieß es, Sie hätten den Kontakt zum Verkäufer hergestellt.«

»Da muss ich nachsehen.« Rupp stand auf und bedeutete seiner Frau, den Platz vor dem Computer zu räumen. Diese schaute auf seine fettigen Finger, holte aus einer Schublade einen Karton mit einzeln abgepackten feuchten Tüchern hervor und reichte ihm eines davon. Rupp riss die Verpackung auf, nahm das Tuch heraus und wischte sich die Hände ab. Ein durchdringender, chemischer Geruch nach Limette breitete sich im Zimmer aus. Kaufmann rümpfte die Nase.

Bärbel Rupp wechselte auf den Platz ihres Mannes, und Norman Rupp setzte sich an den Rechner und klapperte auf der Tastatur.

»Ah. Jetzt erinnere ich mich.« Rupp lächelte breit und schlug sich mit der flachen Hand gegen die Stirn. »Wie konnte ich das nur vergessen? Das war das Haus vom alten Sigurd Meier.«

»Was heißt alt?«

»Moment.« Neues Geklapper auf der Tastatur. »Ah. Hier. Achtundsiebzig.«

»Heute oder damals?«

»Zum Zeitpunkt des Hausverkaufs.«

Angersbach wechselte einen Blick mit Sabine. Der Mann wäre heute siebenundneunzig. Wohl kaum das Alter, in dem man loszog, um jemanden mit Drogen zu betäuben, ihm mit einem Vorschlaghammer sämtliche Knochen zu zertrümmern, den Bauch aufzuschlitzen und ihm das Wort »Verrat« auf die Brust zu brennen.

»Hat Herr Meier selbst in dem Haus gewohnt?«, fragte Kaufmann.

»Nein.« Rupp rieb sich über die Augenbrauen. »Warten Sie mal. Ich erinnere mich nur dunkel, aber ich meine, er hatte das Haus vermietet. Er selbst lebte schon seit Jahren in einem Pflegeheim in Alsfeld. Parkinson, glaube ich. War dumm gestürzt und hatte sich beide Hüften gebrochen. Saß die letzten Jahre im Rollstuhl.«

»Sie meinen, er ist tot?«

»Nein, wieso? Ich meine, kann sein, aber ich weiß es nicht.«

»Nur weil Sie sagten, er saß die letzten Jahre im Rollstuhl.«

»Ach so.« Rupp lachte. »Das war blöd formuliert. Ich meinte, er saß seit ein paar Jahren im Rollstuhl, als ich ihn zuletzt gesehen habe, und ich glaube kaum, dass er da wieder rausgekommen ist.«

»Okay.« Ralph schrieb sich den Namen und die zugehörigen Informationen auf. »Wissen Sie, wer das Haus gemietet hatte?«

»Nein. Wir haben ja damals noch nicht in Fuchsrod gewohnt.« Rupp schaute zu seiner Frau. »Oder hast du etwas gehört?«

»Irgendjemand hat mal erzählt, dass dort eine Wohngemeinschaft gelebt hat«, steuerte Bärbel Rupp bei. »Studenten oder Aussteiger oder so. Keine Ahnung.«

»Gibt es jemanden, der Genaueres wissen könnte?«

Wieder tauschte das Ehepaar einen Blick.

»Wer hat denn vor zwanzig Jahren schon in Fuchsrod gewohnt?«, überlegte Norman Rupp. »Rudd vielleicht? Rudolf Berger, meine ich«, erklärte er, an die Kommissare gewandt.

»Nein, ich glaube nicht«, wandte seine Frau ein. »Aber ich meine, Beatrix war damals schon dort. Beatrix Vogelsang.«

Die Frau, die online Traumfänger verkaufte, erinnerte sich Ralph. »Und Käthe natürlich.«

»Ja, Käthe.« Norman Rupp strahlte. »Die ist das Fuchsroder Urgestein. Wenn Sie irgendetwas über den Ort wissen wollen, müssen Sie Käthe fragen. Käthe Mundt.«

»Danke.« Angersbach leerte seine Kaffeetasse und erhob sich. Kaufmann tat es ihm gleich, und man schüttelte sich die Hände.

»Nur der Vollständigkeit halber«, sagte sie. »Seit wann leben Sie denn in Fuchsrod?«

»Das werden jetzt sechzehn Jahre«, verkündete Norman Rupp. »Vorher waren wir bei der Sparkasse Fulda, aber in verschiedenen Zweigstellen. Wir wollten schon immer aufs Land, und als dann hier in Fuchshain gleichzeitig zwei Stellen frei wurden, haben wir uns beworben. Nachdem es geklappt hatte, haben wir ein paar Jahre später das Haus oben gekauft. Ein wunderbarer Ort.«

»Sie würden also auch nicht aus Fuchsrod wegziehen wollen?«

»Na ja.« Rupp griff nach dem Rest seiner Semmel und steckte sie in den Mund. »Das ist alles eine Frage des Preises, oder nicht? Das Haus ist schön, aber es gibt auch andere schöne Häuser.«

»Ich habe es den Beamten schon gesagt«, mischte sich seine Frau streng ein. »Es geht nicht um das Haus oder das Dorf. Es geht um die Trolle und Elfen.«

»Natürlich, Schatz.« Norman Rupp blinzelte den Kommissaren zu. »Die dürfen auf keinen Fall vertrieben werden. Die finden nämlich nicht so leicht ein neues Zuhause. Und außerdem bekommen sie ja auch keine Entschädigung von der Rücken-Wind.« Er lachte herzhaft.

Seine Frau schürzte die Lippen. »Du wirst es ja sehen,

Norman«, schnappte sie, »was passiert, wenn man diese Wesen nicht ernst nimmt.«

Kaufmann stieß Angersbach den Ellenbogen in die Seite.

»Äh. Ja. Vielen Dank. Wir müssen dann mal weiter«, verabschiedete er sich. Eilig verließen sie das Büro und strebten auf die Straße.

»Die hat doch nicht mehr alle Tassen im Schrank«, sagte Ralph, nachdem sich die automatischen Türen hinter ihnen geschlossen hatten. »Elfen und Trolle.«

»Trotzdem war es nützlich«, sagte Kaufmann. »Wir wissen jetzt, wen wir als Nächstes befragen sollten.«

Angersbach zückte sein Notizbuch wie ein Schiedsrichter die gelbe Karte. »Käthe Mundt.« Er schlug das Heft auf und fand den Eintrag. »Die Dame ist fünfundachtzig. Eine pensionierte Lehrerin.«

Sabine blinzelte ihm zu. »Dann hat sie uns sicher einiges zu sagen.«

Ralph seufzte. Das fehlte ihm jetzt gerade noch. Eine verknöcherte Pädagogin, die den Finger hob und ihm erklärte, wie er seinen Job zu machen hatte. Lehrer wussten schließlich aus Prinzip immer alles besser. Regel Nummer eins: Der Lehrer hat immer recht. Regel Nummer zwei: Sollte der Lehrer einmal nicht recht haben, tritt automatisch Regel eins in Kraft.

Doch ihn fragte ja keiner.

* * *

Das Haus von Käthe Mundt war das kleinste in Fuchsrod. Es lag in einem bunt blühenden Vorgarten und war mit Holzlatten verkleidet, an denen sich Efeu aufs Dach rankte. Die Fensterläden und Rahmen waren in einem satten Terrakottaton gestrichen. Auf den dunklen Dachziegeln hatten sich Heerscharen von Flechten und Moosen angesiedelt.

Sabine Kaufmann drückte auf den Klingelknopf unter dem handgetöpferten Türschild. Während sie warteten, spähte sie durch den Fenstereinsatz aus gelbem Glas in den Flur. Neben ihr tappte Ralph ungeduldig mit dem Fuß. Sabine seufzte. Was hatte sie nur geritten, auf ihren Urlaub zu verzichten und stattdessen ihn bei seinen Ermittlungen zu unterstützen? Hatte sie vergessen, was für ein Griesgram er war? Wenn sie auf der Suche nach Freunden war, mit denen sie ihre Ängste und Sorgen besprechen konnte, war Angersbach die falsche Adresse.

Im Hausflur wurde ein Schatten sichtbar. Dann öffnete sich die Tür einen Spaltbreit. Eine kleine Frau mit wirren grauen Haaren in einem braunen Strickkleid lugte hinaus. Auf der Nase trug sie eine goldgerahmte Brille mit dicken und stark gewölbten Gläsern.

Sabine fühlte sich spontan an ihre Mutter erinnert. Der Schmerz über den Verlust fiel sie unvermittelt an wie ein bissiger Wolf. Dabei gab es optisch kaum Ähnlichkeiten, auch das Alter stimmte überhaupt nicht. Trotzdem. Es war etwas im Blick der alten Dame. Die Augen, die ein wenig unstet herumirrten. Ob sie so wie Hedwig psychisch krank oder womöglich dement war?

»Ja, bitte?«

Angersbach übernahm die Vorstellung, immerhin etwas höflicher als bei den Sparkassenangestellten. »Dürften wir kurz hineinkommen?«

»Bitte.« Käthe Mundt hielt einladend die Tür auf. »Gehen Sie einfach durch ins Wohnzimmer.«

Angersbach kam der Aufforderung nach. Sabine folgte ihm und schob die unerwünschten Gefühle beiseite. Sie hatte sich noch lange nicht gründlich genug mit dem Tod ihrer Mutter auseinandergesetzt. Irgendwann würde sie es tun müssen. Doch nicht jetzt.

Das Wohnzimmer von Käthe Mundt war klein, aber urgemütlich. Die Regale waren vollgestopft mit Büchern, Papieren und Nippes. Überall standen Pflanzen, Topfblumen und zwei große Pfennigbäume. Irgendein Ordnungssystem schien es nicht zu geben. Auf dem Tisch lagen aufgeschlagene Zeitschriften. Daneben standen eine Tasse und auf einer Warmhalteplatte eine Glaskanne, in der sich eine rotbraune Flüssigkeit befand. Rooibostee, tippte Sabine. Neben dem Sofa stand ein Hundekorb, in dem ein Pudel mit weißgrauem Fell schlief. Als sie eintraten, hob er den Kopf und blinzelte.

»Setzen Sie sich doch. Möchten Sie etwas trinken?«, fragte die ehemalige Lehrerin.

Noch einen Kaffee wollte Sabine nicht, der, den sie in der Sparkasse gehabt hatte, brannte noch sauer in ihrer Kehle. »Wenn Sie eine Tasse Tee übrig hätten?«

»Sicher. Für Sie auch?« Käthe Mundt schaute Angersbach an.

»Nein danke. Höchstens ein Glas Wasser.«

»Kommt sofort.« Die alte Frau entfernte sich schlurfend, und Kaufmann und Angersbach ließen sich in die bequemen, braunen Polstersessel sinken. Der Pudel kletterte aus dem Korb und beschnüffelte ihre Beine. Er ließ sich ein wenig kraulen und kehrte zu seinem Korb zurück.

»Hier lässt sich's aushalten«, bemerkte Ralph.

Es dauerte geraume Zeit, bis Käthe Mundt mit einer weiteren Tasse und einem Glas Wasser zurückkehrte. Das Laufen bereitete ihr sichtlich Schwierigkeiten. Aber sie war ja auch schon, wie Ralph Sabine mitgeteilt hatte, fünfundachtzig.

»So«, sagte Käthe Mundt, nachdem alle saßen und an ihrem jeweiligen Getränk genippt hatten. »Was kann ich für Sie tun?«

»Wir hätten ein paar Fragen zu dem Haus von Reinhold Körber«, eröffnete Angersbach das Gespräch.

»Hätten Sie? Oder haben Sie?«, erkundigte sich Mundt blinzelnd, und Kaufmann hätte sich beinahe an ihrem Tee verschluckt. Angersbach schnitt eine Grimasse. Es war wohl genau das eingetreten, was er befürchtet hatte.

»Wir haben«, knurrte er.

»Schön.« Die Lehrerin lächelte. »Und was möchten Sie wissen?«

»Erinnern Sie sich an die Leute, die vor Körber dort gewohnt haben?«

Diesmal war es an Käthe Mundt, die Lippen zu verziehen. »Ja. Allerdings.«

»Keine angenehmen Zeitgenossen?«, fragte Sabine.

»Ach, na ja. So kann man das nicht sagen.« Käthe Mundt richtete die Augen zur Decke und schien weit in die Vergangenheit zu blicken. »Sie waren nur etwas … sonderlich. Am Anfang müssen es elf oder zwölf Leute gewesen sein, später ein paar weniger, ich meine, sechs. Und einer von ihnen war ohne Frage der Anführer. Ein großer und sehr dicker Mann mit langen Haaren und einem dichten Vollbart und glühenden Augen. Soweit ich das mitbekommen habe, haben sie irgendwelchen Naturgöttern gehuldigt. Ich habe einige Male gesehen, wie sie nach oben in den Wald gegangen sind. Dort ist eine Lichtung, auf der sich ein auffälliger großer, weißer Stein befindet. Ganz flach und glatt. Es gibt in Fuchshain eine Kulturgruppe, die behauptet, es seien irgendwelche vorchristlichen Opfersteine. Ich habe das mal ein wenig recherchiert, aber keine Belege dafür gefunden, dass das stimmt. Aber einmal habe ich gesehen, wie die Leute aus Körbers Haus auf der Lichtung ein Feuer angezündet haben. Sie haben seltsame Tänze um den Stein herum aufgeführt. Und sie müssen irgendwas geschlachtet haben. Auf jeden Fall war der Stein am nächsten Tag mit einer roten Flüssigkeit verschmiert. Ich nehme an, es war Blut.«

Sabine fühlte, wie sie ein Schauer durchrieselte. War das dieselbe Lichtung, derselbe Stein, auf dem man den toten Bürgermeister Martin Lubitz gefunden hatte? Sie fragte die alte Dame, und diese nickte.

»Welche Schlüsse haben Sie damals daraus gezogen?«, fragte Angersbach.

Käthe Mundt nippte an ihrer Teetasse. »Ich nahm an, dass es sich bei der Gruppe in Körbers Haus um eine Art Sekte handelte.«

Erstaunlich, dachte Sabine, dass Körber ihnen nichts davon erzählt hatte. Sie hätte gedacht, dass gerade auf dem Dorf die Bewohner die neu Hinzugezogenen gern mit Geschichten über die Vorbesitzer unterhielten. Doch vielleicht hatte sich Körber aus der Gemeinschaft herausgehalten.

»Haben Sie daraufhin etwas unternommen?«

Mundt stellte die Tasse zurück auf den Tisch und krauste die Stirn. »Was denn? Soweit ich weiß, steht es in diesem Land jedem frei, seine Religion auszuüben. Jedenfalls heutzutage. In meiner Kindheit war das noch anders.«

»Hm.« Angersbach kritzelte etwas in sein Notizbuch und sah Sabine fragend an. Fiel ihm etwa schon nichts mehr ein? Sie selbst hatte noch hundert Fragen.

»Haben Sie in den letzten Tagen etwas Ungewöhnliches beobachtet?«, stellte sie die erste davon.

Die alte Lehrerin blinzelte ihr zu. »Sie meinen außer den ganzen Fahrzeugen, die in den Wald gefahren sind? Polizei, Krankenwagen, ein Leichenwagen?«

Kaufmann musste grinsen. »Genau.«

»Nein. Ich komme nicht mehr viel nach draußen. Die Arthritis, wissen Sie. Ich gehe nur noch mit Picco dreimal am Tag eine kleine Runde.« Sie deutete auf den Pudel in seinem Korb. »Mehr schaffe ich leider nicht.«

»Wer hält denn Ihr Haus und Ihren Garten in Ordnung?«

»Meine Enkel.« Die Lehrerin lächelte. »Die wohnen in Fulda und kommen alle zwei Wochen vorbei, um die Dinge zu erledigen, die ich selbst nicht mehr schaffe. Sie füllen mir auch den Kühlschrank und die Gefriertruhe. Den Rest bekomme ich alleine hin.«

»Wie schön.« Sabine selbst fürchtete sich davor, ihren Lebensabend im Altersheim verbringen zu müssen. Sie hoffte, dass sie wie Käthe Mundt im eigenen Haus oder in der eigenen Wohnung bleiben konnte, bis der Herr sie zu sich rief. Doch wenn man niemanden hatte, der einen versorgte … Noch war es ja nicht zu spät, um eigene Kinder zu bekommen, doch ohne den passenden Mann … Und ein solcher war weit und breit nicht in Sicht.

»Erinnern Sie sich an Gert Debus?«, fragte Ralph.

Käthe Mundt nickte heftig. »O ja. Das war eine schreckliche Geschichte damals. Debus hat ja gleich hier nebenan gewohnt. War mit seinem kleinen Hof in wirtschaftlichen Schwierigkeiten und hat wohl sein Heil in Drogen gesucht. Und die haben ihm so den Kopf vernebelt, dass er in den Steinbruch gesprungen ist.«

»Damals gab es Pläne, das Dorf zu entsiedeln und einen Windpark auf dem Fuchsrücken zu errichten, nicht wahr?«

»Ja. Und Gert war bereit zu verkaufen, weil ihm das Wasser bis zum Hals stand. Genau wie ein paar andere auch. Aber nachdem er tot war, hat man die Pläne aufgegeben.«

»Seinerzeit ist auch der Bürgermeister verschwunden, und außerdem ein Gemeinderatsmitglied.«

»Ja.« Die alte Lehrerin nickte. »Man munkelte damals, die beiden hätten Bestechungsgelder angenommen, um für die Rücken-Wind AG das Vorhaben auf dem Fuchsrücken umzusetzen, und nachdem die Sache gescheitert war, hätten sie sich abgesetzt. Weil sie Angst hatten, dass die Sache auffliegt, oder vielleicht auch, dass Rücken-Wind das Geld zurückwill.«

Eine plausible Erklärung, dachte Sabine. Wenn da nicht die Menschenknochen in Körbers Haus wären.

»Wollten Sie auch verkaufen?«, fragte Angersbach.

»Nein.« Käthe Mundt hob das Kinn. »Niemals. Damals nicht, und heute auch nicht. Ich verlasse dieses Haus nur mit den Füßen voraus.«

Kaufmann musste lächeln. So klein und liebenswürdig die alte Dame war, hatte sie doch offenbar einen eisernen Willen.

»Wissen Sie, was damals aus der Sekte in Körbers Haus geworden ist?«

Käthe Mundt beugte sich hinab und kraulte den Pudel, der sich nun an ihr Bein schmiegte. »Lassen Sie mich nachdenken. Ja. Ich glaube, ich habe gehört, dass sie ausgewandert sind. Nach Südamerika, wenn ich es richtig verstanden habe. Sie wollten wohl irgendwohin, wo man ein offeneres Verhältnis zu den alten Göttern hat.«

Ralph Angersbach brummte. Sabine entschied, dass sie auf dieser Fährte nicht weiterkamen und es sinnvoller war, sich mit dem Hier und Jetzt zu beschäftigen.

»Sie haben sich mit den anderen Bewohnern des Ortes zusammengeschlossen, um gegen den geplanten Windpark zu protestieren?«, fragte sie die alte Lehrerin.

»Ja.« Käthe Mundt lächelte. »Ich habe es damals getan – und heute wieder.«

»Wer sind Ihre Mitstreiter?«

»Die Rotfüchse.« Die Lehrerin blinzelte. »Das ist die Mittelaltergruppe, die ein Stück die Straße rauf wohnt. So eine Art WG, aber nicht so, wie man das sonst kennt. Ein paar sehr patente junge Menschen, die versuchen, unter einfachsten Bedingungen zu leben, wie im Mittelalter eben. Es ist eine Familie, und der Vater ist Dozent an der Uni. Sie nennen es Nachhaltigkeit. Sie haben nichts gegen Windräder, das ist ja in Sachen Energie die richtige Richtung, auch meiner Ansicht nach. Aber sie wollen nicht aus Fuchsrod weg, nachdem sie sich hier so viel aufgebaut haben.« Sie schenkte sich und Sabine noch einen Tee ein und stellte die Warmhalteplatte aus. »Außerdem noch Rudd und Beatrix, meine direkten Nachbarn. Norman und Bärbel von der Sparkasse. Und Harald, Bernd und Nina. Die betreiben hier eine ökologische Landwirtschaft und einen kleinen Hofladen.«

»Und wie sieht Ihr Protest aus?«

»Wir schreiben Briefe an die Gemeinde. Und wir demonstrieren vor dem Werksgelände der Rücken-Wind. Also, die anderen, ich nicht. Das machen meine Knochen nicht mehr mit.« Sie schaute Ralph tief in die Augen. »Wir gehen nicht in den Wald und schlagen den Bürgermeister tot, der uns das alles eingebrockt hat. Das habe ich doch richtig mitbekommen? Es gab da oben im Wald einen Toten? Und es war Martin Lubitz?«

»Ja.« Sabine überlegte. Käthe Mundt war nett und auskunftsfreudig, doch über Informationen, die ihnen halfen, um in ihrem Fall voranzukommen, schien sie nicht zu verfügen. Trotzdem fragte sie: »Können Sie sich vorstellen, dass einer Ihrer Nachbarn dazu in der Lage wäre?«

»Nein«, entgegnete die Lehrerin kategorisch. »Das sind besonnene und friedliebende Menschen. Es ist eine besondere Gemeinschaft hier oben in Fuchsrod, verstehen Sie? Deswegen will auch niemand hier weg.«

Angersbach seufzte. Käthe Mundt betrachtete ihn mit gerunzelten Brauen.

»Ist Ihnen nicht gut, junger Mann?«

Kaufmann deutete mit dem Kopf auf ihren Kollegen. »Er bangt nur um seinen Traum. Er will Körbers Haus kaufen. Aber wenn der Windpark kommt, wäre es nur noch halb so schön.«

»Ach.« Käthe Mundt betrachtete den Kommissar mit neuem Interesse. »Das würde mich freuen. Dann könnten Sie ja gelegentlich auf einen Kaffee vorbeikommen.«

»Das macht er sicher gern«, behauptete Sabine und erntete einen bösen Blick von Ralph, den Käthe Mundt zum Glück nicht wahrnahm.

»Ich denke, das wäre es dann erst mal.« Angersbach stand abrupt auf. »Wir melden uns, wenn wir noch Fragen haben.«

»Tun Sie das.« Die Lehrerin machte Anstalten, sich vom Sofa zu erheben, doch Sabine hielt sie davon ab.

»Danke. Wir finden allein raus.«

* * *

Ralph Angersbach atmete tief durch, als sie wieder auf der Straße standen.

»Ich weiß nicht, was du hast«, spottete Sabine Kaufmann. »Diese Käthe Mundt ist doch eine ganz liebenswerte alte Dame.«

»Sie sucht Gesellschaft. Und wenn man sie reden lässt, sitzt man bis zum Sankt-Nimmerleins-Tag bei ihr fest. Ohne dass besonders viel dabei herauskommt. Sie weiß nichts. Und gesehen hat sie auch nichts. Wahrscheinlich ist sie blind wie ein Fisch. Bei der dicken Brille.«

Kaufmann stieg in Ralphs Wagen. »Trotzdem waren da ein paar interessante Punkte. Diese Sekte, die in Körbers Haus gewohnt hat. Wir müssen versuchen, die Namen herauszufinden. Was die alte Lehrerin erzählt hat, klang nach Tieropfern. Und möglicherweise auf derselben Lichtung, auf der man Lubitz ermordet hat. Das würde doch passen? Eine Sekte, die irgendwelchen südamerikanischen Kulten frönt, und ein Toter, der einen berauschenden Giftpilzcocktail intus hatte?«

»Hm.« Angersbach wies zum Nachbarhaus, das ebenso urwüchsig und gemütlich aussah wie das von Käthe Mundt. »Da müsste diese Beatrix Vogelsang wohnen, die damals auch schon hier gelebt hat. Vielleicht kann sie uns weiterhelfen.«

Sabine nickte. »Fragen wir sie.«

Ralph ging auf die Haustür zu, an der ein Schild mit der Aufschrift »Vogelsangs Träume« hing. Statt eines Klingelknopfs gab es eine Kette aus Messing, die zu einer gleichfarbigen Glocke führte. Angersbach zog daran und wartete. Nach einer Weile betätigte er die Glocke ein zweites Mal. Er wollte sich schon abwenden, als er von der anderen Seite der Tür ein Geräusch hörte.

Als sich die Tür öffnete, hatte er Mühe, seine Gesichtszüge unter Kontrolle zu halten. Die Frau, die ihm gegenüberstand, war Anfang bis Mitte fünfzig und sehr üppig. Sie war in wallende, fliederfarbene Gewänder gehüllt, und die lockigen blonden Haare hatte sie zu einer Art Vogelnest aufgesteckt. Ihr Gesicht war grell geschminkt, mit so viel Rosa und Violett, dass er sich fragte, ob das ihr normaler Look oder die Maskerade für irgendein Fest war. Sie trug keine Brille, obwohl sie offenbar eine gebraucht hätte. Mit zusammengekniffenen Augen musterte sie erst Ralph, dann Sabine und blinzelte heftig.

»Hallo. Kennen wir uns?«

»Noch nicht.« Angersbach zog seinen Ausweis aus der Tasche und stellte sich und Sabine vor.

»Polizei?« Vogelsang schlug sich theatralisch beide Hände vor den Mund. »Dann ist da oben doch etwas Schlimmes passiert?« Ihr Blick wanderte in Richtung Eichenwald.

»Wir haben einen Toten gefunden«, erklärte Ralph. »Es handelt sich um den Bürgermeister der Gemeinde Fuchsrücken, Martin Lubitz.«

»Um Gottes willen.« Beatrix ließ die Hände sinken. »Das ist ja schrecklich. Was ist passiert?«

»Jemand hat ihn ermordet. Deshalb würden wir gern mit Ihnen sprechen.«

»Mit mir?«

»Sie gehören doch zur Protestbewegung gegen den Windpark. Sie haben ihn gekannt. Und Sie haben auch vor zwanzig Jahren schon hier gelebt. Damals gab es ja auch ein paar dramatische Vorfälle.«

»Und nun glauben Sie, dass ich das getan habe?« Vogelsang raffte den Stoff ihres weit fallenden Kleides und presste ihn gegen die Brust. »Das ist nicht Ihr Ernst.«

Sabine schob Ralph ein wenig beiseite.

»Wir sammeln lediglich Informationen«, erläuterte sie. »Sie gehören zu denen, die am längsten in Fuchsrod wohnen, deshalb hatten wir gehofft, Sie können uns etwas erzählen, das uns weiterbringt.« Sie lächelte. »Dürfen wir vielleicht hereinkommen?«

Die Frau zog den Kopf zwischen die Schultern wie eine Schildkröte, die sich in ihren Panzer zurückziehen will. »Wenn es sein muss.« Sie trat zur Seite. »Geradeaus durch ist das Wohnzimmer.«

Ralph marschierte entschlossen vorweg und öffnete die Tür. Dann blieb er so abrupt stehen, dass Sabine, die ihm gefolgt war, auflief. Das Wohnzimmer war offensichtlich zugleich Beatrix Vogelsangs Verkaufsraum. Von der Decke hingen unzählige Windspiele und Traumfänger in allen Größen und Farben, so dicht, dass man von der Tapete fast nichts mehr sah. Es mussten mehrere Hundert sein. Eine Längsseite des Raums wurde komplett von Regalen eingenommen, in denen Buddhafiguren hockten, alle mit unbeweglichen bronzenen Mienen und dem Gesicht zur Tür. Ralph hatte das Gefühl, als starrten ihn tausend Augen gleichzeitig an. Dazu gab es noch alle möglichen Töpferwaren mit psychedelischen Glasuren. Rosa und Violett waren auch hier die vorherrschenden Farben. In starkem Kontrast dazu stand der Schreibtisch mit dem großen Computermonitor und einem hochmodernen Bürostuhl. Das letzte Drittel des Raums wurde von einem Couchtisch, einem Fernsehwagen sowie Sofa und Sessel eingenommen, konsequenterweise auch diese mit violetten Bezügen.

Angersbach überwand seinen Schock und betrat den Raum. Kaufmann folgte ihm und sah sich einige der Traumfänger an, strich sacht über ein gefiedertes Exemplar. »Die sind hübsch.«

»Danke.« Beatrix Vogelsang lächelte. »Sie sind auch sehr gefragt.«

Ralph deutete mit einer ausgreifenden Handbewegung auf die ausgestellten Waren. »Sie leben davon?«, fragte er. Offenbar mit einem Unterton, der Beatrix Vogelsang nicht gefiel, jedenfalls wurde ihr Lächeln eine Spur frostiger.

»Seit mehr als fünfundzwanzig Jahren.«

Sabine deutete auf das Exemplar, das sie betastet hatte. »Den würde ich gerne kaufen. Was kostet der?«

»Vierzig Euro.«

Ralph hätte sich fast verschluckt, doch Sabine zog klaglos ihr Portemonnaie hervor und reichte Vogelsang zwei blaue

Zwanzigeuroscheine. Die Künstlerin nahm den Traumfänger von der Decke, holte aus einer Schublade ein paar Bögen Seidenpapier hervor und wickelte ihn ein. Dann überreichte sie Kaufmann das Päckchen.

»Danke.« Sabine verstaute es sorgfältig in ihrer Handtasche.

Vogelsang, wieder sichtlich milde gestimmt, lächelte. »Möchten Sie etwas trinken?«

»Wenn Sie einen Schluck Wasser hätten?«

»Sicher.« Vogelsang rauschte in flatterndem Flieder aus dem Raum und kehrte gleich darauf mit einem Tablett zurück. Drei Gläser und ein Krug Wasser, in dem mehrere Steine lagen. Ralph kniff die Lippen zusammen, damit das Stöhnen, das ihm entweichen wollte, blieb, wo es war.

Beatrix Vogelsang schenkte ein, und man setzte sich, Kaufmann und Angersbach auf das Sofa, Vogelsang in den Sessel. Immerhin, bequem waren die Sitzmöbel, auch wenn die Farben Ralph Augenschmerzen verursachten. Und dieses ganze Gedöns. Dass man davon tatsächlich leben konnte? Doch er wollte das Thema lieber nicht wieder aufgreifen. Stattdessen zog er sein zerfleddertes Notizbuch hervor und schlug es auf.

»Wir haben mit Ihrer Nachbarin gesprochen, Frau Käthe Mundt. Sie hat uns von den Leuten erzählt, die vor zwanzig Jahren in dem Haus gewohnt haben, das jetzt Reinhold Körber gehört.«

»Ach ja.« Vogelsang nippte an ihrem Steinwasser. »Das waren nette Leute.«

Ralph wechselte einen raschen Blick mit Sabine. »So?«

»Sehr aufgeschlossen«, erklärte die Künstlerin. »Auch für Dinge, die man mit den normalen Sinnen nicht erfassen kann. Und kreativ. Sie haben damals viel bei mir eingekauft.«

Kaufmann wollte etwas sagen, doch Ralph kam ihr zuvor. »Was denn?«

»Masken.« Vogelsang stand auf. »Kommen Sie. Ich zeige es Ihnen.«

Sie ging den Kommissaren voraus durch den Flur und öffnete die Hintertür des Hauses. Von dort verlief ein schmaler Pfad zu einem großen Holzschuppen.

»Meine Werkstatt«, erklärte Vogelsang und schob die Tür auf.

Im Inneren befanden sich mehrere Werkbänke, auf denen angefangene Arbeiten lagen, lange Regale mit Werkzeugen, Farbdosen und Kisten mit Material, ein Brennofen – und eine Wand, die komplett mit Masken vollgehängt war. Von schlichten Papiermasken, wie man sie aus dem venezianischen Karneval kannte, über Latexfratzen in allen möglichen Gestalten bis zu hölzernen, afrikanisch anmutenden Masken mit Menschen- und Tiergesichtern war alles vorhanden.

»Die Leute aus Körbers Haus hatten viel Spaß daran, Themenabende zu veranstalten und sich dafür zu kostümieren. Sie haben sich oft auf einer Lichtung im Wald getroffen und Feste gefeiert. Getanzt und manchmal auch so etwas wie Rollenspiele veranstaltet.«

»Frau Mundt meinte, es war eine Sekte«, bemerkte Ralph.

»So ein Unsinn.« Vogelsang schüttelte den Kopf. »Das waren einfach nur Menschen, die nicht ins normale gesellschaftliche Raster gepasst haben. Sie haben zusammengelebt, weil sie gemeinsam etwas gefunden hatten, was ihnen vorher fehlte. Eine Familie. Wenn einem die Blutsverwandten nichts bedeuten, muss man sich eben eine eigene Familie suchen, und das haben diese Menschen getan. Aber sie waren nicht verbohrt. Sie waren sehr kreativ. Ich war gelegentlich bei ihnen zu Gast und habe mich immer wohlgefühlt.«

»Dann haben Sie vielleicht Namen?«, fragte Sabine Kaufmann hoffnungsvoll.

»Ja, natürlich.« Beatrix Vogelsang lachte verlegen. »Das heißt, nein. Keine Namen, die Ihnen etwas nützen würden. Die hießen Kastor und Pollux und Leda und so … Griechische Mythologie, Sie wissen schon.«

»Und der Anführer?«

Vogelsang verzog den Mund. »Anführer?«

»Ein großer Mann mit schwarzem Bart und langen Haaren.«

»Ach so, Zeus. Ja. Er war älter als die anderen. Hat sie ein bisschen angeleitet.«

»Ein Guru.«

»Nein.« Beatrix Vogelsang blickte Ralph streng an. »Ein Familienvater.«

»Der seine Kinder mit Drogen versorgt hat.«

Vogelsang verdrehte die Augen. »Ja. Das passt natürlich nicht in das spießige Weltbild eines Polizisten. Aber Zeus hat seinen Kindern Reisen in unbekannte Welten ermöglicht. Mir im Übrigen manchmal auch«, fügte sie bockig hinzu. »Ich habe es sehr bedauert, als sie weggezogen sind. Damals hatte ich das Gefühl zu fliegen. Ohne diese Wundermittel aus der Natur ist man viel zu oft auf dem Boden der Tatsachen.«

Ralph fand nicht, dass sie ein besonders nüchternes Leben führte, sparte sich aber einen Kommentar.

»Haben Sie den Anführer – Verzeihung, den *Familienvater* Zeus – seit damals wiedergesehen?«, fragte er.

Beatrix Vogelsang blinzelte. »Wie kommen Sie darauf?«

Angersbach nahm eine Figur mit seltsam verrenkten Gliedmaßen von einer der Werkbänke und hielt sie ins Licht.

»Vorsicht!«

Ralph merkte, dass die Figur noch nicht fest war, und wollte sie zurückstellen, doch es war zu spät. Sein Daumen bohrte sich in den weichen Ton, und die Figur tropfte von seinen Fingern wie warmer Pizzateig und klatschte ihm vor die Füße. Er schaute betroffen auf den Fleck. »Tut mir leid.«

»Schon gut.« Vogelsang winkte ab. »Sie hatte mir ohnehin noch nicht gefallen, sonst wäre sie längst im Brennofen gewesen.«

Sabine Kaufmann sah Ralph mit einem leichten Kopfschütteln an. Dann wandte sie sich wieder an Vogelsang.

»Es könnte doch sein, dass der eine oder andere aus der Gruppe später nach Fuchsrod zurückgekehrt ist und vielleicht heute noch hier wohnt.«

Vogelsang nahm ein Stück braunes Papier aus einem der Regale und hob damit den Tonklumpen vor Ralphs Füßen auf.

»Das könnte schon sein«, gab sie zu. »Aber das kann ich Ihnen nicht sagen.«

Sie trug den eingewickelten Ton zu einem Mülleimer in der Ecke des Raums und warf ihn hinein.

Ralph fühlte sich beschämt und ärgerlich zugleich. Was bei ihm meistens dazu führte, dass er noch grantiger wurde als gewöhnlich.

»Können Sie nicht? Oder wollen Sie nicht?«, brummte er.

Vogelsang wischte sich die Hände an einem Handtuch neben dem Emaillewaschbecken in der Ecke des Raums ab und kam zu Kaufmann und Angersbach zurück.

»Ich kann es nicht«, sagte sie. »Weil ich gesichtsblind bin. Für mich sind das alles nur unzusammenhängende Kombinationen von Augen, Nasen und Mündern. Ich erkenne Menschen an ihrer Statur, ihren Bewegungen, ihrer Kleidung, manchmal auch an ihrer Stimme. Aber das ist sehr unsicher, und ich täusche mich häufig. Leute, die mich kennen, wissen das und sagen einfach ihren Namen, wenn sie mich treffen.«

Angersbach schnaufte. »Ja dann ...«

»Vielen Dank«, ergänzte Sabine und reichte der Künstlerin die Hand. »Auch für diesen wunderschönen Traumfänger. Wir finden allein raus.«

Sie folgte Ralph, der bereits die Werkstatt verlassen hatte und außen um das Haus herum zur Straße gestrebt war.

»Großartig«, sagte er, als Kaufmann ihn eingeholt hatte. »Wir haben zwei Zeugen, und sie sind absolut nutzlos. Die eine kann nicht *sehen*, und die andere kann nicht *erkennen*.«

»Trotzdem haben wir eine Menge nützliche Dinge erfahren. Und um herauszufinden, wer die Mitglieder und dieser *Zeus*, der Anführer dieser Sekte ...«, sie blickte zurück zu Vogelsangs Haus, »... Verzeihung: dieser *Familie* waren, müssen wir eben andere Wege beschreiten.«

»Ja. Du hast recht.« Angersbach griff nach seinem Telefon. Er rief einen Kollegen in der Regionalen Kriminalinspektion Gießen an und bat ihn, das Heim in Alsfeld ausfindig zu machen, in dem der Vorbesitzer »seines« Hauses, der alte Sigurd Meier, untergebracht war, sofern er noch lebte. Körperlich war er ja offensichtlich schon seit Langem erheblich eingeschränkt, doch vielleicht funktionierte der Kopf noch. Die Kollegen sollten erfragen, ob er sich an die Namen der Mieter seines Hauses in Fuchsrod erinnere oder ob, im besten Fall, noch Unterlagen existierten, Mietverträge, Kontoauszüge oder dergleichen. Große Hoffnungen machte er sich allerdings nicht.

Schnaufend ließ er sich auf den Fahrersitz des Niva fallen und wartete, bis Sabine ebenfalls eingestiegen war. Dann startete er den Motor und fuhr den kurzen Weg zurück zu Körbers Haus. Dort hatten die Kollegen von der Spurensicherung mittlerweile die ersten Blöcke aus der Kellerwand herausgefräst und ins Freie getragen, und Professor Wilhelm Hack, der Gießener Rechtsmediziner, war höchstselbst angereist.

»Das nenne ich mal einen bemerkenswerten Fund!«, begrüßte er Ralph und strahlte, als Sabine auf der anderen Seite aus dem Lada stieg. »Frau Kaufmann! Hat man Sie zurück zur Mordkommission geholt?«

»Nein.« Sabine schüttelte Hack die behandschuhten Finger. Ralph sah ihr an, dass sie wie immer Mühe hatte, mit den in verschiedene Richtungen schauenden Augen des Rechtsmediziners zurechtzukommen, obwohl sie natürlich wusste, welches das Glasauge war. Manche Dinge vergaß man nicht, selbst ohne fotografische Erinnerung. Vor allem weil die Existenz einer solchen Gabe in der Fachwelt durchaus umstritten war. Doch Ralph hatte schon öfter miterlebt, wie sie sich räumliche Anordnungen, Wohnungseinrichtungen oder Spurendetails außergewöhnlich gut merken konnte. Bei ihrem letzten Fall hatte diese Gabe sie sogar geradewegs auf die Spur des Täters geführt.

»Ich bin jetzt beim LKA in Wiesbaden«, erläuterte Kaufmann. »Herr Angersbach hat mich angefordert, weil wir es hier mit einem außergewöhnlichen Fall zu tun haben.«

»Ja. Rituelle Hinrichtungen, Opfersteine und halluzinogene Pilze. Und nun auch noch ein paar eingemauerte Leichen im Keller.«

»Haben Sie sich schon ein Bild machen können?«, grätschte Ralph dazwischen, der Hacks Begeisterung für das Morbide nicht teilte und die Sache abkürzen wollte.

»Und ob.« Hack hob die Hand. »Alles nur vorläufig, natürlich. Sie wissen ja: Vor der Obduktion lege ich mich nicht fest. Aber so wie es aussieht, handelt es sich um zwei teilweise verstümmelte Leichen, beide mit einem charakteristischen viereckigen Loch in der Schädeldecke wie von einem schweren Hammer und zertrümmerten Gliedmaßen.«

Ralph spürte, wie sich ihm der Magen zusammenzog. Das machte summa summarum vier Todesopfer, an denen man offenbar einen Ritualmord vollzogen hatte. Martin Lubitz und den vor zwanzig Jahren verstorbenen Gert Debus hatten sie bereits identifiziert. Und Ralph würde einen Besen fressen, wenn die beiden in Körbers Kellerwand nicht der damals verschwundene Bürgermeister Manfred Beppler und das ebenfalls abhandengekommene Gemeinderatsmitglied Werner Runzheimer waren. Wer die vier getötet hatte, war im Hinblick auf das Versteck der beiden Letzteren wohl kein großes Rätsel. Wie sie die Mitglieder der Sekte, die vor zwanzig Jahren in Körbers Haus gewohnt hatten, aufspüren sollten, dagegen schon.

Er zuckte zusammen, als das Telefon in seiner Jacke zu vibrieren begann.

»Ja?«, meldete er sich barsch und hörte, was der Gießener Kollege zu sagen hatte. Anschließend rammte er das Smartphone zurück in die Tasche.

»Schlechte Nachrichten?«, erkundigte sich Hack und blinzelte mit dem gesunden Auge.

»Allerdings.« Ralph stieß die Luft aus. »Sigurd Meier, dem das Haus hier mal gehört hat, ist vor drei Monaten verstorben. Weil es keine Angehörigen mehr gab, hat das Heim alle Unterlagen vernichtet, die noch in seinem Besitz waren.«

»Puh.« Kaufmann blies die Backen auf, und das nicht nur, weil sie drei Monate für fast schon pietätlos hielt. »Vernichtet?«

Ralph hob die Achseln. »Was sollen sie denn sonst damit? Wenn die dort alles aufheben würden …«

»Trotzdem. Ärgerlich!«, unterbrach Sabine ihn. »Wie sollen wir dann herausfinden, wer diese Sektenmitglieder waren?«

»Tja.« Wilhelm Hack klopfte ihr auf die Schulter und sah Angersbach spöttisch an. »Da müssen Sie wohl Ihre Fantasie bemühen.«

Sabine Kaufmann nickte grimmig. »Das werden wir.«

* * *

Kaufmann und Angersbach hatten sich mit den Gießener Kollegen, die die Befragung der Fuchsroder Bewohner durchgeführt hatten, im Besprechungsraum der Regionalkriminalinspektion zusammengesetzt. Da es schlichtweg unmöglich war, herauszufinden, wer damals zu der Sekte in Körbers Haus gehört hatte und was aus ihnen geworden war – wo sie heute lebten, ob in Südamerika oder irgendwo sonst –, hatten Ralph und Sabine beschlossen, sich auf die anderen Anwohner Fuchsrods zu konzentrieren. Immerhin ließ sich nicht ausschließen, dass nicht alle Mitglieder der Sekte seinerzeit nach Südamerika ausgewandert waren, sondern einige noch immer in der Gegend, vielleicht sogar in der Gemeinde oder direkt in Fuchsrod lebten.

Die Beamten hatten gute Arbeit geleistet und nicht nur die Bewohner befragt, sondern auch zu jedem ein kurzes Dossier mit Foto und prägnanten Merkmalen zusammengestellt. Diese präsentierten sie jetzt mit PowerPoint, sodass die Gemeindemitglieder in Fuchsrod für Ralph und Sabine ein Gesicht bekamen.

»Wir gehen davon aus, dass der Mord an Martin Lubitz in Zusammenhang mit dem geplanten Windpark auf dem Fuchsrücken steht«, fasste Ralph für die Kollegen zusammen. »Und dass die beiden Leichen, die wir im Keller meines …«, er hustete, »… *des* Hauses am Ortseingang von Fuchsrod gefunden haben, etwas mit diesen Taten zu tun haben. Also, dass es derselbe Mörder war. Jemand, der auch schon damals gegen die Windkraft auf dem Höhenzug war, wahrscheinlich ein oder mehrere Mitglieder der Sekte, die seinerzeit in dem Haus gewohnt hat.«

»Das bedeutet, dass wir vermutlich alle Personen, die heute jünger als fünfunddreißig sind, als Verdächtige ausschließen können«, ergänzte Kaufmann.

»Gut.« Einer der Beamten, die sich mit der Mittelaltergruppe beschäftigt hatten, hob den Daumen. »Das macht die Sache einfacher. Diese Freaks da auf dem Hof sind eine Familie. Possel. Vater Maik, Mutter Inge, vier Kinder, dazu eine weitere junge Frau und ein älterer Mann. Von den jungen Leuten ist keiner über vierundzwanzig. Die können wir fürs Erste vergessen.«

»Bleiben der Vater, die Mutter und der Alte«, übernahm ein Kollege und blendete die Gesichter auf der Leinwand im hinteren Teil des Raums ein. Ralph und Sabine erblickten einen großen, dicken Mann mit wallendem Vollbart, langen Haaren und glühenden Augen.

»Maik Possel, achtundvierzig Jahre alt, Dozent für die Geschichte des Mittelalters an der Justus-Liebig-Universität Gießen«, referierte der Beamte, was Ralph bereits im Netz recherchiert hatte. Kaufmann wandte ihm den Kopf zu und hob die Augenbrauen. Vom Aussehen her entsprach der Mann in etwa der Beschreibung, die ihnen die alte Lehrerin Käthe Mundt von dem damaligen Sektenführer gegeben hatte. Aber passte das zusammen? Ein seriöser Universitätsangestellter und zugleich ein Guru? Auf der anderen Seite gab es ja kaum etwas, das es nicht gab. Zumindest vom Alter her könnte es hinkommen. Vor zwanzig Jahren war Possel achtundzwanzig, im besten Alter, um aus Leidenschaft Gewalttaten zu begehen. Und körperlich war er damals wie heute dazu in der Lage.

»Wie steht's denn mit seinem Alibi?«

»Possel, seine Frau und der alte Mann sagen übereinstimmend aus, dass sie zur Tatzeit unterhalb des Fuchsrückens auf einem kleinen Feld nahe Fuchshain waren und dort Kräuter gesammelt haben.«

»Mitten in der Nacht?«

Der Beamte grinste. »Die Sorte von Kräutern, die man nur bei Mondschein ernten darf. Der Alte, der da bei den Possels wohnt, ist Arzt und hat ein ausgeprägtes Faible für Naturheilkunde und Homöopathie. Hat uns einen langen Vortrag über pflanzliche Wirkstoffe und die unterschätzten Kräfte der Natur gehalten. Im Mittelalter, meinte er, wusste man mehr darüber als heute.«

Ralph brummte. »Und wer genau war bei der heilkundlichen Nachtwanderung dabei?«

»Nur die drei. Das Ehepaar Possel und der Arzt. Otto Fischer heißt er.«

»Sie könnten also auch gelogen haben«, schlussfolgerte Sabine. »Und statt bei der Kräuterernte waren sie alle drei nicht unten, sondern oben auf dem Fuchsrücken und haben den Bürgermeister Martin Lubitz gemeinschaftlich ermordet.«

»Denkbar.«

Ralph betrachtete das Gesicht des Arztes, das der Kollege eingeblendet hatte. Es war schmal, umrahmt von vollem, drahtigem grauem Haar. Dazu trug der Mann einen Spitzbart, der an einen französischen Musketier erinnerte. Sein Blick wirkte entrückt, als wäre er nicht ganz von dieser Welt.

Angersbach schaute weiter zu Possels Frau Inge. Handfest, schoss es ihm durch den Kopf, der Typ Frau, der die Hosen anhatte. Kurze und wenig fachkundig geschnittene dunkle Haare und ein feistes Gesicht, das durch die Frisur noch betont wurde, dazu ausgeprägte Tränensäcke unter den Augen.

Sah so ein Mördertrio aus? Zumindest konnten sie die drei nicht von der Verdächtigenliste streichen. Maik Possel könnte der Sektenführer gewesen sein, und seine Frau und der Arzt zwei Anhänger und Handlanger.

Die Beamten blendeten ein weiteres Trio ein.

»Hier haben wir die Herrschaften von diesem Ökohof«, erläuterte einer. »Harald Kromm, Bernd Henke und Nina Wollmacher.«

Angersbach schnaubte leise. Kromm hatte bemerkenswerte Ähnlichkeit mit Maik Possel, war genau wie der Unidozent groß und dick und hatte lange Haare und einen wallenden Vollbart. Der zweite Mann dagegen, Bernd Henke, war optisch das genaue Gegenteil. Schmächtig, mit einer vorspringenden Nase und lichtem Haar. Wenn einer der beiden der ehemalige Sektenführer war, dann wohl eher Harald Kromm. Auch wenn man nicht ausschließen konnte, dass der Sektenführer in den letzten zwanzig Jahren sein Gewicht drastisch reduziert hatte und heute dürr wie ein Spargel war.

Die Frau neben den beiden Männern war mittelgroß und schlank. Sie hatte braunes, lockiges Haar und trug einen bunt geringelten und offenbar selbst gestrickten Pullover.

»Bernd Henke ist gelernter Landwirt«, referierte der Beamte. »Seine Familie hat einen großen Hof oberhalb von Lauterbach, aber Henke ist bei der Weitergabe an die nächste Generation leer ausgegangen. Jetzt bewirtschaftet er zusammen mit Kromm und Wollmacher ein Stück Land bei Fuchsrod. Biologisch-dynamisch, mit eigenem Hofladen.« Er griff nach seinen Notizen. »Wollmacher war früher Verwaltungsangestellte. Kromm hat studiert, aber keinen Abschluss. Alle drei sind Anfang bis Mitte fünfzig.«

»Hm.« Angersbach betrachtete nachdenklich das Foto. Kromm könnte der ehemalige Sektenführer gewesen sein. Ein Intellektueller ohne richtigen Beruf, der Anhänger um sich scharte und sich von ihnen aushalten ließ.

»Wo waren die drei zur Tatzeit?«

»Zu Hause«, erwiderte der Beamte. »Sie leben zusammen in einer Wohngemeinschaft. Keine Ahnung, ob da was läuft. In der Nacht, als Lubitz ermordet wurde, haben sie angeblich in ihren Betten gelegen und geschlafen. Jeder in seinem eigenen, behaupten sie. Und dass sie es gemerkt hätten, wenn einer von ihnen das Haus verlassen hätte, weil die Türen alt sind und höllisch quietschen, wenn man sie öffnet, die Haustür ebenso wie die Hintertür.«

»Sie könnten gelogen haben. Weil sie gemeinsam auf dem Fuchsrücken waren und Lubitz getötet haben«, sprach Sabine aus, was Ralph dachte.

»Kann man nicht ausschließen«, bestätigte der Beamte und tippte auf seine Computermaus, um das nächste Bild zu zeigen.

»Rudolf Berger, Landwirt.« Ein knorriger Typ Mitte siebzig. »Hatte an dem Abend Besuch von einem Freund. Die beiden sagen aus, dass sie bis nachts um drei zusammengesessen, Wein getrunken und über Gott und die Welt philosophiert haben. Der Besucher heißt …«, er blätterte in seinen Unterlagen und ließ das nächste Foto aufleuchten, »Johann Gründler.«

Ralph zuckte zusammen, als ihm sein Vater so plötzlich von der Leinwand entgegenblickte.

»Die Aussage erschien uns glaubhaft«, verkündete der Beamte und ersetzte das Foto durch ein neues. Es zeigte Norman und Bärbel Rupp, die beiden Angestellten von der Sparkasse Fuchshain. »Genau wie bei diesen beiden. Sie haben den Abend bei Reinhold Körber verbracht, der am Ortseingang von Fuchsrod wohnt.« Das Gesicht des Ingenieurs, dessen Haus Ralph kaufen wollte, erschien auf der Leinwand. »Haben Immobilienangebote in Portugal gesichtet und Finanzierungspläne erstellt. Körber hat uns die Seiten in seinem Browser gezeigt. Dem Zeitstempel zufolge waren sie in der Tatnacht geöffnet.«

Wieder ein neues Bild, dieses Mal von einer Frau, die in wallende fliederfarbene Gewänder gehüllt war und die blonden Haare zu einer Art Vogelnest aufgesteckt hatte. Ralph schnitt eine Grimasse. Mit dieser Person würde er im weiteren Verlauf der Ermittlungen lieber nicht allzu viel zu tun haben.

»Beatrix Vogelsang. Bastelt Traumfänger und Buddhafiguren und solchen Krempel und verkauft das Zeug in ihrem Haus und online. War in der Tatnacht bei ihrer Tochter im Krankenhaus in Fulda. Ist Oma geworden. War wohl eine schwere Geburt, die bis zum nächsten Morgen gedauert hat. Wir haben in der Klinik nachgefragt. Die Vogelsang war die ganze Zeit bei ihrer Tochter am Bett, das haben die Schwestern bestätigt.«

»Immerhin«, bemerkte Kaufmann. »Zumindest eine Dorfbewohnerin, die wir von der Verdächtigenliste streichen können.«

Der Beamte zeigte das nächste Bild. »Diese Dame auch, denke ich. Sie war in der Tatnacht allein zu Hause, aber sie ist wohl kaum in der Lage, einen erwachsenen Mann zu überwältigen und brutal zu ermorden.«

Ralph musste schmunzeln. Die Frau auf dem Foto war Käthe Mundt, die alte Lehrerin, mit der sie am Nachmittag gesprochen hatten. Er schaute zu Sabine, um zu sehen, ob sie dasselbe dachte wie er.

»Maik Possel oder Harald Kromm«, bestätigte sie. »Einer von den beiden könnte dieser Sektenführer gewesen sein. Und gemeinsam mit seinen angeblichen Alibizeugen den Mord begangen haben.«

»Habt ihr auch mit Maria Jukovic und ihrem Verlobten gesprochen?«, erkundigte sich Angersbach. Die standen zwar nicht ganz oben auf seiner Liste, aber die Theorie, dass es Mitglieder der ehemaligen Sekte waren, die Lubitz getötet hatten, konnte auch falsch sein. Man durfte den Blick bei einer Ermittlung nicht zu früh verengen, sondern musste nach allen Seiten offen bleiben.

»Haben wir.« Einer der Beamten hob einen Zettel. »Die beiden waren gemeinsam auf einer Geburtstagsfeier in Gießen. Dafür gibt es eine ganze Reihe von Zeugen.«

Als Täter im Mordfall Lubitz schieden sie damit aus. Angersbach nickte. Im Grunde hatte er nichts anderes erwartet.

Er schaute in die Runde. »Was ist mit der Spurensicherung? Gibt es neue Erkenntnisse?«

»Allerdings.« Der Beamte hob eine halb durchsichtige Kunststoffbox vom Tisch und öffnete sie. »Hat sich gelohnt, dass wir die Jungs und Mädels von der Truppe noch mal auf den Fuchsrücken geschickt haben. Sie haben das hier an einem Zweig unweit des Leichenfundorts entdeckt.« Er zog einen Plastikbeutel aus der Box und hielt ihn hoch. Ralph kniff die Augen zusammen und erkannte, dass sich darin ein Armband befand, aus roten, grünen und blauen Wollfäden gewebt.

»Ein Freundschaftsbändchen«, sagte Sabine. »Könnte das vom Täter stammen?«

»Möglich.« Der Kollege schwenkte die Tüte. »Die Forensik sagt, es kann noch nicht lange da im Wald gelegen haben. Kaum verschmutzt und überhaupt nicht verwittert. Sie meinen, es hat sich maximal ein bis zwei Tage vor dem Mord an dem Zweig verfangen. Ist also eher unwahrscheinlich, dass es nichts damit zu tun hat. Und später kann es nicht dorthin gelangt sein. War ja alles abgesperrt.«

»Der Mörder hat also bis zu der Tat dieses Freundschaftsbändchen getragen und seitdem nicht mehr«, fasste Kaufmann zusammen und fotografierte das Objekt mit ihrem Smartphone.

»Zeig doch noch mal die Fotos von Possel und Kromm«, forderte Ralph den Kollegen auf. Dieser kam der Bitte nach. Angersbach beugte sich vor, sank aber gleich darauf wieder frustriert auf seinen Stuhl zurück. Maik Possel trug einen langärmeligen Pullover, und Kromm hatte die Hände tief in die Taschen seiner ausgebeulten Hose geschoben. Ob einer der beiden Freundschaftsbändchen trug, war nicht zu erkennen. Aber sie würden den Männern ja ohnehin einen Besuch abstatten, dann würden sie es sehen. Oder eben auch nicht, wenn das am Tatort gefundene Armband das einzige war, das der Täter getragen hatte.

»Sonst irgendwelche verwertbaren Hinweise?«, fragte er die beiden Kollegen, die den Auftrag gehabt hatten, die Berichte aus der Forensik und der Rechtsmedizin gründlich durchzugehen. Nur zur Sicherheit, denn wenn es etwas wirklich Wichtiges gegeben hätte, hätten sich Hackebeil oder die Kriminaltechniker direkt bei Ralph gemeldet.

»Nein, nichts«, erwiderte einer der Beamten erwartungsgemäß. »Der oder die Täter waren ausgesprochen umsichtig. Haben keine Spuren hinterlassen, aus denen man irgendwelche Rückschlüsse ziehen könnte, weder an der Leiche noch am Tatort. Nur das Freundschaftsbändchen.«

Was nicht gerade viel war. Angersbach bedankte sich und ging mit Sabine in sein Büro. Er schwenkte die Thermoskanne, um zu sehen, ob sich noch ein Rest darin befand, und kippte die dunkelbraune Flüssigkeit in einen Becher.

»Du auch?« Er hielt die Kanne hoch. Kaufmann spähte in seinen Becher und schüttelte den Kopf.

»Danke. Lieber nicht.«

Ralph trank einen Schluck und verzog den Mund. Die Brühe war nicht einmal mehr lauwarm und schmeckte bitter. Trotzdem leerte er den Becher. Er brauchte dringend einen Koffeinschub und hatte keine Lust, neuen Kaffee aufzusetzen.

»Was machen wir jetzt?«, fragte er. »Kromm und Possel befragen?«

Kaufmann sah auf ihre Armbanduhr. »Besser, wir machen für heute Feierabend. Ich bin total durch. Warum musstest du dich auch ausgerechnet in das *eine* Haus im Vogelsberg verlieben, in dem sich die Leichen im Keller stapeln?«

»Wer sagt denn, dass es das einzige ist?«, neckte Angersbach trocken. »Wir Vogelsberger sind nicht so harmlos, wie wir immer tun.«

»Ach, komm schon! Kaum ziehen wir zusammen los, schon …« Sie unterbrach sich abrupt. »Ist ja auch egal. Wir lassen Professor Hack ein wenig Zeit. Bis morgen hat er sich vielleicht schon die Knochen aus Körbers Haus angesehen und kann uns sagen, ob es sich tatsächlich um den Bürgermeister und das Gemeinderatsmitglied von damals handelt.«

»Warum ist das wichtig?«

Kaufmann ließ sich auf seinen Bürosessel fallen. »Unser ganzer Ermittlungsansatz steht und fällt damit, denkst du nicht? Wenn sie es sind, ist die Theorie über die Sekte, die mit allen Mitteln gegen die Windparkerrichtung kämpft, absolut plausibel. Wenn nicht – dann könnte der Mord an Lubitz auch ein ganz anderes Motiv gehabt haben.«

»Und das Wort ›Verrat‹, das man Lubitz und Debus auf die Brust gebrannt hat?«

»Könnte auch einen Nachahmungstäter inspiriert haben. Oder meinst du, niemand hier in Fuchsrod wusste davon?«

Ralph grummelte. Sabines Einwände waren nicht unberechtigt. Trotzdem war er überzeugt davon, dass er sich nicht täuschte. Alles hing mit den geplanten Windrädern auf dem Fuchsrücken zusammen und mit ein paar Fanatikern, die sich nicht damit abfinden wollten.

»Von mir aus«, lenkte er dennoch ein. »Also fahren wir nach Hause?«

Kaufmann sah ihn schelmisch an. »Wir könnten auch die Gelegenheit nutzen und noch jemanden besuchen.«

»Wen denn?«

Kaufmann richtete den Blick zur Decke. Anscheinend hätte er erraten sollen, wen sie meinte.

»Jetzt sag schon.«

Sabine schaute ihn wieder an. »Deinen Vater natürlich.«

12

Sie hatten es sich in der rustikalen Stube gemütlich gemacht. Ralphs Vater hatte den Kamin angezündet, und nun saßen sie in bequemen Sesseln, hatten die Füße hochgelegt und schauten in die Flammen. Die Scheite im Kamin knackten und prasselten, und gelegentlich stoben ein paar Funken auf, wenn eines der Holzstücke zerbarst.

»Du hast mit Lubitz telefoniert«, sagte Ralph in die Stille hinein. Ohne Vorrede und direkt auf den Punkt wie immer. Sabine fragte sich, ob er nicht anders konnte oder wollte. Immerhin war es sein Vater, kein Verdächtiger, der ihnen im Vernehmungsraum gegenübersaß. Der alte Gründler schien sich nicht daran zu stören. Vielleicht hatte er ja seinem Sohn das Gen vererbt, auf dem sich dieser wenig empathische Charakterzug befand.

»Klar«, erwiderte er. »Um ihm zu sagen, was ich von seinem verfluchten Projekt halte. Ein ganzes Dorf entsiedeln und einen der schönsten Wälder in der Gegend roden, nur um ausgerechnet dort ein paar Windräder hinzustellen. Als ob es der einzige Höhenzug weit und breit wäre.«

»Ich nehme an, es gibt ein Gutachten, dass sich der Fuchsrücken besonders gut eignet«, bemerkte Ralph.

»Sicher gibt es das«, murrte sein Vater und griff nach seinem Weinglas. »Wenn irgendein Wirtschaftsunternehmen etwas will, gibt es immer ein entsprechendes Gutachten.«

»Du meinst, es stimmt nicht?«

Gründler trank einen Schluck und ließ die rote Flüssigkeit im Glas kreisen. »Ich sag dir jetzt mal was, mein Junge. In dieser Welt geht es immer nur um Prestige und Profit. Die Menschen, die Natur, die Tiere – das spielt alles keine Rolle. Für die Rücken-Wind ist der Fuchsrücken ideal, weil sie ausgebaute Zufahrtswege und die direkte Nähe zu Lauterbach haben. Und Lubitz wollte sich profilieren. Nachhaltigkeit, alternative Energien und dann noch die kostenlose Brückensanierung – das kann man sich als Politiker doch alles prima auf die Fahnen schreiben. Außer in Fuchsrod selbst, versteht sich. Aber für die Gemeinde als solche wäre das ein Erfolg gewesen. Achthundert zufriedene Wähler, die auch beim nächsten Mal ihr Kreuzchen wieder vor Lubitz' Namen gemacht hätten. Die Handvoll Fuchsroder fällt da doch gar nicht ins Gewicht.« Er betrachtete seinen Sohn lauernd. »Meinst du, dass ich etwas damit zu tun habe? Mit dem Mord?«

»Quatsch.« Angersbach knallte sein Weinglas unsanft auf den Beistelltisch. »Ich will einfach nur wissen, was Sache ist.«

»Kannst du.« Gründler sah seinem Sohn fest in die Augen. »Rudd – Rudolf Berger«, ergänzte er an Sabine gewandt, »hatte Post von der Rücken-Wind bekommen. Ein neues Kaufangebot für seinen Hof. Er hat sich fürchterlich darüber aufgeregt.«

»Weil er unter Wert verkaufen sollte?«

»Nein, im Gegenteil. Das Angebot war total großzügig. Was Rudd auf die Palme gebracht hat, war, dass diese Verbrecher glauben, er sei käuflich. Die wissen doch, dass er gegen das ganze Projekt protestiert. Und dann schicken sie ihm jede Woche eine neue Offerte. Immer ein bisschen höher als die letzte. Als wäre alles nur eine Frage des Preises.«

»Ist es das nicht letztlich auch?«, fragte Angersbach.

Gründler sprang auf. Er nahm ein paar Holzscheite und warf sie ins Feuer. Dann drehte er sich zu Ralph und Sabine um. »Man merkt, dass du zu dieser Generation gehörst, die für nichts mehr kämpfen musste. Aber Rudd und ich, wir waren schon achtundsechzig dabei. Wir haben gelernt, für unsere Überzeugungen einzustehen. Das wirft man nicht so einfach über Bord für ein bisschen Geld.«

Angersbach hob das Kinn. »Ich nehme an, es war mehr als ein bisschen.«

Gründler tauschte einen Blick mit Sabine. »Wie hältst du das aus? Diese Verbohrtheit?«

Sie musste lächeln. Gar nicht, hätte sie vor ein paar Jahren geantwortet, als sie Ralph kennengelernt hatte. Doch mittlerweile lautete ihre Antwort anders. »Man gewöhnt sich daran.«

»Tatsächlich?« Gründler musterte seinen Sohn. »Na ja. Vielleicht.« Ein Grinsen stahl sich auf sein Gesicht. »Immerhin hält er mich nicht für einen Mörder. Das ist ja auch schon was.«

Er setzte sich wieder und nahm sein Weinglas zur Hand.

»Ich habe mich mit Lubitz gestritten«, berichtete er. »Hat nichts genutzt. Meine Argumente hat er gar nicht zur Kenntnis genommen. Er hat für sein Projekt gebrannt, und niemand hätte es ihm ausreden können. Unsere Proteste haben ihn nicht interessiert.«

»Irgendjemand hat ihn vermutlich deshalb ermordet«, warf Sabine ein. »Und derselbe hat mit einiger Wahrscheinlichkeit vor zwanzig Jahren Gert Debus getötet.«

Der alte Gründler stutzte. »Debus? Ist das nicht der Mann, dem der Hof gehört hat, den Rudd bewirtschaftet?«

»Ja.« Angersbach berichtete, was dem Bauern widerfahren war, und erzählte seinem Vater auch von den Brandmalen und ihrem Verdacht, dass sie es mit einer Sekte zu tun hatten.

»Brandmale«, wiederholte Gründler nachdenklich und schüttelte sich.

»Klingelt da was bei dir?«, wollte Ralph wissen.

»Das muss an mir vorbeigegangen sein«, murmelte Gründler.

Der Kommissar wusste nicht allzu viel über die bewegte Vergangenheit seines Vaters. Seine Reisen mit dem VW-Bulli, die ihn quer durch Europa geführt hatten. Es gab Fotos, auf denen die CASTOR-Aktivisten im Wendland zu erkennen waren. An Betonbarrieren gekettete, posierende Menschen im Kleidungsstil der Neunzigerjahre mit wehenden gelben Anti-Atomkraft-Fahnen, Johann Gründler stets in der ersten Reihe.

»Du hattest doch in letzter Zeit viel mit den Leuten aus dem Dorf zu tun«, sagte er abschließend. »Kannst du dir vorstellen, dass einer von denen so ein fanatischer Sektenführer ist? Maik Possel zum Beispiel? Oder Harald Kromm?«

Gründler kratzte sich am Kopf. »Wie kommst du ausgerechnet auf die beiden?«, fragte er, und Sabine erzählte, was sie von Käthe Mundt erfahren hatten.

»Ah. Die gute alte Käthe.« Johann Gründler schnupperte. »Das riecht doch hier irgendwie verbrannt.«

Kaufmann und Angersbach warfen einen vielsagenden Blick auf den Kamin. Gründler schüttelte den Kopf. »Das meine ich nicht.« Er eilte zu der Theke, hinter der sich die offene Küche befand. Die Kommissare hörten ihn fluchen.

»Verdammt. Jetzt habe ich doch tatsächlich vergessen, den Wecker zu stellen.«

Gründlers Kopf verschwand hinter der Theke und tauchte einen Moment später wieder auf, eingehüllt in eine dichte Rauchwolke.

»Glück gehabt«, verkündete er und hielt eine Keramikschale hoch. »Nichts passiert.« Er wies mit dem Kopf zum großen Esstisch. »Könnt ihr schnell mal decken? Das Essen ist fertig.«

Sabine sog das Aroma ein und merkte, wie ihr Magen knurrte. »Hm. Das riecht gut. Was ist es denn?«

»Ein griechischer Auflauf. Mit frischem Lamm.«

Ralphs Mundwinkel sanken nach unten. »Du weißt doch, dass ich kein Fleisch esse.«

Gründler grinste breit. »War ein Scherz. Der Auflauf ist rein vegetarisch. Nur Kartoffeln und Gemüse und jede Menge Schafskäse und Knoblauch.«

Schnell verteilten sie Teller und Besteck auf dem Tisch, und der alte Gründler füllte auf. Eine Weile aßen sie schweigend, und Ralphs Vater schmunzelte, weil ihm das genussvolle Seufzen seines Sohnes nicht entging, auch wenn der natürlich die Zähne nicht auseinanderkriegte, um das Essen zu loben, das wirklich hervorragend war. Sabine tat es zum Ausgleich umso ausgiebiger. Anschließend schenkte Gründler einen Selbstgebrannten aus, ehe sie sich wieder vor den Kamin setzten. Ralphs Vater und Sabine tranken Wein, Ralph hatte auf Wasser umgesattelt, weil er noch fahren musste. Ein Glas Wein vor dem Essen und ein Fingerbreit Schnaps – mehr kam für ihn nicht infrage. Er vermied bewusst die Frage, ob sein Vater mit dem Auto zu Bergers Hof gefahren war, und vor allem, wie er nachts den Heimweg bewerkstelligt hatte.

Gründler warf ein paar Scheite ins Feuer und nahm den Faden ihres Gesprächs wieder auf.

»Ich kann mir nicht vorstellen, dass einer der beiden so was wie ein Guru ist oder war«, erklärte er. »Weder Maik noch Harald. Klar, die beiden sind mitreißende Typen – gebildet, rhetorisch gewandt und überzeugt von dem, was sie vertreten. Aber keiner ist irgendwie fanatisch oder religiös. Auf der anderen Seite – in den Kopf gucken kann man natürlich niemandem. Dominant sind sie schon und machen gerne die Ansagen in der Gruppe. Und falls sie tatsächlich vor Mord nicht zurückschrecken, wären sie sicher nicht so dumm, mich etwas davon merken zu lassen. Also – ich fürchte, das müsst ihr schon selbst herausfinden.«

»Werden wir«, sagte Ralph knapp. »Wie ist das mit Reinhold Körber? Kennst du den auch?«

Gründler hob erstaunt die Augenbrauen. »Flüchtig. Wieso?«

»Er gehört nicht zu eurer Protestbewegung?«

»Nein. Sein Haus soll ja nicht abgerissen werden. Es steht abseits des Areals, das die Rücken-Wind für die Windräder haben will. Und Körber ist das ohnehin alles egal. Er will verkaufen und auswandern.«

»Aber das Haus würde durch den Windpark an Wert verlieren.«

Sein Vater winkte ab. »Nicht der Rede wert. Wir waren mit der Bürgerinitiative mal bei ihm und haben uns das angesehen, weil wir ihn überreden wollten, bei uns mitzumachen. Hat er aber abgelehnt. Die Terrasse und der Garten gehen in Richtung Tal raus. Die Windräder würde man vom Badezimmerfenster aus sehen. Das ist kein Grund, den Kaufpreis zu mindern. Mal abgesehen davon, dass im Umkreis von zwanzig Kilometern über hundert Stück stehen. Manche seit Jahrzehnten. Wenn man sich *daran* nicht längst gewöhnt hat, dann frag ich mich …«

»Und das verschwundene Dorf?«, unterbrach Angersbach ihn.

Gründler zuckte mit den Schultern. »Läden gibt es da schon lange keine mehr. Selbst das Bäckerauto fährt nicht mehr hoch. Was ändert sich für Körber oder denjenigen, der in seinem Haus wohnt, denn schon groß? Keine Nachbarn mehr, über die man sich ärgern muss. Jemandem, der die Einsamkeit sucht, wird das nur recht sein.«

Sabine schaute Ralph kess an. »Das passt ja.«

Ralphs Vater schaute zwischen den beiden hin und her und zog die Augenbrauen zusammen. »Was hat *er* denn mit Körbers Haus zu tun?«

»Er hat es gekauft«, informierte ihn Sabine. »Das heißt, er will es kaufen. Der Vertrag ist noch nicht unterschrieben, aber er hat den Zuschlag.«

Angersbach wehrte ab. »Hey, Moment! Ich weiß nicht, ob ich es noch will. Jetzt, mit den beiden Leichen im Keller …«

In den Augen seines Vaters blitzte die Neugier auf, und Ralph und Sabine mussten auch diese Geschichte erzählen.

»Das ist wirklich interessant«, sagte der alte Gründler, als sie geendet hatten. »Sein Opfer einzumauern ist vermutlich nicht unbedingt die erste Wahl, wenn man einen Leichnam verschwinden lassen will. Jedenfalls, wenn es nicht stümperhaft aussehen soll. Körber hat das Haus ja damals gekauft, ohne etwas zu beanstanden. Und ich weiß zufälligerweise, wer von euren Verdächtigen sich sein nicht gerade kurzes Studium finanziert hat, indem er auf dem Bau gearbeitet hat.« Er machte eine Kunstpause. »Als Maurer.«

Angersbach trommelte ungeduldig auf die Sessellehne. »Wärst du so gütig, uns an deinem Wissen teilhaben zu lassen?«

»Logisch.« Gründler grinste breit. »Der Maurer ist Harald Kromm.«

Sabine, die in ihrem Sessel immer tiefer gerutscht war und – nach dem reichhaltigen Essen und dem süffigen Wein – kurz davorgestanden hatte, wegzudämmern, war wieder hellwach, und sie sah, dass es Ralph nicht anders ging.

* * *

»Sechs, hat Käthe Mundt gesagt, nicht wahr?«, überlegte er, während er den Niva über die Landstraße in Richtung Gießen steuerte. »Die Sekte hatte zum Schluss sechs Mitglieder. Also zum Beispiel Harald Kromm, Bernd Henke, Nina Wollmacher und noch drei andere. Sie haben ihr Domizil in Körbers Haus aufgegeben, und die drei Unbekannten sind nach Südamerika ausgewandert. Kromm, Henke und Wollmacher dagegen sind einfach nur ein paar Häuser weitergezogen.«

»Warum weiß dann Käthe Mundt nichts davon?«, fragte Sabine und schaute über die Wiesen und die kahlen Felder, die von einem hoch am Himmel stehenden Vollmond mit Licht übergossen wurden.

»So genau wird sie sich die Leute nicht angesehen haben. Oder sie konnte es nicht. Bei den dicken Brillengläsern sieht sie wahrscheinlich nicht besonders viel«, argumentierte Ralph und trat hart auf die Bremse. Im nächsten Moment schleuderte der Lada um die Kurve und rumpelte über eine schlecht befestigte Nebenstraße, die von zahlreichen Schlaglöchern durchsetzt war. »Diese Sekte ist bestimmt nicht im Ort herumgegangen und hat sich vorgestellt. Die haben da zurückgezogen gelebt. Man wusste, dass es sie gibt, hat sie vielleicht auch im Wald beobachtet, aber man hat sich voneinander ferngehalten. Und vielleicht sind Kromm, Henke und Wollmacher ja tatsächlich erst mal weggezogen und ein paar Jahre später nach Fuchsrod zurückgekehrt.«

Kaufmann hielt sich an dem Griff über der Beifahrertür fest, um ihren Rücken zu entlasten, der von der harten Federung des Sitzes malträtiert wurde.

»Kannst du ein bisschen langsamer fahren? Ich komme mir vor wie auf einem Rodeopferd. Macht dir das nichts aus? Du müsstest doch auch noch ein bisschen angeschlagen sein nach deinem Abenteuer im Wald.«

Angersbach lachte bellend. »Pardon. Ich wollte nur schnell da sein. Und für den Rest gibt's Ibuprofen.« Er drosselte das Tempo minimal. Sabine entspannte sich ein wenig, doch dann geriet der Wagen in ein tiefes Schlagloch, und sie wurde wieder auf ihrem Sitz nach oben katapultiert. Genervt stemmte sie die Hände gegen das Wagendach.

»Ralph!«

»Ja doch.« Er nahm den Fuß vom Gas, und das Hoppeln wurde erträglicher. »Nun sag schon. Was denkst du?«

Sabine dachte nach. »Es könnte sein. Die Gemeinschaft hat sich aus irgendeinem Grund aufgelöst, aber der harte Kern wollte zusammenbleiben.«

»Hm.« Angersbach vollführte erneut ein unsanftes Manöver und lenkte den Niva auf die nächste Nebenstraße. »Man fragt sich allerdings, warum sie keine neue Gruppierung gegründet haben.«

Kaufmann stöhnte, weil sie sich den Kopf an der Nackenstütze gestoßen hatte. »Wenn du so weiterfährst, war es das letzte Mal, dass ich mich in deinen Wagen gesetzt habe.«

»Kauf dir ein Gefährt mit vernünftiger Reichweite, dann steige ich bei dir ein«, erwiderte er uneinsichtig.

Sabine hätte ihm am liebsten ein paar Zahlen an den Kopf geworfen. Zweihundertvierzig Kilometer! Das war weitaus mehr, als ihr Twizy geschafft hatte. Fast schon zu viel für ihren Radius, der sich meist auf den Stadtverkehr in Wiesbaden beschränkte. Doch dann würde Ralph wieder mit dem hiesigen Bergland argumentieren, wo die Höhenmeter die Reichweite doch spürbar verkürzen würden. Er würde daher niemals …

Sabine beschloss, sich die fruchtlose Diskussion zu verkneifen.

»Vielleicht waren die verbliebenen drei von den Abtrünnigen enttäuscht und haben beschlossen, dass sie sich selbst genug sind«, überlegte sie. »Oder sie *haben* eine neue Gruppe gebildet. Statt mit unzuverlässigen Anhängern dieses Mal mit der eigenen Familie. Wenn es nicht die Ökos sind, sondern die Mittelaltertruppe. Harald Kromm ist vielleicht nicht der Einzige, der eine gerade Wand hochziehen kann.«

»Ja. Möglich.«

Sabine spürte, wie die Erschöpfung sie übermannte. Als Ralph erneut in eine schmale Straße einbog, rieb sie sich die Augen. »Wohin fährst du eigentlich? Das ist doch nicht der Weg nach Gießen.«

»Nein. Nach Fuchsrod.«

Kaufmann schaute auf die Uhr am Armaturenbrett. »Du willst nicht jetzt zu Kromm und ihn befragen, oder? Es ist Viertel vor eins. Und wir haben nicht mehr als eine ausgesprochen vage Vermutung. Der Staatsanwalt lacht dich aus, wenn du ihm sagst, dass der Tatverdacht darauf gründet, dass Kromm vor dreißig Jahren als Maurer gejobbt hat.«

Angersbach drosselte das Tempo so weit, dass der Wagen nur noch in Schrittgeschwindigkeit über die Straße rollte. »Du meinst, es ist besser, wenn wir bis morgen warten?«

Kaufmann verdrehte die Augen. »Ich bin müde. Ich will ins Bett. Und wir sollten uns in Ruhe überlegen, wie wir die Befragung angehen, und nicht mit der Tür ins Haus fallen.«

»Okay.« Angersbach wendete und bog bei der nächsten Möglichkeit in Richtung Gießen ab. Nach ein paar Kilometern warf er Sabine einen vorsichtigen Seitenblick zu. »Willst du ins Hotel? Oder bei mir schlafen? Ich habe eine Besuchercouch im Wohnzimmer.«

Sabine betrachtete von der Seite sein Profil im Mondlicht, die große, kantige Gestalt, das wirre Haar und das unrasierte

Kinn. Ein ungehobelter Klotz, ja, aber auch ein Mann, auf den man sich verlassen und dem man vertrauen konnte.

»Ich schlafe gerne bei dir«, erwiderte sie.

»Prima.« Ralph drückte wieder aufs Gas, als sie die ausgebaute Landstraße erreichten. Sabine rutschte in ihrem Sitz nach unten und seufzte. Warum hatte sie nicht einfach Nein gesagt, als er sie gefragt hatte, ob sie ihn bei seinem Fall unterstützen wollte?

13

Ihr erster Weg am nächsten Morgen führte nicht nach Fuchsrod, sondern in die Rechtsmedizin. Professor Hack hatte sich gemeldet und verkündet, dass die alten Knochen so weit aus dem Gestein befreit waren, dass er sie untersuchen konnte.

»Müsste Ihnen gefallen«, sagte er am Telefon zu Ralph. »Keine Haut mehr dran an den Knochen, keine Eingeweide, nichts, das verwest ist und unangenehm riecht.«

Angersbach ging darüber hinweg. »Wir sind in einer halben Stunde da«, sagte er nur und ging zurück in die Küche, wo er für Sabine und sich ein provisorisches Frühstück aus altbackenem, getoastetem Brot und angetrockneter Marmelade zusammengestellt hatte. Aber zumindest der Kaffee war frisch und machte sie beide munter.

»Dein Schlafsofa ist klasse«, sagte Sabine, als sie in seinem Wagen saßen und über den Ring zum Institut fuhren.

»Hm«, knurrte Ralph, der sich seltsam befangen fühlte. Es war Ewigkeiten her, dass eine Frau bei ihm übernachtet hatte – eine andere als seine Halbschwester Janine. Was die wohl gerade tat? Er hatte seit Wochen nichts von ihr gehört. Das letzte Mal hatte sie im Februar angerufen und erklärt, dass sie bis über beide Ohren in Arbeit steckte, weil sie neben ihrem Sozialen Jahr für den Herbst lernte, wenn sie mit der Oberschule beginnen wollte, damit sie auf dem Stand war, den andere nach der zehnten Klasse hatten. Wer hätte das gedacht? Als er sie damals nach dem Tod seiner Mutter zusammen mit dem Haus in Okarben geerbt hatte, war sie ein rebellischer und widerspenstiger Teenager gewesen, der zu nichts Lust hatte. Außer sich mit den falschen Freunden zu treffen und Drogen zu konsumieren. Fast hätte sie sich damit ihre ganze Zukunft verbaut. Vor allem Sabines Engagement war es zu verdanken, dass sie das Mädchen aus dem Sumpf gezogen hatten, bevor es unterging. Und nun wollte Janine sogar das Abitur nachholen und studieren. Ralph war froh darüber, dass sie ihren Weg ging. Trotzdem hätte er sich gefreut, wenn sie sich öfter gemeldet hätte. Aber vielleicht konnte er sie ja auch einfach mal wieder anrufen. Heute Abend. Oder morgen.

Er parkte auf dem Hof des Rechtsmedizinischen Instituts und ging mit Sabine in den Keller, wo Professor Hack bereits auf sie wartete. »Da sind Sie ja endlich. Nur gut, dass unsere Kundschaft nicht mehr weglaufen kann.«

»Der Ring war dicht, wie jeden Morgen«, verteidigte sich Ralph.

Hackebeil blinzelte Sabine zu. »Und er hat immer noch kein Navi, das ihm mögliche Ausweichrouten zeigt, nehme ich an?«

»Ich habe eine Navigations-App auf dem Handy«, sagte Ralph.

Hackebeils Grinsen wurde breiter. »Aber er benutzt sie nicht. Weil er ein sturer alter Esel ist.«

Sabine lachte. Ralph verschränkte die Arme. Wenn die beiden auf seine Kosten ihren Spaß haben wollten – bitte.

»Prallt an ihm ab wie Wasser an einer Lotusblüte«, setzte Hack noch einen obendrauf und klopfte ihm auf die Schulter. »Das ist gut. In Ihrem Job sollte man ein dickes Fell haben.« Er machte eine Geste in Richtung des Obduktionssaals. »Kommen Sie. Unsere beiden Patienten liegen schon auf dem Tisch.«

Ralph betrat den Raum als Erster und schnalzte mit der Zunge. Er hatte erwartet, ein Durcheinander von Knochen zu sehen, doch Hack hatte sie bereits geordnet. Auf zwei Seziertischen lagen die Knochen anatomisch korrekt, sodass sie zwei beinahe vollständige Skelette vor sich hatten. Nur ein paar kleine Knochen fehlten.

Das hatte etwas Beruhigendes, offenbarte aber auch die Brutalität der Morde, um die es sich ohne jeden Zweifel handelte: Man sah auf den ersten Blick, dass bei beiden Toten etliche Knochen zertrümmert waren. Darüber hinaus wiesen beide Schädel ein quadratisches Loch von vielleicht vier Zentimetern Durchmesser auf.

»War gar nicht so einfach, die Gebeine zu sortieren«, erläuterte Hack. »Zumal mit den ganzen gebrochenen Knochen. Letztlich hatten wir Glück. Der eine der beiden Männer war deutlich größer als der andere.«

»Was ist mit den beiden passiert?«, fragte Kaufmann und trat an einen der beiden Tische, um sich das Skelett darauf genauer anzusehen. Hack positionierte sich auf der gegenüberliegenden Seite, Angersbach trat zu Sabine. Es war tatsächlich leichter, sich Leichen anzusehen, die keinen Totengeruch absonderten.

»Man hat mit einem Hammer auf sie eingeschlagen«, erwiderte der Rechtsmediziner. »Ihnen Arme und Beine gebrochen, sodass sie nicht weglaufen oder sich wehren konnten. Und ihnen dann mit demselben Hammer den Schädel eingeschlagen. Wobei die Chronologie eine reine Vermutung ist. Anhand der Skelette lässt sich nicht sagen, ob ihnen die Verletzungen an Armen und Beinen vor oder nach dem Schlag auf den Kopf zugefügt wurden. Es scheint lediglich mehr Sinn zu machen, dem Opfer Schmerzen zuzufügen, ehe man es tötet, als auf es einzuprügeln, wenn es bereits tot ist. Soweit man überhaupt einen Sinn darin erkennen kann, jemanden zu foltern und zu töten. Aber wie gesagt: Das ist nur eine Vermutung. Wir kennen ja weder den Täter noch sein Motiv. Oder sind Sie in dieser Hinsicht schon ein Stück weiter?«

»Es scheint eine Sekte gewesen zu sein, die sich ihrer Widersacher durch Mord entledigt«, erklärte Sabine. »Aber das ist nur eine Hypothese.«

»Können wir feststellen, um wen es sich bei den beiden handelt?« Angersbach deutete auf die misshandelten Toten, schaute aber lieber Hackebeil an. Der war mit seinem Glasauge zwar auch immer ein etwas irritierender Anblick, aber besser als die Skelette auf den Tischen. Auch wenn es nur saubere und ordentlich aufgereihte Knochen waren; die Vorstellung, was man ihnen angetan hatte, verursachte Ralph dennoch Übelkeit.

»Ich habe Aufnahmen von den Kiefern gemacht und sie an sämtliche Zahnärzte im Umkreis geschickt«, erklärte der Rechtsmediziner. »Kann natürlich sein, dass die Unterlagen längst vernichtet sind; immerhin haben die beiden ja eine ganze Weile in der Kellerwand verbracht. Aber vielleicht ist uns das Schicksal gnädig.«

»Was ist mit dem Alter der Leichen? Können Sie sagen, wie lange die beiden dort in der Wand eingemauert waren?«

»Eine genaue Altersbestimmung ist schwierig«, entgegnete Hack, der darüber selbst sichtlich unzufrieden war. »Sicher ist, dass man sie nicht sofort eingemauert hat. Hätte die gesamte Verwesung im Zement stattgefunden, hätten Hohlräume entstehen müssen. Das war nicht der Fall. Die Knochen sind direkt mit dem Füllstoff in Berührung gekommen. Haut und Gewebe müssen schon weitgehend auf andere Weise verschwunden sein. Vielleicht verwest, vielleicht auch mit Säure oder Kalk weggeätzt. An der Oberfläche der Knochen hier lässt sich zwar nichts dergleichen nachweisen, aber ob man davon etwas sehen würde, hängt auch von der Art und Konzentration der Säure ab. Ich gehe also davon aus, dass man die mehr oder weniger fleischlosen Gerippe eingemauert hat. Wann das war? Sicher nicht erst vor drei Jahren, aber ob es zehn oder dreißig waren, lässt sich beim besten Willen nicht feststellen mit den Mitteln, die uns hier zur Verfügung stehen. Da brauchte man schon einen forensischen Anthropologen. Den würde ich aber erst hinzuziehen, wenn sich nicht auf andere Weise feststellen lässt, um wen es sich bei den beiden handelt und wann sie demzufolge vermutlich getötet wurden. So ein Experte kostet nämlich Geld, und auch unser Budget ist begrenzt.«

Sabine nickte und machte sich eine Notiz. Alles in allem bedeutete das, dass die Toten erst nach geraumer Zeit in Körbers Keller eingemauert worden waren. Hatte es vorher einen anderen Ablageort gegeben, der zu unsicher geworden war? Den Keller selbst oder irgendeine Stelle im Wald, womöglich sogar einen der alten Opfersteine?

»Sonst noch was? Irgendwelche Spuren?« Ralph drängelte.

»Nein. Was meinen Sie denn, was man an zwei zehn oder zwanzig oder dreißig Jahre alten Skeletten, die man aus Gesteinsblöcken herausmeißeln muss, noch finden kann? Fingerabdrücke des Täters? Oder eine hübsche DNA-Spur?«

»War ja nur eine Frage.« Angersbach hob die Hand zum Abschied und verließ eilig den Obduktionssaal. Sabine schüttelte Hack die Hand und hetzte hinter ihm her.

»Wieso hast du es so eilig?«, fragte sie, während sie neben ihm her zu seinem Auto lief.

Angersbach blieb stehen. »Ich will nach Fuchsrod und mit Harald Kromm sprechen«, erklärte er. »Wenn die Toten uns nichts mehr sagen können, müssen wir uns an die Lebenden halten.«

* * *

Das Wohnhaus der Öko-WG lag auf der hangseitigen Hälfte von Fuchsrod, genau wie das Haus von Rudolf Berger. Zu den Feldern gelangte man über einen schmalen Weg, der aus Sand und Schottersteinen bestand. Die Scheunen, Ställe und Gerätehallen befanden sich rechts und links davon, hinter den Wohngebäuden. Der untere Teil des WG-Hauses diente als Hofladen, die Wohnräume befanden sich offensichtlich im ersten Stock. Zwei große Schaufensterscheiben zeigten zur Straße. In den Auslagen stapelten sich landwirtschaftliche Erzeugnisse aus Pappmaschee auf dekorativ angeordneten Strohballen. Zumindest nahm Sabine an, dass die Feldfrüchte und Käseräder nicht echt waren. Die reichlich vorhandenen Kürbisse hatten keine Saison. Und aus den Käserädern waren große Ecken herausgeschnitten, was kaum einer sachgemäßen Aufbewahrung entsprach. Auf die Scheiben hatte jemand handschriftlich die Worte »Hofladen«, »biologisch-dynamisch« und »Frische aus Fuchsrod« gepinselt, dazu eine lachende gelbe Sonne mit zahlreichen Strahlen und einen Bauern, der von seinem Traktor winkte. Das Ganze sah aus, als hätten es ein paar Kindergartenkinder angefertigt. Entweder war das Absicht, oder der Künstler war mit mehr Enthusiasmus als Begabung ans Werk gegangen.

Ein kleines Schild an der Glasscheibe der Tür verriet, dass der Hofladen an diesem Vormittag geöffnet war. Ralph, der ihr ein paar Schritte vorauseilte, stieß sie schwungvoll auf, während Sabine überlegte, ob dieser Laden wohl genug Profit abwarf, um drei Leute zu ernähren. Irgendwie konnte sie sich das nicht vorstellen. Es sei denn, die Bedürfnisse der drei waren sehr bescheiden.

Sie folgte Angersbach in das Geschäft, das mit einer großen Verkaufstheke ausgestattet war. In den Regalen rechts und links standen Kisten mit Obst und Gemüse, in einem Schrank mit Glastüren Einmachgläser, die vorgekochte Eintöpfe enthielten. In der Theke fanden sich neben Wurst und Käse auch Kuchen und Brötchen, im Regal dahinter eine Reihe von Broten. Dazwischen stand die Frau, die Kaufmann bereits von dem Foto kannte, das die Gießener Kollegen präsentiert hatten: Nina Wollmacher. Das lockige braune Haar hatte sie zu einem Pferdeschwanz zusammengefasst. Über dem einfarbigen Pullover trug sie eine bunte Schürze mit dem Aufdruck »Hofladen Fuchsrod«. Als Angersbach und Kaufmann eintraten, lächelte sie: »Guten Morgen. Was kann ich für Sie tun?«

Ralph fiel mit der Tür ins Haus wie immer. »Wo ist Herr Kromm?«, polterte er.

Die Frau hinter der Theke zuckte zusammen. »Er … Wer sind Sie denn? Was wollen Sie von ihm?«

»Angersbach, Regionale Kriminalinspektion Gießen.«

»Aber … Die Polizei hat uns doch schon befragt …«

»Wir haben noch mehr Fragen.«

»Reine Routine«, fügte Sabine hinzu und deutete mit einer Grimasse an, dass sie das Benehmen ihres Kollegen nicht guthieß.

»Ja, äh …« Wollmacher strich ihre Hofladenschürze glatt. »Harald und Bernd sind in der Werkstatt beim Käsemachen.« Sie deutete auf den Durchgang hinter ihr, der mit einer weißen, in Längsstreifen geteilten Plane abgehängt war. »Das ist das kleine Gebäude gleich rechts hinter dem Haus.«

»Prima.« Ralph stürmte los. Kaufmann blieb vor der Theke stehen.

»Stellen Sie das alles selbst her?«, erkundigte sie sich.

»Nein.« Nina Wollmacher zupfte an ihrer Schürze und brauchte einen Moment, bis sie ihr Gleichgewicht wiedergefunden hatte. »Die Brote und Brötchen und der Kuchen kommen von einem Biobäcker aus Lauterbach. Der beliefert uns jeden Tag mit frischen Waren. Das Gemüse stammt zum Teil aus unserem Gewächshaus, zum Teil ist es importiert. Im April wächst bei uns ja noch nicht so viel. Aber die Wurst und der Käse, das ist alles aus eigener Produktion.« Sie machte eine Handbewegung, mit der sie die rechte Hälfte der Theke präsentierte. »Eigene Kühe und Schweine, die weder Kraftfutter noch Antibiotika und Wachstumshormone bekommen, sondern ausschließlich mit frischem Grünfutter – die Kühe – und Lebensmittelabfällen – die Schweine – gefüttert werden. Wir schlachten selbst, wir machen die Wurst selbst, und wir stellen auch den Käse selbst her«, erklärte sie stolz. »Möchten Sie probieren?« Sie nahm ein Stück aus der Theke und hobelte mit dem passenden Gerät eine Scheibe ab, die sie Sabine reichte.

Kaufmann schob sich den Käse in den Mund und kaute. Ein würziges und zugleich weiches Aroma breitete sich auf ihrer Zunge aus.

»Mhm. Würden Sie mir damit eines von Ihren Vollkornbrötchen belegen? Bei meinem Kollegen habe ich heute Morgen nur vertrocknetes Tütenbrot bekommen.«

Nina Wollmacher strahlte. »Selbstverständlich. Gerne.«

Die weiße Plane vor dem Durchgang bewegte sich, und Angersbach streckte den Kopf in den Laden. »Wo bleibst du denn?«

»Ich lasse mir ein Brötchen schmieren«, teilte ihm Sabine mit. »Solltest du auch tun. Der Käse ist göttlich.«

Angersbach kniff die Augen zusammen. »Hat dir mein Frühstück nicht geschmeckt?«

»Doch. Toll. Und so abwechslungsreich.«

Ralph knurrte etwas Unverständliches und blieb, wo er war. An den Türrahmen gelehnt sah er zu, wie Wollmacher seiner Kollegin das reichlich belegte Brötchen zusammen mit einer Serviette auf den Tresen legte.

»Was macht das?«, fragte Sabine.

»Ach. Nehmen Sie nur.«

»Nein, nein.« Sabine zog ihre Geldbörse aus der Tasche. »Wir sind im Dienst. Wir dürfen keine Geschenke annehmen.«

Die Miene der Frau hellte sich auf. »Ja dann. Drei Euro dreißig, bitte.«

Kaufmann gab ihr vier. »Stimmt so.«

Während sie zusah, wie das Geld in der Kasse verschwand, biss sie ein Stück von ihrem Brötchen ab, das ebenfalls lecker war.

»Rentiert sich der Laden?«, erkundigte sie sich dann. »Können Sie davon leben?«

»O ja!« Das Lächeln auf dem ungeschminkten Gesicht wurde noch breiter. »Man denkt es nicht, weil wir hier so einsam liegen und in Fuchsrod selbst nur eine Handvoll Leute wohnt, aber die Kunden kommen aus der ganzen Gemeinde, aus Fuchshain und Rückenrod. Sogar Bewohner aus dem Neubaugebiet in Bruchfeld machen sich die Mühe, um den Fuchsrücken herumzufahren, weil ihnen unsere Waren so gut schmecken.«

»Das freut mich.« Sabine biss wieder in ihr Brötchen. »Ich würde das auch tun, wenn ich hier wohnen würde.«

Angersbach tappte ungeduldig mit dem Fuß. »Können wir jetzt?«

Sabine vertilgte den Rest ihres Frühstücks und wischte sich die Finger an der Serviette ab. »Einen Moment noch«, sagte sie in Ralphs Richtung und wandte sich wieder Nina Wollmacher zu. »Seit wann leben Sie hier auf dem Hof?«

»Oh.« Die Frau strich erneut über ihre Schürze und dachte nach. »Lange. Vierzehn Jahre bestimmt. Oder sechzehn? Ich weiß es gar nicht mehr so genau.«

»Sind Sie ein Paar? Harald Kromm und Sie? Oder Bernd Henke und Sie?«

»Nein.« Wollmacher verschränkte die Arme.

»Weshalb leben Sie dann zusammen?«

Die Frau zog die Schultern nach oben. Sie sah aus wie eine Schildkröte, die dabei war, sich in ihren Panzer zurückzuziehen. Dasselbe hatte auch schon Beatrix Vogelsang getan. Die beiden könnten Synchrongymnastik machen, dachte Sabine, für einen Moment abgelenkt.

»Es ist praktisch. Wir arbeiten zusammen, und auf diese Weise haben wir kurze Wege. Wir sparen eine Menge Geld. Der Laden und der Hof laufen nicht schlecht, aber für drei Häuser würde es nicht reichen. Und keiner von uns ist gern allein.«

»Aber niemand von Ihnen hat einen festen Partner?«

»Nein. Wir haben alle drei schlechte Erfahrungen gemacht. Wir wollen niemanden.«

Angersbach, der sich aus dem Gespräch herausgehalten hatte, hustete. Kaufmann warf ihm einen schnellen Blick zu und konzentrierte sich dann wieder auf Nina Wollmacher.

»Wie haben Sie sich kennengelernt? Kromm, Henke und Sie?«

Die Miene der Frau verschloss sich genauso wie ihre Körperhaltung. »Warum wollen Sie das wissen?«

Sabine machte eine vage Handbewegung. »Es interessiert mich einfach.« Sie zeigte auf ein gut gereiftes Käserad in der Auslage. »Kann ich davon noch ein Stück haben?«

Wollmacher löste sich aus ihrer Abwehrhaltung. Sie nahm den Käse aus der Theke, wickelte die Folie ab und legte ihn auf ein Brett. Mit einem großen Wiegemesser teilte sie den Laib einmal in der Mitte durch. Anschließend nahm sie ein anderes Messer und setzte es so an, dass sie von der einen Hälfte eine Ecke abschneiden konnte. »So?«

»Darf ruhig ein bisschen mehr sein.«

Die Frau drückte das Messer routiniert durch den Käse und wickelte das kleinere Stück in Käsepapier, ehe sie es auf die Waage legte. »Acht Euro sechzig«, sagte sie, und Kaufmann reichte ihr einen Zehneuroschein. »Danke.«

Wollmacher lächelte, als sie das Geld in der Kasse verschwinden ließ. Sabine verstaute den Käse in ihrer Handtasche. Sie hatte gehofft, dass das gute Geschäft Wollmacher die Zunge lockerte, und tatsächlich schien der Plan aufzugehen.

»Wenn es Sie so interessiert: Ich habe Harald und Bernd bei einem Mediationskurs kennengelernt. Wir waren alle drei nicht glücklich mit unserem Leben und auf der Suche nach einem Ausweg. Damals habe ich noch als Verwaltungsfachangestellte gearbeitet.« Ihr Blick wanderte zur Decke, als tauchte sie mit ihren Gedanken tief in die Vergangenheit ab. »Irgendwann haben wir beschlossen, einen Schlussstrich zu ziehen. Bernd war von seiner Familie auf dem elterlichen Hof ausgebootet worden, und Harald hatte sein ich weiß nicht wievieltes Studium abgebrochen. Wir haben ein bisschen im Netz gestöbert, und dann haben wir den kleinen

Hof hier in Fuchsrod gefunden, der zum Verkauf stand. Wir haben ein Finanzierungskonzept entwickelt und es bei der Agentur für Arbeit vorgelegt, und man hat uns einen Existenzgründerkredit gewährt. Seitdem sind wir hier.« Sie schaute Sabine wieder an. Ihre Augen leuchteten. »Das geliehene Geld hatten wir rasch zurückgezahlt. Und seitdem leben wir so, wie es uns gefällt.«

»Dieser Mediationskurs, wann war der?«

»Puh.« Wollmacher blies die Backen auf. »Das kann ich echt nicht sagen. Ist lange her.«

»Fünfzehn Jahre? Zwanzig? Oder mehr?«

»Ich weiß es nicht. Fragen Sie Harald oder Bernd. Ich habe kein gutes Gedächtnis für Zahlen. Wir waren auch gar nicht so oft dort. Es war für uns alle nicht das Richtige.«

»Danke.« Sie nickte Nina Wollmacher zu und trat zu Angersbach. »Komm.« Sie drängte ihren Kollegen aus der Tür in den Hof. Ralph stolperte über die Schwelle und fluchte.

»Was soll jetzt plötzlich die Eile? Eben hattest du doch noch alle Zeit der Welt.«

»Ich wollte wissen, ob Kromm, Henke und Wollmacher vor zwanzig Jahren zu dieser Sekte in Körbers Haus gehört haben könnten. Das wäre doch wichtig, meinst du nicht?«

Ralph grummelte etwas.

»Bitte?«

»Ich sagte, das hätten wir auch Kromm fragen können.«

Sabine lächelte. »Das tun wir auch. Aber es kann nie schaden, wenn man schon einschätzen kann, ob der Befragte die Wahrheit sagt.«

Angersbach rammte die Hände in die Hosentaschen. »Deswegen haben sie dich beim LKA genommen, stimmt's? Weil du so ausgefuchst bist.«

Kaufmann schmunzelte. Auch wenn er schmollte, wusste sie doch, dass er sie genau deshalb um Unterstützung gebeten hatte. Weil sie umsichtig agierte und alle Möglichkeiten auslotete, ehe sie sich auf irgendetwas festlegte.

»Ich glaube übrigens, dass sie gelogen hat«, sagte sie.

Ralph blieb stehen. »Die Wollmacher? Womit?«

»Ihre Beziehung zu den beiden Männern. Ich tippe darauf, dass da was läuft, das sie uns nicht verraten wollte.«

Angersbach schüttelte den Kopf. »Das ist doch Quatsch. Die sind alle alt genug und unverheiratet. Warum sollte sie damit hinter dem Berg halten, wenn da was ist?«

»Keine Ahnung.«

Ralph schnaubte und setzte sich wieder in Bewegung, und sie lief hinter ihm her auf das geduckte Holzhaus zu, in dem sich nach Wollmachers Angaben die Käserei befinden sollte. Die Tür stand offen, und sie hörten die Stimmen zweier Männer, die sich zu streiten schienen. Kaufmann und Angersbach tauschten einen raschen Blick und beschleunigten ihre Schritte.

Das Haus hatte nur einen Raum. So alt und baufällig es von außen aussah, so modern war es im Inneren. Sabine sah jede Menge glänzenden Stahl, einen großen Tank, Arbeitsflächen und Holzbottiche und eine Reihe von Gerätschaften, wie man sie vermutlich brauchte, um Käse in Handarbeit herzustellen. Vor dem Tank standen Harald Kromm und Bernd Henke, beide mit langen, weißen, gummierten Schürzen bekleidet. Dazu trugen sie Mützen, Handschuhe und Stiefel aus demselben Material. Henke hielt eine Brille in der Hand, auf der weiße Schlieren zu sehen waren. Die beiden Männer standen keinen Meter voneinander entfernt und starrten einander an wie wütende Stiere.

»Wie oft habe ich dir gesagt, dass du dich nicht über die Öffnung beugen sollst?«, brüllte Kromm.

Henke schien ein wenig zu schrumpfen. »Tut mir echt leid. Ich wollte nur nachschauen …«

»Mir ist völlig egal, was du wolltest«, schnitt ihm Kromm das Wort ab. Mit seiner langen Mähne, dem wallenden Bart und den funkelnden Augen im vor Wut geröteten Gesicht sah er bedrohlich aus. »Fakt ist, dass wir jetzt die ganze Milch wegschütten können.«

Henke fuchtelte hilflos mit den Armen. »Das ist doch vollkommen übertrieben. Ich meine, das kriegt doch kein Mensch mit.«

»Es geht nicht darum, was jemand merkt. Es gibt Vorschriften, und an die halten wir uns. Das ist unsere Geschäftsgrundlage.«

Henke hob den Blick zur Decke. »Irgendwann machen wir noch Pleite, weil du so ein Korinthenkacker bist.«

»Wir gehen höchstens in Konkurs, weil du so ein Idiot bist.«

»Sag das noch mal.« Henke schob die Brille in die Hosentasche und drohte Kromm mit dem erhobenen Zeigefinger.

»Idiot.«

Henke holte aus, um zuzuschlagen. Kromm wich behände aus und versetzte seinem Kompagnon im Gegenzug einen Nasenstüber. Henke schnaubte.

Angersbach trat dazwischen und versuchte, die Streithähne mit ausgebreiteten Armen zu trennen. »Meine Herren, bitte.«

Henkes Faust traf ihn auf den Rippen. Ralph stöhnte auf, sank auf die Knie und stieß einen schmerzerfüllten Schrei aus.

»Oh, Scheiße.« Henke schaute auf Angersbach, dann auf seine Faust. »Das wollte ich nicht.«

Ralph krümmte sich vor Schmerzen.

Nina Wollmacher, die ihnen gefolgt war, schob sich an Sabine und den Männern vorbei und kniete sich neben Angersbach. Sie richtete seinen Oberkörper auf und betastete ihn.

»Du hast ihm die Rippe gebrochen«, teilte sie Bernd Henke mit. Der schüttelte den Kopf.

»Das kann nicht sein. So fest habe ich gar nicht zugeschlagen.«

Sabine löste sich aus ihrer Schockstarre und hockte sich ebenfalls zu Ralph. Der rang keuchend nach Luft.

»Langsam«, mahnte Sabine. »Schön ruhig und gleichmäßig atmen.«

Angersbach befolgte die Anweisung, und nachdem er ein paarmal Luft geholt hatte, entspannte sich seine Miene. Kaufmann und Wollmacher halfen ihm auf die Füße.

»Gehen Sie damit zum Arzt«, riet Wollmacher und schaute Henke an. »Du bist wirklich ein Idiot.«

»Tut mir echt leid«, jammerte der Bauer. Er zog seine Brille aus der Hosentasche und ein Taschentuch aus der anderen. Mit hektischen Bewegungen begann er, die Gläser zu säubern.

Kromm gestikulierte ärgerlich in Angersbachs Richtung. »Er hätte sich ja nicht einmischen müssen. Das ist eine Privatsache.« Er legte den Kopf schief. »Wer sind Sie überhaupt?«

»Angersbach, Regionale Kriminalinspektion Gießen. Und Sabine Kaufmann vom LKA Wiesbaden.«

»Oh.« Kromm verstummte und strich über seinen dichten Bart. »Wegen Lubitz, ja? Aber wir haben Ihren Kollegen schon gesagt, dass wir nichts damit zu tun haben.«

»Was war denn los?«, erkundigte sich Sabine. »Weshalb haben Sie sich mit Herrn Henke gestritten?«

Kromms Augenbrauen zogen sich zusammen. »Der Idiot ist auf die Leiter geklettert, um in den Milchtank zu schauen. Und dann ist ihm seine Brille hineingefallen.«

Kaufmann hatte Mühe, sich ein Grinsen zu verkneifen. So ganz gelang es ihr nicht.

»Das ist nicht lustig«, teilte ihr Kromm mit. »Es bedeutet, dass wir die gesamte Milch wegschütten müssen. Hygienevorschriften.«

»Oh, nein.« Nina Wollmacher rang die Hände. »Das darf doch nicht wahr sein.«

Henke schaute auf seine Schuhe. »Es tut mir wirklich leid«, beteuerte er. »Aber ich kann es nicht ändern.« Den Vorschlag, die Sache unter den Teppich zu kehren, machte er unter den Ohren der beiden Polizeibeamten wohl lieber nicht noch einmal.

»Okay.« Kaufmann hob die Hände. »Bei Ihrem Streit ging es also um die Milch, nicht um Lubitz. Aber vielleicht liegen seinetwegen Ihre Nerven ein bisschen blank?«

Kromm blitzte sie an. »Noch mal. Wir haben nichts damit zu tun. Als Lubitz ermordet wurde, lagen wir alle drei in unseren Betten und haben geschlafen.«

Angersbach hatte sich wieder gefangen. »Leider geht es nicht mehr nur um Martin Lubitz«, erklärte er. »Wir haben zwei weitere Leichen gefunden.«

Die drei vom Ökohof starrten ihn an.

»Im Haus von Körber?«, fragte Bernd Henke. »Ich habe den Aufmarsch gesehen gestern, Polizei und Leichenwagen.«

Nina Wollmacher machte große Augen. »Ist Reinhold tot?«

»Nein. Die Leichen, die wir gefunden haben, liegen vermutlich seit zwanzig Jahren dort. Sie waren in Körbers Keller.« Er schaute Kromm vielsagend an. »Eingemauert.«

»Ja, und?« Kromm brauchte mehrere Sekunden, bis ihm ein Licht aufging. »Sie meinen, weil ich früher auf dem Bau gearbeitet habe? Bei allem Respekt. Aber um ein paar Steine aufeinanderzuschichten, braucht man nun wirklich kein Diplom.«

»Das hätten Sie ja auch nicht, all Ihren Studienjahren zum Trotz«, provozierte ihn Angersbach.

Kromm schob die Hemdsärmel hoch, als wollte er sich auf die nächste Prügelei vorbereiten. Kaufmann und Angersbach starrten auf sein linkes Handgelenk, an dem er mehrere handgewebte Bänder trug, unter anderem eines in Rot, Blau und Grün.

Kromm bemerkte ihre Blicke und runzelte die Stirn. »Was ist? Haben Sie noch nie Freundschaftsbändchen gesehen?«

Ralph deutete auf das rot-blau-grüne. »Hatten Sie mehrere davon? Oder haben Sie das, das Sie im Wald verloren haben, sofort ersetzt?«

»Hä?« Kromm musterte ihn irritiert. »Ich verstehe die Frage nicht.«

Kaufmann berichtete von dem Fund. Kromms Mundwinkel hoben sich. Dann begann er bellend zu lachen, und auch Henke und Wollmacher stimmten ein.

»Das ist eine tolle Fährte, Herr Kommissar«, spottete er und machte seinen beiden Wohnungsgenossen ein Zeichen. Henke und Wollmacher schoben ihrerseits die Ärmel hoch, und Kaufmann und Angersbach sahen, dass sie ebensolche Bändchen trugen wie Kromm.

»Nina bastelt die Dinger und verschenkt sie«, erklärte dieser. »Jeder, der in unserer Protestgruppe dabei ist, hat ein paar davon.« Er hob abwehrend die Hände. »Und fragen Sie uns bitte nicht, wer welche Farben hat und wie viele er von den Dingern besitzt. Die sind bei unseren letzten Treffen weggegangen wie warme Semmeln.«

Sabine verspürte einen Stich der Enttäuschung. Das Freundschaftsbändchen war ihre vielversprechendste Spur gewesen, doch ganz offensichtlich war es mehr oder weniger nutzlos. Zumindest untermauerte es die Theorie, dass der oder die Mörder unter den Windkraftgegnern zu suchen waren.

Ralph fragte nun auch Kromm und Henke nach dem Mediationskurs, bekam aber dieselbe Antwort, die auch Sabine von Nina Wollmacher erhalten hatte. Sabine fand das nicht besonders glaubwürdig; zumindest einer sollte sich doch an das Jahr erinnern können, in dem sich ihr Leben so radikal geändert hatte. Doch wenn sie die Täter waren und ehemalige Mitglieder der Sekte in Körbers Haus, hatten sie sich mit Sicherheit abgesprochen.

»Sie sind trotzdem verdächtig«, schnauzte Angersbach. »Ihr Alibi ist keinen Pfifferling wert. Türen, die quietschen, sodass Sie gehört hätten, wenn einer von Ihnen das Haus verlässt? Die kann man ölen, wenn man etwas im Schilde führt. Oder vielleicht sind Sie ja auch alle drei zusammen in den Wald gegangen, um Lubitz zu ermorden.«

Henke steckte das Tuch zurück in die Hosentasche und setzte die nur halbwegs saubere Brille auf. »Wir waren das nicht«, sagte er leise. »Wir waren im Bett.« Er schluckte. »Zusammen.«

»Wer? Sie und Frau Wollmacher?«

»Nein, wir. Alle drei.«

»Was?« Angersbach klappte die Kinnlade auf. Sabine war ebenfalls überrascht, konnte ihre Irritation aber besser verbergen. Kromm und Wollmacher seufzten. Kromm sah seinen Kompagnon kopfschüttelnd an. Er war ganz offensichtlich nicht begeistert über dessen Geständnis.

»Warum haben Sie das bei Ihrer Vernehmung nicht ausgesagt?«, erkundigte sich Sabine.

Nina Wollmacher hob die Hände. »Können Sie sich das nicht denken? Wir sind hier auf dem Dorf. Die Leute kaufen gerne bei uns ein, aber wenn sich das herumspricht … dann können wir den Laden zumachen.«

* * *

Angersbach stapfte wütend über die Dorfstraße zu seinem Lada. Die rechte Hand presste er flach auf seinen Oberkörper. Die angeknackste Rippe löste bei jedem Schritt einen scharfen Schmerz aus. Und wofür das alles? Sie waren keinen Schritt weiter.

Sabine lief neben ihm her, die Hände in den Hosentaschen. »Die halten uns doch zum Narren.«

Ralph blieb stehen. »Du meinst, die Geschichte stimmt nicht? Dass sie miteinander im Bett waren?«

Kaufmann blickte zurück zum Hofladen. »Kannst du dir das vorstellen? Die drei zusammen? Nackt?«

Ralph angelte den Wagenschlüssel aus der Tasche und öffnete das Fahrzeug. »Warum sollten sie es behaupten, wenn es nicht stimmt? Sie bringen sich damit in eine peinliche Lage.«

»Vielleicht ist genau das ja der Trick«, meinte Kaufmann.

»Ich weiß nicht.« Angersbach versuchte, in den Wagen zu klettern, ohne sich die Rippe weiter ins Fleisch zu bohren.

»Kannst du fahren?«, erkundigte sich Sabine.

»Sicher.« Die Rippe stellte sich irgendwie quer. Der Schmerz trieb Ralph die Tränen in die Augen. Er blinzelte sie weg. »Glaubst du vielleicht, ich lasse dich ans Steuer? Jemanden, der immer nur Spielzeugautos fährt?«

»Ha, ha.« Kaufmann ging zur Beifahrerseite. »Ich meinte nur, es wäre sicherer, wenn *ich* dich ins Krankenhaus fahre. Stell dir vor, wir haben einen Unfall, und du knallst mit der gebrochenen Rippe aufs Lenkrad. Dann bohrt sich der Knochen womöglich in die Lunge.«

»Ich fahre seit dreißig Jahren unfallfrei«, konterte Ralph und seufzte erleichtert, weil er es endlich geschafft hatte, sich hinters Steuer zu klemmen.

»Ach ja?« Kaufmanns Stimme triefte vor Spott. »Und was war das vor ein paar Jahren bei unserem Fall, als du auf dem Feld in einem Schlammloch stecken geblieben bist?«

»Höhere Gewalt«, knurrte Angersbach. »Außerdem fahren wir nicht ins Krankenhaus.«

Sabine setzte sich auf den Beifahrersitz und schlug die Tür zu. »Sondern?«

»Zu Maik Possel und seiner Mittelaltergruppe.«

Kaufmann schüttelte den Kopf. »Es wäre vernünftiger …«

»Jetzt sind wir schon mal hier«, schnitt Angersbach ihr das Wort ab. »Die paar Meter bis zu Possel werde ich schon überstehen. Und nach der Befragung fahren wir zurück nach Gießen, und dann können wir von mir aus am Klinikum vorbei.«

Sabine holte demonstrativ Luft und stieß sie wieder aus. *Sturkopf,* sagte ihr Blick, aber sie sprach es nicht aus. Angersbach ließ den Motor an.

Er fuhr ein Stück die Straße in Richtung Fuchsrücken hinauf und hielt dann abrupt an. Vorsichtig befreite er sich vom Gurt, der auf die lädierte Rippe drückte, und kletterte umständlich aus dem Wagen. Sabine, die hinausgesprungen war, wartete auf ihn. Es war nicht zu übersehen, dass sie verärgert war. Aber es war sein Körper. Seine Entscheidung.

Das Haus lag ein Stück von der Straße zurückgesetzt. Das Grundstück war von einem halbhohen Holzzaun umgeben, und auch das Haus selbst war aus Holz. Rohe, unlackierte Bretter, die hell und frisch aussahen. Wahrscheinlich wurden sie regelmäßig mit Seife abgeschrubbt. Am Zaun hing ein handbemaltes Schild mit der Aufschrift: *Hier wohnen die Rotfüchse.*

»Sehr sinnig«, murmelte Ralph. »Die Rot-Füchse. In Fuchs-rod.« Er ging zur Haustür und hielt vergeblich nach einem Klingelknopf Ausschau.

»Die leben wie im Mittelalter«, rief ihm Sabine ins Gedächtnis. »Ich nehme an, da gab es noch keine elektrischen Türklingeln.«

Ralph ging auf ihren spöttischen Tonfall nicht ein. Er klopfte mit den Fingerknöcheln gegen das Holz, und als sich im Inneren nichts rührte, drückte er einfach die Klinke hinunter. Die Tür war offen. Er trat in den schmucklosen Flur und nahm die Türen in Augenschein, die davon abgingen.

»Ralph«, tadelte Sabine. »Du kannst da nicht einfach reingehen.«

»Warum denn nicht? So eine offene Tür ist doch eine Einladung.« Er entschied sich für den Weg geradeaus. Wieder klopfte er, ehe er die Tür öffnete und eintrat. Spontan befiel ihn ein Hustenreiz. Der Raum, in dem er sich befand, war genauso kahl wie der Hausflur. In der Mitte stand ein langer Tisch, an dem sieben Personen saßen. Sie hatten hölzerne Schalen vor sich stehen, aus denen sie mit ebenfalls aus Holz gefertigten Löffeln aßen. Der Inhalt der Schalen machte einen wenig appetitlichen Eindruck, gräulich und von Bröckchen durchsetzt. Die sieben am Tisch sahen aus wie die Statisterie für einen Historienfilm. Alle trugen Kleider aus grauem, rau aussehendem Wollstoff. Nur der Mann am Kopf der Tafel war in ein feineres Gewand gekleidet, eine Art braune Kutte. Angersbach erkannte ihn dank des grau gelockten Haars und des Musketier-Spitzbarts wieder. Otto Fischer, der Arzt im Ruhestand. Zu seiner Rechten saß die feiste Inge Possel mit dem unvorteilhaften Haarschnitt, daneben ein dürrer und langhaariger Bursche von vielleicht zwanzig Jahren und ein großer, breiter und ein wenig tumb wirkender Mann im selben Alter. Ihnen gegenüber hatten drei Frauen Platz genommen, die ebenfalls Anfang bis Mitte zwanzig sein mussten, die eine deutlich übergewichtig, die zweite dünn und verhuscht. Die dritte fiel ein wenig aus dem Rahmen, sie hatte rabenschwarz gefärbte Haare und zahlreiche Ringe im Gesicht. Ralph fragte sich flüchtig, ob das authentisch war. Für ihn sah das nach Gothic Style aus, und den hatte es doch wohl im Mittelalter noch nicht gegeben?

Die sieben hatten mit dem Essen innegehalten und starrten die beiden ungebetenen Gäste an. Otto Fischer erhob sich und trat auf sie zu. Er deutete eine Verbeugung an.

»Seid willkommen. Was führt Euch in unsere bescheidene Hütte?«

Ralph hatte den albernen Impuls, einen imaginären Hut zu ziehen und etwas zu sagen wie: »Ich bin der Sheriff von Mittelhessen«, ließ es aber sein. Wahrscheinlich fände es niemand witzig, und Sabine würde ihm später gehörig den Kopf dafür waschen.

»Ralph Angersbach von der Regionalen Kriminalinspektion Gießen«, erklärte er deshalb nüchtern. »Und meine Kollegin Sabine Kaufmann vom LKA Wiesbaden. Wir suchen Herrn Maik Possel.«

Fischer neigte den Kopf. »Wir bedauern, dass Ihr den Weg umsonst gemacht habt. Magister Possel ist nicht da.«

»Wo ist er denn?«

Der Arzt lachte leise. »In der Welt, die von der unseren rund fünfhundert Jahre entfernt ist.«

»Bitte?«

»Bei der Arbeit«, übersetzte Fischer. »Justus-Liebig-Universität Gießen.«

Ralph ärgerte sich, dass er nicht selbst darauf gekommen war. Es war ein normaler Wochentag, und im Gegensatz zu den anderen Mitgliedern seiner Gruppe ging Possel einer geregelten Tätigkeit nach.

»Dann werden wir ihn dort aufsuchen«, sagte er in ähnlich schwülstiger Sprechweise wie Fischer. »Aber wo wir nun schon einmal hier sind, würden wir auch gerne mit Ihnen sprechen.«

»Bitte sehr.« Fischer machte einen Schritt auf Ralph zu und reichte ihm die Hand. »Möchten Sie mit uns essen?«

»Nein danke«, sagte Ralph eilig. Er hatte nicht das geringste Bedürfnis, dieses wahrscheinlich eher authentische als schmackhafte Mahl zu probieren. »Wir möchten nur … Arghh.« Fischer hatte seine Hand fest gepackt und schüttelte sie, und ein plötzlicher Schmerz bohrte sich in Ralphs Brust. Fischer hielt inne, ließ Angersbachs Hand aber nicht los.

»Sind Sie verletzt?«

»Vermutlich eine gebrochene Rippe«, informierte ihn Sabine. »Er hält es nicht für nötig, deshalb zum Arzt zu gehen.«

»Das würde ich mir gerne ansehen.« Fischer dirigierte Ralph zurück in den Flur und schob ihn durch die nächste Tür in einen Raum, der an ein Arztzimmer aus einem Museumsdorf erinnerte. In hölzernen Regalen standen große Glasflaschen mit verschiedenfarbigen Flüssigkeiten. Auf einem Tisch lagen Gerätschaften, die nach Ralphs Ansicht eher in einen Werkzeugschuppen gehört hätten. Der Behandlungstisch bestand wie Haus und Gartenzaun aus rohem Holz. Besonders beunruhigend fand Ralph die Lederschlaufen, die in der Mitte und am Fußende herabhingen. Fixierte Fischer hier seine Patienten, wenn er schmerzhafte Eingriffe ohne Narkose durchführte?

Kaufmann bemerkte sein Unbehagen und grinste. *Das hast du nun davon, dass du nicht in die Klinik wolltest,* schien ihr Blick zu sagen.

»Setzen Sie sich«, ordnete Fischer an, »und machen Sie den Oberkörper frei.«

Ralph zauderte. Er wollte sich nicht in die Hände eines Scharlatans begeben. Aber Fischer war ein richtiger Arzt gewesen, bevor er sich der Mittelaltergruppe angeschlossen hatte, oder nicht? Und die Kollegen hatten etwas von Naturheilkunde und Homöopathie gesagt. Ralph glaubte zwar nicht, dass ihm etwas davon helfen würde, aber zumindest tat das nicht weh. Vorsichtig knöpfte er sein Hemd auf und streifte es ab. Anschließend nahm er auf der harten Liege Platz.

Fischer schob die Ärmel seiner Kutte hoch, und Angersbach sah, dass er genau wie Kromm, Henke und Wollmacher mehrere Freundschaftsbändchen ums Handgelenk gebunden hatte. Die drei vom Ökohof hatten diesbezüglich also nicht gelogen. Der Arzt bemerkte seinen Blick.

»Die sind von Nina«, bestätigte er, während er vorsichtig Ralphs Brustkorb abtastete. Angersbach sog scharf die Luft ein. »Das Erkennungszeichen der Mitglieder der Initiative gegen die Windkraft.«

»Sie wollen mit allen Mitteln verhindern, dass die RückenWind das Gebiet hier oben erschließt und Sie wegziehen müssen, nicht wahr?«

»Mit allen Mitteln? Nein.« Fischer ließ die Hände sinken und trat zu einem hölzernen Schrank. »Wir wehren uns, so gut wir können. Aber wenn es unser Schicksal ist, dass wir uns eine neue Bleibe suchen müssen, werden wir uns auch damit arrangieren. Das war im Mittelalter nicht anders. Die Leute hatten keinen eigenen Grundbesitz. Alles gehörte der Krone oder irgendwelchen Fürsten und war nur gepachtet. Die Herrschenden konnten ihre Untertanen nach Gutdünken vertreiben. Im Zweifelsfall wurden einfach die Hütten niedergebrannt, das Vieh getötet und die Ernte vernichtet. Danach blieb den Bewohnern nichts anderes, als fortzuziehen und irgendwo anders neu anzufangen.«

»Dazu wären Sie bereit?«, fragte Kaufmann.

»Das ist die falsche Formulierung. Wir wollen es nicht. Aber wenn uns keine andere Wahl bleibt, werden wir es tun.« Er zuckte mit den Schultern. »Immerhin zündet uns die Rücken-Wind nicht das Dach über dem Kopf an. Im Gegenteil. Man bietet uns einen Haufen Geld. Damit könnten wir uns problemlos etwas Neues aufbauen.«

»Warum tun Sie es dann nicht?«

Der Arzt lächelte milde. »Geld interessiert uns nicht. Wir fühlen uns hier wohl. Und Possels Kinder haben hier einen Schutzraum gefunden. Wir wollen nicht, dass sie den verlieren.«

»Die *Kinder* sind alle über zwanzig.«

Fischer nahm ein paar Leinenbandagen aus dem Schrank und legte sie auf die Liege. Aus einem der Regale griff er sich einen Tiegel, der eine grünlich schimmernde Salbe enthielt, und trat damit zu Ralph.

»Die Rippe ist in der Tat gebrochen«, teilte er ihm mit. »Ich werde eine Salbe auftragen und Ihren Brustkorb bandagieren. Sie sollten sich ein paar Tage Ruhe gönnen. Viel mehr kann man bei einem Rippenbruch nicht tun, auch nicht mit den Mitteln der modernen Medizin. Der Knochen muss einfach von selbst wieder zusammenwachsen.« Er tauchte zwei Finger in den Tiegel und trug die grüne Paste auf Ralphs Brust auf. Ralph verspürte ein Kribbeln und eine angenehme Wärme.

»Das Mittel fördert die Durchblutung und damit auch die Heilung«, erläuterte der Arzt, ehe er sich wieder an Kaufmann wandte.

»Die Kinder sind alle über zwanzig, das ist richtig«, erklärte er. »Aber Tobi und Melanie sind für ein Leben in der Welt draußen nicht gerüstet. Tobias ist geistig zurückgeblieben. Er hat keinen Schulabschluss. Unter anderen Umständen müsste er wahrscheinlich in einem Heim leben. Hier ist er einfach der Stallbursche. Er kümmert sich um die Tiere – wir haben Kühe, Schafe und Schweine – und ist glücklich. Und Melanie … Sie ist in eine normale Schule gegangen, aber sie ist dort nicht zurechtgekommen. Die anderen Kinder haben sich über sie lustig gemacht. Sie haben ihr Sachen weggenommen und ihr wehgetan.«

»Mobbing?«

Fischer lächelte flüchtig. »Ja. So nennt man es heute.« Er stellte den Salbentiegel beiseite, spülte seine Hände in einer Wasserschale und trocknete sie sorgfältig ab. Dann begann er, die Leinenbinden stramm um Ralphs Oberkörper zu wickeln.

Angersbach schnappte nach Luft. »Nicht so fest«, keuchte er.

Der Arzt schnaubte belustigt. »Wenn ich es nur locker herumschlinge, nützt es nichts. Seien Sie ein Mann. Wer sich prügeln kann, verträgt auch einen Verband.«

Sabine Kaufmann kicherte.

»Ich habe mich nicht geprügelt«, protestierte Angersbach matt. Zu mehr fehlte ihm der Atem.

»Was ist denn passiert?«, wandte sich Fischer an Kaufmann.

»Er wollte verhindern, dass sich Harald Kromm und Bernd Henke die Köpfe einschlagen.« Sie erzählte die Geschichte. Fischer runzelte die Stirn.

»Sie sollten Ihre Knochendichte untersuchen lassen«, empfahl er Angersbach. »Das ist jetzt der Rat des Schulmediziners, der ich früher war, nicht des mittelalterlichen Heilkundigen, der ich heute bin. Wenn bei einem so leichten Schlag eine Rippe bricht, könnte das ein Anzeichen von beginnender Osteoporose sein. Da muss man frühzeitig gegensteuern. Ich würde zu viel Milch und Fleisch raten. Wir haben hier oben ja herrliche Galloway-Rinder und das allerbeste Lammfleisch. Daraus lässt sich eine Menge zaubern, das Ihnen guttun würde.«

Ralph winkte ab. »Keine Sorge. Mit meinen Knochen ist alles ist Ordnung. Die Rippe war schon vorher angebrochen.«

Fischer war mit dem Verband fertig und verknotete ihn. »Sie können sich wieder anziehen«, sagte er zu Ralph und legte Sabine leicht eine Hand auf die Schulter. »Seien Sie nicht so streng mit ihm. Er ist ein Mann. Da gibt man nicht gerne zu, dass man in einem Kampf unterlegen war.«

Kaufmann schüttelte den Kopf. »Manchmal muss man seine persönlichen Befindlichkeiten eben hintanstellen. Aber zurück zu Ihren Mitbewohnern. Die beiden Kinder sind geistig zurückgeblieben?«

»Melanie ist nicht zurückgeblieben, nur labil«, korrigierte der Arzt. »Vermutlich ererbt. Inges Mutter war geistig behindert.«

»Inge ist Frau Possel?«, versicherte sich Sabine.

»Ja. Ihre Mutter hat in einem Heim gelebt, schon als junges Mädchen. Dort hat es ihr jedoch nicht gefallen. Sie ist oft auf Wanderschaft gegangen, und irgendwann muss sie einem Mann begegnet sein. Jedenfalls war sie eines Tages schwanger. Man hat sie das Kind austragen lassen, aber danach ist die Tochter zu einer Pflegefamilie gekommen. Ihre Mutter war nicht in der Lage, sich angemessen um einen Säugling zu kümmern.« Er blickte nachdenklich aus dem Fenster auf den Kräutergarten, der hinter dem Haus lag. »Jedenfalls hat man das damals so gesehen. Heute würde man wahrscheinlich anders urteilen und versuchen, die Mutter zu unterstützen. Aber wie auch immer.« Er wandte sich wieder den Kommissaren zu. »Inge kam damals zu Pflegeeltern. Die Leute haben sich Mühe gegeben, aber sie konnten das Mädchen nicht wirklich lieben. Materiell war sie gut ausgestattet, doch emotional ist sie immer ein bisschen verarmt geblieben. Das hat sich erst geändert, als sie Maik kennengelernt hat.«

»Wie alt war sie da?«

»Sechzehn. Maik war achtzehn. Sie hatten beide ein Faible für Ritterfilme und Mittelaltermärkte, und auf einer dieser Veranstaltungen haben sie sich getroffen. Sie haben geheiratet, als Inge achtzehn geworden ist. Mit den Kindern haben sie gewartet, bis Maik sein Studium abgeschlossen und seine erste feste Stelle angetreten hatte. Es war ihnen immer wichtig, dass ihre Kinder gut versorgt sind.«

»Woher wissen Sie das alles so genau?«, fragte Angersbach. Er rutschte von der Liege, griff nach seinem Hemd, zog es über und knöpfte es zu. Es war ein wenig mühsam wegen des eng sitzenden Verbandes. Doch er merkte, dass die Bandage ihn stützte. Das Atmen fiel ihm jetzt leichter, und der Schmerz hatte nachgelassen.

»Ich kenne Inge seit ihrem zehnten Lebensjahr. Ihre Pflegeeltern sind mit ihr in meine Praxis gekommen, nachdem der Kinderarzt seine Praxis aufgegeben hatte. Sie hat als Kind ein paar Verhaltensauffälligkeiten gezeigt, und die Pflegeeltern waren in Sorge, dass sie die Gene ihrer Mutter geerbt hat. Ich habe sie über Jahre sehr engmaschig betreut. Es war aber keine Erbkrankheit. Sie war einfach nur ein wildes Kind und ein sehr schwieriger Teenager. Die kranken Gene haben erst in der nächsten Generation wieder durchgeschlagen.«

»Trotzdem haben die Possels vier Kinder bekommen?«, fragte Kaufmann. Ralph war beeindruckt. Er hatte sich dieses Detail nicht gemerkt.

»Svenja, die Älteste, ist geistig völlig gesund. Und bei Tobi hat sich erst mit der Zeit gezeigt, dass er sich nicht normal entwickeln würde. Da waren Melanie und Benjamin schon auf der Welt. Als klar war, dass zwei von den vieren Einschränkungen haben, haben sie aufgehört. Eigentlich wollten sie noch mehr Kinder haben.«

»Mehr als vier?«, fragte Ralph verblüfft.

Fischer machte eine vielsagende Geste. »Maik und Inge sind nach Maiks Abschluss aufs Land gezogen und haben angefangen, wie im Mittelalter zu leben. Sie wollten alles möglichst authentisch machen. Damals gab es noch keine Antibabypille. Sechs, acht, zehn Kinder waren normal.«

»Und wie haben sie das Problem dann gelöst?«, fragte Ralph.

Der Arzt lächelte. »Ich habe ihnen ein paar Kräutertinkturen gemischt. Auch im Mittelalter gab es Heilkundige, die wussten, wie man ungewollte Schwangerschaften verhindert.«

»Mit diesen Dingen kennen Sie sich aus?«, bohrte Ralph nach. Immerhin hatten bei den Morden an Lubitz und Gert Debus halluzinogene Substanzen eine Rolle gespielt.

»Seit ich Maik kenne, fasziniert mich die Materie«, bekannte der Arzt. »In meiner aktiven Zeit habe ich nicht mit Maik und Inge zusammengewohnt, aber wir hatten oft Kontakt. Ich habe in meiner Freizeit viel gelesen und mir eine gewisse Expertise in naturheilkundlichen Belangen erworben.«

»Wo haben denn die Possels vor zwanzig Jahren gewohnt?«, fragte Ralph. Käthe Mundt und Beatrix Vogelsang hatten zwar nicht von kleinen Kindern gesprochen, die in Körbers Haus bei den Sektenmitgliedern gelebt hatten, doch vielleicht hatten sie davon auch einfach nichts mitbekommen, oder sie hatten schlichtweg vergessen, es zu erwähnen.

»Sie hatten ein altes Bauernhaus am Stadtrand von Gießen gemietet«, sagte Fischer. »Das Haus gibt es nicht mehr. Da ist heute ein Industriegebiet. Vor acht Jahren sind sie hier auf den Fuchsrücken gezogen. Und nachdem ich vor fünf Jahren in den Ruhestand gegangen bin, bin ich dazugestoßen.«

»Hm.« Angersbach brummte unzufrieden. Wenn das Haus abgerissen worden war, würde es schwer sein, herauszufinden, ob die Possels tatsächlich dort gelebt hatten, oder nicht vielleicht doch in Fuchsrod. Sie würden Maik Possel danach fragen, aber wenn die Mittelaltergruppe die Morde an Debus und Lubitz und den beiden Gemeinderatsmitgliedern begangen hatte, hatten sie sich sicher auch eine Legende zurechtgelegt, um nicht in Verdacht zu geraten.

»Und was ist mit dieser Jana Starke?«, fragte Sabine Kaufmann. Angersbach konnte sich nicht erinnern, den Namen schon einmal gehört zu haben, aber vermutlich ging es um die junge Frau mit den schwarz gefärbten Haaren und den Piercings, die mit den vier Possel-Kindern am Tisch gesessen hatte.

»Das war so ähnlich wie bei Maik und Inge«, berichtete der Arzt. »Jana hat nach der Schule eine Ausbildung zur Sekretärin gemacht, aber sie ist überall angeeckt, weil sie ein Faible für düstere Kleidung und Gesichtsschmuck hat. Sie hat uns auf einem Markt kennengelernt, wo wir ein paar der Produkte verkaufen, die wir nicht zum Leben brauchen, vor allem Kräutermischungen und Naturmedizin. Sie war fasziniert von unserem einfachen Leben ohne alle Annehmlichkeiten der modernen Zivilisation und hat sich uns angeschlossen. Jetzt macht sie für uns die Buchführung – das Finanzamt ist leider nicht davon zu überzeugen, dass Einnahmenüberschussrechnungen und schriftliche Steuererklärungen im Mittelalter keine Rolle gespielt haben – und ist glücklich.«

Angersbach musterte den Mediziner. Er wirkte ausgeglichen und in sich ruhend. Kein Mann, dem man emotionale Ausbrüche und Gewalttaten zutraute. Auf der anderen Seite war er Ralph fast zu glatt. Die Rücken-Wind versuchte immerhin, das Paradies zu zerstören, das sich die Possels und Fischer hier aufgebaut hatten. Musste das nicht irgendeine Gefühlsäußerung hervorrufen? Angst? Wut? Hass? Warum sah man nichts davon? Weil Fischer diese Emotionen versteckte, um nicht in Verdacht zu geraten? Oder war er wirklich so mönchisch wie seine Kutte und nahm die Dinge einfach, wie sie waren?

»In der Nacht, als Martin Lubitz ermordet wurde, waren Sie also mit Maik und Inge Possel unterwegs, um im Mondschein Kräuter zu ernten?«, versuchte er es auf dem direkten Weg.

Fischer faltete die Hände. »Das haben wir Ihren Kollegen von der Schutzpolizei bereits mitgeteilt. Sie mögen das belächeln, aber es ist die Wahrheit.«

Angersbach tauschte einen Blick mit Sabine. Sie hatten alles gefragt, was zu fragen war, und im Moment würden sie hier nicht weiterkommen. Besser war es, nach Gießen zu fahren und Maik Possel an seinem Arbeitsplatz aufzusuchen. Kaufmann nickte ihm zu, weil sie offensichtlich dasselbe dachte.

»Dann erst mal danke«, sagte Ralph, »für Ihre Zeit und für den Verband.«

Der Arzt neigte nur leicht den Kopf. »Das ist mein Beruf und meine Berufung. Sollten Sie Schmerzen haben, kommen Sie gerne wieder.«

Wieder schüttelte Fischer ihm kräftig die Hand, und Angersbach stellte überrascht fest, dass es dieses Mal kein bisschen wehtat. Tatverdacht hin oder her – als Arzt war der Mann gut.

* * *

Sabine Kaufmann schlug die Wagentür zu und presste die Finger auf die Augenlider. Dieser Fall behagte ihr immer weniger. Der Verdacht, dass das Motiv für die Morde bei den geplanten Windkrafträdern lag, erschien ihr zwar plausibel, doch die Grausamkeit, mit der der oder die Täter vorgegangen waren, erschien ihr unverhältnismäßig. Da hatte jemand nicht nur aus Angst, Wut oder Verzweiflung gemordet. Das gesamte Szenario – die Drogen, die zertrümmerten Knochen, das Brandzeichen – sprach dafür, dass sie es mit Fanatikern zu tun hatten. Menschen, die ritualisiert töteten, denen das Morden womöglich Lust bereitete. Dahinter musste ein kranker Geist stecken. Dem Arzt der Mittelaltergruppe traute sie so etwas nicht zu, eher schon Harald Kromm, der offensichtlich schnell aus der Haut fuhr und eine unterschwellige Gewaltbereitschaft ausstrahlte. Aber noch hatten sie nicht alle Kandidaten begutachtet. Vielleicht war ja Maik Possel der Anführer der Sekte, die vor zwanzig Jahren in Körbers Haus gelebt hatte.

»Fahren wir nach Gießen«, sagte sie. »Ich bin sehr gespannt auf diesen Dozenten für die Geschichte des Mittelalters.«

»Dito«, sagte Ralph. Er rammte den Schlüssel ins Zündschloss und wollte den Wagen anlassen, hielt aber inne, weil sein Mobiltelefon klingelte. Er nahm das Gespräch an und schaltete das Gerät auf Lautsprecher.

»Angersbach«, knurrte er.

»Ihnen auch einen schönen guten Morgen«, sagte eine raue Stimme am anderen Ende. Sabine erkannte sie auf Anhieb. Professor Wilhelm Hack von der Gießener Rechtsmedizin.

»An diesem Morgen ist nichts gut«, beschied Ralph dem Mediziner.

Hack ließ sich davon nicht beeindrucken. »Ich bin jedenfalls zufrieden mit der Ausbeute«, verkündete er. »Die Rückmeldungen von einigen der angefragten Zahnärzte sind eingetroffen. Wir haben zwei Matches. Die Leichen aus dem Keller Ihres neuen Hauses. Dabei handelt es sich um den früheren Bürgermeister der Gemeinde Fuchsrücken, Manfred Beppler, und das ehemalige Gemeinderatsmitglied Werner Runzheimer.«

Was ein weiterer deutlicher Hinweis darauf war, dass es bei der ganzen Sache um die geplanten Windkraftanlagen auf dem Fuchsrücken ging.

»Okay, danke«, sagte Ralph, doch Sabine vermutete, dass Hack das schon nicht mehr hörte. Das Tuten zeigte an, dass der Rechtsmediziner aufgelegt hatte.

Angersbach startete den Motor und wendete in seiner üblichen rabiaten Art. Kaufmann wurde in den Gurt und gegen die Seitentür gedrückt. Dann bretterte Ralph die Straße durch Fuchsrod hinunter, vorbei an Körbers Haus, ohne einen Blick darauf zu werfen. Ob er immer noch vorhatte, es zu kaufen?

* * *

Eine gute Dreiviertelstunde später stellte Ralph den Wagen auf dem Parkplatz der Justus-Liebig-Universität ab. Sabine hatte unterwegs gegoogelt und herausgefunden, in welchem Gebäude sich das Institut für die Geschichte des Mittelalters befand. Es war ein in die Jahre gekommener Bau mit schäbigen Fluren, wirkte aber immer noch weitaus moderner als das Innere des Hauses, in dem Maik Possel mit seinen Anhängern lebte.

Angersbach lief an mehreren Türen vorbei, bis er jene fand, an der ein Schild mit der Aufschrift »PD Maik Possel, Mediävistik« hing. Er klopfte an. Von drinnen ertönte eine tiefe Bassstimme und forderte zum Eintreten auf.

Ralph öffnete die Tür und blieb auf der Schwelle stehen. Der Raum war derart mit Büchern, Aktenordnern und verwitterten Gerätschaften aus Holz und Metall vollgestopft, dass er nicht wusste, wie er zu Possels Schreibtisch vordringen sollte, der in eine Ecke am Fenster gezwängt worden war. Der Dozent, der mit dem Rücken zu ihm dort saß, wandte sich um und erhob sich. Er war eine imposante Erscheinung, groß und kräftig wie Harald Kromm, dazu mit einer fast magischen Aura. Seine Körperhaltung strahlte Selbstbewusstsein aus, und die Augen blitzten wach und intelligent. Noch ehe er ein Wort gesagt hatte, stand für Ralph fest, dass dies ein Mann war, dem seine Anhänger bis ans Ende der Welt folgen würden.

»Hallo.« Possel stieg über mehrere Kartons und Aktenstapel weg und kam durch eine Gasse zwischen seinen Gerätschaften auf ihn und Sabine zu. »Die Herrschaften von der Polizei, nehme ich an?«

»Richtig. Angersbach, Kriminalpolizei Gießen, und meine Kollegin Sabine Kaufmann vom LKA Wiesbaden.«

»Otto hat Sie angekündigt. Otto Fischer, der Arzt, der bei uns oben in Fuchsrod lebt.« Er reichte erst Kaufmann, dann Angersbach die Hand. Ralph hatte einen harten, fast schmerzhaften Händedruck erwartet, doch stattdessen war die Berührung ausgesprochen angenehm, kräftig und doch so weich, dass Possels Energie durch seinen Arm direkt in Ralphs Inneres zu fließen schien. Fast musste er sich zwingen, Possels Hand wieder loszulassen.

»Kommen Sie«, sagte der Dozent und dirigierte sie zurück in den Flur. »Wir gehen in die Cafeteria. Sie sehen ja, in meinem Büro gibt es kaum genug Platz für mich und keine einzige freie Sitzgelegenheit. Was im Übrigen ein probates Mittel ist, lästige Studenten fernzuhalten. Wer etwas Wichtiges zu sagen hat, mit dem gehe ich einen Kaffee trinken, aber wer mir nur meine Zeit stehlen will, muss zwischen dem Krempel in meinem Zimmer stehen bleiben. Die meisten halten das nicht lange durch.«

Er führte sie durch mehrere Gänge in einen kleinen Saal, der mit einer Verkaufstheke und einem guten Dutzend Tischen ausgestattet war. Alles wirkte ein wenig heruntergekommen.

»Die Universitätsleitung redet seit Jahren davon, die Cafeteria zu modernisieren. Aber man meint wohl, bei den Historikern kommt es nicht so darauf an. Die sind ja den alten Kram gewohnt.«

Kaufmann lächelte höflich, Ralph nicht. Er wollte sich von Possel nicht einwickeln lassen.

»Möchten Sie etwas trinken?«, fragte der Dozent. »Ich lade Sie ein.«

»Das ist nicht nötig.« Ralph trat vor Possel an den Tresen und bestellte zweimal Kaffee schwarz für Sabine und sich. Er bezahlte und wählte einen Tisch in Fensternähe. Kaufmann folgte ihm.

»Danke«, sagte sie, als sie den Becher entgegennahm. »Du hast es dir also gemerkt.«

Possel kam zu ihnen, ein Glas Bier in der Hand. Ralph hob die Augenbrauen. Es war noch nicht einmal ganz Mittag, und der Dozent war im Dienst.

»Alkoholfrei«, erklärte Possel, der seinen Blick bemerkt und richtig interpretiert hatte. »Das ist historisch nicht ganz korrekt, aber es kommt dem verdünnten Bier zumindest einigermaßen nahe.« Er schmunzelte, als er die Irritation auf Sabines Gesicht sah. »Das haben die Leute im Mittelalter getrunken. Verdünnten Wein oder verdünntes Bier, je nachdem, welcher Schicht man angehörte. Kaffee und Tee kannte man damals noch nicht, der Kaffee kam erst im fünfzehnten Jahrhundert – also im ausgehenden Mittelalter – über die arabischen Länder aus Äthiopien nach Europa, der aus Südchina stammende Tee ist sogar erst seit dem siebzehnten Jahrhundert in Europa bekannt.« Er setzte sich und stellte sein Glas auf dem Tisch ab. »Aber verzeihen Sie. Ich will nicht dozieren. Auch wenn das mein Beruf ist.«

»Sie sind ein mitreißender Redner«, sagte Kaufmann.

»Danke.« Possel strich sich erst die langen dunklen Haare zurück, dann den wallenden schwarzen Bart glatt. »Ich freue mich immer, wenn es mir gelingt, meine Zuhörer zu fesseln.«

»War das damals bei Ihrer Sekte auch so?«, fragte Ralph und verzog im selben Moment schmerzhaft das Gesicht, weil ihn etwas Hartes am Knöchel traf. Er schaute Sabine an und sah, wie sie die Augen verdrehte. Er begriff, dass er ihren Versuch, Possel Honig um den Bart zu schmieren, um ihm so vielleicht ein paar unbedachte Äußerungen zu entlocken, torpediert hatte.

Possels Augen funkelten belustigt. »Ich glaube nicht, dass das die richtige Bezeichnung ist. Meine Familie und ein paar Freunde haben Spaß daran, Reisen in ferne Geschichtsepochen zu unternehmen. Wir sind eine Gemeinschaft, die gesellschaftlich eher randständige Vorlieben pflegt, aber wir hängen keiner wie auch immer gearteten religiösen Überzeugung an.«

»Und wie steht es mit heidnischen Ritualen?« Wieder konnte Ralph sich nicht zurückhalten.

Possel schüttelte milde den Kopf. »Wir sind auch keine Fanatiker. Wir bevorzugen einfach nur eine schlichte Lebensführung.«

Angersbach trank von seinem Kaffee und verzog das Gesicht. Er stellte weiß Gott keine hohen Ansprüche, aber dieses Gesöff war einfach nur scheußlich.

Possel grinste. »Das ist der wahre Grund, warum ich hier keinen Kaffee trinke. Das Gebräu ist ungenießbar. Wenn Sie mich gefragt hätten, hätte ich Sie gewarnt.«

»Danke.« Ralph leerte mit Todesverachtung seinen Becher. »Das ist schon in Ordnung.« Sabine, die ebenfalls nach ihrem Kaffee hatte greifen wollen, ließ es sein.

»Sie waren also vor zwanzig Jahren nicht der Anführer einer Vereinigung, die in dem Haus gelebt hat, das heute Reinhold Körber gehört?«, hakte sie nach. Nachdem Angersbach ihre subtile Strategie vereitelt hatte, sah sie wohl keinen

Grund mehr, warum sie nicht genauso plump vorgehen sollte wie er.

»Hat Otto Ihnen das nicht gesagt? Wir haben damals in der Nähe von Gießen gelebt, auf einem Gelände, das heute Industriegebiet ist.«

»Doch, hat er«, erwiderte Ralph, der sich ärgerte, weil sich die Aussagen deckten. Aber der Arzt hatte Possel ja über ihren anstehenden Besuch informiert. Er konnte ihn also auch hinsichtlich seiner Aussage instruiert haben.

»Wie gehen Sie denn nun mit der Bedrohung durch die Rücken-Wind AG um?«, fragte er.

Possel hob die Hände. »Wie alle anderen im Dorf auch. Wir haben uns zu einer Protestbewegung zusammengeschlossen und hoffen, dass wir die Rücken-Wind zur Einsicht bewegen können.«

»Und als Sie gemerkt haben, dass das nicht funktioniert? Haben Sie da beschlossen, Lubitz aus dem Weg zu räumen, so, wie Sie damals Gert Debus und die beiden Gemeinderatsmitglieder beseitigt haben?«

Der Dozent schüttelte den Kopf. »Ich verstehe, dass Sie das fragen müssen. Aber meine Familie und ich haben damit nichts zu tun, weder damals noch heute.« Er trank sein Bier aus und schaute die Kommissare an. »War es das? Ich habe in einer halben Stunde eine Veranstaltung, auf die ich mich noch vorbereiten muss. Übrigens«, er lächelte Sabine an, »ich mag meinen Job. Und ich brauche ihn. So bescheiden wir leben, ohne ein geregeltes Einkommen können wir nicht existieren. Ich bin Beamter, genau wie Sie. Und ich hatte das große Glück, eine der letzten verbliebenen Mittelbaustellen zu ergattern. Keine Professur, sondern eine Dauerstelle auf Lebenszeit, die es mir erspart, meine Zeit in Gremien und Sitzungen zu vertrödeln. Stattdessen kann ich mich ganz auf meine Forschung und meine Veranstaltungen konzentrieren. Ich würde das sicher nicht aufs Spiel setzen für einen kleinlichen Rachefeldzug, dessen Erfolgsaussichten höchst zweifelhaft sind.«

Ralph hob die Augenbrauen. Possels Logik klang plausibel. Und dennoch …

»Jetzt, wo Lubitz tot ist, wird doch wohl nichts aus dem Windpark auf dem Fuchsrücken«, merkte er an.

Possel stand auf. »Wissen Sie das? Lubitz hatte den Gemeinderat längst überzeugt. Ich glaube kaum, dass sie das ganze Projekt wieder einstampfen. Wenn schon, dann hätte man diesen Schultheiß umbringen müssen. Der ist es nämlich, der so verbissen an der Idee festhält, dass seine Windräder unbedingt auf dem Fuchsrücken stehen müssen.« Er nahm sein Glas, trug es zum Tresen und stellte es dort auf einen Geschirrwagen. Dann verließ er die Cafeteria, ohne sich noch einmal nach den Kommissaren umzusehen.

»Er hat recht«, stellte Sabine fest. »Lubitz' Tod ist kein Garant dafür, dass der Windpark nicht kommt.«

Ralph knurrte. »Hast du dich von ihm einlullen lassen, ja?«

Sabine lachte. »Nein. Zugegeben, er ist ein charismatischer Typ. Aber was mich überzeugt hat, waren seine Argumente, nicht seine Ausstrahlung.«

Angersbach grummelte. »Sehe ich anders. Ich kann ihn mir ganz wunderbar als Guru einer Sekte vorstellen.«

Kaufmann schob den vollen Kaffeebecher zur Tischmitte.

»Vom Typ her würde es passen«, gab sie zu. »Aber würde Possel wirklich seinen Job aufs Spiel setzen? Er verdient das Geld für die ganze Familie. Sicher, das Haus in Fuchsrod ist ihr Refugium, in dem sie ihren Spleen ausleben können, aber wenn alle Stricke reißen, könnten sie sich einen anderen Platz suchen. Sie würden nicht alles verlieren. Für Kromm, Henke und Wollmacher sieht das anders aus. Die Anbauflächen und der Hofladen sind ihre Existenzgrundlage. Wenn sie das verlieren, stehen sie wahrscheinlich vor dem Nichts. Und Kromm ist ein Typ, der leicht aus der Haut fährt.«

Angersbach dachte darüber nach. »Possel müsste es nicht selbst getan haben. Er kann Menschen in seinen Bann ziehen. Wenn er es richtig anstellt, kann er ein paar seiner Familienmitglieder sicher dazu bringen, für ihn zu morden. Die geistig zurückgebliebenen allemal.« Er winkte ab. »Alles nur graue Theorie«, stellte er frustriert fest. »Wir haben nicht den Hauch eines Beweises gegen irgendjemanden.«

Sabine widersprach ihm nicht. »Wie machen wir jetzt weiter?«, fragte sie.

Ralph betrachtete seinen leeren Becher. Die Glasur hatte denselben hässlichen Beigeton wie die Flure im Institut. Dort, wo der Henkel ansetzte, war ein Stück abgesprungen.

»Lass uns noch einmal dorthin zurückgehen, wo alles angefangen hat«, schlug er vor.

»Zum Opferstein auf dem Fuchsrücken?«

»Nein. In den Keller von Körbers Haus. Ich glaube, das Blutbad an Beppler und Runzheimer war der Auftakt zu allem, was danach folgte.«

Kaufmann schaute ihn interessiert an. »Wie kommst du darauf? Genauso gut könnte doch Gert Debus das erste Opfer gewesen sein.«

»Debus war bereit, seinen Hof zu verkaufen, das hat ihn in die Schusslinie gebracht. Aber Beppler und Runzheimer waren schuld daran, dass das ganze Projekt überhaupt gestartet wurde.«

»Okay.« Sabine war offenbar nicht überzeugt, widersprach aber auch nicht.

»Trinkst du den Kaffee noch?«, fragte Ralph.

»Nein.«

»Prima.« Er erhob sich. »Dann lass uns fahren.«

14

Reinhold Körber lächelte breit, als er die Tür öffnete und Kaufmann und Angersbach erblickte.

»Haben Sie es sich überlegt?«, fragte er. »Wollen Sie doch mit nach Portugal?«

Sabine schmunzelte. Körber war ein charmanter und attraktiver Mann mit seiner schlanken Gestalt und den kurz geschnittenen grauen Haaren. Fast bedauerte sie es, dass er mit seinen sechzig Jahren zu alt für sie war.

»Nein. Wir würden nur gerne noch mal einen Blick in Ihren Keller werfen.«

»Bitte.« Körber trat beiseite, um sie hineinzulassen, und öffnete die Tür zum Keller. »Verzeihen Sie, wenn ich Sie nicht begleite, aber ich kann nicht mehr dort hinuntergehen, seit …« Er schnitt eine Grimasse.

»Keine Sorge. Das ist in Ordnung.«

Sie nickte ihm verständnisvoll zu, bevor sie Ralph folgte, der wie ein grimmiger Bär die Stufen hinunterstapfte. Körber betätigte oben an der Treppe den Lichtschalter, und die nackte Glühbirne, die von der Decke baumelte, flammte auf.

Unten sah es aus wie am Ort einer archäologischen Grabung. Aus der Wand, in der sie die eingemauerten Gebeine gefunden hatten, waren große Brocken herausgestemmt worden. Der Boden davor war übersät mit Brocken von Putz, Mörtel und Mauersteinen. Das Loch in der Wand erinnerte an einen aufrecht stehenden Vulkankrater. Offenbar war der Keller ursprünglich doppelwandig gebaut worden, und man hatte später, wahrscheinlich beim Einmauern der Leichen, den isolierenden Hohlraum mit Schuttresten und Zement als Bindemittel gefüllt. Die Regale mit den Weinflaschen hatten die Kollegen von der Spurensicherung in die hintere Ecke geschoben. Ansonsten war der Keller aufgeräumt. Ihre Gerätschaften hatten die Beamten entfernt, und die Blutlachen, von denen sich noch immer Rückstände auf dem Boden befanden, sah man nur, wenn man Luminol und UV-Licht einsetzte.

»Das muss ein Massaker gewesen sein«, murmelte Ralph, der mit großen Schritten im Raum auf und ab ging.

»Ja. Sicher.« Die Erinnerung an die grünen Flecken, die unter UV-Licht sichtbar geworden waren, jagte Sabine immer noch Schauer über den Rücken. Doch davon abgesehen gab es hier nichts, das ihnen weitergeholfen hätte. »Ich weiß nur nicht, was du hier finden willst.«

Angersbach blieb stehen. »Ich auch nicht.« Er gestikulierte. »Vielleicht einfach nur den Raum auf mich wirken lassen. Mir vorstellen, wie das damals abgelaufen ist.«

»Okay.« Kaufmann blieb an der Treppe stehen und schaute zu, wie er weiter mit düsterem Blick durch den Raum stampfte. Nach ein paar Minuten hatte sie genug. »Ich warte oben auf dich«, sagte sie und kletterte die steile Treppe wieder hinauf. Angersbach reagierte nicht.

Körber wartete oben im Flur. »Haben Sie etwas entdeckt, das Ihnen weiterhilft?«

»Nein.« Sabine rollte mit den Augen. »Ich hatte es auch nicht erwartet.« Dann ging ihr auf, dass Körber der Mann war, von dem Ralph möglicherweise immer noch das Haus kaufen wollte. Da war es wohl nicht nett, wenn sie ihn vor ihm schlechtmachte. »Auf der anderen Seite weiß man ja nie«, schob sie nach. »Manchmal findet man die wichtigsten Erkenntnisse genau da, wo man sie nicht erwartet.«

Körber nickte, schien aber nicht recht zu wissen, was er darauf antworten sollte. Sabine hörte Angersbachs dumpfe Tritte aus dem Keller. Sie hätte wirklich gern gewusst, was in seinem Kopf vorging.

Von unten ertönte ein lautes Krachen wie von berstendem Holz, gefolgt von einem Schmerzenslaut und einem herzhaften Fluch. Körber zuckte zusammen. Sabine trat alarmiert an die Kellertür.

»Ralph? Alles in Ordnung?«, rief sie und eilte die steile Treppe wieder nach unten.

Sie entdeckte Angersbach in der hintersten Ecke des Raums, gleich neben den Weinregalen. Er stand breitbeinig, eine Hand an der Wand abgestützt und ein wenig schief. Weil sein rechter Fuß in einem Loch im Boden steckte.

»Da unten geht es noch weiter«, keuchte er, als Sabine bei ihm ankam. »Da muss es früher so etwas wie einen Eiskeller gegeben haben. Wahrscheinlich mit einer Falltür. Darüber eine Balkenlage, ausgefüllt mit Bruchsteinen und Stroh.« Er grinste, halb verlegen, halb stolz. »Ich bin durchgetreten.«

Sabine kniete sich neben ihn auf den Boden und klaubte mit den Fingern die Gesteinsbröckchen beiseite, deretwegen sich Angersbachs Schuh in dem Loch verkeilt hatte. Ralph bewegte den Fuß und zog. Es staubte und krachte, dann war er frei. Kaufmann zog ihr Handy aus der Tasche, aktivierte die Taschenlampenfunktion und leuchtete damit in den versteckten Kellerraum. Der Anblick schnürte ihr die Kehle zu. Dort unten standen nebeneinander aufgereiht drei schlichte, längliche Holzkisten, die aussahen wie Särge.

»Was ist los?«, fragte Angersbach, der sich hinter sie gekniet hatte, aber nichts sehen konnte, weil sie ihm mit ihrem Körper den Blick versperrte.

Sabine drehte sich zu ihm um. »Wir müssen noch mal die Spurensicherung anrufen. Ich fürchte, hier liegen noch mehr Leichen im Keller.«

* * *

Der Hausbesitzer schaute fassungslos zu, wie der Trupp weiß gekleideter Beamter, die erst tags zuvor die Wand in seinem Keller aufgestemmt hatten, erneut mit ihren Gerätschaften die Treppe in seinen Keller hinuntermarschierten.

»Das kann doch alles nicht wahr sein«, keuchte er. »Ich dachte, das Haus hätte einem alten Mann gehört, der es über die Sparkasse hat verkaufen lassen. War das ein Irrer? Ein Massenmörder?«

Angersbach, der gemeinsam mit ihm und Sabine im Hausflur wartete, um die Arbeit der Kriminaltechniker nicht zu behindern, schüttelte den Kopf.

»Der Vorbesitzer hat damit nichts zu tun. Er hat nicht selbst hier gelebt, er hatte das Haus vermietet. Soweit wir das ermitteln konnten, an eine Sekte.«

Körber verzog skeptisch das Gesicht. »Woher haben Sie das denn?«

Ralph neigte den Kopf in Richtung Dorfstraße. »Käthe Mundt.«

»Ach, die alte Käthe. Ja, die hat schon dort gelebt, als ich vor neunzehn Jahren das Haus gekauft habe. Aber von den vorherigen Bewohnern hat sie nie etwas erwähnt.«

»Wahrscheinlich wollte sie Ihnen keine Angst einjagen.«

Der Ingenieur lachte. »Da hätte sie sich keine Sorgen machen müssen. Ich fürchte mich nicht vor dunklen Gestalten aus dem Jenseits.« Er neigte fragend den Kopf. »Wusste sie denn auch, was aus den Sektenmitgliedern geworden ist?«

»Sie meinte, sie seien nach Südamerika ausgewandert. Aber nach dem, was wir im Keller entdeckt haben, sind sie wohl nie dort angekommen. Zumindest für einige von ihnen scheint die Reise bereits hier geendet zu haben.« Ralph wollte noch etwas hinzufügen, doch dann fiel ihm ein, dass das Ermittlungsdetails waren, die man nicht vor Zivilpersonen erörterte.

»Sie haben nie jemanden von den Vormietern kennengelernt?«, fragte er stattdessen. »Bei der Schlüsselübergabe oder weil Sie irgendwelche Möbel übernommen haben?«

»Nein, tut mir leid. Das Haus war komplett leer und renoviert. Alle Einrichtungsgegenstände, die sich jetzt darin befinden, habe ich angeschafft.« Er rieb sich nachdenklich die Nase. »Das bedeutet doch, dass einige der Sektenmitglieder ein paar ihrer Glaubensbrüder und -schwestern ermordet haben. Und danach? Sind sie nach Südamerika gegangen?«

Sabine lächelte unverbindlich. »Das ist eine Frage, die wir klären müssen.«

»Kann Ihnen Frau Mundt nicht dabei helfen?«, blieb der Hausbesitzer am Ball. So leicht wollte er sich offenbar nicht aus dem Spiel drängen lassen. Aber es war ja auch sein Keller, in dem sie all die Leichen gefunden hatten. Nur gut, dachte Ralph, dass er das Haus noch nicht gekauft hatte. Wie würde er sich fühlen, wenn man in *seinem* Keller fünf menschliche Gebeine fand?

»Frau Mundt konnte uns eine Beschreibung des Anführers liefern«, ließ sich Ralph zu einem Kompromiss hinreißen. Schließlich war das eine Information, die Körber auch auf anderem Wege hätte erhalten können. »Aber sie würde ihn wohl nicht wiedererkennen. Ihre Augen sind sehr schlecht.«

»Stimmt.« Der Ingenieur nickte. »Das war damals schon ihr Problem, als sie noch gearbeitet hat. Die Schüler haben ihr oft Streiche gespielt, weil sie fast so blind wie ein Maulwurf war. Aber Käthe hat die wunderbare Gabe, Dinge mit Humor zu nehmen. Deshalb ist sie letztlich damit zurechtgekommen.«

Schön für die alte Lehrerin, dachte Ralph, aber wenig hilfreich für die Ermittlungen. Mit Maik Possel und Harald Kromm hatte Käthe Mundt durch die Protestbewegung gegen den Windpark zu tun gehabt, aber offensichtlich in keinem der beiden den ehemaligen Guru aus Körbers Haus wiedererkannt. Weil sie sich verrannt hatten und es keiner der beiden war? Oder einfach nur, weil sie so schlecht sah?

»Und was ist mit Beatrix?«, bohrte Körber weiter. Offenbar hatte er Spaß, sich zum Hobbydetektiv aufzuschwingen. »Beatrix Vogelsang, die da oben in Fuchsrod ihre Traumfänger und Buddhas verkauft. Ich meine, die hat auch schon hier gewohnt, als ich das Haus gekauft habe.«

»Ja, stimmt«, wimmelte Angersbach ihn ab. »Aber Frau Vogelsang kann uns nicht helfen. Sie ist gesichtsblind. Für eine Gegenüberstellung vollkommen nutzlos.«

»Ach. Das ist ja ein Ding. Das wusste ich nicht.«

Aus dem Keller scholl eine Stimme nach oben: »Ralph? Sabine? Kommt ihr mal herunter?«

Angersbach und Kaufmann ließen Körber allein und eilten zu ihren Kollegen. Ralph blieb am Fuß der Treppe stehen, weil sie keine Schutzkleidung trugen.

»Dürfen wir?« Er deutete in den Raum.

»Ja, ja.« Der Kollege, der neben dem Loch stand, das Ralph in den Boden getreten hatte, winkte ihn heran. »Mit der Sicherung sind wir durch. Gibt hier ja auch nicht viel. Dieser Kellerraum da war vermutlich in den letzten zehn, zwanzig Jahren luftdicht verschlossen. Sonst wären die Särge nicht mehr so gut erhalten.« Er deutete auf die Öffnung, die die Kollegen zwischenzeitlich deutlich vergrößert hatten. »Das war tatsächlich mal ein Eiskeller. Da an der Wand gibt es eine Steintreppe, und darüber haben wir Scharniere gefunden. Die zugehörige Falltür fehlt. Wurde wahrscheinlich entfernt, als man den Keller zur Gruft umfunktioniert hat. Das Ganze ist dann relativ sorgfältig mit einer dicken Schicht Zement versehen worden, doch der scheint mit den Jahren bröselig geworden zu sein. Zu viel Feuchtigkeit vielleicht. Sonst wärst du da nicht durchgetreten.«

Seine Kollegen bugsierten die erste der drei Holzkisten aus dem tiefer gelegenen Raum in den eigentlichen Keller. Der Deckel war festgenagelt. Einer der Kriminaltechniker wühlte in seinem Koffer und förderte einen Zimmermannshammer zutage, mit dessen hinterem Ende man Nägel ziehen konnte. Routiniert entfernte er einen nach dem anderen. Dann hoben zwei der Forensiker den Deckel ab.

Im Inneren der Kiste lag ein Skelett, das auf den ersten Blick unversehrt aussah. Keine zertrümmerten Knochen und kein viereckiges Loch von einem Hammer in der Schädeldecke. Erst als der Kollege von der Spurensicherung den Schädel vorsichtig anhob und drehte, entdeckte Ralph ein kleines Loch auf der Rückseite.

Von oben war ein Poltern zu hören. Im nächsten Moment erschien Wilhelm Hack auf der schmalen Treppe. Er schwenkte seine Arzttasche und kam auf Ralph und Sabine zu.

»Wie ich sehe, geben Sie sich alle Mühe, damit mir nicht langweilig wird.« Er blinzelte Ralph zu. »Wirklich ein interessantes Objekt, das Sie da erworben haben.« Er stellte die Tasche ab, schaute in die Kiste und nahm den Schädel heraus. Seine Miene wirkte beinahe enttäuscht, als er ihn untersuchte und Sabine das Loch auf der Rückseite präsentierte, das Ralph bereits gesehen hatte.

»Keine große Herausforderung«, kommentierte der Rechtsmediziner. »Dieser Mann ist erschossen worden.« Er hielt den Totenkopf am ausgestreckten Arm wie Hamlet den Schädel seines Vaters auf der Bühne. Fehlte nur noch, dass er »Ach, armer Yorick« sagte. Hack legte den Kopf des Leichnams zurück in die Kiste. »Schuss in die Schädelbasis. Sieht nach einer Hinrichtung aus.«

Er wartete, bis auch die beiden anderen Kisten nach oben befördert und geöffnet worden waren. Bei beiden bot sich dasselbe Bild: unversehrte Knochen, aber ein kleines Einschussloch im Hinterkopf.

»Scheint, als hätten sich die Mitglieder Ihrer Sekte gegenseitig dezimiert«, stellte Hack fest und nahm seine Tasche wieder auf. »Wenn es denn überhaupt Sektenmitglieder waren und nicht weitere unschuldige Opfer.«

Kaufmann schaute nachdenklich auf die drei Särge. »Ausschließen kann man es nicht. Aber bei so einer Hinrichtung würde ich schon auf jemanden aus den eigenen Reihen tippen. Die Frage ist nur: Warum haben sie sich plötzlich gegenseitig umgebracht?«

»Wahrscheinlich ist ihnen die Moral in die Quere gekommen«, schlug Hack vor, winkte zum Abschied und stiefelte die Treppe hinauf nach oben.

»Möglich«, überlegte Angersbach. »Der Guru und die beiden anderen haben Debus, Beppler und Runzheimer getötet, doch diese drei hier«, er zeigte auf die Gebeine in den Kisten, »wollten nicht mitmachen. Vielleicht haben sie damit gedroht, zur Polizei zu gehen und ihren Anführer hinzuhängen. Das hat sich die Mörderbande nicht gefallen lassen. Sie haben die Abtrünnigen getötet und im Eiskeller versteckt, und dann haben sie das Gerücht verbreitet, dass die ganze Gruppe nach Südamerika ausgewandert sei. Aber in Wirklichkeit hat das keiner von ihnen getan. Sie sind hiergeblieben, irgendwo ganz in der Nähe. Und als die Rücken-Wind entschieden hat, das Projekt auf dem Fuchsrücken nach all den Jahren doch noch zu realisieren, haben sie wieder zugeschlagen.«

Sabine schaute ihn an. »Komisch ist es trotzdem, findest du nicht?«

»Was denn?« Ralph zog sein zerfleddertes Notizbuch aus der Jackentasche und blätterte darin.

»Warum haben sie Beppler und Runzheimer eingemauert, die drei toten Mitglieder dagegen im Eiskeller versteckt?«

Ralph kaute auf seinem Stift, dem man ansah, dass er das nicht zum ersten Mal tat.

»Vielleicht hatten sie ursprünglich vor, den Eiskeller noch zu benutzen, und haben deshalb die Wand genommen. Könnte ja auch sein, dass sie Beppler und Runzheimer vorher im unteren Keller ins Säurebad gelegt oder mit Kalk überschüttet hatten, und dann war ihnen die Sauerei zu groß, oder die Wand im oberen Keller musste ohnehin renoviert werden, und sie wollten zwei Fliegen mit einer Klappe schlagen. Oder sie haben ihre Gesinnungsgenossen nicht eingemauert, weil das nicht zu ihrem Kodex passt. Sie waren zwar Abtrünnige, haben aber trotzdem noch zur Familie gehört und deswegen so etwas wie ein ordentliches Begräbnis bekommen.« Er steckte das Heft und den Stift zurück in die

Tasche, ohne sich etwas notiert zu haben. »Meinst du, das ist wichtig?«

»Keine Ahnung.« Kaufmann hob die Schultern und ließ sie wieder fallen. »Ich dachte nur, es hilft vielleicht, zu verstehen, wie diese Leute ticken.«

Ralph schlug mit der rechten Faust in die offene Handfläche der Linken. »Wenn wir nur wüssten, wer diese Fanatiker waren.«

Kaufmann drehte sich einmal um die eigene Achse, nahm die Wand mit dem Krater und den Durchbruch zum Eiskeller in Augenschein. Dann schaute sie Angersbach nachdenklich an und blinzelte.

»Warum fahren wir nicht zu diesem Schultheiß von der Rücken-Wind und fragen ihn? Er war doch vor zwanzig Jahren dabei, als das Projekt im ersten Anlauf gescheitert ist. Vielleicht hatte er mit der Sekte zu tun und kann uns sagen, ob Possel oder Kromm deren Anführer war.«

Ralph hob den Kopf. Warum war er nicht selbst darauf gekommen?

»Ja«, sagte er und nickte. Das war verdammt noch mal eine gute Idee.

* * *

Auf der Fahrt nach Lauterbach ging Sabine Kaufmann noch einmal alle Berichte durch, die sie bisher bekommen oder selbst erstellt hatten. Sie war überzeugt davon, dass sie mit ihrer Sektenhypothese richtiglagen. Aber wer kam dafür infrage? Sicher war nur, dass Käthe Mundt nicht zu der Sekte gehörte – sie hatte ihr Haus in Fuchsrod auch vor zwanzig Jahren schon bewohnt und nicht in Körbers Haus gelebt. Dasselbe galt für Beatrix Vogelsang, die ihre Traumfänger bastelte und online verkaufte. Die Künstlerin hatte für den Mord an Lubitz zudem ein wasserdichtes Alibi: ihre schwangere Tochter und das Personal im Krankenhaus, das bei der Geburt dabei gewesen war. Und Käthe Mundt fiel ohnehin aus, sie war viel zu alt für die Taten.

Mit Rudolf Berger, der damals den Hof des ermordeten Gert Debus erworben hatte, hatten sie noch nicht gesprochen, weil er auf der Liste der Verdächtigen ganz weit unten stand. Er war erst ein paar Jahre nach den Morden an Debus, Beppler und Runzheimer nach Fuchsrod gezogen, und er hatte außerdem ebenfalls ein Alibi. In der Nacht des Mordes war er mit Johann Gründler zusammen gewesen. Sie kannte Ralphs alten Herrn noch nicht besonders gut und wusste, dass er sich nicht immer getreulich an die Gesetze hielt – der Marihuanageruch in seinem Haus war kaum zu ignorieren –, aber sie war sich sicher, dass er in einer Mordsache nicht gelogen hätte. Insofern konnte man Bergers Befragung vorerst hintanstellen. Und auch das Pärchen von der Sparkasse in Fuchshain hatte ein Alibi, weil die beiden – Norman und Bärbel Rupp – am Abend der Tat bis weit in die Nacht mit Reinhold Körber portugiesische Immobilienangebote gesichtet hatten. Ohnehin war schwer vorstellbar, dass eine Elfenbeauftragte mordete, damit die Geistwesen in den Steinen auf dem Fuchsrücken nicht aus ihrer Heimat vertrieben wurden. Und so, wie sich Norman Rupp verhalten hatte, nahm er die Weltsicht seiner Frau nicht besonders ernst. Kaum eine Grundlage, um einen gemeinschaftlichen Mord zu begehen.

Man konnte es drehen und wenden, wie man wollte, am Ende blieben von den sechzehn – oder siebzehn, wenn man Körber mitrechnen wollte – Bewohnern Fuchsrods nur die Mittelalterfreaks – die Rotfüchse – und die Öko-WG als Tatverdächtige übrig.

Sie blickte auf, weil Ralph über einen Bordstein rumpelte, und stellte fest, dass sie bereits in Lauterbach angekommen waren. Er fuhr auf das Werksgelände der Rücken-Wind AG und stellte den Niva direkt vor dem Bürogebäude ab. Sabine schaltete das Tablet aus und verstaute es in ihrer Handtasche. Vielleicht lieferte Schultheiß ihnen ja etwas Neues, womit sie arbeiten konnten.

Angersbach kletterte behände aus dem Wagen, von seiner gebrochenen Rippe war nichts mehr zu merken. Der Verband, den ihm Otto Fischer angelegt hatte, leistete offenbar gute Dienste. Kaufmann lief hinter ihm her eine Treppe nach oben. Vor einer Tür mit Glaseinsatz blieb er stehen und klopfte an. Eine angenehme Stimme forderte zum Eintreten auf.

Ralph ließ ihr den Vortritt, was sie einigermaßen überrascht zur Kenntnis nahm. Wollte er sich ausnahmsweise tatsächlich mal zurückhalten und ihr die Gesprächsführung überlassen? Die Handbewegung, mit der er sie aufforderte, schien so gemeint zu sein.

Der Mann, der in seinem Büro am Schreibtisch saß, blickte auf. Er sah jünger aus als seine dreiundfünfzig Jahre, die er laut Einwohnermeldeamt auf dem Buckel hatte. Die vollen dunklen Haare waren leicht gelockt und gut geschnitten, der dunkelblaue Anzug von gehobener Qualität. Ein attraktiver Mann mit einem offenen Lächeln, nicht der schmierige Geschäftemacher, den sie erwartet hatte.

Schultheiß erhob sich und blätterte zugleich mit einer Hand in einem Tischkalender. »Guten Tag. Hatten wir einen Termin? Ich kann mich leider nicht erinnern, und ich habe hier auch nichts notiert.« Erst jetzt entdeckte er Angersbach, der hinter Sabine das Büro betrat. »Ach so. Die Polizei. Ich hatte mich schon gewundert. Wir sind eigentlich kein Gewerbe mit Publikumsverkehr.« Er reichte Sabine die Hand. »Dietmar Schultheiß. Ich leite hier die Geschäfte.«

»Kaufmann, LKA Wiesbaden«, sagte Sabine. »Meinen Kollegen Angersbach von der RKI Gießen kennen Sie ja bereits.«

»Nehmen Sie doch Platz.« Schultheiß wies auf eine Sitzgruppe in der Ecke des Raums, hinter der hohe Fenster einen Blick auf den Werkshof gewährten. Sabine sah, wie die gewaltigen Flügel eines Windrads mit einem großen Kran auf einen Sattelschlepper geladen wurden.

»Möchten Sie etwas trinken?«, erkundigte sich der Geschäftsführer und entnahm einem kleinen Kühlschrank neben der Tür ein halbes Dutzend Flaschen, die er auf dem Tisch aufreihte. Aus dem Schrank darüber angelte er Gläser. »Oder lieber einen Kaffee? Dann müsste ich schnell in die Küche und einen aufsetzen. Meine Sekretärin ist schon gegangen; sie arbeitet nur halbtags.«

»Machen Sie sich keine Umstände.« Kaufmann nahm auf einem der beiden Sofas Platz und schenkte sich ein Glas Apfelsaft ein. Fast hätte sie die Hälfte verschüttet, weil sich Angersbach wie ein nasser Sack neben ihr auf die Sitzfläche fallen ließ und die Federung sie ein Stück nach oben beförderte. Im letzten Moment gelang es ihr, das Malheur zu verhindern, indem sie die Flasche rasch in die Senkrechte brachte. Sie warf Angersbach einen vorwurfsvollen Blick zu.

»Für mich auch«, sagte er.

Sabine schüttelte den Kopf. War er so tumb? Oder tat er nur so, als hätte er ihren Ärger nicht bemerkt? Egal. Sie schüttete Saft in sein Glas und anschließend auch in das von Schultheiß, das dieser über den Tisch zu ihr hinschob. Nachdem alle einen Schluck getrunken hatten, setzte sich der Geschäftsführer auf die Sofakante, ließ die Hände zwischen den Knien baumeln und sah Sabine gespannt an.

»Also? Was kann ich noch für Sie tun? Und wieso hat sich jetzt das Landeskriminalamt eingeschaltet? Meinen Sie, Sie finden hier Hinweise auf organisierte Kriminalität? Da sind Sie auf dem Holzweg. Zwischen uns und der Gemeinde Fuchsrücken sind keine illegalen Gelder geflossen, weder an Herrn Lubitz noch an irgendjemanden sonst. Martin und ich haben uns gut verstanden und auch gelegentlich in privaten Kontexten über das Projekt gesprochen, aber es gab kein Gemauschel und auch keine Vorteilsnahme im Amt. Und die Rücken-Wind AG operiert nicht mit Schwarzgeld.«

Kaufmann hob abwehrend die Hände. »Wir haben nichts dergleichen angenommen. Wir würden einfach nur gerne mehr über das Projekt auf dem Fuchsrücken erfahren«, erklärte sie. »Über die Windräder, die Sie dort aufstellen wollten. Nicht jetzt, sondern vor zwanzig Jahren.«

Schultheiß wirkte überrascht. »Glauben Sie, da gibt es einen Zusammenhang?« Offenbar wusste er noch nichts von den Leichenfunden in Körbers Haus. Aber wie hätte er auch davon erfahren sollen? Die Bewohner Fuchsrods hatten offenbar kein Interesse an negativer Presse; bisher hatte es in den Medien keine Berichte über die eingemauerten Leichen gegeben. Und Interesse an einer wie auch immer gearteten Kooperation mit der Rücken-Wind AG hatten sie erst recht nicht.

Der Geschäftsführer schnitt eine Grimasse. »Das war eine ziemliche Pleite damals. Es war im Grunde schon alles in trockenen Tüchern, aber dann war plötzlich der Bürgermeister verschwunden, mit dem wir die Pläne entworfen hatten. Ein Gemeinderatsmitglied wurde ebenfalls vermisst, und einer der Bewohner, der bereit gewesen war, uns sein Grundstück zu verkaufen, hat Selbstmord begangen. Es kursierten Gerüchte, dass wir Bestechungsgelder gezahlt und der Bürgermeister und das Ratsmitglied sich abgesetzt hätten, um einer Strafverfolgung aus dem Weg zu gehen, aber das ist nicht wahr. Wir haben niemanden bestochen. Es war ein gutes Projekt, und die Gemeinde hätte davon profitiert.«

Unten im Hof war das Dröhnen eines schweren Motors zu hören, gleich darauf ein lautes metallisches Scheppern. Schultheiß sprang auf und lief zum Fenster.

»Ach so.« Er entspannte sich wieder, lächelte flüchtig. »Der Fahrer hat bloß die Abfalltonnen gerammt.« Er kam wieder zurück zu Kaufmann und Angersbach und setzte sich. »Und ich dachte schon …«

»Was denn?«, fragte Angersbach, weil er nicht weitersprach.

Schultheiß zögerte kurz. »Ich will niemanden hinhängen. Aber …« Er räusperte sich. »Berger«, sagte er dann. »Rudolf Berger. Ein alter Bauer, der in Fuchsrod wohnt. Der schießt gelegentlich ein wenig übers Ziel hinaus. Bei der letzten Demonstration hier auf dem Gelände hat er Steine geworfen. Ein paar Scheiben unserer Werkshalle sind zu Bruch gegangen. Ich habe das nicht angezeigt und die Fenster einfach ersetzen lassen, weil ich nicht wollte, dass der Konflikt weiter eskaliert. Martin hat das auch so gesehen. Dieser Berger war auch bei ihm zu Hause und hat Unkrautvernichter in seinem Garten ausgekippt, über ein paar Pflanzen, die Martin mit viel Geduld und Liebe selbst gezüchtet hatte. Er mochte es gerne hübsch und akkurat, das hat wohl auch dieser Berger gewusst. Ich nehme an, er wollte ihm demonstrieren, wie es sich anfühlt, wenn jemand die Dinge zerstört, die einem teuer sind. Der Effekt war allerdings der gegenteilige. Martin war stocksauer und wild entschlossen, diesen Berger weichzukochen.«

Kaufmann und Angersbach wechselten einen raschen Blick. Hatten sie Rudolf – »Rudd« – Berger zu schnell von der Liste der Verdächtigen gestrichen, weil ihm Ralphs Vater ein Alibi gegeben hatte? War es entgegen ihrer Einschätzung eine Gefälligkeit gewesen? Sie würden wohl doch eher früher als später mit Berger sprechen müssen. Sabine sah ihrem Kollegen an, wie unbehaglich er sich damit fühlte.

»Warum muss es denn ausgerechnet der Fuchsrücken sein?«, fragte er aggressiv, typisch für ihn. Je mehr ihn etwas berührte, desto ruppiger wurde er. »Gibt es keinen anderen Standort? Einen, für den man nicht einen jahrhundertealten Eichenbestand abholzen und ein komplettes Dorf entsiedeln muss?«

Schultheiß legte die Hände auf die Knie. »Wir haben das nicht leichtfertig entschieden. Es gab eine Reihe von Vorschlägen, wo wir die Windräder aufstellen könnten. Wir haben alle Möglichkeiten geprüft. Auf dem Fuchsrücken herrschen mit Abstand die besten Bedingungen für diese Region. Und was das Dorf angeht – das ist ja nur eine ganz kleine Siedlung. Nur eine Handvoll Häuser. Wir hatten den Bewohnern attraktive Alternativen zur Verfügung gestellt.«

»Aber die wollten nicht«, erwiderte Angersbach schroff.

»Das ist am Anfang immer so. Die Menschen mögen keine Veränderungen. Für gewöhnlich ändert sich das, wenn man die passenden Anreize schafft.«

Ralph sah aus, als wollte er weiter darüber diskutieren, doch Sabine schnitt ihm das Wort ab. »Gab es damals ebenfalls eine Protestbewegung?«

Der Geschäftsführer nickte. »Wir haben eine Flut von Briefen bekommen, und es gab auch Demonstrationen, genau wie jetzt.«

Sie nippte an ihrem Apfelsaft und schaute kurz aus dem Fenster, um ihre Gedanken zu ordnen.

»Was dachten Sie, weshalb Beppler und Runzheimer abgetaucht sind?«, fragte sie dann.

Schultheiß hob die Hände. »Ich habe es nicht verstanden. Wir waren uns einig, und Manfred und Werner waren total euphorisch. Es war eine echte Herzensangelegenheit, alternative Energien direkt hier in der Region. Jeder von uns hatte damals noch Tschernobyl im Kopf. Wie wir hier oben hockten und nicht wussten, ob die Wolke schon da ist oder nicht. Und dann dieser Lichtblick. Weg von der Atomkraft, hin zu nachhaltigen Verfahren.« Er ließ die Arme wieder sinken und verschränkte die Finger. »Mir war sogar der Gedanke gekommen, dass man die beiden entführt hatte, um das Projekt mit Gewalt zu verhindern. Erpressung, verstehen Sie? Aber es gab nie eine Forderung. Und die beiden sind auch nicht wieder aufgetaucht, als das Projekt nach Debus' Selbstmord längst vom Tisch war.«

»Sie konnten nicht«, sagte Ralph. »Sie waren tot.«

»Wie bitte?« Schultheiß riss die Augen auf. »Tot? Sie meinen … ermordet? So wie Lubitz?«

»Und Gert Debus. Nach allem, was wir mittlerweile wissen, müssen wir davon ausgehen, dass alle vier demselben Täter zum Opfer gefallen sind.«

Der Geschäftsführer schluckte und fuhr sich mit der Hand über den Mund. Fahrig griff er nach seinem Apfelsaft und leerte das Glas in einem Zug, ehe er es klappernd zurück auf den Tisch setzte. »Aber das ist ja … schrecklich.« Sein Gesicht wurde blass. »Wissen Sie … wer?«

»Nein.« Sabine rutschte auf der Sitzfläche nach vorn und schaute Schultheiß eindringlich an. »Deshalb sind wir hier. Sie waren damals schon Geschäftsführer der Rücken-Wind

AG. Können Sie sich erinnern, ob es eine Person gibt, die damals wie heute bei den Demonstrationen dabei war? Oder Briefe geschrieben hat?«

Ein Schatten fiel über das Gesicht des Geschäftsführers, und Sabine meinte, in seinen Augen etwas aufblitzen zu sehen. Hatte er eine Idee?

Schultheiß' Blick huschte zu Angersbach, dann durch das bodentiefe Fenster zu dem Sattelschlepper mit den Windradflügeln im Hof. Er griff nach einer Flasche Wasser, öffnete sie und setzte sie an den Mund. Gluckernd leerte er sie und wischte sich anschließend mit dem Handrücken über die Lippen.

»So auf Anhieb: Nein.«

Sabine sank enttäuscht auf dem Sofa zurück. Hatte sie sich getäuscht? Wusste Schultheiß wirklich nichts? Oder verbarg er etwas vor ihnen?

Der Geschäftsführer stellte die Flasche zurück auf den Tisch.

»Aber ich könnte versuchen, es herauszufinden«, bot er an. »Wir haben Aufnahmen. Die hat das Werksschutzunternehmen gemacht, das für uns tätig ist. Von den Demonstrationen damals und von denen in den letzten Wochen. Vielleicht kann man darauf erkennen, ob irgendjemand von den heutigen Bewohnern schon damals dabei war. Und man könnte die Briefe sichten, ob es welche mit demselben Absender gibt.«

»Wenn Sie uns die Dokumente aushändigen, übernehmen wir das gerne«, erklärte Kaufmann, die einen Hoffnungsschimmer sah.

Schultheiß blickte auf seine Armbanduhr. »Könnten Sie morgen wiederkommen? Die Briefe und Aufnahmen aus den letzten Wochen habe ich zur Hand, aber die von damals sind irgendwo im Archiv. Ich müsste erst danach suchen, und das wird eine Weile dauern. In den letzten zwanzig Jahren sind etliche Ordner dazugekommen und Rechner und Festplatten ausgetauscht worden. Und meine Sekretärin ist, wie gesagt, auch erst morgen früh wieder da. Aber wenn Sie gegen Mittag kommen, habe ich vielleicht etwas für Sie.«

»Können wir die Aufnahmen der letzten Wochen sofort mitnehmen?«, fragte Angersbach.

»Ja, selbstverständlich. Warten Sie einen Moment.« Der Geschäftsführer stand auf und trat an einen Metallschrank. Er zog ein umfangreiches Schlüsselbund aus der Hosentasche und öffnete die Tür. Im Inneren befanden sich mehrere Aktenordner, eine Reihe ordentlich aufgereihter CD- oder DVD-Hüllen und eine kleine Plastikbox, die USB-Sticks enthielt. Schultheiß blickte sich um und nahm aus einem Regal einen faltbaren Karton, in den er die Sticks und die CDs legte.

»Wir glauben, dass es damals in Fuchsrod eine Sekte gab, die vehement gegen die Windräder auf dem Fuchsrücken gekämpft hat«, bemerkte Kaufmann. »Ist Ihnen in dieser Hinsicht vielleicht etwas aufgefallen?«

Wieder meinte sie, ein leichtes Zucken in Schultheiß' Miene zu bemerken, doch erneut schüttelte er den Kopf.

»Nein. Tut mir leid. Davon weiß ich nichts.« Er hob den Karton auf und stellte ihn auf den Tisch. »Kann ich sonst noch etwas für Sie tun?«

Sabine tauschte sich wortlos mit Ralph aus und sah, dass er ebenso wie sie im Augenblick nicht weiterwusste. Fast gleichzeitig standen sie auf.

»Danke«, sagte Sabine und reichte Schultheiß die Hand, während Ralph den Karton mit den Aktenordnern und CDs nahm. »Wir kommen morgen Mittag wieder und holen uns die Aufnahmen von den Demonstrationen damals ab.«

* * *

Dietmar Schultheiß stützte die Hände aufs Fensterbrett und schaute durch die Scheibe in den Hof, wo die beiden Kommissare in einen alten, dunkelgrünen Lada Niva stiegen und vom Gelände fuhren. Mit dem Handrücken wischte er sich den Schweißfilm von der Stirn.

War es richtig gewesen, die Idee, die ihm durch den Kopf geschossen war, für sich zu behalten? Aber es war nicht seine Art, mit halb garen Überlegungen herauszuplatzen. Er dachte die Dinge lieber in Ruhe durch, bevor er sich äußerte. Vielleicht täuschte er sich ja. Er würde im Archiv nach den alten Aufnahmen und Protestbriefen forschen. Möglicherweise entdeckte er dabei etwas, das ein ganz anderes Bild ergab. Und wenn nicht ... dann konnte er den Polizisten immer noch von seinem Verdacht berichten.

Er war so in seine Gedanken versunken, dass er das Knarren der Tür nur mit halbem Ohr wahrnahm. Erst als er die Schritte hörte, die durch den Teppich gedämpft wurden, begriff er, dass sich ihm jemand von hinten näherte. Er wollte sich umdrehen, doch er war zu langsam. Ein Arm legte sich ihm wie ein Schraubstock um den Hals und nagelte ihn an seiner Position fest.

»Hey«, protestierte er. »Was soll das?«

Er griff nach dem Arm des Angreifers und spürte rauen Wollstoff unter den Fingern. Mit beiden Händen versuchte er, sich Luft zu verschaffen. Die Umklammerung lockerte sich ein wenig, und Schultheiß sog gierig den Sauerstoff ein, der in seine Lungen strömte. Dann stach ihn etwas in den Hals.

Er erschrak so, dass seine Gegenwehr für eine Sekunde erlahmte, und sofort wurde der Klammergriff wieder enger. Schultheiß zerrte erneut am Arm des Angreifers. Er legte seine ganze Kraft in die Bewegung, doch seine Hände wollten ihm nicht mehr gehorchen. Sein Gegner drückte ihm die Halsschlagader ab und verhinderte, dass seine Muskeln angemessen mit Sauerstoff versorgt wurden. Das Bild vor seinen Augen verschwamm und wurde durch seltsame bunte Wirbel ersetzt, und seine Knie waren plötzlich butterweich. Seine Arme fielen hinab, als hätte jemand ein Halteseil gekappt. Der Angreifer ließ ihn los, doch Schultheiß hatte nicht mehr die Kraft, sich umzudrehen. Er konnte sich nicht einmal mehr auf den Beinen halten. Mit einem leisen Stöhnen sank er auf die Knie und kippte zur Seite. Die bunten Wirbel verschwanden, und alles wurde schwarz.

* * *

Sabine Kaufmann schob einen der USB-Sticks, die Schultheiß ihnen gegeben hatte, in den Schlitz ihres Tablets. Darauf befanden sich mehrere mit Zeitstempel gekennzeichnete Videodateien, alle aus den letzten drei Monaten. Kaufmann begann mit der ältesten. Der Film zeigte eine kleine Gruppe von Leuten, die vor dem Gebäude der Rücken-Wind AG Aufstellung bezogen hatte und großformatige Transparente schwenkte.

Keine Windräder auf dem Fuchsrücken
Hände weg von Fuchsrod
Erst kommt der Mensch, dann der Profit

Man konnte sehen, dass die Demonstranten Parolen skandierten, doch das Video hatte keinen Ton. Dafür war die Bildqualität exzellent. Sabine erkannte Harald Kromm in der ersten Reihe, wo er augenscheinlich den Takt angab. Sie hatte es doch gewusst. Kromm hatte das Zeug zum Leitwolf. Maik

Possel dagegen stand mit seiner Frau und seinen Kindern in der zweiten Reihe, ebenso Otto Fischer und Norman und Bärbel Rupp von der Sparkasse Fuchshain. In vorderster Front dagegen befanden sich Bernd Henke und Nina Wollmacher und eine Frau in weiten, weich fließenden pink und violett gefärbten Gewändern – Beatrix Vogelsang, die Frau mit den Traumfängern. Neben ihr standen ein knorriger Bauer mit finsterer Miene, den Sabine als Rudolf oder »Rudd« Berger identifizierte – und Ralphs Vater, unverkennbar mit den langen grauen Haaren, dem dichten Bart und der Weste aus braun gemusterter, grob gestrickter Wolle, die an griechische Schafhirten erinnerte.

Ralph bog ruppig wie immer auf die Landstraße in Richtung Fuchshain und warf nebenbei einen Blick auf das Display.

»Keine Überraschungen dabei, oder?«, fragte er.

»Nein.« Sabine schaltete das Tablet aus. »Interessant wird es erst, wenn wir die Bilder von vor zwanzig Jahren haben. Wenn wir Glück haben, ist dieser Sektenführer darauf zu sehen. Und wenn es richtig gut läuft, erkennen wir ihn wieder.«

»Bisher habe ich nicht das Gefühl, dass in diesem Fall irgendwas gut läuft«, grummelte Ralph.

Er schwieg, bis sie die Brücken über den Fuchsbachzufluss und den Fuchsbach überquerten.

»Glaubst du das?«, fragte Sabine, nachdem sie sich endlich dazu durchgerungen hatte, den Konflikt nicht zu vermeiden. »Wir werden jedenfalls kaum drum herumkommen, diesen Rudd noch mal unter die Lupe zu nehmen. Kannst du dir vorstellen, dass dein Vater ihn irgendwie schützt?« Sie steckte das Tablet zurück in die Handtasche.

Angersbach kaute auf seiner Unterlippe. »Ich weiß es nicht«, sagte er schließlich leise. »Aber wir sind Polizisten.

Wir müssen alle denkbaren Möglichkeiten in Erwägung ziehen, auch wenn sie uns nicht gefallen.«

Er fuhr mit Schwung die Straße nach Fuchsrod hinauf, vorbei an Körbers Haus und denen von Käthe Mundt und Beatrix Vogelsang. Vor Rudolf Bergers Hof blieb er stehen und stellte den Motor ab. Entschlossen stieg er aus. Sabine folgte ihm und dachte, dass das zu den Dingen gehörte, die sie an ihm schätzte. Dass er immer ehrlich und geradeaus war. Bei Zeugenbefragungen manchmal zu direkt, aber was die Ermittlungen insgesamt anging, ein guter Charakterzug.

Angersbach ging auf die Tür des Wohnhauses zu, drehte aber ab, weil von unten das Dröhnen eines Traktormotors zu hören war. Sie umrundeten das Gebäude und sahen, wie Rudolf Berger mit einem alten und für heutige Verhältnisse geradezu winzigen Traktor die Schotterpiste von seinen Feldern heraufführ. Er steuerte seine Fahrzeughalle an und verschwand darin. Sabine überlegte, ob er sie nicht gesehen hatte, doch die Frage wurde eine Minute später klar beantwortet. Rudolf Berger trat aus der Halle, eine Schrotflinte im Anschlag, und kam mit wuchtigen Schritten auf sie zu.

»Was wollen Sie hier? Gehören Sie auch zu den Schergen von der Rücken-Wind? Verschwinden Sie! Und sagen Sie diesem Möchtegerndiktator Schultheiß, dass er sich seine Windradspargel in den Arsch schieben kann.«

Ralph hob abwehrend die Hände. »Wir sind nicht von der Rücken-Wind AG, sondern von der Polizei. Sabine Kaufmann und Ralph Angersbach.«

Berger ließ die Flinte sinken. Die buschigen Augenbrauen in seinem wettergegerbten Gesicht zogen sich zusammen. »Angersbach? Der Sohn vom Hans?«

»Richtig.« Ralph streckte die Hand aus. Berger betrachtete sie, als hielte Angersbach ihm einen toten Fisch hin. Er war deutlich kleiner als ihr Kollege, hatte aber ausgesprochen breite Schultern und für sein Alter sehr kräftige Beine, die in abgewetzten braunen Cordhosen steckten. Dazu trug er schlammverschmierte grüne Gummistiefel, eine verwaschene blaue Arbeitsjacke und eine ebenfalls blaue Kappe.

»Heißt ja, der Apfel fällt nicht weit vom Stamm«, knurrte der Bauer. »Aber der Wurm kann trotzdem drin sein. Oder das ganze Obst faul.« Er musterte Ralph von oben bis unten. »Dabei siehst du eigentlich ganz vernünftig aus. Gar nicht wie einer von den typischen Schergen des kapitalistischen Ausbeutersystems.«

Angersbach schnaubte: »Können wir vielleicht sachlich bleiben?«

»Bitte.« Berger legte die Flinte locker in der Armbeuge ab. »Worum geht's denn?«

»Sie haben bei der Rücken-Wind AG mit Steinen geworfen?«, fragte Sabine.

»Hat Schultheiß mich deshalb angezeigt?«, wollte der Bauer wissen.

»Nein.«

»Also. Was wollen Sie dann?«

»Es geht um den Mord an Martin Lubitz. Wir haben gehört, dass es früher hier in Fuchsrod eine Sekte gegeben haben soll, die etwas damit zu tun haben könnte.«

»Pah. Das haben Sie von Käthe, stimmt's?« Berger verdrehte die Augen. »Blödsinn.«

»Sie können sich nicht vorstellen, dass jemand aus Ihrer Protestbewegung zu einer solchen Gruppierung gehört hat?«

»Quatsch.« Der Bauer wandte sich halb ab, hielt es offenbar nicht für nötig, das Gespräch fortzusetzen. »Das sind alles vernünftige Leute. Die Einzige, die eine Schraube locker hat, ist Beatrix. Traumfänger, so ein Unfug. Aber dass sie bei einer Sekte mitmacht, glaube ich nicht.«

Kaufmann stimmte ihm zu. Beatrix Vogelsang hatte die Existenz der Sekte bestätigt, aber auch gesagt, dass sie selbst nicht dazugehört hatte. Das hatte glaubhaft gewirkt.

»Was meinen Sie denn, wer Martin Lubitz ermordet hat?«, erkundigte sie sich.

Berger schwenkte den Lauf der Flinte in ihre Richtung.

»Keine Ahnung. So was passiert halt, wenn im großen Stil geschoben und gemauschelt wird.«

»Sie denken, bei der Vergabe des Auftrags für den Windpark ist nicht alles mit rechten Dingen zugegangen?«

Der Bauer lachte abfällig und ruckte den Kopf in Richtung des Höhenzugs.

»Einen solchen Wald holzt man nicht ohne Not ab. Da braucht es schon die richtige Motivation.« Er rieb Daumen und Zeigefinger der linken Hand aneinander. »Man weiß doch, wie dieses System funktioniert. Korruption, Bestechung, Klüngelei.« Er fixierte Ralph. »Oder hat dein Vater dir das nicht beigebracht?«

Angersbach stopfte die Hände in die Taschen seiner Wetterjacke.

»Der hat mir überhaupt nichts beigebracht«, entgegnete er bitter. »Ich habe ihn vor ein paar Jahren erst kennengelernt.«

»Stimmt.« Die Miene des Bauern wurde für einen Moment weicher. »Er hat mir das erzählt. Diese Geschichte mit dem Hopfmannsfelder Galgen. Dein Bruder. Schlimme Sache, wie?«

»Halbbruder. Ja.«

Sabine sah, dass sich Ralph mit Unbehagen an die Ereignisse vor ein paar Jahren erinnerte, und ihr selbst ging es nicht anders. Es war ein verdammt heikler Fall gewesen, der sie alle beinahe das Leben gekostet hatte.

»Sie können uns also nicht weiterhelfen? Und in der Nacht, als Lubitz ermordet wurde, waren Sie mit Johann Gründler zusammen?«

»Das habe ich Ihren Kollegen schon gesagt«, grollte Berger. »Glauben Sie mir nicht? Oder meinst du vielleicht, dein alter Herr hat etwas damit zu tun?« Er funkelte Ralph an.

»Nein«, antwortete Sabine an dessen Stelle und machte Angersbach ein Zeichen, dass sie das Gespräch fürs Erste beenden sollten. Rudd Berger würde sie nicht weiterbringen.

Ralph nickte. »Danke für Ihre Zeit.« Er wandte sich zum Gehen, ohne Berger zum Abschied die Hand zu bieten. Auch Sabine nickte dem Bauern nur kurz zu. Den schien das nicht zu kratzen. Er klemmte sich die Flinte fester unter den Arm und machte sich auf den Rückweg zu seiner Fahrzeughalle.

Sabine meinte, ihn etwas murmeln zu hören wie: »Dann kann ich ja jetzt weiterarbeiten, ohne dass mich die Staatsgewalt belästigt.« Weil es sie in den Fingern juckte, hielt sie ihn zurück: »Ach, Herr Berger?«

»Ja?« Der Bauer drehte sich widerwillig noch einmal halb um.

»Wie ist das eigentlich mit Ihnen? Was tun Sie, wenn die Rücken-Wind AG das Dorf tatsächlich entsiedelt? Ihren Hof können Sie dann ja nicht mehr bewirtschaften.«

Berger spuckte aus. »Ich bin alt genug. Ich kann mich zur Ruhe setzen. Und wenn wir gegen die Rücken-Wind verlieren, kriege ich einen Haufen Kohle für mein Land.« Ein Blitzen trat in seine Augen, und er grinste Ralph an. »Schätze, ich nehme dann das Angebot von deinem alten Herrn an. Alten-WG auf dem Gründler-Hof.« Er kehrte ihnen wieder den Rücken zu und reckte die Flinte in die Luft.

»Es lebe die Revolution!«, rief er und marschierte mit strammen Schritten davon.

Angersbach blickte ihm nach und stöhnte: »Das fehlt mir gerade noch.« Er sah aus, als wollte er Berger nachlaufen und ihm noch ein paar Takte mit auf den Weg geben. Sabine erwischte ihn am Ärmel.

»Lass es.«

»Hm.« Angersbach stiefelte zurück zu seinem Niva und warf sich hinters Steuer. Sabine folgte ihm. Kaum saß sie und griff nach dem Gurt, hatte Ralph schon den Motor angelassen und wendete ruppig.

Während er den Wagen durchs Dorf und über die Brücken auf die Landstraße nach Gießen jagte, schaute Sabine grübelnd aus dem Seitenfenster auf die Wiesen und Felder, die in rascher Folge vorbeizogen.

Hatte Rudd Berger recht, dass bei der Vergabe des Auftrags Geld geflossen war? Sie rief sich Dietmar Schultheiß' Gestik und Mimik bei der Befragung ins Gedächtnis. Seine Beteuerungen, dass alles mit rechten Dingen zugegangen war, hatten aufrichtig gewirkt. Kein Zucken der Mundwinkel, kein heftiges Blinzeln, keine Schweißperlen auf der Stirn, und auch die Hände hatten locker zwischen den Knien gebaumelt. Keine Abwehrhaltung, keine Fluchtimpulse.

Anders sah es dagegen aus, als sie ihn gefragt hatte, ob es jemanden gab, der damals wie heute bei den Demonstrationen dabei gewesen war. Da glaubte sie, als Reaktion einen Schatten auf seinem Gesicht wahrgenommen zu haben, ein kurzes Aufblinken in den Augen. Sie konnte es noch immer vor sich sehen. Man konnte über die Existenz fotografischer Gedächtnisse durchaus streiten. Aber eines zu haben (oder zumindest etwas in der Art) war von Vorteil.

Ralph warf ihr einen raschen Blick zu. »Worüber denkst du nach?«

Sabine räusperte sich: »Ich glaube, Schultheiß verheimlicht uns etwas. Er hat einen Verdacht, wollte ihn aber nicht äußern.«

Angersbach blinkte und bretterte mit zu viel Schwung um die nächste Kurve. Der Lada näherte sich gefährlich dem Straßengraben und rasierte ein paar Streifen vom niedrigen Buschwerk ab, holperte dann aber zurück auf die Fahrbahn.

»Weshalb sollte er das tun?«, brummte Angersbach, nachdem er das Fahrzeug stabilisiert hatte, ohne dass ihn das Manöver sonderlich zu beunruhigen schien. »Er hat doch kein Interesse daran, Lubitz' Mörder zu decken. Der ruiniert ihm schließlich das Projekt, für das er seit zwanzig Jahren kämpft. Und nicht nur das. Ich habe gestern Abend mal die alten Zeitungsberichte gesichtet. Schultheiß war ein aufgehender Stern am Himmel der Rücken-Wind AG, aber das gescheiterte Projekt in Fuchsrod hat ihm einen ordentlichen Karriereknick beschert. Es hat Jahre gedauert, bis seine Position so weit gefestigt war, dass sie ihn wieder zum Geschäftsführer ernannt haben. Und jetzt droht sich die ganze Geschichte zu wiederholen.«

Sabine bedachte das einen Moment. »Dann will er den Täter vielleicht nicht decken, sondern sich persönlich an ihm rächen, statt ihn der Gerichtsbarkeit zu überlassen«, schlug sie vor.

»Hm.« Angersbach wandte Sabine den Kopf zu. »Klingt logisch. Aber meinst du, Schultheiß ist der Typ dafür? Das ist doch so ein typischer Sesselfurzer. Glaubst du, der hat die Eier, sich einen Mehrfachmörder höchstpersönlich vorzuknöpfen?«

Kaufmann hob die Augenbrauen.

»Was?«

»Ich stutze nur ob deiner überaus gewählten Ausdrucksweise«, versetzte Sabine.

»Ach so.« Angersbach bremste erneut zu knapp vor der nächsten Abzweigung und schlitterte mit quietschenden Reifen durch die Kurve. Kaufmann stöhnte.

»Bevor wir das nächste Mal zusammenarbeiten, machst du einen Fahrkurs.«

Ralph lachte. »Wozu denn? Dreißig Jahre unfallfrei, habe ich doch gesagt.«

»Ja, ja.« Sabine, die auf dem Beifahrersitz zur Seite gerutscht war, setzte sich wieder aufrecht hin.

»Du denkst also, Schultheiß will nicht den Rächer spielen?« Sie rief sich das Bild des Geschäftsführers noch einmal vor Augen. »Wahrscheinlich hast du recht. Er ist nicht der Typ dafür.« Sie seufzte. »Vielleicht bilde ich mir das auch nur ein, dass er komisch reagiert hat. Oder ich täusche mich, und es gab doch heimliche Absprachen und Schmiergeldzahlungen zwischen Lubitz und der Rücken-Wind. Und er will nicht, dass es rauskommt.«

»Wir könnten einen Beschluss beantragen und uns die Geschäftsunterlagen der Rücken-Wind AG vornehmen«, meinte Ralph. »Aber wenn da gemauschelt wurde, sind die Zahlungen wahrscheinlich so geschickt auf irgendwelchen Konten versteckt, dass man es kaum nachvollziehen kann. Oder Schultheiß hat Lubitz aus privaten Mitteln geschmiert, vielleicht sogar bar. Dann kann man es gar nicht zurückverfolgen. Aber eigentlich glaube ich auch nicht, dass es ums Geld geht. Wenn wir nur den toten Lubitz hätten, okay. Aber bei sechs Leichen und dieser ritualisierten Tötung … wenn das nicht diese Sekte war, fresse ich einen Besen. Und ob Schultheiß uns etwas verheimlicht hat, werden wir ja sehen, wenn wir morgen die Aufzeichnungen bekommen.« Er ruckte sein Kinn in Richtung der Uhr am Armaturenbrett. »Wollen wir noch irgendwo anhalten und zu Abend essen, oder soll ich uns bei mir zu Hause etwas zaubern?«

Sabine überlegte nur kurz. »Mir reicht Hausmannskost. Anschließend können wir uns bei dir schon mal die Sticks, CDs und Briefe ansehen, die Schultheiß uns mitgegeben hat. Umso schneller sind wir morgen beim Vergleichen.«

»Einverstanden. Dann mache ich Klöße in grüner Soße.« Ralph grinste. »Davon müssten noch ein paar Dosen hinten in der Speisekammer stehen.«

Sabine, die von ihrer psychisch kranken Mutter, mit der sie mehrere Jahre zusammengelebt hatte, Schlimmeres gewohnt war, zuckte nur mit den Schultern. »Ist mir recht.« Dabei linste sie heimlich zu Ralph hinüber und sah, dass er enttäuscht den Mund verzog. Sie feixte. Wenn er sie schockieren wollte, musste er schon früher aufstehen.

* * *

Der Mann schaute auf den Geschäftsführer der RückenWind AG, der gefesselt im Kofferraum seines eigenen Wagens lag. Wie vorteilhaft, dass Schultheiß stets im hintersten Winkel des Geländes parkte. Sei es aus Angst vor Vandalismus oder nur, weil ihm zu viele Kontakte unangenehm waren. Zu dieser Tageszeit sollten sich nicht mehr allzu viele Personen im Gebäude befinden, und falls doch, würde kaum einer sehen, was sich hier abspielte.

Schultheiß hatte die Augen geöffnet, konnte den Blick aber nicht fokussieren. Seine Augäpfel verdrehten sich mal nach links, mal nach rechts, mal nach oben. Dazu faselte er irgendetwas, das der Mann nicht verstehen konnte, was vor allem an dem Knebel lag, den er dem Geschäftsmann in den Mund gestopft hatte.

Er griff nach dem Kofferraumdeckel und wollte ihn schließen, als ihm ein Detail auffiel, das er zuvor noch nicht bemerkt hatte: Die schicke Anzughose des Geschäftsführers war im Schritt dunkel und feucht. Schultheiß hatte sich eingenässt.

Der Mann lächelte grimmig. Das war kein schlechter Anfang. Aber bei dem einen Mal würde es sicherlich nicht bleiben. Er pfiff leise vor sich hin und zog kräftig an der Kofferraumklappe. Der Deckel fiel mit einem satten Knall ins Schloss.

15

Sabine Kaufmann erwachte von einem schrillen Klingeln. Sie schlug die Augen auf. Draußen war es noch stockfinster. Nur das fahle Licht einer Straßenlaterne fiel in den Raum und warf lang gezogene Schatten. Sabine sah sich um und brauchte einen Moment, um sich zu orientieren. Sie musterte die beigebraunen Sitzpolster, das leicht schiefe Regal, in dem Bücher, CDs und Schallplatten in wildem Durcheinander lagen, und den Fernsehwagen, auf dem ein Flachbild-TV stand, ein Gerät der ersten Generation, wuchtig und dick und mit einem breiten Rand um den Bildschirm. Der Fernseher war winzig, verglichen mit den großen High-End-Lautsprechern und der Stereoanlage inklusive Plattenspieler, die rechts und links davon aufgebaut waren. Das Wohnzimmer von Ralph Angersbach.

Das unangenehme Klingeln wiederholte sich. Was war das? Ralphs Wecker? Sabine drehte sich auf die Seite und sah, dass die Tür zum Flur geschlossen war. Angersbachs Schlafzimmer befand sich am anderen Ende. Wenn das Geräusch von dort käme, müsste es gedämpfter sein. Nein, die Lärmquelle befand sich hier im Raum.

Sie richtete sich halb auf und ließ den Blick durch das spärlich beleuchtete Zimmer schweifen. Schließlich entdeckte sie ein altmodisches Tastentelefon auf einem kleinen Hocker neben dem Sofa. Oben am Gerät blinkte ein rotes Lämpchen.

Sabine warf die Bettdecke beiseite und schlüpfte in die Pantoffeln, die Ralph ihr geliehen hatte, damit sie sich auf dem Dielenboden, der seit Jahren vergeblich darauf wartete, abgeschliffen zu werden, keinen Splitter in die Fußsohle jagte. Sie hämmerte an Ralphs Tür. »Ralph! Telefon!«

Von der anderen Seite hörte sie ein Grunzen. »Dann geh doch ran.«

»Okay.« Sabine wandte sich ab und eilte zurück. Zum Glück war der Anrufer geduldig. Als sie den Apparat erreicht hatte, schrillte er immer noch. Sabine nahm den Hörer ab und warf nebenbei einen Blick auf die Wanduhr, deren Zeiger im Laternenlicht schimmerten. Es war erst kurz nach fünf. Ihr wurde mulmig.

»Kaufmann, bei Angersbach«, meldete sie sich.

»Nolting, KDD«, schnarrte der Mann am anderen Ende. »Geben Sie mir bitte Kriminaloberkommissar Angersbach.«

Aus dem mulmigen Gefühl wurde ein Schauer, der ihr über den Rücken lief.

»Hier spricht Sabine Kaufmann vom LKA Wiesbaden«, entgegnete sie. »Was ist denn passiert?«

Nolting zögerte kurz, weil er sie nicht kannte, entschied dann aber, dass er es sich lieber nicht mit jemandem von einer übergeordneten Behörde verscherzen wollte.

»Wir haben einen Notruf von den Kollegen aus Lauterbach. Im Wald bei Fuchshain wurde eine männliche Leiche gefunden.«

»Auf dem Fuchsrücken?«

»Ja. Kennen Sie die Gegend?«

»Wir bearbeiten den Fall gemeinsam. Ist der Tote schon identifiziert?«

»Nein. Die Kollegen sagen, er trägt eine schwarze Kapuze über dem Kopf, und sie wollten nichts anfassen, bevor die Spurensicherung da war.«

»Gut.« Sabine atmete tief ein und aus, um ihr rasendes Herz zu beruhigen. »Sagen Sie den Kollegen, wir machen uns auf den Weg. Wir sind in etwa einer halben Stunde dort. Informieren Sie die Rechtsmedizin und die Kriminaltechnik, oder sollen wir das übernehmen?«

»Das erledige ich sofort«, versprach Nolting.

»Wenn es irgendwie möglich ist, versuchen Sie dafür zu sorgen, dass sich Professor Hack die Sache ansieht. Vermutlich gibt es einen Zusammenhang mit dem Leichenfund von vor vier Tagen.«

»Ich tue mein Bestes.«

»Danke, Kollege.«

»Over and out«, sagte Nolting und legte auf. Sabine schaute einen Moment verdutzt auf den Hörer. Nolting wollte anscheinend Karriere machen und höhergestellten Kollegen im Gedächtnis bleiben. Ein Faible für militärischen Gehorsam war dabei nicht unbedingt ein Hindernis. Aber man sollte auch einen Kopf haben, den man zum Denken benutzte.

Sie legte den Hörer auf und klopfte wieder an Ralphs Schlafzimmertür.

»Ralph? Wir müssen los. Es gibt einen weiteren Toten in Fuchshain.«

Sie ging ins Bad, um sich zu waschen, die Zähne zu putzen und ein schnelles Make-up aufzulegen. Als sie herauskam, wunderte sie sich, dass er noch nicht in der Küche stand und Kaffee kochte. Sie schlüpfte in ihre Kleider und klopfte erneut an Ralphs Schlafzimmertür. Von drinnen war ein Schnarchen zu hören, das irgendwie zufrieden klang, wie von einem Bären, der sich gerade den Bauch mit frischen Lachsen vollgeschlagen hatte. Ein Wunder nach dem Abendessen, das tatsächlich aus Dosenklößen mit einer wenig schmackhaften grünen Soße bestanden hatte.

Sabine klopfte noch einmal, lauter dieses Mal, doch drinnen rührte sich nichts, Ralph schnarchte unbeeindruckt weiter. Sie drückte die Klinke hinunter und betrat das Zimmer, in dem es stockfinster war. Anders als im Wohnzimmer gab es hier Jalousien. Sabine tastete an der Wand nach dem Lichtschalter. Die Deckenlampe flammte auf und tauchte den Raum in ein grelles Licht. Wie konnte man sich einen derartigen Scheinwerfer in einem Schlafzimmer installieren? Zumindest wirkte es sofort. Angersbach riss die Augen auf und blinzelte.

»Sabine.« Er räusperte sich, weil seine Stimme knarzte. »Was ist los?«

Sie sagte es ihm, und er war binnen Sekunden auf den Beinen. »Warum hast du mich nicht geweckt?«

Sabine verdrehte die Augen. »Habe ich. Aber du warst wohl noch im Halbschlaf.«

»So?« Er zuckte mit den Schultern. »Ich muss nur schnell ins Bad. Setzt du einen Kaffee auf? Nicht dass wir am Ende vor lauter Müdigkeit noch irgendwo gegenfahren.«

Da sie das bei Ralphs Fahrstil ohnehin stets befürchtete, kam sie der Bitte gerne nach.

»Ich hab da ein ganz beschissenes Gefühl«, rief er aus der offen stehenden Badezimmertür, die Zahnbürste im Mund. »So eine Vorahnung.«

Sabine schaute zu, wie der Kaffee aus dem Filter in die Kanne tropfte.

»Ja. Ich auch«, murmelte sie.

* * *

Als sie oben auf dem Fuchsrücken ankamen, kroch die Sonne bereits langsam über die Baumwipfel. Die Lichtung, zu der sie ein Streifenbeamter gelotst hatte, war nicht dieselbe wie die, auf der sie Lubitz gefunden hatten, doch sie war von ähnlicher Form. Auch hier gab es einen großen, flachen, weißen Stein in der Mitte, der vermutlich von den pensionierten Lehrern der Fuchshainer Gruppierung ebenso als vorchristlicher Opferstein eingestuft wurde wie jener, auf dem man den Bürgermeister der Gemeinde Fuchsrücken abgelegt hatte.

Auch auf diesem Opferstein lag ein Mann. Nackt, mit offensichtlich zerschlagenen Gliedmaßen. Auf die Brust war mit einem Brandeisen das Wort »Verrat« eingebrannt worden. Über dem Kopf hatte er eine schwarze Kapuze ohne Öffnungen, die mit einer Kordel am Hals zugeschnürt worden war.

Ralph Angersbach zupfte an den Latexhandschuhen, die er über die Finger gezogen hatte. Sein Magen rebellierte. Säure brannte ihm in der Kehle. Hatte der Täter das Gesicht des nächsten Opfers ebenso verstümmelt wie das von Lubitz? Auf der anderen Seite hatte der Bürgermeister keine Kapuze über dem Kopf gehabt, also hatten sie vielleicht Glück. Wobei man bei einer derart übel zugerichteten Leiche kaum von Glück sprechen durfte.

»Du oder ich?«, fragte er Sabine Kaufmann, die ebenfalls Handschuhe übergestreift hatte.

»Weder noch«, schimpfte jemand aus dem Hintergrund. »Das ist immer noch meine Aufgabe. Nachdem die Spurensicherung durch ist, natürlich.«

Ralph drehte sich um und sah Professor Wilhelm Hack zwischen den Bäumen hindurch auf sie zukommen. Ein Kriminaltechniker, der in der Nähe stand, signalisierte dem Rechtsmediziner mit erhobenem Daumen, dass er seinen Part in Angriff nehmen konnte.

»Das ging ja schnell«, begrüßte Ralph ihn.

»Was dachten Sie?«, polterte Hackebeil. »Dass ich mir erst eine Folge *CSI: Miami* reinpfeife, ehe ich mir das nächste Opfer eines Serienmörders anschaue?«

Ralph stopfte die Hände in die Jackentaschen. Hack hatte selten gute Laune, doch heute war seine Stimmung noch gereizter als gewöhnlich. Da war es das Beste, wenn man einfach den Mund hielt.

Der Rechtsmediziner beugte sich über den Toten.

»Das Muster ist ja mittlerweile bekannt«, stellte er fest. »Zertrümmerte Gliedmaßen, vermutlich mit einem Hammer. Brandmal auf der Brust. Würde mich wundern, wenn die Todesursache etwas anderes war als ein eingeschlagener Schädel.« Er nestelte an der Kordel der Kapuze und löste den Knoten. »Sind Sie bereit?«

Ralph war es nicht, aber er nickte trotzdem. Sabine hielt die Luft an. Hack zog die Kapuze vom Kopf des Toten.

Immerhin war das Gesicht tatsächlich nicht verstümmelt. Die einzige Verletzung war eine tiefe, rechteckige Wunde über dem linken Ohr. Trotzdem krampfte sich Ralphs Magen zusammen, weil er den Toten kannte. Sie hatten gestern Abend noch mit ihm gesprochen.

»Scheiße«, krächzte Kaufmann neben ihm. »Hätten wir das verhindern können? Wenn wir ihn gründlicher in die Mangel genommen hätten?«

Hack schaute zu ihr auf. »Sie wissen, wer das ist?«

»Dietmar Schultheiß«, presste Ralph hervor. »Geschäftsführer der Rücken-Wind AG.«

»Wir haben ihn gestern vernommen«, erklärte Sabine. »Und ich hatte den Eindruck, dass er etwas wusste, was er uns nicht verraten wollte.«

Hack erhob sich und zog die Latexhandschuhe mit einem schnalzenden Geräusch von den Fingern.

»Es war seine Entscheidung«, verkündete er ungerührt. »Wenn er einen Verdacht hatte und ihn für sich behalten hat, hat er sich gegen jede Vernunft selbst in Gefahr gebracht. Sie tragen dafür keine Verantwortung.«

Angersbach ballte die Hände in seinen Taschen zu Fäusten. In Hackebeils Welt gab es kein Grau, nur Schwarz und Weiß. Für ihn selbst waren die Dinge nicht so einfach, und Sabines Miene nach zu urteilen ging es ihr nicht anders.

»Wir kriegen die Drecksau, die das getan hat«, sagte sie rau. Dann wandte sie sich ab und marschierte über den von den Kriminaltechnikern gekennzeichneten Trampelpfad auf der Lichtung zurück zu dem Waldweg, auf dem Ralphs Wagen stand. Angersbach verabschiedete sich von Hack und folgte ihr.

»Warum?«, fragte sie, als er sie eingeholt hatte. »Warum hat er nicht mit uns geredet? Wen hatte er in Verdacht? Und weshalb hat er seine Vermutung nicht mit uns geteilt?«

»Ich weiß es nicht«, sagte Ralph. »Aber wir finden es heraus.«

Sie erreichten den Weg, den die Schutzpolizisten mit rotweißem Flatterband abgesperrt hatten.

Neben Angersbachs Lada stand der Mann, der die Leiche gefunden hatte. Es war Anton Zöllner, der pensionierte Biologielehrer mit seinem Dackel Lotte. Er trug wieder sein Jägeroutfit und war fast genauso grün im Gesicht wie der Lodenmantel, der ihm über die schmalen Schultern hing.

»Nie wieder gehe ich diesen Weg«, jammerte er, als Ralph bei ihm angekommen war. »Damit rechnet doch keiner. Dass man innerhalb einer Woche zweimal über eine Leiche stolpert.«

»Warum waren Sie mitten in der Nacht hier oben unterwegs?«, erkundigte sich Kaufmann. Der Notruf beim Kriminaldauerdienst war gegen halb fünf eingegangen; Zöllner musste den Toten also gegen halb vier, vier entdeckt haben.

»Ich konnte nicht schlafen«, erklärte der Pensionär. »Seit ich vor vier Tagen den Ermordeten entdeckt habe, plagen mich Alpträume. Ich dachte, ein Spaziergang hilft. So eine Art Konfrontationstherapie, verstehen Sie? Wenn ich sehe, dass wieder alles in Ordnung ist, verblassen die Schreckensbilder vielleicht. Aber jetzt ...«

»Sie sollten sich fachkundige Hilfe besorgen«, empfahl Kaufmann. »Ich nehme an, Sie haben nichts beobachtet? Jemanden, der noch vor Ort war? Ein unbekanntes Fahrzeug gesehen? Oder etwas gehört?«

Zöllner schüttelte den Kopf. »Da war nichts. Es war eine herrlich stille, milde Frühlingsnacht. Und dann das ...«

Angersbach legte ihm kurz die Hand auf die Schulter. »Machen Sie das, was meine Kollegin Ihnen empfohlen hat. Holen Sie sich Hilfe. Sonst werden Sie die Bilder nie wieder los.«

»Ja.« Zöllner nickte ihm zu und trottete davon, Dackel Lotte an der Leine hinter ihm.

Ralph sah ihm nach, bis er zwischen den Bäumen verschwunden war. »Und was jetzt?«

Kaufmann blickte grimmig zwischen den hellgrün leuchtenden Eichen ins Tal. »Jetzt stellen wir bei der RückenWind alles auf den Kopf. Irgendetwas muss es da geben. Die Aufzeichnungen der Demonstrationen von damals. Sämtliche Geschäftsunterlagen, inländische und ausländische Konten, alle Geldein- und -ausgänge. Unterlagen, Notizen, Drohbriefe. Irgendeinen Hinweis darauf, was Schultheiß gewusst hat.«

Angersbach nickte. »Wenn das Zeug noch da ist«, unkte er und zog sein Smartphone hervor, um einen Trupp Beamte anzufordern, die die Firma und das Werksgelände durchkämmten. Anschließend telefonierte er mit der Staatsanwaltschaft und beantragte einen Durchsuchungsbeschluss. Nicht ganz die richtige Reihenfolge, doch Ralph hatte keine Zweifel, dass der zuständige Untersuchungsrichter seiner Argumentation folgen würde.

* * *

Die Streifenpolizisten schwärmten auf dem Gelände der Rücken-Wind AG aus und nahmen sich sämtliche Geschäftsräume und Werkstätten vor. Um das Büro des Geschäftsführers kümmerten sich Kaufmann und Angersbach selbst. Ralph angelte zwei Flaschen Bionade aus dem Kühlschrank und schenkte ein. Dann nahm er sich den ersten der langen Reihe von Aktenordnern vor, während sich Sabine an den Schreibtisch setzte und Schultheiß' Rechner hochfuhr.

Ralph blätterte durch die Geschäftsberichte der vergangenen Jahre. Die Auftragslage war gut, Rücken-Wind baute Windräder überall in der Republik, nicht nur in Hessen, auch wenn dort der Schwerpunkt lag. Anscheinend ging man bei der Auswahl der Standorte tatsächlich sorgfältig vor. Zu jedem Projekt gab es eine umfangreiche Recherche, die mögliche Orte auslotete, zu jedem davon ein Gutachten, außerdem ausführliche Vorgespräche mit den jeweiligen Gemeinden und den Anwohnern der geplanten Areale. Auch Protestschreiben fanden sich reichlich. Alle waren von Schultheiß freundlich und verständnisvoll beantwortet worden. Es sah so aus, als wären – abgesehen von dem vor zwanzig Jahren gescheiterten Projekt – alle Entscheidungen einvernehmlich zwischen dem Unternehmen, den Gemeinden und der Bevölkerung getroffen worden.

Angersbach nahm sich den Ordner vor, der die Dokumentation zum Fuchsrücken-Projekt vor zwanzig Jahren enthielt. Auch hier hatte man nach Alternativen geforscht, doch den Gutachten zufolge eignete sich in der näheren Umgebung tatsächlich kein Höhenzug auch nur annähernd so gut wie die Fläche bei Fuchsrod. Ausrichtung, Strömungen, Windverhältnisse – es stimmte einfach alles. Was den Wirkungsgrad und die Effizienz anging, wäre die Windkraft auf dem Fuchsrücken ein Vorzeigeprojekt. Dumm nur, dass sich die Bewohner so vehement gegen die Entsiedlung stemmten. Schon damals hatten Käthe Mundt und Beatrix Vogelsang lautstark gegen das Projekt protestiert – die einzigen der heutigen Bewohner, die nach bisherigem Kenntnisstand schon damals dort gelebt hatten. Hinweise auf die Sekte, die in Körbers Haus residiert hatte, fand er keine.

Aber wenn ihre Theorie stimmte, hatten diese ja auch nicht mit Briefen und Transparenten ihren Unmut zum Ausdruck gebracht, sondern Nägel mit Köpfen gemacht und die Verantwortungsträger einfach aus dem Weg geräumt, genauso, wie sie Gert Debus beseitigt hatten, der seine Verkaufsbereitschaft signalisiert hatte. Auch von ihm fand sich ein Brief in dem Ordner, in dem er versuchte, den Preis für sein Grundstück in die Höhe zu treiben, sich generell aber verhandlungswillig zeigte. Er hatte wohl so tief in der Schuldenfalle gesteckt, dass ihm keine andere Wahl geblieben war. Und dafür hatte er mit dem Leben bezahlt, ebenso wie der damalige Bürgermeister Manfred Beppler und das Gemeinderatsmitglied Werner Runzheimer, die führenden Köpfe der Gemeinde Fuchsrücken in dieser Sache.

Das passte zu dem, was sie bisher ermittelt oder sich erschlossen hatten, doch es brachte sie dem Mörder keinen Schritt näher. Ralph stellte den Ordner zurück ins Regal und griff nach dem nächsten. Er wollte ihn gerade aufschlagen, als Sabine, die in Schultheiß' Computerdokumenten stöberte, ein überraschter Laut entfuhr.

»Das glaubst du jetzt nicht.«

Ralph legte den Ordner beiseite. »Was denn?«

Sie zeigte auf den Bildschirm. »Sieh dir das an.«

Was er sah, war ein Auflösungsvertrag mit einem Ingenieur, der bis vor einem halben Jahr für die Rücken-Wind AG gearbeitet hatte. Man bot dem Mann eine beträchtliche Abfindung, wenn er sich bereit erklärte, nicht erst mit fünfundsechzig, sondern bereits jetzt, im Alter von sechzig Jahren, in den Ruhestand zu gehen. Mit voller Rentenzahlung trotz der fehlenden Arbeitsjahre.

»Sehr nobel«, kommentierte Ralph. »Aber was ist daran so interessant?«

»Der Name des Ingenieurs«, sagte Sabine und scrollte im Dokument nach oben, damit Angersbach die entsprechende Zeile lesen konnte.

Reinhold Körber.

Ralph blinzelte. »Körber war Ingenieur bei der Rücken-Wind? Davon hat er mir nichts gesagt.« Angestrengt versuchte er sich an die erste Begegnung mit dem Hausbesitzer zu erinnern. »Er sprach nur von«, jetzt fiel es ihm wieder ein, »einem *regionalen Energieunternehmen*.«

»Das war nicht gelogen. Aber vielleicht auch nicht die ganze Wahrheit. Die beiden, Schultheiß und Körber, könnten da was am Laufen gehabt haben wegen des Windparks. Vielleicht hat Körber Schultheiß erpresst, damit er ihn in die goldene Freiheit entlässt.«

Angersbach dachte nach. »Möglich. Aber nicht gerade ein Mordmotiv, oder? Höchstens umgekehrt, wenn Schultheiß irgendwas Illegales getan hätte und nicht wollte, dass es rauskommt. Aber es ist ja nicht Körber, der tot ist.«

»Stimmt.« Kaufmann studierte noch einmal den Auflösungsvertrag. »Aber wenn da nichts faul war, weshalb hat Körber dann nie erwähnt, dass er bei der Rücken-Wind AG war? Und Schultheiß hat auch nichts dergleichen erzählt.«

»Du meinst, die haben sich nicht einvernehmlich getrennt? Es gab Streit, und Körber hatte trotz der fetten Abfindung noch eine Rechnung mit Schultheiß offen? Irgendwas, das ihn so gequält hat, dass er die Gelegenheit beim Schopf gepackt und Schultheiß ermordet hat, um es so aussehen zu lassen, als hätte Lubitz' Mörder erneut zugeschlagen?«

»Hältst du das für ausgeschlossen?«

»Nein.« Er musterte seine Kollegin. »Aber nicht für besonders plausibel. Die Tötungsmethode ist bei allen Opfern identisch. Es muss derselbe Täter gewesen sein wie bei Lubitz und den Toten von damals. Von den Details ist nichts an die Öffentlichkeit gelangt. Es sei denn, dieser pensionierte Biologielehrer …«

»Anton Zöllner.«

»Genau. Es sei denn, Zöllner hat geplaudert.«

»Man müsste herausfinden, ob er Körber kennt.« Sabine war offenbar nicht von ihrer Idee abzubringen. Ralph verstand es nicht so recht, aber vielleicht war das weibliche Intuition. Nicht zuletzt deswegen hatte er sie gebeten, ihn zu unterstützen.

»Ich veranlasse das.« Er telefonierte kurz mit den Kollegen aus Lauterbach und bat sie, den Rentner danach zu befragen.

»Völlig ausschließen können wir nicht, dass wir es mit einer Nachahmungstat zu tun haben«, sagte er, während er das Smartphone zurück in die Tasche steckte. »Ich glaube das nicht, aber lass es uns trotzdem mal durchspielen. Problem Nummer eins: Körber hat für den Mord an Lubitz ein Alibi.

Die portugiesischen Immobilien, die er sich gemeinsam mit Norman und Bärbel Rupp angesehen hat.«

Sabine blickte durch ihn hindurch in die Ferne. »Stimmt. Die Zeitstempel auf den heruntergeladenen Angeboten. Die beweisen, dass irgendjemand zur Tatzeit tatsächlich an Körbers Rechner nach Häusern an der Algarve gesucht hat.«

Ralph fuhr sich mit beiden Händen durch die verstrubbelten Haare. Musste er jetzt selbst den Advocatus Diaboli spielen? Er ging zum Tisch und leerte seine Bionade in einem Zug. Sein Mund war plötzlich wie ausgetrocknet. »Das kann man leicht manipulieren. Man muss nur Datum und Uhrzeit am Rechner verstellen, dann kann man die Dateien mit jedem beliebigen Zeitstempel versehen.«

»Okay.« Sabine rollte mit Schultheiß' Bürostuhl ein Stück vom Schreibtisch weg. »Wir können also nicht ausschließen, dass Reinhold Körber seinen früheren Boss ermordet hat, weil es zwischen den beiden irgendwelche Streitigkeiten gab, die auch durch die großzügige Abfindung und die Frühpension nicht ausgeräumt werden konnten. Eine Nachahmungstat? Oder hat er auch Lubitz und vor zwanzig Jahren Debus, Beppler und Runzheimer und die drei im Eiskeller getötet?«

»Weshalb denn?«

»Weil er damals selbst ein Mitglied der Sekte war.« Sie schüttelte den Kopf. »Das macht keinen Sinn. Dann hätte er wohl kaum ein Jahr später das Haus erworben? Man kauft doch kein Haus, wenn man weiß, dass fünf Leichen im Keller versteckt und eingemauert sind.«

»Zumindest verhindert man damit, dass sie jemand anders versehentlich entdeckt«, entfuhr es Ralph. Er nahm sich eine weitere Bionade aus dem Kühlschrank. »Aber für ein Motiv ist das alles zu dünn. Könnte ja auch sein, dass Körber nur deshalb nichts von der Rücken-Wind gesagt hat, weil es ihm peinlich war, dass er nicht aus eigenen Stücken gegangen ist, sondern vielleicht genötigt wurde. Wir wissen nicht, was da vorgefallen ist. Eventuell hat er Mist gebaut und war dankbar, dass ihm Schultheiß trotzdem einen ehrenvollen Abgang ermöglicht hat. Und wegen der Fehler, die er gemacht hat, hat er sich so geschämt, dass er nicht darüber reden will. Oder man hat ihm nahegelegt zu gehen, weil man das Unternehmen verjüngen wollte, und er war gar nicht böse darüber. Die Abfindung ist wirklich üppig.« Er rieb sich das Kinn. »Für die Summe würde ich auch in Erwägung ziehen, in den Ruhestand zu gehen. Und so ein Lebensabend in Portugal ... Sonne, Strand und Meer ... Gerade wenn man noch rüstig ist und es genießen kann ...« Er ließ den Gedanken in der Luft hängen.

Sabine nippte grübelnd an ihrem Glas. »Ja, du hast recht: Körber ist kein besonders plausibler Verdächtiger. Lass ihn uns trotzdem im Hinterkopf behalten.« Sie stellte das Glas zurück. »Wir sollten noch mal mit den Angestellten der Rücken-Wind sprechen. Die Kollegen haben sie ja schon befragt, ob jemand etwas gesehen hat, aber vielleicht ist irgendwem noch etwas eingefallen, das ein wenig Licht ins Dunkel bringen kann. Oder jemand weiß etwas über das Verhältnis zwischen Schultheiß und Körber. Ob es vielleicht doch Streit oder heftige Differenzen gab.«

»Das machen wir. Jetzt sofort.« Ralph trank die Bionade direkt aus der Flasche. Nachdem sie leer war, knallte er sie auf den Tisch. »Wirklich zu blöd, dass es keine Überwachungskameras für die Bürogebäude und den Parkplatz gibt, sondern nur für den Hof und die Werkshallen. Sonst hätten wir den Täter vielleicht auf Band.«

* * *

Drei Stunden später warf er entnervt sein Notizheft auf den Schreibtisch. Die Befragung der Mitarbeiter der Rücken-Wind AG hatte nicht den Hauch eines Hinweises darauf erbracht, dass Schultheiß und Körber anders als korrekt und freundlich miteinander umgegangen waren. Alle schilderten Körber als ausgeglichenen und höflichen Mann, der nie die Stimme erhoben hatte oder gar aus der Haut gefahren war. Dasselbe galt für Schultheiß. Wenn es bei der Rücken-Wind Probleme gab, löste man sie durch konstruktive Gespräche, notfalls im Beisein eines Mediators. Kaum zu glauben, aber Schultheiß' Führungsstil schien über jeden Zweifel erhaben gewesen zu sein. Wahrscheinlich war das seine Strategie gewesen, um nach dem Fuchsrücken-Desaster vor zwanzig Jahren zurück in die Führungsetage zu gelangen, und es hatte funktioniert, auch wenn Ralph davon überzeugt war, dass Schultheiß ein Wolf im Schafspelz gewesen war. Gegenüber den Bewohnern von Fuchsrod und der Protestbewegung war von einer versöhnlichen Haltung jedenfalls nichts zu spüren gewesen. Da war es ausschließlich um Prestige und Profit gegangen. Für die eigene Belegschaft dagegen war er anscheinend so etwas wie ein fürsorglicher Vater gewesen.

War der Auflösungsvertrag zwischen Körber und der Rücken-Wind also doch im gegenseitigen Einvernehmen aufgesetzt worden? Hatte man den Ingenieur gar nicht nötigen müssen zu kündigen, weil er selbst gehen wollte? Vielleicht war er ja auch krank und wollte lieber früher als später seinen sonnigen Lebensherbst an der Algarve verbringen, bevor es dafür zu spät war. Dann hätte Körber erst recht kein Motiv gehabt, Schultheiß zu töten. Und einen Grund für die Morde an Lubitz, Beppler, Runzheimer und den Unbekannten in seinem Keller schon gar nicht. Überhaupt – warum hätte er bereits vor zwanzig Jahren morden sollen? Angersbach schwante, dass sie sich heillos verrannt hatten. Dass Körber Ralph gegenüber von einem *regionalen Energieunternehmen* statt von der Rücken-Wind AG gesprochen hatte, konnte tausend Gründe haben.

Aber wenn die Frühverrentung Körbers Wunsch entsprochen hatte, warum dann die außergewöhnlich hohe Abfindung? Bonuszahlungen mochten in der freien Wirtschaft üblich sein, aber dass man das Geld einem Mitarbeiter hinterherwarf, der den Betrieb verließ und für den man Ersatz finden musste?

Er schaute zu Sabine, die durch die Notizen auf ihrem Tablet blätterte.

»Das war ein Schuss in den Ofen, oder?«

»Sieht so aus.« Kaufmann schaltete das Gerät aus und steckte es ein. »Aber wir sollten trotzdem Körbers Alibi nachprüfen.«

Angersbach stand auf und reckte sich. Im selben Moment klingelte sein Smartphone. Er angelte es aus der Tasche. Am anderen Ende meldete sich einer der Kollegen von der Dienststelle in Lauterbach.

»Wir haben mit dem Auffindungszeugen gesprochen«, berichtete dieser. »Anton Zöllner, wohnhaft in Rückenrod.«

»Ja, ja.«

»Er hat ausgesagt, dass er Herrn Reinhold Körber, wohnhaft in Fuchsrod, nicht kennt. Und er hat versichert, dass er mit niemandem über den Zustand der beiden Toten gesprochen hat, schon gar nicht mit der Zeitung.«

»Glaubhaft?«

»Absolut. Die Presse hat offenbar noch keinen Wind davon bekommen, dass er über die Leichen gestolpert ist. Er sagte: ›Von der Journaille war noch niemand hier.‹ Klang so, als würde ihn das ein bisschen kränken.«

Ralph lachte grimmig. »Okay. Danke, Kollege.« Er beendete das Gespräch und sah zu Sabine, die am Fenster stand und auf den Werkshof schaute. »Kein Kontakt zwischen Körber und Zöllner oder unserem Biologielehrer und der Presse. Ich denke, einen Nachahmungstäter können wir ausschließen.«

Kaufmann brummte irgendetwas. Sie blickte weiter konzentriert aus dem Fenster und winkte ihn heran. Angersbach trat zu ihr.

»Siehst du den jungen Mann da hinten?« Sie deutete auf eine schmale Gestalt in hellblauen Jeans und passender Jeansjacke, die mit Eimer und Schwamm um einen schwarzen Mercedes herumging, der weiter hinten im Hof stand, und das Fahrzeug sorgfältig wusch.

»Sicher. Ich bin ja nicht blind.«

»Erinnerst du dich an ihn? Haben wir den befragt?«

Angersbach schlug sich mit der flachen Hand vor die Stirn. Manchmal war er wirklich begriffsstutzig. »Nein. Haben wir nicht.«

Fast synchron wandten sie sich von der Scheibe ab und eilten aus Schultheiß' Büro. Kurz darauf standen sie neben dem Mann, der konzentriert den Mercedes polierte.

»Verzeihung?«

Der Mann blickte auf. Aus der Nähe erkannte Ralph, dass er nicht so jung war, wie er aus der Ferne gedacht hatte, eher Mitte dreißig als Mitte zwanzig.

Er stellte Sabine und sich vor und sagte dann: »Wir haben heute Morgen alle Firmenangestellten gebeten, zu einer Befragung in das Büro von Herrn Schultheiß zu kommen. Sie waren nicht dort.«

Der Mann stellte den Eimer ab. »Tut mir leid. Das habe ich nicht mitbekommen. Ich bin heute früh gleich von zu Hause aus nach Frankfurt zu unserer Schwesterfirma gefahren, um dort wichtige Konstruktionsunterlagen abzugeben. Herr Schultheiß möchte nicht, dass die mit der Post verschickt werden. Er hat sie mir gestern Abend überreicht. Der Mercedes hat einen Tresor im Kofferraum.« Er lächelte entschuldigend. »War mächtig viel Verkehr auf der Autobahn. Ich bin eben erst zurückgekommen und habe mich sofort darangemacht, den Wagen zu waschen. Herr Schultheiß mag es nicht, wenn er staubig ist.«

»Herr Schultheiß ist tot«, sagte Ralph und sah, wie Sabine die Augen verdrehte. Aber wie, bitte, sollte man eine solche Nachricht zartfühlend verpacken?

»Was?« Der Mann wurde bleich. »Mir hat keiner was gesagt.«

Kein Wunder eigentlich, denn Ralph und Sabine hatten die Firmenangestellten nach der Befragung nach Hause geschickt, und die Kollegen von der Schutzpolizei hatten die Durchsuchung des Firmengeländes abgeschlossen. Es war einfach niemand mehr da, der den Mann hätte informieren können. Was ihm eigentlich hätte auffallen müssen. Aber vielleicht hatte er ja gedacht, dass sämtliche Kollegen gerade in der Mittagspause waren. Oder er gehörte zu den Menschen, die ihre Umgebung gar nicht richtig wahrnahmen.

»Was ... was ist denn passiert?«, keuchte er. »Ein Unfall?«

»Nein.« Kaufmann trat einen Schritt näher an ihn heran. »Er wurde ermordet.«

»Er... ermordet?« Der Mann sah aus, als bekäme er keine Luft mehr. »Aber ...«

Sabine legte ihm kurz eine Hand auf die Schulter. »Darf ich fragen, wer Sie sind?«

»Jer...«, er hustete, »Jeremias Keller. Ich bin ... war ... der persönliche Fahrer von Herrn Schultheiß.«

»Seit wann?«, erkundigte sich Ralph.

»Zehn … elf Jahre, ungefähr«, stotterte Keller, der sichtlich Mühe hatte, die Fassung zurückzugewinnen.

»Da haben Sie ja sicher einiges mitbekommen«, sagte Sabine freundlich. Der sachliche Ton schien ihn zu beruhigen.

»Äh. Ja. Was genau wollen Sie denn wissen?«

»Wenn Sie schon so lange dabei sind, kennen Sie auch Reinhold Körber, nicht wahr?«

»Klar. Den habe ich auch gelegentlich gefahren.« Etwas Sehnsüchtiges schlich sich in Kellers Miene. »Bei der letzten Tour hat er mir erzählt, dass er an die Algarve auswandert.« Er seufzte. »Das würde mir auch gefallen.«

»Dann tun Sie es doch. Fahrer werden in Portugal wahrscheinlich auch gebraucht.« Ralph sah, wie Sabine leicht den Kopf schüttelte. Okay, er war ein wenig vom Thema abgekommen. Aber er hatte ohnehin keine große Hoffnung. Warum sollte Keller etwas anderes sagen als all seine Kollegen, die sie befragt hatten?

»Das geht nicht«, erwiderte Keller ernst. »Meine Mutter ist krank. Sie hat Multiple Sklerose. Ich pflege sie.«

»Tut mir leid.« Angersbach zog die Schultern hoch.

»Schicksal«, gab Keller zurück. »Eigentlich wollte ich nach dem Zivildienst studieren. Aber dann ist meine Mutter krank geworden. Schultheiß hat mir die Stelle als Fahrer angeboten, damit ich in ihrer Nähe bleiben kann, und ich habe angenommen. Wir wohnen hier in Lauterbach.«

»Wie sind Sie mit den beiden zurechtgekommen?«, fragte Ralph. »Mit Schultheiß und Körber?«

»Bestens. Die waren immer sehr freundlich zu mir. Beide.«

Angersbach warf Kaufmann einen vielsagenden Blick zu. Er hatte es doch gewusst.

Sabine ignorierte ihn. »Und wie war das Verhältnis zwischen den beiden?«, erkundigte sie sich. Ralph seufzte. Aber sie hatte ja recht. Auch wenn man keine Hoffnung hatte, etwas Neues zu erfahren, musste jede Befragung mit derselben Sorgfalt geführt werden.

»Bis vor einem Jahr war alles paletti«, entgegnete Keller, und Angersbach horchte auf. »Aber in den Monaten bevor Körber gegangen ist, haben sie häufiger gestritten.«

»Ach ja?« Ralph musterte den Fahrer skeptisch. »Und wie kommt es, dass außer Ihnen niemand etwas davon mitbekommen hat?«

Keller zuckte mit den Schultern. »Da oben in der Etage, wo Schultheiß und Körber ihre Büros haben – also: hatten –, arbeitet ja sonst niemand. Nur die Sekretärin von Schultheiß, aber die ist bloß vormittags da. Ich habe da ja eigentlich auch nichts verloren.« Er zierte sich ein wenig. »Es ist nur so, dass ich immer dort zur Toilette gehe. Unten in der Halle sind die so … klebrig. Und auf dem Weg dorthin kommt man eben am Büro von Herrn Schultheiß vorbei. Da habe ich es gehört.«

Angersbach verspürte ein Kribbeln in den Fingerspitzen. »Worüber haben die beiden gestritten?«

Keller versteifte sich. »Genau weiß ich das nicht. Ich habe ja nicht gelauscht. Ich habe nur ihre Stimmen gehört. Es ging um irgendwelche Vereinbarungen. Körber hat gebrüllt, dass Schultheiß ihm etwas versprochen hätte und sich jetzt nicht daran halten würde.«

Sabine Kaufmann machte sich Notizen. »Sie sind sich sicher, dass es Schultheiß und Körber waren?«

Der Fahrer nickte. »Ich habe das absolute Gehör. Wollte eigentlich was mit Musik machen beruflich. Ich erkenne jeden Menschen, mit dem ich einmal gesprochen habe, an seiner Stimme.«

Angersbach war skeptisch, doch Sabine, die ja – sozusagen – über den absoluten Blick verfügte, nickte bloß. Offenbar war sie mit dieser Erklärung vollkommen zufrieden. Sie musste es ja wissen. Er, Ralph, war nur ein gewöhnlicher Sterblicher ohne ein besonderes Talent und konnte solche Inselbegabungen nicht beurteilen.

Kaufmann dachte nach. »Sie wissen wahrscheinlich nichts über das Windkraftprojekt auf dem Fuchsrücken, das Schultheiß vor zwanzig Jahren geplant hat, oder? Da waren Sie ja erst …«

»Dreizehn. Nein. Ich weiß nichts darüber. Aber Sie können meine Mutter fragen.«

»Ihre Mutter?«

Keller nickte. »Sie war bis vor elf Jahren, als man die Multiple Sklerose diagnostiziert hat, die Sekretärin von Herrn Schultheiß. Deswegen hat er mir ja die Stelle als Fahrer gegeben.«

Kaufmann lächelte Angersbach an, sichtlich zufrieden, dass ihre Hartnäckigkeit einen so reichen Ertrag gebracht hatte.

»Geben Sie uns die Adresse?«

Keller deutete auf den Mercedes. »Am besten, ich fahre Sie hin. Sie werden sonst Probleme haben, sich mit meiner Mutter zu unterhalten.«

* * *

Als Jeremias Keller die Tür zum Wohnzimmer öffnete, hätte Angersbach am liebsten auf dem Absatz kehrtgemacht, das sah ihm Sabine an der Nasenspitze an. Aber auch sie selbst war geschockt, obwohl sie in den letzten Jahren dank ihrer Mutter viel mit Krankheit und Tod zu tun gehabt hatte.

Mitten im Wohnzimmer der Familie, das mit künstlichen Blumen und Glasfigürchen in Vitrinen vollgestopft war, stand ein Krankenhausbett. Darin lag eine Frau, die blass und ausgemergelt aussah. Die hellblauen Augen blickten trüb zur Decke, die teils blonden, teils grauen Haare waren ordentlich gekämmt. Die Hände lagen bewegungslos auf der Bettdecke. Auch in ihrem Gesicht zeigte sich keine Regung. In einem Lehnstuhl neben dem Bett saß eine winzige, uralte Frau und strickte. Die Gläser ihrer Brille waren so dick, dass das Gewicht der Sehhilfe eine Delle in ihre Nase drückte.

»Hallo, Oma«, sagte Keller und gab der alten Frau einen Kuss auf die Wange. Dann trat er ans Krankenbett und streichelte seiner Mutter über den Handrücken. »Hallo, Mama.« Kaufmann bemerkte ein kurzes Aufflackern in ihren Augen. Ansonsten rührte sich nichts.

»Ich habe Besuch mitgebracht«, sagte Keller. »Frau Kaufmann und Herrn Angersbach von der Kriminalpolizei. Sie haben ein paar Fragen zu dem Windkraftprojekt, das vor zwanzig Jahren auf dem Fuchsrücken entstehen sollte. Ich habe ihnen gesagt, dass du vielleicht etwas weißt.«

Die Lippen der Frau im Bett öffneten sich.

»Wawosinwisn?«

Angersbach schluckte hörbar. Jeremias Keller warf ihm einen kurzen Blick zu.

»Die Multiple Sklerose zerstört die Nervenbahnen. Zuerst das Laufen, in späteren Stadien auch das Schlucken und Sprechen. Meine Mutter kann nur noch zwei Finger der rechten Hand bewegen und die Zunge in eingeschränktem Maße. Essen und trinken kann sie nicht mehr selbst, aber sie ist vollkommen klar im Kopf. Sie begreift alles, was man sagt, und sie antwortet auch. Man versteht sie nur sehr schlecht. Aber ich bin daran gewöhnt. Ich kann für Sie übersetzen.«

Sabine Kaufmann nahm entschlossen einen der schweren Wohnzimmerstühle, stellte ihn neben das Bett und setzte sich. Sie legte ihre Hand auf die der kranken Frau und lächelte. »Was hat sie denn gesagt?«

»Sie hat gefragt, was Sie wissen möchten.«

»Ah.« Kaufmann nickte.

Kellers Großmutter legte ihr Strickzeug beiseite und erhob sich schwerfällig aus dem Sessel. Jeremias griff ihr unter die Arme und reichte ihr den Stock, der an der Wand lehnte. »Wo willst du denn hin?«

»Ich gehe mal einen Kaffee für die Gäste machen.«

»Das ist nicht nötig«, wehrte Angersbach ab. Man musste kein Hellseher sein, um zu erkennen, dass ihm die Atmosphäre in dem engen Zimmer Bauchschmerzen verursachte. So schnell wie möglich hier wieder raus, das war das Einzige, was er wollte, und Sabine konnte es ihm nachempfinden. Auch sie hatte das Gefühl, dass die niedrige Decke jederzeit auf sie herabstürzen und sie begraben könnte.

»Doch, doch«, sagte die Alte und löste sich von ihrem Enkel. »Das gehört sich so.«

Kaufmann blickte die MS-kranke Frau im Bett an. »Wir interessieren uns für Dietmar Schultheiß und Reinhold Körber«, erklärte sie. »Und für die Windräder, die vor zwanzig Jahren auf dem Fuchsrücken aufgestellt werden sollten.« Sie überlegte, Jeremias' Mutter zu erzählen, dass Schultheiß tot war, ließ es aber sein. Vermutlich würde es die Frau so aufwühlen, dass sie zu keiner klaren Antwort mehr in der Lage war. Und für die Befragung war es nicht nötig. Ihr Sohn konnte ihr später, wenn sie gegangen waren, die traurige Nachricht in aller Ruhe schonend beibringen.

»Geht das ein bisschen konkreter?«, fragte Keller. »Jedes Wort strengt sie sehr an. Sie kann Ihnen keine Geschichten erzählen. Das Beste wäre, wenn Sie Fragen stellen, die sie mit Ja oder Nein beantworten kann.«

»Ja, natürlich.« Sabine dachte nach. Was genau wollte sie wissen?

»War Reinhold Körber vor zwanzig Jahren auch schon als Ingenieur bei der Rücken-Wind AG angestellt?«

Kellers Mutter bewegte das Kinn eine Nuance in Richtung Brust. Anscheinend konnte sie nicht nur zwei Finger bewegen, sondern auch noch nicken.

»Heißt das ›Ja‹?«, fragte Sabine sicherheitshalber bei Jeremias Keller nach.

»Ja.«

»Gut.« Sie überlegte, was sie in Ralphs Unterlagen gelesen hatte. »Dietmar Schultheiß war damals stellvertretender Geschäftsführer mit der Aussicht, leitender Geschäftsführer zu werden, richtig?«

Wieder nickte die MS-Kranke.

»Und das Windradprojekt auf dem Fuchsrücken war das Projekt, mit dem er Karriere machen wollte.«

Kellers Mutter nickte.

»Aber dann ist seine schöne Idee gescheitert, weil der Bauer Gert Debus Selbstmord begangen hat.« Dass es in Wirklichkeit Mord gewesen war, wollte sie an dieser Stelle ebenso wenig thematisieren wie den Mord an Schultheiß.

»Hn. Dswrnsid.«

»Wie bitte?« Sabine schaute Jeremias Keller an. Der hob entschuldigend die Hände.

»Ich habe es auch nicht verstanden.« Er beugte sich zu seiner Mutter und legte sein Ohr dicht an ihre Lippen. »Sag es noch mal, bitte.«

Seine Mutter wiederholte die unverständliche Äußerung. Keller schüttelte den Kopf. »Noch mal.«

Sabine sah, wie sich die MS-Kranke und ihr Sohn anstrengten. Ein ums andere Mal formten ihre Lippen dieselben Laute, und Keller biss in angestrengter Konzentration auf den seinen herum. Dann, nach dem fünften oder sechsten Versuch, hellte sich seine Miene auf.

»Es war nicht seine Idee?«

Seine Mutter nickte.

Sabine horchte auf. »Sie meinen das Windkraftprojekt? Das war nicht die Idee von Schultheiß?«

Wieder ein Nicken.

»Sondern«, riet Sabine weiter, »die Idee von Reinhold Körber?«

Die Kranke bestätigte das.

»Okay.« Kaufmann hob die Hand. »Das heißt, Körber hat das Konzept entwickelt, und Schultheiß hat es ihm weggenommen?«

Das Kinn wanderte zur Brust.

»Schultheiß wollte sich auf Körbers Kosten profilieren.«

Jeremias' Mutter nickte.

»Und deshalb gab es Streit.«

»Hn. Weiködapronadfurhanwode.«

»Oje.« Keller schnitt eine Grimasse. »Das ist schwierig. Bitte noch mal, Mama. Und ganz langsam.«

Die beschwerliche Prozedur wiederholte sich, Kellers Mutter bemühte sich, deutlich zu artikulieren, ihr Sohn versuchte, die Bedeutung ihrer Laute zu erraten. Er machte mehrere Vorschläge, die alle mit einem »Hn« beantwortet wurden, das, wie Sabine mittlerweile begriffen hatte, »Nein« hieß. Dann folgte ein ums andere Mal die seltsame Lautäußerung.

Sabine bemühte sich, ihre Ungeduld nicht zu zeigen, und streichelte weiter sanft den Handrücken der Frau. Angersbach dagegen schaffte es nicht, sich zu beherrschen. Sie registrierte, wie er die Hände in die Jackentaschen stopfte und zu Fäusten ballte, abwechselnd auf den Fersen wippte und mit dem rechten Fuß tappte. Sabine funkelte ihn wütend an. Er sollte sich gefälligst zusammenreißen. Die kranke Frau tat ihr Bestes. Sie seine Genervtheit spüren zu lassen – für etwas, wofür sie nichts konnte – war nicht nur rücksichtslos, sondern grausam. Immerhin kapierte er das anscheinend, denn er stellte sein Gehampel ein. Sabine blickte wieder zu der kranken Frau und sah, dass sie nickte.

»Was?« Jetzt hatte sie Angersbachs wegen die entscheidende Information nicht mitbekommen.

»Sie hat gesagt, Schultheiß und Körber haben nicht nur deswegen gestritten, weil Schultheiß ihm das Projekt geklaut hat, sondern auch, weil Körber einen anderen Standort für die Windräder vorgesehen hatte.«

Sabine lief ein Schauer über den Rücken.

»Das heißt, Körber wollte nicht, dass die Windräder auf dem Fuchsrücken gebaut werden?«

Kellers Mutter nickte.

»Weil er selbst schon damals dort gewohnt hat? In dem Haus, das er später gekauft hat?«

»Ha.« Wieder bewegte sich das Kinn der Kranken zur Brust. Sabine hörte Angersbach hinter sich schnaufen. Offenbar hatte er dasselbe Szenario vor Augen wie sie selbst. Körber hatte ein Projekt entworfen, und Schultheiß hatte ihn gleich doppelt hintergangen, zum einen, indem er ihm die Anerkennung für die Idee vorenthielt, zum anderen, indem er ihm die Windräder vor die Haustür setzte. War das ein Motiv? Hatte Körber damals das Projekt verhindert, indem er den verkaufswilligen Debus, den Bürgermeister Beppler und das Gemeinderatsmitglied Runzheimer getötet hatte? Und hatte sich jetzt, zwanzig Jahre später, die Geschichte wiederholt, und Bürgermeister Lubitz und Dietmar Schultheiß selbst waren seine Opfer geworden? Das war aufgrund der neuen Informationen plausibel, aber trotzdem nur eine Theorie. Um sie zu beweisen, brauchte es mehr als die Aussage einer Frau, die sich nur rudimentär artikulieren konnte. Und wenn es stimmte: Warum hatte er nicht damals schon Schultheiß getötet? Hätte Körber es überhaupt geschafft, neunzehn Jahre mit einem Mann, den er gehasst haben musste, Seite an Seite zu arbeiten?

Sabine stand auf und drückte die Hand der Kranken. »Danke, Frau Keller. Sie haben uns sehr geholfen«, sagte sie warm.

»Hön«, antwortete die Frau, und dieses Mal brauchte Sabine keinen Übersetzer. Sie verabschiedete sich von Kellers Mutter, und ihr Sohn begleitete Sabine und Ralph zur Tür.

»Hat Ihre Mutter mit Ihnen nie darüber gesprochen?«, fragte sie Keller.

Der schüttelte den Kopf. »Sie hat immer nur gesagt, ich solle mich nicht einmischen. Was in der Chefetage passiert, gehe uns nichts an.«

Angersbach blieb mitten im Flur stehen.

»Wo ist eigentlich Ihre Großmutter abgeblieben?«, erkundigte er sich.

»Ach Gott.« Keller machte abrupt kehrt und eilte in die Küche. Sie konnten hören, wie er mit der alten Frau sprach. »Oma. Was machst du denn da? Nein, nicht die alte Mühle. Das ist viel zu umständlich. Wir haben doch fertigen Pulverkaffee. Aber den brauchst du auch nicht zu machen. Die Beamten sind schon fertig, sie müssen jetzt weiter. Setz dich einfach wieder zu Mama. Ich komme gleich.«

Sie sahen, wie die alte Frau auf ihren Stock gestützt von der Küche ins Wohnzimmer humpelte. Keller kam zurück zu ihnen an die Haustür.

»Entschuldigung.«

»Schon gut.« Sabine schaute in Richtung Wohnzimmer. »Wie schaffen Sie das?«

Keller zuckte mit den Schultern. »Wir kommen zurecht. Ich mache alles, was gemacht werden muss, und meine Oma passt auf. Wenn etwas ist, ruft sie mich an oder den Pflegedienst. Die sitzen hier in Lauterbach und sind in fünf Minuten da.«

»Wäre es nicht einfacher, sie würden die beiden Frauen im Heim unterbringen?«, fragte Angersbach.

Keller schüttelte den Kopf. »Das will ich nicht. Wir sind eine Familie. Wir stehen das zusammen durch.«

Sabine spürte, wie eine Reihe widersprüchlicher Emotionen über ihr zusammenschwappte. Ein Strudel in ihrem Inneren kochte hoch und schien sie einsaugen zu wollen, doch dann beruhigte er sich plötzlich, und sie empfand einen Frieden, der neu für sie war.

»Ich kann Sie verstehen«, sagte sie. »Ich habe meine kranke Mutter auch bis zum Schluss gepflegt. Und das war gut so.«

16

Eine halbe Stunde später parkte Ralph Angersbach seinen Lada Niva vor Körbers Haus, blieb aber hinter dem Steuer sitzen.

»Wie gehen wir vor? Konfrontieren wir ihn direkt mit den Anschuldigungen, oder tun wir so, als wüssten wir von nichts?«

Sabine Kaufmann dachte nach. Für gewöhnlich hielt sie nichts von Ralphs Strategie, mit der Tür ins Haus zu fallen. Sie versuchte es lieber auf die subtile Art: eine freundliche, vertrauensvolle Atmosphäre schaffen und darauf hoffen, dass der Befragte sich öffnete. Doch in diesem Fall erschien ihr Ralphs Variante Erfolg versprechender.

»Körber ist zu ausgefuchst«, sagte sie. »Er hat sich bisher nichts anmerken lassen und uns erfolgreich hinters Licht geführt. Wenn er wirklich der Täter ist, hat er nicht nur acht Menschen auf dem Gewissen, er wohnt auch seit zwanzig Jahren in einem Haus, in dem fünf Leichen im Keller liegen, von denen er weiß. Er wird nicht plötzlich einknicken und ein Geständnis ablegen, wenn wir ihn höflich nach seinem Alibi fragen.«

»Sehr gut.« Angersbach rieb sich grimmig die Hände. »Dann nehmen wir ihn mal so richtig in die Mangel.« Er wollte die Wagentür öffnen, doch Sabine hielt ihn zurück. »Es wäre gut, wenn wir ein bisschen mehr in der Hand hätten.«

Ralph runzelte die Stirn. »Was denn?«

»Körbers Alibi für den Mord an Lubitz. Das könnte die Stelle sein, an der wir ihn knacken können. Wenn die beiden von der Sparkasse zugeben, dass es nicht stimmt. Oder sich in Widersprüche verwickeln, weil sie gemeinsam mit Körber den Bürgermeister getötet haben.«

»Du hast recht. Immer beim schwächsten Glied der Kette ansetzen.« Angersbach startete den Motor wieder und wendete ruppig. Sand und Kieselsteine spritzten auf und stoben zu den Seiten davon. Der Niva sauste den Abhang hinunter auf die maroden Brücken über den Fuchsbach und den Zufluss zu. Sorgen, dass sie einstürzen könnten, machte er sich mittlerweile offenbar nicht mehr. Oder der Gedanke, dass der Mann, der ihm sein Traumhaus verkaufen wollte, womöglich ein Mörder war, beschäftigte ihn so, dass für andere Dinge kein Raum blieb.

Sabine schaute zum Himmel. Über den braunen Feldern mit den frischen Furchen ballten sich dichte Wolken zusammen. Sie sah auf ihrem Smartphone nach, der Wetterbericht hatte für den Nachmittag Starkregen und Gewitter angekündigt. Noch war es trocken.

Angersbach parkte den Niva vor der Sparkassenfiliale in Fuchshain, wieder halb auf dem Bürgersteig, halb auf den vorgesehenen Parkplätzen. Sabine war es egal. Sie wollte einfach nur vorankommen. Gemeinsam betraten sie die Filiale, in der sich dasselbe Bild bot wie bei ihrem ersten Besuch: Die adrett gekleidete Frau Mitte dreißig mit dem dunklen Brillengestell wartete an ihrem Stehpult im Eingangsbereich auf Kundschaft. Sie setzte ein geschäftsmäßiges Lächeln auf, als Kaufmann und Angersbach die Sparkasse betraten. Dann erkannte sie die beiden, und ihre Mundwinkel sanken wieder herab.

»Ich nehme an, Sie möchten zu Herrn oder Frau Rupp?«, erkundigte sie sich.

»Zu beiden dieses Mal«, sagte Sabine.

»Einen Moment. Ich hole Frau Rupp. Herr Rupp macht gerade Pause.«

Ralph und Sabine tauschten einen Blick.

»Scheint ja nicht viel von der Arbeit zu halten, der Gute«, bemerkte Ralph.

Sabine zuckte mit den Schultern. »Ist ja auch nicht so, dass der Laden hier überläuft vor Publikumsverkehr. Und Rupp ist Kundenberater, stimmt's? Wahrscheinlich arbeitet er nach Terminkalender, und wenn nichts ansteht, kann er einen Spaziergang machen.«

Die Angestellte betrat eines der Büros, die mit Glaswänden vom Foyer getrennt waren, und kam kurz darauf mit der Zweigstellenleiterin zurück.

»Frau Kaufmann, Herr Angersbach«, begrüßte Bärbel Rupp die Kommissare und reichte erst Sabine, dann Ralph die knochige und schlaffe Hand. »Wie kann ich Ihnen helfen?« Sie blickte zu ihrer Kollegin, die wieder an ihrem Pult Aufstellung bezogen hatte. »Bringen Sie uns bitte Kaffee und Wasser?« Sie winkte den Beamten, ihr zu folgen. »Wir gehen in mein Büro.«

Ralph und Sabine folgten ihr durch die Glastür in das geräumige Zimmer und setzten sich auf die bequemen Stühle vor dem Schreibtisch. Bärbel Rupp nahm ihnen gegenüber Platz und rückte erst ihren blond-grauen Haarknoten, dann die schwarz gerahmte Brille zurecht.

»Also? Weshalb sind Sie hier?«

»Wir haben noch eine Frage zu dem Abend, an dem Martin Lubitz ermordet wurde«, sagte Sabine. »Sie haben den Kollegen von der Schutzpolizei gesagt, dass Sie bei Reinhold Körber waren und mit ihm gemeinsam Immobilienangebote in Portugal gesichtet haben.«

»Ja, richtig. Herr Körber ist ein guter Kunde. Eigentlich erledigen wir diese Dinge natürlich zu den Geschäftszeiten hier in der Filiale, aber das Angebot an Häusern an der Algarve ist sehr groß, und es gibt viel zu prüfen. Weil Herr Körber gerne so rasch wie möglich übersiedeln möchte, haben wir ihm angeboten, die Sache zu beschleunigen, indem wir nach Geschäftsschluss zu ihm kommen und uns die Angebote dort mit ihm gemeinsam ansehen.«

»Ausgerechnet zur selben Zeit, als Martin Lubitz erschlagen wurde.«

»Ja.« Bärbel Rupp machte ein ernstes Gesicht. »Hätten wir geahnt, was da wenige Kilometer von uns entfernt passiert … Aber was hätten wir schon tun können?«

Die Glastür öffnete sich, und die Angestellte im grauen Kostüm und mit einer fast identischen Brille auf der Nase wie ihre Vorgesetzte servierte mit verkniffener Miene Kaffee, Kekse und Wasser.

»Danke.« Bärbel Rupp wedelte sie wie schon beim letzten Mal davon, ohne sie auch nur anzusehen. Die Glastür schloss sich mit einem Scheppern hinter ihr.

»Die junge Dame muss dringend lernen, sich unterzuordnen, sonst wird sie es in unserer Branche nicht weit bringen«, kommentierte die Zweigstellenleiterin den Abgang. Dann wandte sie sich wieder den Kommissaren zu. »Ja. Also … im Grunde ist ja alles gesagt. Wie kann ich Ihnen dann noch helfen?«

Angersbach schaute Sabine an. Sie sah, dass es ihm in den Fingern juckte, Bärbel Rupp frontal anzugehen, doch sie wollte sich lieber langsam herantasten. Je gründlicher sie das Netz spann, desto eher würde sich die Frau darin verstricken.

»Es sind leider gewisse Zweifel an Ihrer Darstellung aufgetaucht«, sagte sie. »Wir haben Grund zu der Annahme, dass Reinhold Körber in der Tatnacht nicht zu Hause war.«

Die symmetrischen Halbmonde über den grauen Augen wanderten nach oben. »Wollen Sie damit andeuten, wir hätten gelogen?«

»Vielleicht haben Sie sich einfach im Datum getäuscht?«, schlug Sabine vor.

»Nein.« Bärbel Rupp zog den Tischkalender zu sich heran und blätterte ihn auf. »Hier. Ich habe den Termin eingetragen. Um zwanzig Uhr bei Herrn Körber.« Sie drehte den Kalender und schob ihn Sabine hin. Die lächelte matt.

»So eine Eintragung kann man auch nachträglich vornehmen.«

Bärbel Rupps Lippen wurden ein schmaler Strich. »Könnte man. Ist aber hier nicht der Fall.«

»Okay.« Kaufmann nickte Angersbach zu. Es war an der Zeit, den Kettenhund loszulassen.

Ralph rutschte auf seinem Stuhl nach vorn und rückte ihn dicht vor den Schreibtisch, legte die Unterarme auf die Glasplatte und beugte sich zu der Zweigstellenleiterin vor. »Wir gehen davon aus, dass Reinhold Körber in dieser Nacht nicht zu Hause war«, sagte er barsch. »Und dass Sie und Ihr Mann gelogen haben. Entweder, weil Sie Körber einen Gefallen tun wollten. Oder«, er sah der Frau tief in die Augen, »weil Sie mit ihm gemeinschaftlich Martin Lubitz getötet haben.«

»Wie bitte?« Die knochige Hand der Frau flatterte an ihre Brust. »Das ist nicht Ihr Ernst!«

Sabine überlegte, was sie tun sollten, wenn die Frau bei ihrer Aussage blieb. Sie hatten nichts in der Hand. Körber hatte zwar offensichtlich ein Motiv für die Morde gehabt, doch es war alles andere als sicher, dass er tatsächlich der Täter war. Zwischen plausiblen Indizien und stichhaltigen Beweisen lagen Welten.

»Sie sollten sich gut überlegen, ob Sie für Körber lügen wollen«, setzte Angersbach die Zweigstellenleiterin weiter unter Druck. »Spätestens wenn Sie Ihre Aussage vor Gericht beeiden müssen, kommen Sie in ernste Schwierigkeiten. Falschaussagen werden bestraft, auch mit Gefängnis. Und ich kann mir kaum vorstellen, dass die Sparkasse vorbestrafte Angestellte duldet. Das ist schließlich eine Vertrauensposition, nicht wahr?«

Sabine sah sofort, dass Ralphs Ansatz der falsche war. Bärbel Rupps Miene verschloss sich.

»Denken Sie, was Sie wollen. Ich bleibe dabei: Wir waren an diesem Abend bei Herrn Körber und haben Immobilienangebote in Portugal gesichtet. Das ist die reine Wahrheit.«

»Ach ja?« Angersbach wollte noch einen draufsetzen, doch bevor er dazu kam, öffnete sich die Bürotür, und Norman Rupp trat ein. Ebenfalls ein Déjà-vu, mit den ordentlich gescheitelten schwarzen Haaren und dem Mettbrötchen in der Hand. Er schaute seine Frau und die Kommissare der Reihe nach an.

»Was ist denn hier los?«

Bärbel Rupp hob das Kinn. »Die Herrschaften sind der Ansicht, dass wir gelogen haben, was den Abend bei Herrn Körber angeht.«

»Ach so?« Rupp biss krachend in sein Mettbrötchen und musterte Sabine interessiert. »Wie kommen Sie darauf?«

»Wir haben Hinweise, dass Reinhold Körber an diesem Abend nicht zu Hause war«, wiederholte Ralph, was er schon Bärbel Rupp gesagt hatte. »Also stimmt mit Ihrer Aussage etwas nicht. Entweder haben Sie für Körber gelogen – oder Sie lügen, weil Sie gemeinschaftlich mit ihm einen Mord begangen haben.«

Norman Rupp lachte auf. »Das wird ja immer besser.«

Seine Frau starrte Sabine in die Augen. »Ich sage es gerne noch einmal: *Wir* waren an diesem Abend bei Herrn Körber und haben Immobilienangebote in Portugal gesichtet.«

»Ja, ja.« Ralph richtete sich in seinem Sessel auf und wollte offensichtlich lospoltern, doch Sabine legte ihm rasch die Hand auf den Arm. War die Betonung Zufall gewesen? Oder wollte Bärbel Rupp ihnen etwas mitteilen?«

»*Sie* waren bei Körber und haben sich portugiesische Immobilien angesehen«, probierte sie es. »Und wo war Herr Körber?«

Die Zweigstellenleiterin schwieg und schaute an ihr vorbei in den Verkaufsraum. Ihr Mann legte sein angebissenes Mettbrötchen auf ihren Schreibtisch.

»Lass es. Das ist es doch nicht wert.« Er breitete die Hände aus und setzte ein entschuldigendes Lächeln auf. »Wir haben Herrn Körber nur einen kleinen Gefallen getan.«

»Indem Sie ihm ein falsches Alibi für einen Mord gegeben haben?«

»Er war es ja nicht.« Rupp schob die Hände in die Hosentaschen. »Ich meine: Er hat ein Alibi. Nur eben eines, das er nicht preisgeben wollte.«

»Ach so?«

»Er hat sich mit einer Frau getroffen. In einem Hotel in Frankfurt. Mit einer Frau, die politische Ambitionen hat, in einer sehr konservativen Partei. Einer verheirateten Frau. Er wollte sie nicht in Schwierigkeiten bringen, deshalb hat er uns gebeten, zu behaupten, dass wir an diesem Abend zusammen waren.«

»Und Sie?«

»Wir waren wirklich bei ihm und haben Immobilienangebote gesichtet. Herr Körber hat ein weitaus leistungsfähigeres Internet, als wir es zu Hause oder hier in der Sparkasse haben. Das erleichtert die Arbeit.«

»So? Dann verraten Sie uns doch bitte den Namen der Dame.«

Rupp lachte. »Da müssen Sie Herrn Körber schon selbst fragen. Den hat er uns nicht verraten.«

Sabine atmete tief durch und schloss die Augen. Rupps Erklärung klang plausibel. Aber war es die Wahrheit oder nur eine gut ausgedachte Geschichte? Und wenn es nicht stimmte – wussten die Sparkassenangestellten davon, oder hatte Körber sie angelogen, und die beiden hatten ihre Falschaussage in dem Glauben gemacht, dass sie tatsächlich nur eine heimliche Affäre deckten und nicht die brutale Hinrichtung des Bürgermeisters? Wie auch immer, hier würden sie nicht weiterkommen. Es war an der Zeit, mit Reinhold Körber persönlich zu sprechen.

Sie stand auf, und Angersbach tat es ihr gleich.

»Danke«, grummelte er und setzte hinzu: »Sie sollten hoffen, dass Sie Herrn Körber nicht auf den Leim gegangen sind. Ansonsten sieht es auch für Sie nicht gut aus.«

Rupp griff wieder nach seinem Mettbrötchen und biss herzhaft hinein. »Da mache ich mir keine Sorgen«, verkündete er. »Herr Körber ist ein integrer Mann. Der würde niemals etwas Illegales tun.«

Angersbach, der die Klinke schon in der Hand hatte, drehte sich noch einmal um.

»Ihr Wort in Gottes Ohr. Sie glauben gar nicht, wie leicht man sich in seinen Mitmenschen täuscht.«

* * *

Die dunklen Wolken hatten sich zu einer kompakten Wolkendecke formiert, die schwarz und bedrohlich über dem Land hing. Sabine meinte, in der Ferne das erste Donnergrollen zu hören. Rasch kletterte sie in den Niva. Ralph startete den Motor, setzte rückwärts auf die Straße und lenkte den Wagen zurück in Richtung Fuchsrod.

»Was denkst du?«, fragte sie ihn. »Lügen die beiden? Oder hat ihnen Körber wirklich das Märchen von der Geliebten in Frankfurt erzählt, und sie haben es ihm geglaubt?«

»Keine Ahnung.« Ralph trat das Gaspedal weiter durch. »Vielleicht stimmt die Geschichte ja sogar, und wir beide sind auf dem Holzweg. Weil in Wirklichkeit doch Possel und seine Rotfüchse für die Morde verantwortlich sind.«

»Oder Kromm, Henke und Wollmacher«, sagte Sabine. »Wir wissen ja nicht wirklich, warum Schultheiß ermordet worden ist.« Frustriert ballte sie die Fäuste. »Wenn er doch bloß mit uns geredet hätte gestern. Dann hätten wir seinen Tod vielleicht verhindern können.«

Ralph brummte. »Schuldgefühle helfen uns nicht weiter. Hör auf Hackebeil. Es war seine Entscheidung.«

Sabine lachte bitter. »Tut mir leid. So leicht kann ich es mir nicht machen.«

Angersbach schaute kurz zu ihr hinüber und grunzte. »Ich doch auch nicht.«

Sie schwiegen, bis sie die Zugangsstraße nach Fuchsrod erreicht hatten. Sabine schaute zum Fuchsrücken hinauf, zu dem dichten Eichenwald, der, wenn es nach Dietmar Schultheiß und Martin Lubitz gegangen wäre, bald Geschichte gewesen wäre, und zuckte zusammen, weil ein gleißender Blitz in einen der Bäume fuhr. Der nachfolgende Donner rollte eine Sekunde später wie eine Flutwelle über sie hinweg. Noch einmal blitzte es, und dann fielen schwere Regentropfen und trommelten im Stakkato auf das Wagendach. Der Regen rauschte wie ein dichter Vorhang vom Himmel, so heftig, dass Ralphs Scheibenwischer es selbst auf der höchsten Stufe nicht schaffte, die Wassermassen beiseitezuschieben.

»Scheiße.« Angersbach drosselte das Tempo. »Das Gewitter ist genau über uns.« Er fuhr rechts ran und schaltete die Warnblinkanlage ein. »Gut, dass wir wenigstens im Trockenen sitzen. Aber wir warten lieber einen Moment. Nicht dass wir noch versehentlich in den Fuchsbach fahren, weil wir nichts sehen.«

Sabine war einverstanden. Schon bei guter Sicht fand sie Ralphs Fahrstil wenig beruhigend. Im Blindflug konnte sie gut darauf verzichten.

* * *

Die Regentropfen fielen klatschend in den Fuchsbach, der binnen Minuten anschwoll und seine Fließgeschwindigkeit vervielfachte. Das Wasser rauschte sprudelnd unter der Brücke nach Fuchsrod hindurch und bildete Wirbel an den steinernen Brückenpfeilern, an denen es weiter beschleunigte. Der alte Zement zwischen den Steinen bröckelte, ganze Stücke wurden davongetragen. Der eilige Bach drückte gegen die Steine und unterhöhlte das Fundament, doch noch hielt das Bauwerk stand.

* * *

Es dauerte fast eine halbe Stunde, bis der Regen endlich nachließ. Eine halbe Stunde, in der Angersbach düster durch die Windschutzscheibe starrte, obwohl wegen der Wassermassen kaum etwas zu sehen war. Aber wie die schweren

Tropfen, die auf den dicken Wasserfilm trafen, zerplatzten und in Ringen auseinanderliefen, das hatte etwas Hypnotisierendes. Wie ein psychedelisches Bild.

Dabei dachte er nach. Reinhold Körber war ihm auf Anhieb sympathisch gewesen. Er hatte sich entgegenkommend verhalten, sich bereitwillig auf Ralphs Gutachter eingelassen und sich bei der Verhandlung über den Kaufpreis fair gezeigt. Auch Sabine hatte ihn gemocht. Bei der ersten Begegnung hatte sie sogar mit ihm geflirtet. Und als sie die Leichen in seinem Keller entdeckt hatten, hatte sich der Ingenieur schockiert gezeigt. Alles nur Theater? Auf Ralph hatte seine Reaktion glaubhaft gewirkt. Doch wie er schon zu Norman Rupp gesagt hatte: Man täuschte sich nur allzu leicht in seinen Mitmenschen, auch wenn man als Polizist ein Profi war.

Ralph wollte gerade etwas Entsprechendes zu Sabine sagen, als sein Smartphone klingelte. Erstaunlich, dass es hier in der Einöde und bei diesem Unwetter Empfang hatte. Angersbach zog es aus der Tasche und schaute auf das Display. Sein Herz machte einen Sprung. Rasch drückte er auf das grüne Hörersymbol.

»Hallo, Janine.«

»Hey, Bruderherz.« Seine Halbschwester klang beschwingt. »Ich wollte mich nur schnell mal bei dir melden. Wie geht's dir?«

»Ich sitze gerade in der Nähe von Lauterbach im Wagen. Hier geht ein mordsmäßiges Gewitter runter.«

»Und was machst du da?«

»Ich warte darauf, dass es aufhört.«

Janine lachte. »Nein. Ich meine, was machst du in Lauterbach?«

»Ach so.« Angersbach verfluchte seine Begriffsstutzigkeit. Er wollte den Kontakt zu Janine gern pflegen, weil er seine

Halbschwester wirklich ins Herz geschlossen hatte, aber wenn er sich so dämlich anstellte, würde sie nicht viel Interesse daran haben. Janine stand nicht auf Langweiler.

»Wir haben hier eine ganze Reihe von Toten, die wahrscheinlich von einer Sekte ermordet worden sind.«

»Echt? So Charles-Manson-mäßig?«

»So ähnlich.« Ralph schwankte. Janine war offensichtlich begierig auf Details. Auf der anderen Seite durfte er keine Ermittlungsinterna preisgeben. Er entschied sich für den Mittelweg, das, was früher oder später auch in der Zeitung stehen würde: »Die Opfer standen unter Drogen. Man hat ihnen mit einem Werkzeug den Schädel eingeschlagen. Und ihnen mit einem Brandeisen ein Zeichen auf die Brust gebrannt.«

»Krass. Und wie viele Opfer sind es?«

Angersbach musste kurz im Geiste nachzählen. »Acht.«

»Wow. Acht Tote in einem Kaff im Vogelsberg?«

»Ja. Allerdings sind sechs von ihnen schon seit zwanzig Jahren tot. Fünf haben wir im Keller eines Hauses gefunden. Sie waren da eingemauert beziehungsweise im alten Eiskeller beerdigt.« Dass es das Haus war, das er kaufen wollte, sagte er lieber nicht. Auch wenn die Gruselgeschichte wahrscheinlich für Janine eher ein Grund wäre, den Kauf gutzuheißen.

»Hammer«, sagte sie.

»Zwei der Leichen im Keller und ein weiterer Toter von damals sind auf dieselbe Weise getötet worden wie die beiden aktuellen Opfer, die wir im Wald bei Fuchsrod gefunden haben. Wir vermuten, dass es derselbe Täter war.«

»Wer ist wir?«

»Sabine und ich.«

»Sabine Kaufmann?«

»Ja.«

»Ich dachte, die wäre jetzt beim LKA in Wiesbaden.«

»Ist sie auch. Ich habe sie angefordert, weil es um eine Sekte geht.«

»Dann grüß sie mal schön von mir«, sagte Janine und klang, als wollte sie das Gespräch beenden.

»Mach ich«, versprach er und fügte schnell hinzu: »Wie geht's denn dir?«

»Super. In drei Monaten bin ich mit dem Sozialen Jahr durch, und dann habe ich zwei Monate Zeit, bis es mit den Kursen fürs Abi losgeht.«

»Und? Hast du schon Pläne?« Vielleicht würde sie für eine Weile zu ihm kommen. Sie könnten Ausflüge machen oder seinen Vater besuchen. Er sah im Geiste vor sich, wie sie bei Gründler auf der Terrasse saßen und leckere vegetarische Würstchen auf den Grill legten, jeder mit einer Flasche Bier in der Hand, die Füße hochgelegt, und den Sommer genossen. Der zweite Gedanke ließ nicht lange auf sich warten, sosehr er ihn auch unterdrückte. Es war das Bild von seinem Vater, der sich mit Janine einen Joint teilte. Doch er zwang sich, nicht schwarzzusehen. Er konnte sie ohnehin nicht kontrollieren, und im Grunde wollte er das auch gar nicht. Ralph wollte ihr einfach nur wieder ein Stück näher sein. Den Kontakt, der seit Janines Umzug nach Berlin deutlich ausgedünnt war, wieder ein wenig intensivieren. Natürlich war diese Entwicklung auch seine Schuld. Er hätte sie öfter besuchen können. Aber es fiel ihm so unendlich schwer, sich aufzuraffen. Und in ihrer Berliner WG fühlte er sich fehl am Platz. Schwerfällig, rückständig und … alt. Die Jungs, mit denen Janine zusammenwohnte, waren alle drei so fröhlich und zielstrebig und voller Energie und Dynamik. Er dagegen … Es war einfach nicht seine Stadt. Er gehörte hierher. Und wenn Janine bei ihm war, war er glücklich.

Vor lauter Grübeln hätte er fast nicht mitbekommen, was sie sagte.

»Was?«

»Wir fahren für zwei Monate nach Australien. Besuchen Mortens Familie«, wiederholte Janine.

»Australien.«

»Ja. Cool, oder?«

»Total«, presste Ralph hervor. Alles andere wäre wohl ungeschickt. Janine hatte sicher keinen Bock auf einen Halbbruder, der sich wie ein überbesorgter Vater benahm. Immerhin war sie volljährig.

»Wir wollen ein bisschen durchs Land fahren. ›Work and Travel‹, weißt du?«

»Hm.«

»Wir hören uns ja vorher bestimmt noch mal«, sagte sie. »Ich muss jetzt los, Morten wartet.«

»Ja. Klar«, begann Ralph und merkte dann, dass Janine ihn bereits weggedrückt hatte. »Na toll.«

Sabine ließ ihr Tablet sinken, auf dem sie sich Notizen gemacht hatte, und schaute ihn an. »Was denn?«

»Janine will in den Sommerferien durch Australien tingeln.«

»Ist doch prima.« Sabine machte eine anerkennende Miene. Angersbach fühlte sich im Stich gelassen.

»Na ja. Und ich? Ich sehe sie gar nicht mehr.«

»Sie fährt nicht morgen schon los, oder?«, konterte seine Kollegin. »Du kannst sie vorher noch in Berlin besuchen.«

»Ja. Vielleicht. Wenn sie das will«, grummelte er und griff nach dem Smartphone, das einen neuen Anruf meldete. Vielleicht noch einmal Janine, die ihn versehentlich zu schnell weggedrückt hatte und jetzt einladen wollte, wieder einmal zu ihr nach Berlin zu kommen? Doch die Stimme, die aus dem Hörer erklang, gehörte nicht seiner Halbschwester.

»Hack«, meldete sich der Anrufer. »Ich habe mir Ihre drei Leichen aus dem Eiskeller genauer angesehen. Ich nehme an, das freut Sie?«

»Sehr.« Angersbach stellte das Gespräch auf laut, damit Sabine mithören konnte.

»Wie ich es mir gedacht habe«, erklärte Hackebeil. »Alle drei haben ein klar erkennbares Einschussloch auf der Schädelrückseite. Schmauchspuren gibt es natürlich keine mehr, dazu ist die Verwesung zu weit fortgeschritten. Haut und Gewebe waren ja nur noch rudimentär vorhanden. Was sich aber sicher sagen lässt, ist, dass es keine Verletzungen durch andere Gegenstände gibt. Keiner der drei wurde geschlagen. Sämtliche Knochen bis auf den Schädel sind intakt. Die Einschüsse sind bei allen dreien die Todesursache. Ob man ihnen etwas auf die Brust gebrannt hat oder die Gedärme herausgeschnitten, lässt sich natürlich nicht mehr feststellen. Und was die Identifizierung angeht, habe ich auch schlechte Nachrichten. Die drei müssen sehr jung gewesen sein. Aufgrund der Form der Becken und der Länge der Knochen gehe ich davon aus, dass es sich bei allen dreien um Männer gehandelt hat, aber das ist auch schon alles. Die Zähne sind erst nach dem Tod in Mitleidenschaft gezogen worden, vorher waren sie im allerbesten Zustand. Keine Brücken, Kronen, Füllungen. Wenn sie überhaupt jemals beim Zahnarzt waren – wegen der Stempel für die Versicherung –, gibt es trotzdem nicht notwendigerweise Röntgenaufnahmen. Könnte also sein, dass wir keinen Treffer bekommen, wenn wir die Bilder an die Zahnärzte im Umland verschicken. Aber wir machen es natürlich trotzdem.«

»Danke.« Angersbach zog sein Notizbuch hervor und kritzelte den Befund hinein. »Sonst noch was?«

»Nein. Wenn Sie meine unmaßgebliche Meinung hören wollen, sind die drei hingerichtet worden. Aber das ist nur ein Gefühl, keine wissenschaftlich begründete Vermutung. In meinem Bericht werden Sie davon nichts lesen.«

Hack legte auf und beendete damit das Gespräch, ohne sich zu verabschieden. Ralph nahm an, dass es ihm unangenehm war, dass er sich zu der letzten Bemerkung hatte hinreißen lassen. Auch wenn bekannt war, dass Hack mehrere Jahre in Kriegs- und Krisengebieten gearbeitet hatte und von diesen Erfahrungen geprägt worden war, sprach er so gut wie nie über diese Zeit. Wahrscheinlich hatte er eine dicke Mauer um seine Erinnerungen errichtet und ging eilig in Deckung, wenn hin und wieder doch etwas hindurchsickerte. Ralph konnte das verstehen, er selbst hätte es nicht anders gehandhabt.

Nachdenklich verstaute er das Notizbuch wieder in der Jackentasche, schaute aus dem Wagenfenster und stellte fest, dass der sintflutartige Regen nachgelassen hatte. Er drehte den Schlüssel im Zündschloss und steuerte auf den Fuchsbach zu. »So«, verkündete er. »Dann nehmen wir jetzt mal Körber in die Mangel.«

»Prima.« Sabine steckte ihr Tablet weg.

»Ach ja«, sagte Ralph, während er den Lada über die Brücke in Richtung Fuchsrod lenkte, »ich soll dich grüßen. Von Janine, nicht von Hack. Den hast du ja selbst gehört. War gerade nicht in Stimmung, nehme ich an.«

»Danke.« Kaufmann beugte sich vor und blickte mit zusammengekniffenen Augen die Straße entlang. »Das ist doch Körber da vorne? Der Mann, der gerade sein Auto belädt?«

»Was?« Ralph folgte ihrem Blick. »So ein Mist.« Er beschleunigte, um den Ingenieur abzupassen, ehe er einstieg, doch er kam zu spät. Körber saß schon im Wagen und hatte den Motor gestartet, als Angersbach neben ihm hielt und hinaussprang. Er gestikulierte, damit der Ingenieur wartete, doch Körber tat so, als würde er ihn nicht verstehen. Er lächelte und winkte, kurvte in einem eleganten Bogen um Ralphs Wagen herum und fuhr in Richtung Fuchshain.

»Verdammt.« Angersbach stieg wieder ein. Er wendete hastig, musste aber zweimal vor- und zurücksetzen, weil der Weg schmal war und der Lada nicht gerade den kleinsten Wendekreis hatte. Als die Schnauze endlich in die richtige Richtung zeigte, trat er das Gaspedal hinunter und jagte hinter Körber her.

Der Ingenieur hatte bereits den Fuchsbach erreicht und überquerte die Brücke. Zugleich rauschte ein neuer Schauer vom Himmel.

Angersbach blinzelte. Lag es nur an dem Wasser auf der Scheibe, das die Szene vor ihm zu einem Zerrbild verformte? Oder schwankte die Brücke wirklich? Körbers linkes Hinterrad sackte weg, und der Wagen schleuderte zur Seite, ehe er zurück in die Spur schlingerte. Dann war er auf der anderen Seite.

Angersbach stieg in die Bremse. Die Brücke vor ihm krachte mit einem lauten Rumpeln in sich zusammen. Steine flogen durch die Luft und klatschten ins Wasser. Der Lada kam einen halben Meter vor dem wild schäumenden Bach zum Stehen.

»So eine Hühnerkacke!«, fluchte Ralph und hörte, wie Sabine neben ihm die Luft ausstieß. »Was machen wir denn jetzt?«

Kaufmann atmete ein paarmal tief durch.

»Wir schreiben Körber zur Fahndung aus«, sagte sie, nachdem sie ihre Fassung wiedergefunden hatte. »Und wir sehen uns so lange in seinem Haus um. Vielleicht entdecken wir ja etwas, das uns einen Hinweis liefert. Bei seiner überstürzten Flucht kann er kaum alles mitgenommen haben. Wenn es überhaupt eine war. Vielleicht hat er ja wirklich nicht verstanden, was du von ihm wolltest.«

»Glaubst du das?« Ralph starrte auf die Trümmer im rauschenden Wasser. Was für ein blöder Zufall. Oder war es gar keiner? Auf jeden Fall hatten sie verdammtes Glück gehabt. Ein paar Sekunden früher, und sie wären mitsamt den Steinen in den Fuchsbach gestürzt. Er setzte vorsichtig zurück und wendete. »Wenn wir doch vorhin gleich zu ihm gefahren wären statt zur Sparkasse nach Fuchshain«, haderte er. »Dann hätten wir ihn noch erwischt.«

»Das hätte auch nichts genützt«, sagte Sabine. »Wir hätten ihn ja nicht verhaften können. Aber wenn wir jetzt Beweise gegen ihn entdecken, können die Kollegen ihn festnehmen, sobald sie ihn gefunden haben.«

Angersbach spürte, wie sich sein Puls normalisierte.

»Du hast recht«, sagte er und aktivierte sein Smartphone, um eine Meldung über die eingestürzte Brücke abzusetzen und die Fahndung einzuleiten. Noch war nichts verloren.

17

Die Vordertür war abgeschlossen. Ralph und Sabine gingen einmal ums Haus. Wenn sie keinen Zugang fanden, würden sie wohl eine Scheibe einschlagen und sich gewaltsam Zutritt verschaffen müssen. Einen Durchsuchungsbeschluss für Körbers Haus hatte der Staatsanwalt dem Untersuchungsrichter abgerungen und Ralph als PDF aufs Handy geschickt. Ein Trupp von Schutzpolizisten, der das ganze Haus auf den Kopf stellen sollte, war ebenfalls unterwegs, doch bis sie eintrafen, würde es eine Weile dauern. Zuerst musste man warten, bis der Regen nachließ und der Fuchsbach abschwoll. Erst dann konnte die Feuerwehr, die bereits ausgerückt war, eine behelfsmäßige Pontonbrücke errichten, sodass Fuchsrod wieder Anschluss an die Zivilisation fand. So lange wollten Ralph und Sabine nicht warten. Sie mussten jetzt wissen, ob Körber tatsächlich der Mann war, der Lubitz, Schultheiß und Debus und die fünf Personen im Keller getötet hatte. Auf der anderen Seite widerstrebte es Ralph offenbar, ein Fenster zu zertrümmern. So ganz hatte er sich wohl doch noch nicht von seinem Traumhaus verabschiedet.

Sabine lief auf die Terrasse und drückte versuchsweise gegen den Griff der Schiebetür. Zu ihrer Überraschung glitt sie auf.

»Er hat es wohl wirklich eilig gehabt«, kommentierte sie. »Wenn er nicht mal dafür gesorgt hat, dass alles ordentlich verschlossen ist.«

»Oder es war ihm egal«, sagte Ralph und trat ins Wohnzimmer. »Weil er wusste, dass er nicht wiederkommt.«

Sie gingen durch den Flur ins Treppenhaus und stiegen in den ersten Stock. Ralph öffnete zielstrebig die Tür zu einem Raum, der halb Bibliothek, halb Arbeitszimmer war. Nachdem er das Haus bereits besichtigt hatte, kannte er sich aus.

Wie in Schultheiß' Büro wühlte Ralph sich durch die zahlreichen Aktenordner, während Sabine sich den Rechner auf dem Schreibtisch vornahm. Geraume Zeit arbeiteten sie schweigend. Dann stieß Ralph einen überraschten Laut aus. Kaufmann drehte sich zu ihm um.

»Hast du was?«

Angersbach kam zu ihr an den Tisch und legte einen aufgeschlagenen Ordner darauf. »Schau dir das an. Das ist ein reger Briefwechsel zwischen Körber und Martin Lubitz.«

Sabine schaute auf die Papiere, blätterte darin und runzelte die Stirn. Was hatte das nun zu bedeuten?

»Das sind Pläne für einen Golfplatz«, sagte sie verwirrt.

»Ja. Und zwar auf dem Fuchsrücken.« Angersbach zog ein Papier heraus, das eine Skizze des geplanten Objekts zeigte. Das Areal begann direkt hinter Fuchsrod und zog sich durch den Wald über den Fuchsrücken. Die Anlage würde sich oben auf dem Grat befinden, eingebettet in einen Ring von Douglasien auf der einen und Eichen auf der anderen Seite.

»Körber hat versucht, den Windpark zu verhindern, indem er mit Lubitz eine Alternative entwickelt hat?«

Angersbach nickte. »Die Idee ist genial. Man hätte eine exklusive Lage, und zugleich würde sich für die Bewohner von Fuchsrod kaum etwas ändern. Das Dorf wäre nicht betroffen, und von außen sieht man nichts von dem Golfplatz, weil der äußere Ring des Baumbestands stehen bleibt. Nur der Durchgangsverkehr würde zunehmen, was die Sanierung der Brücken über den Fuchsbach nötig gemacht hätte. Lubitz hätte davon profitiert, weil er die Infrastruktur in seiner Gemeinde verbessert, ohne sich den Ärger der Dorfbewohner einzuhandeln, und Körber hätte sich als Urheber und Bauleiter gutes Geld und eine Menge Lorbeeren verdient.«

»Also eine Win-win-Situation«, folgerte Sabine. »Und trotzdem hat sich Lubitz anders entschieden.« Vor ihrem inneren Auge erschien eine Reihe von Dokumenten, die sie in Körbers Rechner bemerkt, aber nicht weiter beachtet hatte, weil sie keine neuen Informationen zu enthalten schienen. Angesichts von Ralphs Entdeckung sah die Sache allerdings anders aus. Ihr Gedächtnis wusste noch ganz genau, an welcher Stelle der verzweigten Ordnerstruktur auf Körbers Rechner sie suchen musste.

»Hier.« Sie öffnete eines der Dokumente. Es war die Fotografie eines Schreibens, das Bürgermeister Lubitz an Dietmar Schultheiß geschickt hatte. Darin sicherte er dem Geschäftsführer der Rücken-Wind AG zu, dass er die Pläne für die Windkraftanlage auf dem Fuchsrücken vorantreiben würde.

Ralph verglich das Datum mit den Briefen in seinem Ordner.

»Und am selben Tag hat er Körber geschrieben, dass er den Plan für den Golfplatz favorisiert.«

»Warte mal.« Sabine öffnete eine weitere Datei. »Das ist dasselbe Schreiben, vom selben Tag, nur ein paar Stunden später noch einmal gespeichert.« Weil Lubitz noch etwas verändert und den Brief um eine handschriftliche Notiz ergänzt hatte.

»Mach dir keine Sorgen wegen Körber und seinem Golfplatz«, las Ralph murmelnd vor. »Das ist nur Theaternebel, damit er uns nicht in die Quere kommt.« Er lachte auf. »Lubitz hat Körber hereingelegt. Er hat so getan, als würde er sich für den Golfplatz starkmachen, doch in Wirklichkeit hat er an dem Windkraftprojekt festgehalten. Wenn das kein Grund ist, sich an ihm zu rächen.«

Sabine nickte. Lubitz und Schultheiß hatten Körber über den Tisch gezogen. Schultheiß hatte seine Ideen geklaut und das Windprojekt an einen Standort verlegt, der Körber nicht gefiel, und Lubitz hatte ihm vorgespielt, auf seiner Seite zu stehen, während er in Wirklichkeit mit dem Gegner kooperierte. Wenn Körber keine Lust mehr gehabt hatte, sich wie eine Schachfigur hin und her schieben zu lassen, war das weiß Gott kein Wunder. Trotzdem war Mord eine heftige Reaktion. Warum hatte er nicht stattdessen die Presse informiert und sich mit den anderen Protestlern zusammengeschlossen, um die Sache auf dem Rechtsweg zu klären?

»Ich denke, das reicht für einen Haftbefehl«, meinte Angersbach und griff zu seinem Telefon. Während er mit dem Staatsanwalt sprach, erhob sich Sabine und schaute aus dem Fenster. Der Regen hatte aufgehört, der Himmel war wieder wolkenlos blau, so als hätte es das Unwetter und den Starkregen, der die Brücke über den Fuchsbach weggespült hatte, nie gegeben. Sie hörte die Motoren mehrerer Fahrzeuge, und im nächsten Moment sah sie die Kollegen von der Schutzpolizei anrücken. Erstaunt warf sie einen Blick auf die Uhr und massierte mit der anderen Hand ihren verspannten Nacken. Sie hatten tatsächlich bereits fast drei Stunden damit verbracht, Körbers Unterlagen zu sichten, und in der Zwischenzeit war es der Feuerwehr offenbar gelungen, die Pontonbrücke zu errichten. Zum Glück. Sie hätte es nicht besonders lustig gefunden, die Nacht in Ralphs Lada verbringen zu müssen, weil der Rückweg nach Gießen abgeschnitten war.

Ralph stürmte nach unten, um den Kollegen die Tür zu öffnen. Die Beamten verteilten sich im gesamten Haus und begannen, alles auf den Kopf zu stellen.

Sabine zog den Ordner zu sich heran, den Ralph auf den Tisch gelegt hatte. Ganz hinten fand sie die Rechnung des Onlineshops einer Etiketten- und Schilderfabrik. Körber hatte dort zwei Monate zuvor Grillbrandeisen bestellt. Nicht nur die Buchstaben V, E, R, A und T, sondern das komplette Alphabet. Vielleicht hatte er Grillabende geplant, bei denen jeder seiner Gäste sein Steak mit den eigenen Initialen stempeln konnte. Weitaus wahrscheinlicher war jedoch die Annahme, dass er den Mord an Lubitz geplant hatte und lediglich verschleiern wollte, zu welchem Zweck er die Brandeisen benutzen wollte. Oder er hatte sich noch nicht entschieden, ob er es bei dem Brandzeichen belassen wollte, das er Gert Debus seinerzeit aufgedrückt hatte, oder noch Modifikationen vornehmen wollen. Vielleicht eine komplette Nachricht?

Besonders schlau wäre es in diesem Fall nicht gewesen, die Rechnung brav in einem Ordner abzulegen, aber wie oft hatten sie schon erlebt, dass Täter sich für unangreifbar hielten? Oft waren es gerade die intelligenten, die es eigentlich besser wissen sollten.

Angersbach war eben wieder in Körbers Arbeitszimmer angekommen und hatte sich mit sichtlicher Zufriedenheit ihren Fund angeschaut, als sein Mobiltelefon klingelte. Er zog es aus der Tasche und meldete sich. Seine Lippen verzogen sich zu einem breiten Grinsen.

»Gute Arbeit, Kollegen«, sagte er und beendete das Gespräch. Er drehte sich zu Sabine um. »Sie haben Körber«, berichtete er triumphierend. »Sie bringen ihn nach Gießen in die Kriminalinspektion.«

Sabine schaute auf den Wust von Papieren in Körbers Arbeitszimmer.

»Das heißt, wir lassen hier alles stehen und liegen und fahren nach Gießen?«

Angersbach fuhr sich durch die strubbeligen Haare und dachte nach. »Ich hätte einen anderen Vorschlag«, sagte er schließlich. »Wie wär's, wenn du nach Gießen fährst und Körber in die Mangel nimmst, während ich hier die Durchsuchung zum Abschluss bringe?« Er grinste. »Du weißt ja. Ich würde bloß wieder vorpreschen wie ein Rennpferd. Körber würde wahrscheinlich dichtmachen. Wenn du ihn dagegen auf deine subtile Art befragst, lässt er vielleicht was raus.«

»Einverstanden.« Sabine lächelte. Das war ein guter Plan, und Ralphs selbstkritische Einschätzung nötigte ihr Respekt ab. »Aber wie komme ich dahin? Dein Auto brauchst du ja noch.«

Angersbach deutete aus dem Fenster. »Die Kollegen sind mit vier Wagen angerückt. Eine der Besatzungen kann schon mal den Briefwechsel mit Lubitz zum angeblichen Golfplatz einsammeln und ins Präsidium bringen. Die können dich mitnehmen. Dann hast du eine Mitfahrgelegenheit und gleich etwas in der Hand, mit dem du in das Gespräch mit Körber einsteigen kannst. Ach ja.« Er zog sein Schlüsselbund aus der Hosentasche und löste zwei Schlüssel ab, die er ihr reichte. »Hier. Damit kommst du ins Haus und in die Wohnung. Du bist bestimmt eher da als ich. Ich klingle dann einfach.«

»Okay.« Kaufmann nickte. »Du hältst mich auf dem Laufenden, wenn du hier noch etwas Interessantes entdeckst?«

»Selbstredend. Je mehr Munition du hast, desto eher streckt Körber die Waffen.«

* * *

Eine Viertelstunde später saß sie auf der Rückbank des Streifenwagens, der vorsichtig über die Pontonbrücke auf die andere Seite des Fuchsbachs fuhr. Sabine meinte, ein leichtes Schwanken unter den Rädern wahrzunehmen, doch vielleicht war das auch nur Einbildung. Die beiden Polizisten auf den Sitzen vor ihr schienen sich jedenfalls keine Sorgen zu machen. Aber sie waren ja auch schon auf dem Weg zu Körbers Haus über die Behelfsbrücke gefahren.

Sie zog ihr Tablet aus der Handtasche und studierte noch einmal die Unterlagen, die sie in Körbers Arbeitszimmer abfotografiert hatte. Wenn sie den Ingenieur knacken wollte, musste sie gut vorbereitet sein. Körber würde sicher nicht so einfach einknicken und ein Geständnis ablegen. Sie musste die Vernehmung sorgfältig planen. Die Informationen richtig sortieren, in die passende Reihenfolge bringen. Nicht gleich das gesamte Blatt auf den Tisch legen, sondern einen Trumpf nach dem anderen ausspielen.

Leicht würde es nicht werden. Sie hatten zwar einen begründeten Verdacht und ein überzeugendes Motiv, aber keinen tragfähigen Beweis dafür, dass Körber der Mörder war.

* * *

Ralph Angersbach schlug einen weiteren der zahllosen Ordner in Körbers Arbeitszimmer zu. Seit dem Fund der Korrespondenz über den geplanten Golfplatz hatte er nichts mehr entdeckt, das sie weiterbrachte.

War es richtig gewesen, hierzubleiben und Sabine die wichtige erste Vernehmung des Tatverdächtigen zu überlassen? Klar, er selbst war immer zu direkt und stieß mit seiner ruppigen Art gelegentlich Türen zu, die Sabine auf die verständnisvolle Tour vielleicht öffnen konnte. Doch manchmal nützte das ganze Gesäusel nichts, und die Leute fingen erst an zu reden, wenn man sie hart rannahm. Davon abgesehen war es sein Fall. Er führte die Ermittlungen. Sabine war nur als Externe dabei. Aber jetzt war es ohnehin zu spät.

Er hörte, wie jemand die Treppe heraufkam.

»Herr Angersbach?« Ein Streifenbeamter steckte den Kopf ins Zimmer.

»Ja?«

»Wir haben da unten eine ganze Reihe von Fotoalben gefunden. Merkwürdiges Zeug, sieht aus wie Partys von durchgeknallten Hippies und seltsame esoterische Zusammenkünfte im Wald. Ist das irgendwie interessant, oder sollen wir es liegen lassen?«

Ralph sprang auf wie von der Tarantel gestochen. »Wo ist der Kram? Ich will das sehen.«

Der Beamte zuckte überrascht zurück. »Klar. Kommen Sie.«

Er sauste im Schweinsgalopp die Treppe nach unten ins Wohnzimmer, und Ralph rannte hinter ihm her. Auf dem großen Esstisch vor der Terrassentür hatten die Kollegen die Alben aufgeschichtet. Ralph stürzte sich darauf und schlug das erste auf.

Er sah sofort, dass die Bilder sie nur begrenzt weiterbringen würden. Die Personen auf den Fotos waren durchgehend vermummt. Mal waren es venezianische Masken wie bei einem Opernball, mal weiße Kapuzen wie beim Ku-Klux-Klan, mal afrikanische Holzmasken mit aufgemalten Tiergesichtern, mal schwarze Henkersmasken. Er erinnerte sich, dass Beatrix Vogelsang ihnen davon berichtet hatte. Sie selbst hatte etliche Masken für die Gruppe angefertigt.

»Sieht aus, als hätten die da Themenabende veranstaltet«, bemerkte der Beamte, der neben ihm stand.

Angersbach spürte, wie sich das Adrenalin, das durch seine Adern gerauscht war, wieder abbaute.

»Ja. Nützt uns nur nichts«, brummte er und schlug das Album zu. »Ist ja schlimmer als bei einer Demo, wo sich alle

Tücher vors Gesicht gebunden haben. Da sieht man wenigstens noch die Augen. Hier dagegen …«

»Es gibt auch Bilder, auf denen man jemanden erkennt«, sagte der Schutzpolizist und griff nach einem der anderen Alben. »Hier.« Er klappte es auf und zeigte Ralph die Fotografie eines Mannes, der vor seinem – natürlich vermummten – Publikum auf einer Bühne stand. Der Mann war groß und kräftig und trug ein weich fallendes, nachtblaues Gewand. Die Haare waren dunkel und lang, sein Bart üppig, und die Augen schienen sogar auf dem Bild zu glühen. Das musste der Mann sein, den ihnen die alte Lehrerin Käthe Mundt beschrieben hatte. Der Sektenführer Zeus.

Leider war das Bild zu klein, um die Person zu identifizieren. War es Körber? Oder Maik Possel? Oder doch Harald Kromm?

»Ich brauche eine Lupe«, sagte Angersbach. »Habt ihr so was?«

»Hm.« Der Uniformierte kratzte sich am Kinn. »Muss ich mal fragen.« Er verschwand in den Flur, und Ralph blätterte weiter durch das Album. Er fand noch etliche Aufnahmen des bärtigen Anführers und der maskierten Anhänger, doch keines der Fotos zeigte den Guru deutlicher als jenes, das der Schutzpolizist ihm präsentiert hatte. Der kam gerade zurück, eine dicke Lupe in der rechten Hand, die er stolz präsentierte. »Der Karl hat einfach immer alles dabei, was ein echter Detektiv braucht.«

»Danke.« Ralph nahm die Lupe entgegen und hielt sie über das Foto des Gurus. Konzentriert studierte er die Gesichtszüge. Wenn man sich den Bart wegdachte … und die langen Haare … Ja. Das war eindeutig Reinhold Körber. Jünger und fülliger als heute, aber er war es. Auch wenn Ralph nicht gedacht hätte, dass die Beschreibung von Käthe Mundt auf einen Mann passen würde, der mittlerweile schlank war, kurz geschorene Haare hatte und glatt rasiert war. Aber zwanzig Jahre waren eine lange Zeit. Da konnte man sich schon verändern.

Er holte sein Smartphone aus der Tasche und fotografierte das Bild ab.

* * *

Reinhold Körber lächelte Sabine an, als sie den Vernehmungsraum betrat. Er wirkte weder zerknirscht noch verärgert, eher erstaunt und neugierig. Vor ihm auf dem Tisch standen ein Becher Kaffee und ein Glas Wasser.

»Hallo«, sagte er. »Frau Kaufmann, richtig?«

»Ja.« Sabine setzte sich ihm gegenüber und legte ihre Notizen auf den Tisch. »Sie wissen, warum Sie hier sind?«

»Ehrlich gesagt: Nein. Ihre Kollegen, die mich angehalten haben, baten mich sehr eindringlich darum, sie hierher zu begleiten, aber sie haben nicht gesagt, weshalb.«

Kaufmann überlegte kurz, wie sie ansetzen sollte. Lieber vorsichtig anklopfen, wie es gewöhnlich ihre Art war, damit Körber nicht dichtmachte wie eine Auster? Oder gleich mit dem Holzhammer zuschlagen, um ihm gar nicht erst die Möglichkeit zu geben, sich mit rhetorischen Finten aus der Affäre zu ziehen? Sie wog das Für und Wider ab und entschied sich für die Methode Angersbach.

»Wir glauben, dass Sie für die Morde an Martin Lubitz und Dietmar Schultheiß verantwortlich sind. Und für die Leichen in Ihrem Keller.«

Körber verzog entsetzt das Gesicht. »Wie bitte? Dietmar ist tot?«

»Ja. Wir haben seinen Leichnam heute Morgen auf dem Fuchsrücken gefunden. Er lag auf einem Opferstein, mit zertrümmerten Gliedmaßen, eingeschlagenem Schädel und einem Brandmal auf der Brust. *Verrat.*« Sie sah dem Ingenieur ins Gesicht. »Verletzungen, die Sie ihm zugefügt haben.«

Körber schüttelte den Kopf. Er wirkte zutiefst verstört. »Mein Gott, ich hätte doch nicht Dietmar ... Das ist absurd. Wir haben über zwanzig Jahre lang zusammengearbeitet. Gut zusammengearbeitet.«

Sabine lächelte müde. Körbers Erschütterung wirkte glaubhaft, doch sie würde nicht mehr darauf hereinfallen. Er war ein hervorragender Schauspieler.

»Sie hatten ein Motiv für die Morde, damals wie heute. Schultheiß hat Ihnen Ihre Idee für den Windpark gestohlen, und dann hat er auch noch eigenmächtig einen anderen Standort dafür gewählt als den, den Sie ausgesucht hatten. Sie sind darüber in Streit geraten. Martin Lubitz hat Ihnen vorgegaukelt, er würde ernsthaft über den von Ihnen konzipierten Golfplatz auf dem Fuchsrücken nachdenken, aber hinter Ihrem Rücken hat er mit Schultheiß den Bau der Windräder vorangetrieben, und am Ende hat Schultheiß Sie genötigt, Ihren Arbeitsvertrag aufzulösen und vorzeitig in den Ruhestand zu gehen.«

»Stimmt. Das waren zwei herbe Enttäuschungen«, sagte Körber und faltete die Hände vor sich auf dem Tisch. »Im ersten Moment hätte ich den beiden den Hals umdrehen können. Aber ich habe mir gesagt, das ist es nicht wert. Wenn in Fuchsrod kein Platz mehr für mich ist, gehe ich eben weg. Zumindest bietet mir Schultheiß' Abfindung die Möglichkeit dazu. Sein schlechtes Gewissen hat ihn verdammt tief in die Tasche greifen lassen.«

Sabine betrachtete den Ingenieur. Er wirkte entspannt und mit sich im Reinen. Nicht wie jemand, der eine ganze Serie von Morden auf dem Gewissen hatte.

»Wenn Sie nichts zu verbergen haben, warum hatten Sie es dann heute Mittag so eilig, Fuchsrod zu verlassen? Das sah doch sehr nach einer Flucht aus.«

Körber lehnte sich auf seinem Stuhl zurück. »Ich fürchte, Sie haben in meine etwas hastige Abfahrt zu viel hineininterpretiert. Ich hatte lediglich eine Verabredung und war spät dran.«

»Mit der verheirateten Politikerin in Frankfurt?«

Der Ingenieur hob die Augenbrauen. »Haben Norman und Bärbel geplaudert?« Er hob die Hände und ließ sie wieder sinken. »Nun ja. Ich wollte sie da nicht mit reinziehen. Deswegen habe ich die beiden gebeten, zu behaupten, dass sie sich an dem Abend, als Martin ermordet wurde, die Häuser in Portugal mit mir gemeinsam angesehen haben.« Er schaute Sabine an. »Ich wollte nicht, dass Sie sich unnötige Arbeit machen. Ich habe ja ein Alibi. Was es ist, sollte doch für Ihre Ermittlungen keine Rolle spielen.«

»Im Augenblick wissen wir nicht, ob Sie ein Alibi haben«, entgegnete Kaufmann ärgerlich. »Wir wissen nur, dass das Alibi, das Ihnen Norman und Bärbel Rupp gegeben haben, falsch ist.« Sie beugte sich zu ihm vor. »Aber wir können das ja klären. Wenn Sie uns den Namen der Frau sagen, mit der Sie angeblich die Nacht verbracht haben.«

»Ich würde es vorziehen, sie aus dieser Geschichte herauszuhalten. Wenn Sie sich meine Angaben bestätigen lassen, ruinieren Sie nicht nur ihre Ehe, sondern auch ihre politische Karriere. Das erscheint mir unverhältnismäßig.«

»Wäre es Ihnen lieber, wenn wir Sie stattdessen in Untersuchungshaft nehmen?«

Körber hielt ihrem Blick stand. »Ich glaube nicht, dass Sie dafür die Handhabe besitzen.«

Sabine schob ihre Notizen auf dem Tisch hin und her. Tatsächlich hatten sie nach wie vor nichts Konkretes gegen Körber in der Hand. Nur ihr Bauchgefühl, das ihr sagte, dass er hinter der Mordserie steckte. Doch das würde dem Untersuchungsrichter kaum reichen. Sie musste irgendeinen Weg finden, Körber zu knacken.

Als hätte er ihr stilles Gebet erhört, piepte ihr Smartphone und zeigte einen Anruf von Ralph Angersbach an.

»Entschuldigung«, sagte sie zu Körber. »Das ist wichtig.«

Der Ingenieur machte eine einladende Handbewegung. Sabine nahm das Gespräch an. »Hallo, Ralph. Hast du was für mich?«

Sie hörte zu und verspürte ein Kribbeln, als Angersbach von den Fotoalben berichtete, die er in Körbers Haus entdeckt hatte. Das Bild, das Körber im Gurugewand mit langen Haaren und Vollbart zeigte, würde er ihr sofort aufs Handy schicken.

»Super, danke«, sagte sie und verabschiedete sich. Sie wartete, bis das Gerät den Eingang einer Nachricht anzeigte, und öffnete das Foto.

Sie hielt Körber das Handy hin. »Kennen Sie diesen Mann?«

»Ach Gott.« Der Ingenieur lachte auf. »Ja, natürlich. Das bin ich. Vor zwanzig Jahren.«

»Wir haben da eine ganze Reihe von Bildern gefunden. Sonderbar gekleidete Menschen, die seltsame Rituale vollführen. Und Sie immer mittendrin.«

Reinhold Körber trank einen Schluck Kaffee und setzte den Becher sorgsam wieder auf den Tisch.

»Also gut. Ich bin heute nicht mehr stolz darauf, aber damals waren andere Zeiten. Wir waren durchdrungen von dem Wunsch, die Welt zu verbessern. Mit friedlichen Methoden, wie ich betonen möchte. Ich hatte damals eine kleine Glaubensgemeinschaft gegründet. Wir haben zusammen in dem Haus gewohnt, in dem ich auch heute noch lebe, damals allerdings zur Miete.«

Sabine vermerkte, dass er zumindest in diesem Punkt gelogen hatte. Seine Geschichte, wie er an das Haus gekommen war, stimmte ebenso wenig wie seine Behauptung, den Vormieter nicht gekannt zu haben.

»Wir haben Drogen konsumiert – das darf ich jetzt wohl zugeben, das ist ja mittlerweile verjährt –, und wir haben Zeremonien abgehalten, die den Zusammenhalt der Gruppe stärken sollten.«

»Zum Beispiel Tieropfer, die Sie auf den alten Opfersteinen auf dem Fuchsrücken dargebracht haben?«

Körber runzelte die Stirn. »Wer behauptet denn so einen Unsinn?«

»Ein Zeuge, der Sie beobachtet hat.«

»Dann hat Ihr Zeuge sich geirrt. Oder er hat schlechte Augen.«

Sabine hätte beinahe eine Grimasse geschnitten. Käthe Mundt hatte in der Tat schlechte Augen, und möglicherweise hatte sie auch vor zwanzig Jahren schon nicht besonders gut gesehen. Aber ob die Gruppe damals Tieropfer dargebracht hatte oder nicht, spielte für die aktuellen Ermittlungen auch keine Rolle.

»Lassen wir das. Sie haben also eine kleine Glaubensgemeinschaft angeführt. Und Sie haben sich gemeinsam gegen die Errichtung der Windräder auf dem Fuchsrücken gewehrt.«

»Natürlich. Es war mein Projekt, und ich hatte einen guten Platz dafür gefunden. Aber Schultheiß hat ein Gutachten erstellen lassen, das diesen Standort disqualifiziert hat. Nicht, weil er sich nicht geeignet hätte, sondern weil die Gemeinde, zu der er gehört, nicht zu den Konditionen bereit war, die Manfred Beppler angeboten hatte. Fuchshain brauchte dringend mehr Infrastruktur, deswegen hat der Bürgermeister einem Vertrag zugestimmt, der der Rücken-Wind einen gigantischen Profit zugesichert hat. An dem Standort, den ich ausgewählt hatte, hätte man den Gewinn mit der Gemeinde teilen müssen, in Fuchshain hätte fast der gesamte Kuchen der Rücken-Wind AG gehört.«

Sabine machte sich Notizen. Es war also um wirtschaftliche Fragen gegangen, und der Protest von Körbers Glaubensgemeinschaft hatte vielleicht tatsächlich ganz harmlos begonnen, ehe alles aus dem Ruder gelaufen war.

»Sie haben also versucht, mit friedlichen Mitteln zu erreichen, dass die Rücken-Wind die Windräder dort aufstellt, wo Sie es wollten, und nicht auf dem Fuchsrücken.«

»Richtig.«

»Aber es hat nichts genützt.«

»Nein. Schultheiß war stur, damals genauso wie heute.«

»Also haben Sie gehandelt. Sie haben Beppler und Runzheimer getötet und auch den Bauern Debus, der sein Grundstück an die Rücken-Wind AG verkaufen wollte, und als zwanzig Jahre später der alte Plan doch noch verwirklicht werden sollte, haben Sie dasselbe mit Lubitz und Schultheiß getan.«

Körber schüttelte müde den Kopf. »Nein. Sie sind auf dem Holzweg.«

Sabine seufzte. »Sie wollen mir also weismachen, dass Sie schon damals in Ihrem Haus gewohnt haben, aber trotzdem nichts von den Leichen im Keller wussten?«

»So ist es.«

»Und Sie haben keine Idee, wie die Toten dort hingelangt sind?«

»Nein. Ich habe mich nie für den Keller interessiert. Nicht zu der Zeit, als meine Anhänger noch mit mir dort gelebt haben, und auch später nicht. Ich habe lediglich ein paar Regale für Weinflaschen dort aufgestellt, aber das haben Sie ja gesehen.«

Kaufmann steckte das Ende ihres Kugelschreibers in den Mund. Am liebsten hätte sie wütend darauf herumgebissen, doch sie wollte Körber nicht zeigen, wie hilflos sie sich fühlte. Und sie war auch noch lange nicht bereit aufzugeben.

»Was ist aus Ihrer Sekte geworden?«, erkundigte sie sich.

Körber nippte an seinem Wasserglas. »Als das alles so hochgekocht ist damals, der vermeintliche Selbstmord von Debus und das Verschwinden von Beppler und Runzheimer, da ist auch in der Gruppe die Stimmung gekippt. Wir haben uns aufgelöst. Die anderen wollten irgendwo neu anfangen, in Südamerika, meine ich, aber ich hatte kein Interesse mehr daran. Ich hatte neue Ziele gefunden. Nur das Haus wollte ich behalten. Deshalb habe ich es gekauft und bin dageblieben. Die anderen sind einer nach dem anderen ausgezogen.«

»Und Sie haben nie wieder etwas von den Mitgliedern Ihrer kleinen Glaubensgemeinschaft gehört?«

»Nein.«

»Können Sie mir eine Aufstellung der Personen machen, die damals dazugehört haben?«

Körber lächelte leicht. »Tut mir leid. Da hat niemand seinen richtigen Namen benutzt. Alle hatten einen Ordensnamen. Die kann ich Ihnen gerne auf eine Liste schreiben, aber sie werden Ihnen nichts nützen.«

Sabine glaubte ihm kein Wort. Aber sie konnte ihm nicht beweisen, dass er log.

»Ich denke, der Richter wird der Untersuchungshaft zustimmen«, sagte sie. »Immerhin haben wir nicht nur die Morde an Lubitz und Schultheiß, sondern auch die an Debus, Beppler und Runzheimer und die drei Toten in Ihrem Eiskeller. Und Sie kommen für jeden davon als Täter infrage.«

Der Ingenieur neigte den Kopf. »Sie glauben doch, dass es in allen Fällen derselbe Mörder war, richtig?«

»Allerdings.«

»Gut.« Körber lächelte. »Ich werde Ihnen den Namen der Dame nicht nennen, bei der ich in der Nacht war, als Lubitz getötet wurde. Aber ich sage Ihnen, wo ich war, als Debus, Beppler und Runzheimer ermordet wurden.«

»Nämlich?«

»Auf einem Kongress für nachhaltige Energien in Los Angeles.« Er hob die Hand. »Sie können das sicher überprüfen. Es gibt reihenweise Bilder davon, die sich auch heute noch im Netz befinden müssten.«

Sabine musste sich anstrengen, um ihr Pokerface aufrechtzuerhalten. Wenn das stimmte …

»Und letzte Nacht, als Dietmar Schultheiß getötet wurde? Wo waren Sie da?«

Körber fuhr mit dem Finger am Rand seines Wasserglases entlang. »Wenn Sie mir verraten, wann Herr Schultheiß gestorben ist?«

Sabine wollte in ihren Unterlagen blättern, doch dann fiel ihr ein, dass sie den Leichnam von Dietmar Schultheiß erst am Morgen entdeckt hatten. Sie war noch gar nicht dazu gekommen, sich mit Professor Hack in Verbindung zu setzen, um Details zur Tatzeit zu erfahren.

»Warten Sie bitte einen Moment«, sagte sie und verließ den Raum. Sie schloss die Tür hinter sich und ließ sich mit dem

Rücken gegen die Wand sinken. Körber war eine harte Nuss. War er so abgebrüht? Oder war er tatsächlich unschuldig? Sie zog ihr Handy aus der Tasche und wählte die Nummer des Rechtsmedizinischen Instituts.

»Hack«, meldete sich der Professor nach dem dritten Klingeln.

»Hallo. Sabine Kaufmann hier. Ich wollte fragen, ob Sie sich den Leichnam von Dietmar Schultheiß schon angesehen haben.«

»O ja. Mit aller gebotenen Gründlichkeit. Schlimm zugerichtet, genau wie dieser Martin Lubitz, den ich vor ein paar Tagen auf dem Tisch hatte. Die Verletzungsmuster sind identisch. Die gleichen Knochen gebrochen, die gleichen Werkzeugabdrücke, das gleiche Brandzeichen. Mit ziemlicher Sicherheit also derselbe Täter.«

»Können Sie etwas zur Tatzeit sagen?«

»Ja, das lässt sich einigermaßen eingrenzen. Zwischen zweiundzwanzig und null Uhr letzte Nacht.«

»Danke.«

»Für Sie immer mit dem größten Vergnügen, Frau Oberkommissarin«, sagte Hack und drückte sie weg, ehe sie noch etwas erwidern konnte. Sabine steckte das Smartphone zurück in die Tasche und ging wieder zu Körber.

»Letzte Nacht zwischen zehn und zwölf«, sagte sie.

»Ah.« Körber lächelte breit. »Glück gehabt. Da war ich mit den ›Sternenguckern‹ unterwegs. Das ist eine Kulturgruppe aus Fuchshain. Wir haben eine astronomische Nachtwanderung gemacht. War ein vollkommen klarer Himmel, man konnte unzählige Sterne sehen und sogar die Milchstraße. Die Dame, die die Führung geleitet hat, war außerdem auch ein sehr erfreulicher Anblick. Wir haben uns während der gesamten Wanderung sehr angeregt unterhalten. Sie wird Ihnen das bestätigen, genau wie die anderen Teilnehmer.«

»Schön.« Kaufmann notierte sich das. »Wir werden Ihre Alibis prüfen. Aber für diese Nacht bleiben Sie trotzdem in Untersuchungshaft. Immerhin sind da auch noch die anderen drei Leichen in Ihrem Keller. Und solange wir nicht wissen, ob Ihre Alibis standhalten …«

Körber hob gleichmütig die Hände. »Tun Sie, was Sie nicht lassen können. Ich bin sicher, ich habe schon schlechter geschlafen als in Ihrem Gewahrsam. Und spätestens morgen Abend bin ich wieder ein freier Mann.«

Sabine nickte ihm knapp zu und ging nach draußen, wo sie einen Schutzpolizisten anwies, Körber in seine Zelle zu bringen. Anschließend lief sie in die kleine Teeküche am Ende des Gangs, goss sich einen Tee auf und wählte Angersbachs Nummer. Er nahm sofort ab, hatte aber auch nichts Erfreuliches zu berichten.

»Die Kollegen von der Schutzpolizei habe ich nach Hause geschickt«, erklärte er. »Ich bleibe noch ein bisschen hier. Bis ich mit Körbers gesammelten Ordnern durch bin, dauert es. Und vielleicht entdecke ich doch etwas, das uns weiterhilft. Irgendeinen Fehler muss der Mistkerl gemacht haben.«

»Vielleicht war er es ja wirklich nicht.«

»Glaubst du das?«

»Ich weiß es nicht. Ich bin einfach nur total frustriert.«

»Fahr nach Hause und bestell dir eine Pizza«, schlug Angersbach vor. »Ich komme nach, sobald ich kann.«

»Ja, ich glaube, das mache ich.« Sie beendete das Gespräch und schüttete den restlichen Tee in den Ausguss. Er schmeckte irgendwie staubig. Vielleicht hatte Ralph ja eine Flasche Wein im Haus. Gerade jetzt hatte sie Lust darauf.

Später, im Auto, klangen ihr seine Worte nach. *Fahr nach Hause.* Das war so vertraut, so selbstverständlich, und dabei redete er dabei von *seiner* Wohnung, nicht etwa von ihrem brandneuen Domizil in der Landeshauptstadt.

Fahr nach Hause. Das war so völlig normal, irgendwie, und trotzdem: Sollte das nicht anders klingen? Damals, als Ralph und sie zum ersten Mal hier oben ermittelt hatten, da teilten sie sich eine Pension. Mehr Nähe hätte wohl keiner von ihnen damals zugelassen. Und jetzt? Hatte sich etwas verändert? Sabine hoffte inständig, dass Wein da war. Ansonsten musste die Pizzeria eine Flasche liefern.

* * *

Angersbach schlug den letzten von Körbers Ordnern zu und schaute aus dem Fenster in den Himmel, der sich wieder zugezogen hatte. Bleigrau hingen die Wolken über dem Land, und Ralph fühlte sich plötzlich einsam. War es wirklich das Richtige für ihn, allein irgendwo in der Einöde zu wohnen? So schön dieses Haus war, hatte es doch etwas Unheimliches. Was vermutlich eher etwas mit der Geschichte und den Leichen im Keller zu tun hatte als mit der Lage.

Ralph wechselte vom Lesesessel an den Schreibtisch, weckte Körbers Rechner aus dem Ruhemodus und machte dort weiter, wo Sabine die Arbeit unterbrochen hatte.

Körber hatte also für die Morde an Debus, Beppler und Runzheimer ein Alibi, wenn die Geschichte mit dem Kongress in Los Angeles stimmte. Angersbach aktivierte das Internet und gab ein paar Suchbegriffe ein. Tatsächlich hatte vor zwanzig Jahren eine Tagung in Kalifornien stattgefunden, die sich mit innovativen Technologien zur nachhaltigen Nutzung von Energie beschäftigt hatte. Zu Ralphs Überraschung gab es sogar noch einen Link, der zu den Fotos von der Veranstaltung führte. Das Nachhaltige bezog sich bei den Veranstaltern offenbar nicht nur auf die Energie, oder sie hatten keine Energie darauf verwenden wollen, Ordnung auf ihren Seiten zu schaffen. Ralph klickte auf den Link. Die Amerikaner waren eifrig gewesen, es gab von jedem Kongresstag mehrere Dutzend Aufnahmen. Ralph sah jede Menge ambitioniert wirkende Wissenschaftler, manche im korrekten Anzug, andere in lässigen Sakkos mit offenen Hemdkragen, die angeregt miteinander diskutierten. Er musste nicht lange suchen, bis er Reinhold Körber entdeckte, schwer zu übersehen mit seiner großen, massigen Statur, den langen Haaren und dem dichten Vollbart. Statt des blauen Gewands, das Angersbach von den Fotos aus dem Album kannte, trug er einen gut geschnittenen grauen Anzug, der die kräftigen Schultern betonte. Ralph sah ihn als Teilnehmer bei einer Podiumsdiskussion, als Redner bei einem Vortrag und auf etlichen Schnappschüssen vom Conference-Dinner, wo er mit einer attraktiven dunkelhäutigen Frau im luftigen Sommerkleid tanzte. Keine Frage, Körber war damals auf dieser Tagung gewesen, und zwar vom Anfang bis zum Ende. Er konnte Gert Debus, Manfred Beppler und Werner Runzheimer nicht getötet haben. Jedenfalls nicht persönlich.

War er tatsächlich unschuldig und hatte nichts davon geahnt, was seine Anhänger in seiner Abwesenheit getrieben hatten? Waren die Männer getötet und im Keller eingemauert worden, ohne dass Körber etwas davon mitbekommen hatte? Hatte er nicht gewusst, dass er seit zwanzig Jahren in einem Leichenhaus lebte?

Angersbach kam in den Sinn, was Janine am Telefon über Charles Manson gesagt hatte. Hatte der nicht auch die Mitglieder seiner Sekte mit halluzinogenen Substanzen gefügig gemacht und sie in seinem Auftrag morden lassen? Soweit er sich erinnerte, war es dabei um die Idee gegangen, einen Rassenkrieg auszulösen. Ralph öffnete ein neues Browserfenster und gab den Namen ein.

Er hatte sich nicht getäuscht. Charles Manson hatte die Mitglieder seiner Hippiesekte mit Drogen und Gruppensex an sich gebunden und Ende der Sechzigerjahre etliche Morde angeordnet, die von seinen Anhängern ausgeführt worden waren. Dabei waren ebenfalls Botschaften hinterlassen worden, mit Blut an Wände geschrieben, in einem Fall auch in den Bauch des Opfers geritzt.

Hatte Reinhold Körber dasselbe getan? Nach dem, was ihnen die alte Käthe Mundt erzählt hatte, waren die Sektenmitglieder am Schluss zu sechst gewesen. Drei waren vermutlich gruppeninternen Differenzen zum Opfer gefallen. Das war jedenfalls die plausibelste Annahme, was die drei im ehemaligen Eiskeller entdeckten Leichen anging. Blieben noch drei, Körber selbst und seine beiden treuesten Anhänger. Hatten die beiden Debus, Beppler und Runzheimer getötet, während Körber auf dem Kongress in Los Angeles war? Ralph hätte einiges darauf gewettet, dass es so war. Blieb die Frage, ob die beiden in seinem Auftrag oder eigenmächtig gehandelt hatten.

Angersbach klickte sich durch Körbers umfangreiche Dateien. Er musste einfach irgendwo Informationen über seine Gruppe gesammelt haben. Seine Aktenordner und die Struktur der Dokumente auf seinem Rechner zeigten, dass er ein sorgfältiger, wenn nicht zwanghafter Charakter war. Er hatte seine Gruppe bestimmt nicht aus dem Bauch geführt, sondern sich die Leute genau angeschaut. Und irgendwo musste auch notiert sein, wer seine beiden letzten Anhänger gewesen waren. Maik und Inge Possel? Oder doch Harald Kromm und Bernd Henke oder Nina Wollmacher?

Auf der anderen Seite war die ganze Sache zwanzig Jahre her und der Rechner sicher nicht derselbe gewesen. Und wenn Körber mit dieser Zeit längst abgeschlossen hatte, gab es vielleicht auch die Dokumentation nicht mehr. Aber Ralph glaubte nicht daran, dass er unschuldig war. Und wer so zwanghaft war, übertrug auch die Daten von alten Rechnern auf die neuen, um sie in seine Datenstruktur einzupflegen.

Angersbach war sich sicher, dass sich die beiden verbliebenen Mitglieder der Gruppe ganz in der Nähe befanden, sonst hätten sie wohl kaum zwanzig Jahre nach den ersten Morden erneut zugeschlagen. Sie waren immer noch hier, und sie fühlten sich wieder durch den geplanten Windpark bedroht.

Ralph schaute auf den Monitor, der endlose Reihen von Dateien anzeigte. Es war eine echte Sisyphusarbeit, sich da durchzuwühlen. Er beschloss, sich in Körbers Küche einen Kaffee zu machen, bevor er die Sache in Angriff nahm. Und vielleicht fand er ja auch noch irgendetwas Essbares. Von der Pizza, die Sabine bestellen würde, war bestimmt nichts mehr übrig, wenn er endlich nach Hause kam.

* * *

Sabine Kaufmann trat aus dem Gebäude des Präsidiums in der Ferniestraße und atmete tief durch. Die Dämmerung hatte eingesetzt, und die dichten Wolken am Himmel schluckten das letzte Licht des Tages. Sie überlegte, ob sie sich ein Taxi nehmen sollte, entschied sich aber dagegen. Die paar Schritte bis zur Bushaltestelle konnte sie laufen. Ein wenig frische Luft würde ihr guttun.

Die Vernehmung von Reinhold Körber hatte sie angestrengt, weil sie es einfach nicht geschafft hatte, seine Verteidigungslinien zu durchbrechen. Körber war raffiniert. Kein Wunder, dass es ihm gelungen war, die Mitglieder seiner Sekte in Bann zu ziehen. Er war ein charismatischer Typ, bestach durch sein einnehmendes Wesen und seine spürbare Intelligenz. Aber sie würden ihn nicht davonkommen lassen. Früher oder später würden sie etwas finden, das ihn zweifelsfrei mit den Morden in Verbindung brachte. Und dann würde er den größten Teil seines Ruhestands nicht in Portugal, sondern hinter Gittern verbringen.

In ihrem Rücken erklangen Schritte, und Kaufmann wandte kurz den Kopf. Hinter ihr schritt ein Pärchen Händchen haltend beschwingt aus. Beruhigt schaute Sabine wieder nach vorn und ging in Gedanken versunken weiter. Die Schritte kamen näher, und sie trat ein Stück zur Seite, um das Paar vorbeizulassen. Doch die beiden passierten sie nicht. Stattdessen spürte Kaufmann plötzlich Hände, die nach ihr griffen. Sie zerrten ihr die Arme auf den Rücken, und im nächsten Moment fühlte sie einen Einstich am Hals.

Sie schrie auf, vor Schreck ebenso wie vor Schmerz. Die Nadel bohrte sich tief ins Fleisch, und sie fühlte das Eindringen einer zähen Flüssigkeit, als der Kolben der Spritze hinuntergedrückt wurde.

Mit aller Kraft versuchte sie, ihre Arme zu befreien, und trat nach hinten aus, doch ihre Verteidigungsversuche gingen ins Leere. Eine seltsame Schwere legte sich über ihre Glieder, und in ihrem Kopf breitete sich dumpfer Nebel aus. Ihr Blick wurde trüb, und ihre Knie knickten ein. Sie registrierte noch, wie sie zu einem Fahrzeug gezerrt und auf die Rückbank geworfen wurde. Dann schwanden ihr die Sinne.

* * *

Ralph hatte in Körbers Küchenschrank eine Packung Müsliriegel gefunden. Er riss das Papier von einem davon ab und biss hinein, während er weiter durch die Dokumente auf Körbers Rechner scrollte. In einem Ordner hatte er einen umfangreichen Briefwechsel mit Dietmar Schultheiß aus dem vergangenen Jahr entdeckt. Es ging darin um den Standort für die geplante Windkraftanlage, über den erbittert diskutiert wurde. Der Ton war harsch, beide Männer beharrten auf ihrer Position und zeigten sich unversöhnlich. Das war interessant, aber nichts Neues. Dass die Wahl des Fuchsrückens als Areal für die neue Anlage ein Stein des Anstoßes gewesen war, wussten sie bereits.

Angersbach zog die Folie weiter herunter und biss erneut in den Riegel, als ein Piepen den Eingang einer SMS anzeigte. Er fummelte sein Handy aus der Hosentasche und entsperrte das Display. Eine MMS. Es dauerte einen Moment, bis das Gerät das Bilddokument heruntergeladen hatte. Als er es öffnete, blieb Ralph das Stück Müsliriegel im Hals stecken.

Das Foto zeigte Sabine Kaufmann. Sie saß, auf einen Stuhl gefesselt, in einem Raum mit hölzernen Seitenwänden, einer Hütte oder dergleichen. Unter dem Bild war ein kurzer Text. *Wenn Sie Ihre Kollegin lebend wiedersehen wollen, lassen Sie Reinhold Körber frei.*

Ralph würgte den Müsliriegelklumpen hinunter und starrte auf die Nachricht. Sie war von Sabines Mobiltelefon gesendet worden.

Irgendjemand hatte sie entführt. Nein, nicht irgendjemand, sondern die beiden verbliebenen Sektenmitglieder, nach deren Identität Angersbach den ganzen Nachmittag vergeblich gefahndet hatte.

»Scheiße, verdammt.« Er sah sich in Körbers Arbeitszimmer um. Was sollte er jetzt tun?

Als Erstes musste er herausfinden, wo Sabine gefangen gehalten wurde. Angersbach wählte die Nummer der IT-Forensik und war froh, dass er trotz der fortgeschrittenen Uhrzeit noch einen Kollegen an seinem Arbeitsplatz erreichte. Der versprach, sich sofort daranzumachen, Kaufmanns Smartphone zu orten. Ralph bedankte sich und unterbrach die Verbindung. Als Nächstes rief er die Koordinierungsstelle beim Hessischen Landeskriminalamt an. Von dort wurden die Einsätze der Spezialeinsatzkommandos organisiert. Da die Spezialeinheiten in Kassel und Frankfurt stationiert waren, war es sinnvoll, schon jetzt eines der Teams nach Gießen zu beordern. Wo auch immer man Sabine gefangen hielt, es musste in der Nähe von Gießen oder des Vogelsbergs sein. Die Anfahrt würde von der Kriminalinspektion in der Ferniestraße aus kürzer sein, man würde wertvolle Zeit sparen. Der Verantwortliche im Landeskriminalamt erklärte, dass er sofort alles Nötige in die Wege leiten würde. Wenn es um entführte Kollegen ging, war die Sensibilität noch höher als bei anderen Entführungsfällen und Geiselnahmen. Doch das SEK konnte erst tätig werden, wenn es ein Ziel für den Einsatz gab.

Ralph rief erneut den Kontakt zur IT auf.

»Hast du was?«, erkundigte er sich angespannt.

»Ja«, erwiderte der Techniker. »Vor zehn Minuten war das Smartphone für einen Moment eingeloggt. Jetzt ist es weg. Vermutlich wurden Akku und SIM-Karte entfernt. Auch mit unserer Spezialsoftware kriege ich keinen Zugriff.«

Die Täter hatten das Mobiltelefon vermutlich nur kurz eingeschaltet, um das Foto und die Nachricht zu verschicken.

»Wo war es vor zehn Minuten?«

»Es lässt sich nicht hundertprozentig eingrenzen«, erläuterte der Kriminaltechniker. »Die Netzabdeckung in dem

Gebiet ist zu dünn. Wir können keine Peilung über verschiedene Masten machen. Ich kann dir nur sagen, über welchen Funkmast es eingeloggt war. Von wo genau, musst du selbst herausfinden.«

Ralph musste sich zusammenreißen, um nicht ausfällig zu werden. Für Spitzfindigkeiten hatte er jetzt keine Zeit.

»Schon gut. Welcher Mast war es?«

»Der steht auf dem Fuchsrücken, nordwestlich von Fuchsrod. Sagt dir das was?«

Angersbach lief ein Schauer über den Rücken. Sabine war ganz in seiner Nähe.

»Ja, allerdings«, erwiderte er.

»Viel Glück«, wünschte der Techniker. »Wir bleiben natürlich dran und melden uns, wenn das Handy wieder auftaucht.« Er legte auf. Ralph funkte erneut die Koordinierungsstelle an und teilte dem Verantwortlichen mit, dass das SEK in Fuchsrod gebraucht wurde.

»Die Kollegen aus Kassel sind schon auf dem Weg«, teilte dieser ihm mit. »Ich sorge dafür, dass sie direkt in den Vogelsberg fahren.«

»Danke.«

Angersbachs Gedanken rasten. Ein einsatzfähiges SEK war gut und schön, aber solange sie nicht wussten, welche Tür sie eintreten sollten, nützte es nicht viel. Die Information, dass sich Sabines Handy zuletzt in Fuchsrod befunden hatte, bestätigte den Verdacht, dass jemand aus Körbers Sekte für die Entführung verantwortlich war und dass sich diese Leute noch immer hier im Ort aufhielten. Aber wer war es?

Ralph schaute auf Körbers Rechner. Sollte er weiter nach Unterlagen suchen, die ihm die Namen der Gesuchten enthüllen würden? Oder sollte er sich lieber auf den Weg machen und die Verdächtigen persönlich unter die Lupe nehmen? Nach einem entsprechenden Dokument hatte er den halben Tag vergeblich geforscht. Die Wahrscheinlichkeit, es gerade jetzt zu finden, war gering. Außerdem bestand die Möglichkeit, dass es eine solche Liste gar nicht gab, und dann hätte er mit der Suche am Computer eine Menge wertvolle Zeit verloren. Besser, er machte sich auf den Weg und kundschaftete die möglichen Sektenmitglieder aus. Possels Mittelaltergruppe, die Rotfüchse, waren immer noch seine Favoriten.

Er verschlang eilig einen zweiten Müsliriegel, um ein paar Energiereserven zu haben, spülte ihn mit dem kalt gewordenen Kaffee aus seinem Becher hinunter und stopfte sich die restlichen Riegel in die Jackentaschen. Dann stürmte er ins Erdgeschoss. Mit ein paar großen Schritten war er bei seinem Lada. Er riss die Fahrertür auf, warf sich hinters Steuer und brauste nur Sekunden später die Straße nach Fuchsrod hinauf. Er wusste ja nicht, wie viel Zeit ihm noch blieb. Die Entführer hatten keine Deadline genannt.

18

Der Weg nach Fuchsrod führte über zwei Brücken, eine über den Bach selbst, eine über den Zufluss. Es war die einzige Möglichkeit, die kleine Ansiedlung und den Fuchsrücken oberhalb zu erreichen. Die Brücke über den Fuchsbach war bei dem Unwetter am frühen Nachmittag zerstört und von der Feuerwehr durch eine stabile Pontonbrücke ersetzt worden. Die zweite Brücke, die über den Zufluss führte, hatte gehalten. Noch. Sie war ebenso alt und verwittert wie jene, deren Fundament der angeschwollene Fluss ausgehöhlt hatte. Der Zement zwischen den Steinen war aufgeweicht und brüchig; die Steine lagen stellenweise nur noch locker übereinander. Dass sie nicht zusammengebrochen war, lag nur daran, dass der Zufluss nicht dieselbe reißende Strömung entwickelt hatte wie der Fuchsbach selbst. Doch die Linie zwischen Stabilität und Einsturz war ein schmaler Grat.

Die beiden Personen, die ihren Wagen auf der zum Ort liegenden Seite des Zuflusses abstellten und im Schutz der Dunkelheit auf das marode Bauwerk zuschlichen, wussten das. Immerhin lebten sie seit mehr als zwei Jahrzehnten in Fuchsrod. Sie trugen schwarze Ganzkörperanzüge aus Neopren inklusive Kopfhauben mit Stirnlampen, dazu stabile Taucherbrillen und Schwimmflossen. Eine der beiden Personen schleppte eine schwere Tasche, die andere eine aufgewickelte Rolle Kabel. Mit ihren Entenfüßen platschten sie zum Ufer, und der erste Taucher öffnete seine Tasche.

Er hatte sich oft gefragt, warum sie das Zeug all die Jahre hindurch aufgehoben hatten. Sie hatten es nie gebraucht; ihre Gegner hatten sie weitaus eleganter und lautlos ausgeschaltet. Doch wenn man Dinge besaß, die nicht so leicht neu zu beschaffen waren, warf man sie nicht einfach weg. Jetzt war er froh darüber. Der verrückte Ronny, der Kontakte zu allerhand seltsamen Gestalten gehabt hatte, hatte das Zeug damals besorgt und dem Meister voller Stolz überreicht. Genützt hatte es ihm nichts, zu oft hatte er sich nicht an die Regeln gehalten und das Vertrauen der Gruppe verloren. Am Ende hatte er sich mit zwei Glaubensbrüdern absetzen wollen, doch die drei waren nicht weit gekommen. Sie hatten teuer für ihren Verrat bezahlt und ihr kaltes und frühes Grab im Eiskeller von Körbers Haus gefunden.

Die beiden Taucher teilten die handlichen Stangen unter sich auf, und dann glitten sie unter die Oberfläche. Die Stirnlampen warfen ein blasses, unheimliches Licht durch das trübe und immer noch aufgewühlte Wasser hindurch auf die steinernen Brückenpfeiler.

Es war nicht schwer, Stellen zu finden, an denen sich die Stangen platzieren ließen. In den Fugen zwischen den Steinen klafften immer wieder große Löcher, wo der Zement – oder was auch immer man beim Bau als Fugenmasse verwendet hatte – von der Strömung herausgespült worden war.

Sorgsam steckten sie die Stangen in die Öffnungen und verbanden sie anschließend mit dem Kabel, das der zweite Taucher abwickelte und dem ersten anreichte. Das Ganze dauerte nur knapp eine Viertelstunde, dann standen die beiden in nasses Schwarz gehüllten Gestalten wieder am Ufer. Über ihnen zogen dunkle Wolken über den grafitgrauen Himmel. Der fahle Mond tauchte die Szene in ein unheimliches Zwielicht.

Der erste Taucher ging zum Wagen und holte einen schweren schwarzen Kasten aus dem Kofferraum, an dem sich ein stabiler Griff, mehrere Knöpfe und ein wuchtiger Hebel befanden. Er stellte ihn gut fünfzig Meter vom Ufer entfernt in einer Mulde ab. Der zweite Taucher rollte das Kabel ab und befestigte das Ende an den entsprechenden Stellen am Kasten. Dann stieg er in den Wagen und fuhr ihn beiseite.

Der erste Taucher duckte sich in die Mulde. Er wusste nicht, ob es funktionieren würde. Das Zeug war alt und womöglich längst unbrauchbar geworden. Er hatte keine Ahnung, wie lange so etwas hielt, wie sich die Substanzen im Laufe der Zeit veränderten, ob sie durch Luft und Feuchtigkeit zersetzt wurden und ihre wesentlichen Eigenschaften verloren. Und ob sie sich für den Einsatz im Wasser überhaupt eigneten. Sie hatten es nicht ausprobieren können, das wäre viel zu auffällig gewesen. Es gab nur diesen einen Versuch.

Er schaute zurück, ob der Wagen in Sicherheit war. Dann legte er die Hand um den Hebel in der Mitte des Kastens. Er drückte ihn leicht herunter und spürte einen Widerstand. Klar, man sollte ihn nicht versehentlich auslösen. Ganz langsam verstärkte er den Druck und merkte, wie sich die Spannung immer weiter aufbaute. Dann hatte er die Schwelle überwunden, und der Hebel glitt wie auf Schienen nach vorn.

* * *

Der Knall war ohrenbetäubend und zerriss die Stille über dem Fuchsrücken mit fast urzeitlicher Gewalt. Ralph Angersbach verriss vor Schreck das Steuer. Er trat auf die Bremse und versuchte, das Unheil aufzuhalten, doch der Lada schlingerte auf der nassen Straße und rutschte in den Graben, ohne dass Ralph etwas dagegen tun konnte. Er spürte, wie das rechte Vorderrad wegkippte und sich der gesamte Niva zur Seite neigte. Für einen Moment glaubte er, der Wagen werde sich überschlagen, doch er rutschte nur auf dem schlammigen Untergrund in die Senke und blieb dort stecken.

Ralph umklammerte mit beiden Händen das Lenkrad und atmete stoßweise. Es dauerte eine Weile, bis der Schock abgeklungen war und er sich wieder rühren konnte. Ein Blick durch das rechte Seitenfenster zeigte ihm, dass er den Wagen nicht einfach wieder zurück auf die Straße fahren konnte, dazu steckte er zu tief und viel zu schräg im Graben.

Angersbach hielt sich mit einer Hand an dem Griff über der Fahrertür fest und löste mit der anderen den Gurt. Dann drehte er sich seitlich auf dem Sitz, fasste nach dem Türöffner und versuchte, die Tür aufzuschieben. Es gelang ihm nicht, weil er sie fast senkrecht nach oben drücken musste, während die Schwerkraft die schwere Wagentür in die Gegenrichtung zog.

Ralph keuchte wütend. Er drehte sich noch weiter zur Seite, hakte den rechten Fuß hinter die Kante des Fahrersitzes und stemmte den linken gegen die Innenseite der Tür. Sie öffnete sich einen Spaltbreit. Er umklammerte mit einer Hand das Wagendach, mit der anderen den seitlichen Holm und wand sich zentimeterweise durch die Lücke. Endlich gelang es.

Halb in der Luft hängend, suchte er mit dem linken Fuß nach Halt und stieß sich mit Schwung vom Wagen ab. Sein Fuß glitt auf dem schlammigen Untergrund aus. Ralph landete mit den Knien im Schlamm und rutschte halb unter den Niva. Keuchend krallte er die Finger in den aufgeweichten

Boden und zog sich stückweise nach oben. Als er schließlich auf der Straße stand, war er von oben bis unten mit Schlamm besudelt, doch das interessierte ihn nicht. Er wischte sich die Hände an der Hose ab und schaute sich suchend um.

Was ihn erschreckt hatte, war eindeutig eine Explosion gewesen. Eine Sprengung im Steinbruch in Bruchfeld? Doch warum sollte man solche Arbeiten dort um diese Uhrzeit, im Dunkeln, ausführen? Sein Blick glitt weiter Richtung Tal. Dort hing eine weißgraue Staubwolke über den Feldern, die langsam im Wind trieb, wabernd, wie eine aufgeplusterte Luftmatratze auf einem trägen Fluss.

Was um alles in der Welt war da passiert?

Angersbach hatte keine Ahnung, aber es spielte im Moment auch keine Rolle. Er musste Sabine finden, ehe die Entführer ihr etwas antaten. Ein Blick auf den Niva zeigte ihm, dass er den Wagen nicht ohne schweres Gerät aus dem Graben bekommen würde, und dafür war jetzt keine Zeit. Also musste er den Rest des Weges zu Fuß gehen.

Ralph setzte sich in Bewegung, blieb aber schon nach ein paar Schritten wieder stehen. Hatte er da etwas gehört? Ein Fahrzeug, das über die Straße nach Fuchsrod hinaufkam?

Konnte das schon das SEK sein? Nein. Die Kollegen würden von Kassel hierher noch mindestens eine Viertelstunde, wenn nicht sogar eine halbe oder ganze Stunde brauchen. Aber wer auch immer dort kam, konnte ihn ein Stück mitnehmen. Jede Sekunde war wertvoll.

Er drehte sich um und spähte in Richtung Tal. Die Staubwolke begann sich aufzulösen, der Wind teilte sie in kleinere Schwaden, die davontrieben. Das Motorengeräusch wurde lauter, und dann tauchte tatsächlich ein Paar Scheinwerfer in der Dunkelheit auf und kam mit schnellem Tempo auf ihn zu.

Angersbach stellte sich mitten auf die Straße und ruderte mit den Armen. Der Wagen wurde langsamer. Ralph ließ die Arme sinken und ging dem Fahrzeug entgegen. Als er es fast erreicht hatte, röhrte der Motor auf, und der Wagen beschleunigte wieder. Er raste direkt auf Angersbach zu. Die Scheinwerfer blendeten ihn, sodass er weder den Fahrer noch den Fahrzeugtyp erkennen konnte. Mit einem Sprung zur Seite versuchte er sich in Sicherheit zu bringen, doch er war zu langsam. Die Schnauze des Wagens streifte ihn, die Front stieß gegen seine rechte Schulter und wirbelte ihn herum. Sein Kopf kollidierte mit irgendetwas. Er wurde zur Seite geschleudert, rollte ein Stück hügelabwärts und prallte gegen einen Baumstamm. Ein scharfer Schmerz schoss ihm durch den Brustkorb, und für ein paar Sekunden wurde ihm schwarz vor Augen. Mühsam wandte er den Kopf und blinzelte. Er konnte gerade noch erkennen, wie die Scheinwerfer in der Dunkelheit verschwanden.

Stöhnend sortierte er seine Glieder und kam mit einiger Anstrengung auf die Füße. Wieder dieser stechende Schmerz in der Brust. Die gebrochene Rippe, die er schon fast vergessen hatte, nachdem der Arzt der Rotfüchse sie so gut bandagiert hatte. Ralph presste die flache Hand darauf und atmete vorsichtig ein und aus, bis der Druck ein wenig nachließ. Dann dachte er nach.

Für die Attacke des Fahrers gab es nur eine Erklärung. Es musste einer von Sabines Entführern gewesen sein. Und dort, wohin er gefahren war, stand nur noch ein einziges Gebäude. Das Haus der Rotfüchse.

Also hatte er richtiggelegen. Maik Possel und seine Anhänger gehörten zu der Sekte, auch wenn Possel nicht der Anführer gewesen war. Aber dass er heute so aussah wie Körber damals, konnte ja auch daran liegen, dass er von diesem gelernt hatte, ihm nacheiferte und mittlerweile seine eigene Sekte führte, die ihrem einstigen Guru noch treu ergeben war.

Angersbach wischte sich erneut die Hände an der Hose ab und machte sich an den Aufstieg. Als er wieder auf der Straße stand, zog er sein Smartphone aus der Hosentasche. Zum Glück hatte das Gerät sowohl seinen Absturz in den Graben als auch den Zusammenstoß mit dem unbekannten Fahrzeug unbeschadet überstanden.

Er wollte gerade die Koordinierungsstelle anrufen, um nachzufragen, wann er mit dem SEK rechnen konnte, als ihm der Eingang einer SMS angezeigt wurde. Sie kam von Sabine Kaufmanns Handy.

Ralphs Puls beschleunigte sich. Mit zitternden Fingern öffnete er die Nachricht.

> Wir werden dieses Handy nur noch ein einziges Mal einschalten. In einer Stunde. Wenn wir bis dahin keine Nachricht erhalten haben, dass Reinhold Körber auf freiem Fuß ist, ist Ihre Kollegin tot.

Angersbach schluckte. Er tippte »Verstanden« und schickte die Nachricht ab. Zwei Sekunden später kam die Antwort. Die Entführer hatten ihm allen Ernstes ein Emoticon geschickt – den erhobenen »Gefällt mir«-Daumen. Ralph drückte die Nachricht wütend weg und tippte auf die Nummer der Koordinierungsstelle.

»Wie lange braucht das SEK noch?«, schnaufte er, als der zuständige Kollege das Gespräch annahm, und berichtete aufgewühlt von dem Ultimatum.

»Zwanzig Minuten, dann ist die Einheit in Fuchsrod«, beruhigte ihn der Koordinator. »Haben Sie inzwischen die genaue Position des Ziels?«

»Ich denke schon.« Er nannte die Adresse der Rotfüchse.

»Gut. Warten Sie auf die Kollegen. Unternehmen Sie nichts auf eigene Faust. Wir sind gleich bei Ihnen.«

Angersbach schob das Telefon zurück in die Tasche. Er kaute auf den Lippen, schaute die Straße hinauf und hinunter. Einen Augenblick lang zögerte er. Dann setzte er sich wieder in Bewegung und marschierte in Richtung des Mittelalterhofs. Er konnte nicht hier herumstehen und nichts tun, während sich Sabine in der Gewalt der Entführer befand.

* * *

Sabine Kaufmann blinzelte. Sie konnte nicht viel erkennen. Der Raum, in dem sie saß, war komplett verdunkelt, und ihr gegenüber war eine grelle Lampe auf einem Stativ montiert, die ihr direkt ins Gesicht schien. Sie wollte die Hand heben, um das aggressive Licht abzuschirmen, stellte jedoch fest, dass sie es nicht konnte, weil ihre Arme auf dem Rücken gefesselt waren. Ein Versuch, die Füße zu bewegen, verriet ihr, dass auch ihre Beine an den Stuhl gebunden waren, auf dem sie saß.

Sie kniff die Augen zusammen und starrte in Richtung der Verhörleuchte. Nur schemenhaft konnte sie dahinter eine kleine, runde, glänzende Fläche ausmachen und ein rötliches Licht, das wie im Nebel über der Scheibe zu schweben schien.

Eine Kamera, folgerte sie und wandte den Kopf ab. Links von ihr stand eine Pritsche, die aus einer psychiatrischen Einrichtung zu stammen schien. Der Bezug bestand aus weißem, abwaschbarem Kunststoff. Am Fußende und an den Seiten befanden sich stabile Lederriemen mit Schnallen und Ösen, geeignet, um jemandem, der auf der Liege lag, Hände und

Füße zu fesseln. Dazu gab es auf Knie-, Brust- und Kopfhöhe weitere breite und schwere Riemen, lang genug, um sie einmal über den Liegenden zu schlagen und auf der gegenüberliegenden Seite zu fixieren. Wenn man wollte, konnte man auf dieser Pritsche jemanden derart fesseln, dass er sich keinen Millimeter mehr bewegen und nicht einmal mehr den Kopf heben konnte. Sie konnte beinahe froh sein, dass ihre Entführer bisher keine Notwendigkeit gesehen hatten, sie dort festzubinden. Verglichen mit der Liege war der Stuhl, auf dem sie saß, geradezu bequem.

Sabine schaute auf die andere Seite. Zu ihrer Rechten befand sich eine Werkbank, auf der einige Gerätschaften lagen. Als sich ihre Augen an die Lichtverhältnisse gewöhnt hatten, erkannte sie, dass es mehrere Hämmer mit gummierten Griffen und verschieden großen Köpfen waren. Dazu Plastikflaschen mit Stopfen, wie man sie aus medizinischen Laboren kannte, und in Plastikfolie verpackte Einwegspritzen, außerdem ein Karton mit blauen Latexhandschuhen in Größe L. Daneben lagen fünf weitere kleine Objekte mit handlichen Griffen, die sie zunächst für Gartenharken hielt. Dann dämmerte ihr, worum es sich in Wirklichkeit handelte. Das waren keine Harken. Das waren Brandeisen.

Ihr Blick wanderte weiter nach unten. Dort stand ein kleiner Metalltopf mit gummierten Füßen. Daneben lehnte ein Sack an der Wand, von der Sorte, wie man sie im Sommer tausendfach in allen Supermärkten und Baumärkten fand. Grillkohle.

Sabine schluckte, doch ihr Hals war so ausgedörrt, dass ihr Kehlkopf nur trocken klickte. Obwohl sie sich mit aller Kraft dagegen wehrte, lief vor ihrem geistigen Auge ein Film ab. Ihre Entführer, die sie auf die Pritsche fesselten, ihr mit den Hämmern die Glieder zertrümmerten und mit den glühenden

Eisen das Wort »Verrat« auf die Brust brannten. Wären sie so gnädig, ihr vorher den Schädel einzuschlagen? Oder würden sie das erst tun, nachdem sie sich vor Angst in die Hose gemacht und unter der Folter den Verstand verloren hatte?

Aber wenn es das war, was sie vorhatten, weshalb hatten sie es nicht sofort getan, nachdem sie sie in ihre Gewalt gebracht hatten, sondern sie erst in diese Kammer geschafft und an den Stuhl gefesselt? Vielleicht brauchten sie ihre Geisel noch, dachte sie, und ein Funken Hoffnung flackerte auf. Weil sie planten, sie gegen den gefangenen Körber auszutauschen. Oder, kam ihr ein anderer Gedanke, der ihr die Magensäure in einem Schwall nach oben spülte, hatten sie bloß darauf gewartet, dass sie aufwachte? Weil sie nicht nur planten, sie zu töten, sondern wollten, dass sie jede Sekunde der Tortur bei vollem Bewusstsein erlebte?

Sie leckte sich über die spröden Lippen, um sie zu befeuchten. Ihr Herz hämmerte wie verrückt. Ihr war speiübel. Das Bild vor ihren Augen wurde immer wieder unscharf. Sie musste nachdenken, musste eine Lösung finden, wie sie sich aus dieser fürchterlichen Situation befreien konnte, doch ihr Kopf spielte nicht mit. Sie konnte nicht richtig denken. Ihr Gehirn schwamm in einer zähen, schleimigen Flüssigkeit wie ein Kloß in grüner Soße.

Drogen, fiel ihr ein. Ihre Entführer hatten sie unter Drogen gesetzt. Sie hatten sie in eine hilflose Lage gebracht. Noch einmal blickte sie sich um, und die kalte Angst fraß sich durch ihre Eingeweide. Egal ob ihr Gehirn auf Hochtouren lief oder wie ein toter Fisch dahintrieb – es gab nichts, das sie tun konnte. Außer darauf zu hoffen, dass sie jemand fand, bevor es zu spät war.

* * *

Die beiden Fahrzeuge des Spezialeinsatzkommandos rasten über die Landstraße in Richtung Fuchsrod. Bei dem vorderen war das Fernlicht eingeschaltet, das einen lang gezogenen Lichtkegel auf die Landschaft warf. Rechts von ihnen tauchte ein baumbestandener Höhenzug auf.

»In fünfzig Metern überqueren Sie den Fuchsbachzufluss«, sagte die säuselnde Stimme aus dem Navi. Der Fahrer warf einen genervten Blick auf das Gerät. Er hasste diese dämlichen Ansagen. Als er die Augen wieder auf die Straße richtete, keuchte er erschrocken auf. Mit aller Kraft trat er auf die Bremse. Das Fahrzeug schlingerte und kam ein paar Meter vor dem Wasserlauf zum Stehen.

Zwei Sekunden später knallte es, und die Insassen wurden nach vorn geschleudert. Der Wagen machte einen Satz und landete mit den Vorderrädern im Wasser. Fünf weitere Sekunden später wurde die Fahrertür aufgerissen. Der Fahrer des zweiten Wagens, eingezwängt in seine schwarze Einsatzmontur, funkelte seinen Kollegen wütend an.

»Was soll der Scheiß?«, fauchte er. »Wieso bremst du so plötzlich?«

Der Fahrer des ersten Wagens deutete wortlos durch die Windschutzscheibe nach vorn. Sein Kollege folgte dem ausgestreckten Finger und starrte fassungslos auf den Fuchsbachzufluss. Dort, wo sich einmal die Brücke befunden hatte, ragte nur noch ein einzelner Pfeiler aus dem Wasser wie ein abgebrochener Zahn.

»Ach du Kacke«, sagte er. »Da kommen wir nicht rüber.«

Der erste Fahrer griff zum Funkgerät. Er musste die Leitstelle informieren. Und dann mussten sich die Koordinatoren schleunigst etwas einfallen lassen.

* * *

Ralph Angersbach marschierte die letzten Meter der steilen Straße hinauf und blieb vor dem Grundstück stehen, auf dem sich das Haus der Rotfüchse befand. Er war außer Atem, und sein Herz hämmerte, weil die Angst um Sabine mit jeder Minute, die verrann, wuchs. Eine Viertelstunde des Ultimatums war bereits verstrichen. Immerhin bedeutete das auch, dass das Spezialeinsatzkommando jeden Moment eintreffen würde. Sie würden das Haus der Rotfüchse stürmen und die Bewohner überwältigen, so viel war sicher. Trotzdem konnte alles Mögliche schiefgehen. Wenn sich die Sektenmitglieder nicht kampflos ergaben und seine Kollegin als Schutzschild benutzten, um freien Abzug zu erzwingen. Oder wenn sie Sabine nicht in ihrem Haus, sondern an einem anderen Ort gefangen hielten.

Reinhold Körber auf freien Fuß zu setzen war keine Option. Man ging nicht auf die Forderungen von Verbrechern ein, die versuchten, Gefangene unter Androhung von Gewalt freizupressen. Und selbst wenn es anders wäre – eine Stunde hätte niemals gereicht, um die Prozedur über die Bühne zu bringen. Man konnte schließlich nicht einfach anrufen und sagen: »Schickt den Mann nach Hause.« Da brauchte es erst einen Staatsanwalt und einen Richter, die den entsprechenden Beschluss fassten, ehe er in der Justizvollzugsanstalt umgesetzt werden konnte. Selbst wenn sich alle beeilten, wäre Körber kaum rechtzeitig draußen. Und was wäre dann? Die Entführer könnten Sabine trotzdem nicht freilassen, weil sie keine Garantie hatten, dass man Körber nicht verfolgte und ihn sofort wieder festnahm, sobald die Kollegin in Sicherheit war. Sie würden sie also weiter festhalten und Druck machen, neue Forderungen stellen – und irgendwann käme der Punkt, an dem es nicht mehr weiterging.

Ralph schaute die Straße hinunter, doch vom SEK war

noch nichts zu sehen. Also lief er geduckt über den Weg zum Haus und schlich an der Wand entlang auf eines der Fenster zu. Solange er allein war, konnte er sich zumindest schon einmal einen Überblick verschaffen.

Er spähte durch die Scheibe in den erleuchteten Raum. Fünf Personen saßen am Esstisch, Possels vier Kinder und die junge Sekretärin Jana Starke. Sie hatten Teller vor sich stehen und löffelten eine Art Suppe oder Eintopf. Maik Possel, seine Frau Inge und der Arzt Otto Fischer dagegen fehlten. Weil sie gerade irgendwo im Keller damit beschäftigt waren, Sabine Kaufmann zu malträtieren? Er hatte gesehen, wie skrupellos die Sekte ihre Opfer zugerichtet hatte. Was, wenn sie seiner Kollegin dasselbe antun wollten?

Er zuckte zusammen, als das Smartphone in seiner Tasche zu klingeln begann. Eilig zog er es heraus und drückte den Rufannahmeknopf. Warum hatte er das Ding nicht auf lautlos gestellt, ehe er zum Haus geschlichen war? Wenn jemand das Klingeln gehört hätte, wäre er aufgeflogen und der Überraschungsvorteil dahin.

Weil er noch in Gedanken war, kapierte er erst nach ein paar Sekunden, was sein Gesprächspartner gesagt hatte.

»Was? Das SEK kann nicht kommen?«

»Jemand hat die Brücke über den Fuchsbachzufluss gesprengt«, erklärte der Einsatzkoordinator am anderen Ende. »Und eine andere Zufahrtsstraße nach Fuchsrod gibt es nicht.«

Das war der ohrenbetäubende Knall gewesen, den er gehört hatte, ehe man ihn auf der Straße über den Haufen gefahren hatte. Die Rotfüchse hatten ganze Arbeit geleistet. Sie hatten nicht nur Sabine in ihrer Gewalt, sondern auch noch dafür gesorgt, dass die Polizei nicht in ihre Nähe kommen konnte.

»Dann schicken Sie Hubschrauber«, fauchte er ins Telefon.

»Würde ich machen«, sagte der Einsatzkoordinator am anderen Ende. »Aber das würde nichts nützen. Die können auf dem Fuchsrücken nirgendwo landen. Der Baumbestand ist zu dicht. Und alle Felder drum herum, die sich eignen würden, liegen auf der falschen Seite des Fuchsbachs.«

»Aber ich brauche die Truppe«, drängte Ralph. »Uns läuft die Zeit davon. Wir haben nur noch knapp vierzig Minuten.«

»Die Feuerwehr ist unterwegs. Die bauen so schnell es geht eine Pontonbrücke über den Zufluss, genau wie die über den Fuchsbach.«

»Das dauert doch viel zu lange.« Angersbach spürte, wie ihn die Verzweiflung überrollte.

Der Koordinator dachte nach. »Wir könnten den Entführern eine gefakte Nachricht von Körber schicken, dass er draußen ist. Das müssten sie zumindest überprüfen, und wir würden etwas Zeit gewinnen.«

»Ja, probieren Sie das«, stimmte Ralph zu und beendete das Gespräch. Es war eine vage Chance, doch er bezweifelte, dass der Trick funktionierte. Wenn er auf Nummer sicher gehen wollte, musste er jetzt handeln. Helfen würde ihm niemand. Er war auf sich allein gestellt.

19

Ralph dachte an die alten Rambo-Filme. Wenn man es als Einzelner mit einer Übermacht zu tun hatte, musste man schneller und geschickter sein als der Gegner – und vor allem skrupelloser und grausamer. Natürlich war er nicht Rambo, aber er war verdammt wütend. Und gegen einen wütenden Angersbach war Rambo ein Fliegenschiss.

Er drückte sich weiter an der Hauswand entlang und schlich um das Gebäude herum zur Hintertür. Versuchsweise drückte er die Klinke hinunter. Zu seiner Überraschung war nicht abgeschlossen. Offenbar glaubten die Rotfüchse nicht, dass er ihnen nach dem Zusammenprall mit ihrem Fahrzeug noch gefährlich werden konnte. Die würden sich wundern!

Mit ein paar Schritten hatte er den kahlen Flur durchquert und öffnete lautlos die Tür zum Esszimmer. Possels Kinder und Jana Starke saßen noch immer über ihre Teller gebeugt. Von Possel, seiner Frau und dem Arzt fehlte nach wie vor jede Spur. Sollte er das Haus durchsuchen? Oder lieber zu denselben Mitteln greifen wie die Rotfüchse? Ralph entschied sich für die Rambo-Variante. Schnell wählte er sein Opfer aus. Melanie Possel, die jüngere Tochter, schmal und verhuscht. Bei ihr hätte er leichtes Spiel.

Angersbach stieß mit Schwung die Tür auf und war mit ein paar Schritten bei der jungen Frau, die gerade den Rest ihrer grauen Suppe löffelte. Mit einem Arm nahm er sie in den Würgegriff, mit der anderen Hand zog er seine Pistole aus dem Holster und hielt sie ihr an den Kopf. Der Löffel fiel klappernd zu Boden. Die anderen vier am Tisch, die mit den Blicken kaum hatten folgen können, seit er in den Raum gestürmt war, starrten ihn mit offenen Mündern an.

»Wo ist Possel?«, brüllte Ralph.

Er bemerkte die Irritation auf ihren Gesichtern, und ihm fiel ein, dass sie bis auf Jana Starke ja alle Possel hießen.

»Maik Possel. Und seine Frau. Und Otto Fischer.«

»Die sind …«, setzte der dürre Benjamin Possel an, doch ehe er den Satz zu Ende gesprochen hatte, öffnete sich die Haustür, und Maik Possel trat ein, die Arme beladen mit einem Stapel frisch begrünter Zweige.

»Was?« Possel ließ die Zweige fallen und machte ein paar Schritte auf Ralph zu, ehe er die Waffe registrierte und abrupt stehen blieb. Hinter ihm kamen Inge Possel und Otto Fischer ins Haus, die Frau mit einem geflochtenen Weidenkorb in der Hand, der Arzt mit einem großen Leinenbeutel auf der Schulter.

»Kommissar Angersbach?«, stotterte Possel verwirrt. »Was soll denn das?«

»Sagen Sie mir, wo meine Kollegin ist. Sofort!«, brüllte Ralph.

Possel hob abwehrend die Hände. »Ihre … Woher sollen wir das wissen?«

»Lassen Sie die Spielchen.« Angersbach presste den Lauf der Waffe fester gegen Melanie Possels Kopf. »Sie haben sie entführt. Und Sie lassen sie jetzt frei, sonst kann ich für nichts garantieren.«

Melanie Possel erschlaffte plötzlich und sackte zur Seite. Ralph lockerte automatisch den Klammergriff um ihren Hals. War die junge Frau vor Angst ohnmächtig geworden? Er beugte sich vor, um ihr ins Gesicht zu sehen. Im selben

Moment rammte sie ihm mit voller Kraft ihren spitzen Ellenbogen in die Rippen.

Angersbach keuchte auf. Die gebrochene Rippe bohrte sich ihm ins Fleisch wie eine glühende Klinge. Verzweifelt versuchte er zu atmen. Der spitze Ellenbogen traf ihn ein zweites Mal an derselben Stelle.

Er bekam keine Luft mehr. Seine Knie gaben unter ihm nach. Er stürzte zur Seite, und die Pistole glitt ihm aus der Hand. Sofort waren Maik Possel und Otto Fischer über ihm. Ralph hob die Arme, um sich zu wehren, doch die Schwärze, die sich in seinem Kopf ausbreitete, zog ihn erbarmungslos in die Tiefe.

* * *

Sabine Kaufmann fuhr hoch. Sie war wieder weggedämmert, doch jetzt hatte ein Geräusch sie geweckt. Waren es Schritte auf dem Flur?

Sie japste vor Schreck, als sich die Tür zu ihrem Gefängnis mit einem Knarren öffnete. Sie begann am ganzen Leib zu zittern und spürte, wie sie die Kontrolle über ihren Schließmuskel verlor. Die warme Flüssigkeit zwischen ihren Beinen durchnässte die Jeans.

War ihre letzte Stunde jetzt gekommen?

Hinter dem starken Scheinwerfer, der sie blendete, konnte sie schemenhaft eine Gestalt ausmachen. Die Person war mit ein paar schnellen Schritten neben ihr. Sabine wandte den Kopf und versuchte, etwas zu erkennen, doch der Wechsel vom grellen Licht in den Schatten jenseits des Scheinwerferkegels war zu abrupt. Sie sah nur einen milchigen Schleier, dahinter Dunkelheit. Als sich ihre Augen endlich auf die Lichtverhältnisse eingestellt hatten und sich die Konturen der Pritsche aus dem Dunkel des Raums hervorhoben, war der Entführer bereits hinter ihr. Sabine drehte den Kopf, so weit sie konnte, doch mehr als den dunklen Ärmel der Person konnte sie nicht erkennen.

Hinter ihr raschelte es, und jemand schob ihr einen weichen Knebel in den Mund. Dann wurde ihr etwas Weiches über den Kopf gestülpt. Eine Kapuze aus dunklem Stoff ohne Öffnungen. Sie bedeckte ihr gesamtes Gesicht und schmiegte sich an den Hinterkopf. Gleich darauf spürte sie einen Zug an der Kehle. Eine Kordel legte sich um ihren Hals und wurde straff gezogen und verknotet, sodass ihr Kopf in der Kapuze gefangen war. Für einen Moment bekam sie Panik, dass sie ersticken würde, doch dann merkte sie, dass sie durch den Stoff hindurch atmen konnte. Offenbar ging es nicht darum, sie zu töten. Man wollte ihr nur die Stimme und die Sicht nehmen.

Damit sie ihre Entführer nicht erkannte? Oder um die Hölle, durch die man sie zu schicken gedachte, noch grausamer zu gestalten? Wenn man nicht wusste, was auf einen zukam, und ohne Pause vor dem nächsten Schmerz zitterte, war Folter noch schwerer zu ertragen, als wenn man ihr zumindest ins Auge sehen konnte.

Sie lauschte, um herauszufinden, was die Person hinter ihr als Nächstes tat, doch die rührte sich nicht. Dachte sie darüber nach, mit welchem der aufgereihten Werkzeuge sie beginnen sollte?

Plötzlich stach ihr etwas in den Hals, und sie schrie vor Schreck laut auf. Die Nadel bohrte sich ins Fleisch, und sie spürte, wie der Kolben der Spritze hinuntergedrückt wurde. Ein Betäubungsmittel? Die Nadel verschwand, und gleich darauf registrierte sie, wie der Entführer zur Tür ging, sie öffnete und mit einem leisen Klicken wieder ins Schloss zog. Sie fühlte, dass sie allein war.

Sie wartete darauf, dass sich die Betäubung in ihren Gliedern breitmachte, doch stattdessen schienen sich ihre Sinneseindrücke mit jeder Sekunde zu schärfen. Es war, als könnte sie plötzlich durch den schwarzen Stoff der Kapuze hindurchsehen und jedes Detail im Raum wahrnehmen, die Pritsche mit den Riemen und den Tisch mit den Hämmern und Brandeisen. Die Entführer wollten es ihr nicht leicht machen. Sie wollten die maximale Grausamkeit.

Sabine spürte, wie Panik sie überflutete. Ihr Körper bebte, ihr Herz raste, und sie begann zu hyperventilieren. So, schoss es ihr durch den Kopf, musste sich ein Gefangener in der Todeszelle am Tag der Hinrichtung fühlen.

* * *

Ralph Angersbach schlug stöhnend die Augen auf. Er lag auf einer harten Pritsche. Otto Fischer, der Mann mit dem Musketier-Bärtchen, beugte sich über ihn.

»Atmen Sie ganz ruhig«, sagte er. »Als praktischer Arzt hätte ich Ihnen eine Spritze verabreicht, aber im Mittelalter gab es so etwas nicht. Wir müssen uns also mit den Hausmitteln begnügen.« Er nahm einen Becher und hielt ihn Ralph an die Lippen.

»Was ist das? Gift?«, schnaubte Angersbach.

»Ein Sud, der Ihre Schmerzen lindern soll«, erwiderte der Arzt. »Sie müssen ihn nicht trinken. Aber wenn Sie wieder auf die Beine kommen wollen, würde ich Ihnen dringend dazu raten. Sie hätten die gebrochene Rippe schonen sollen. Stattdessen hat sie sich fast in Ihre Lunge gebohrt. Ich hatte einige Mühe, sie zu richten.«

Die Tür zu dem kleinen Raum öffnete sich, und Maik Possel kam herein.

»Alles okay?«, erkundigte er sich.

Fischer nickte.

Possel trat an die Liege. »Was ist denn passiert?«, fragte er Angersbach. »Warum sind Sie wie ein Tollwütiger in unser Haus gestürmt und haben versucht, meine Tochter in Ihre Gewalt zu bringen?«

Ralph kniff die Augen zusammen. Die Besorgnis in Possels Gesicht schien echt zu sein. Hatte er sich getäuscht? Waren doch nicht die Rotfüchse die Entführer und ehemaligen Sektenmitglieder, sondern die Leute vom Ökohof? Harald Kromm, Bernd Henke und Nina Wollmacher? Aber warum war dann der Wagen, der ihn angefahren hatte, weiter hangaufwärts gerast? Der Ökohof befand sich unterhalb der Stelle, an der ihn das Fahrzeug erfasst hatte. Doch vielleicht gab es ja oben auf dem Fuchsrücken noch ein Versteck?

»Verraten Sie mir zuerst, wo Sie sich aufgehalten haben, bevor Sie hergekommen sind«, forderte er.

Possel lächelte matt. »Dort, wo wir auch waren, als Martin Lubitz ermordet wurde. Auf der kleinen Lichtung unterhalb des Fuchsrückens, wo wir Heilkräuter und junge Triebe gesammelt haben, die Otto für seine Heiltränke braucht. Scheint, als würde uns das zum Verhängnis werden. Immer, wenn wir dort sind, brauchen wir offenbar dringend ein glaubhaftes Alibi. Aber das können wir uns mal wieder nur gegenseitig geben.«

Ralph erinnerte sich, dass Possel, seine Frau und der Arzt den Wohnraum tatsächlich mit einem Bündel Zweige, einem Weidenkorb und einem prall gefüllten Jutesack in den Händen betreten hatten. Sagten sie die Wahrheit? Konnte er ihnen vertrauen? Wenn sie die Entführer wären, hätte sich Otto Fischer wahrscheinlich nicht um seine Verletzung gekümmert, sondern sie hätten ihn zu Sabine ins Verlies gesperrt.

Er beschloss, den Versuch zu wagen. Letztlich blieb ihm ohnehin keine Wahl, also fasste er, so gut er konnte, die Ereignisse der letzten Tage zusammen.

Possels Augen wurden bei jedem seiner Worte größer. »Reinhold Körber war der Kopf der Sekte, die Sie gesucht haben?«, fragte er fassungslos. »Und jetzt haben seine Leute Ihre Kollegin entführt, um ihn freizupressen?«

Angersbach nickte und sah auf die Uhr. Nur noch fünf Minuten, dann war das Ultimatum abgelaufen.

Inge Possel, die im Verlauf des Gesprächs dazugekommen war, zupfte an ihren Lippen. »Was ist mit der alten Hütte oben beim Opferstein?«, fragte sie. »Kannst du dir vorstellen, dass man sie dort gefangen hält?«

In Maik Possels Augen glühte etwas auf. »Das könnte es sein!«, rief er. Er zeigte auf den Becher, den Otto Fischer immer noch in der Hand hielt. »Trinken Sie! Je eher wir uns auf den Weg machen, desto besser.«

Er stürzte aus dem Raum, und Angersbach hörte, wie er nach seinem Sohn Benjamin rief: »Hol die Waffen, Benny!«

Entschlossen nahm er Fischer den Becher ab und leerte ihn in einem Zug. Das Zeug schmeckte widerlich, wie Spinat mit vergorenen Früchten und saurer Milch, doch kaum dass er den Sud intus hatte, meinte er zu spüren, wie seine Kräfte zurückkehrten. Er richtete sich auf und betastete seine Brust, die Fischer frisch bandagiert hatte. Kein Schmerz mehr, nur noch ein dumpfes Pochen. Fischer reichte ihm sein Hemd, und Ralph streifte es über. Es folgte das Holster mit seiner Dienstpistole, das er sich umhängte. Schließlich schlüpfte er in seine Jacke und stand auf. Kein flaues Gefühl, keine wackeligen Knie mehr.

»Das Rezept müssen Sie mir geben«, sagte er zu Fischer.

Der Arzt lächelte nur fein.

»Kriegen Sie nicht«, erklärte Maik Possel, der wieder in der Tür stand. »Die Zutaten ihrer Zaubertränke verraten die weisen heilkundigen Männer nur ihren Schülern. Und wir müssen jetzt los. Kommen Sie.«

Ralph folgte ihm in den Flur und sah erneut auf die Uhr. Nur noch eine Minute. Das Ultimatum würde verstreichen, ohne dass die Entführer bekamen, was sie wollten. Dann fiel ihm ein, dass der Einsatzkoordinator eine Falschmeldung hatte schicken wollen. Vielleicht reichte das, um Körbers Anhänger noch eine Weile hinzuhalten.

Benjamin Possel betrat den Flur. In der einen Hand hielt er eine Streitaxt, in der anderen einen Bogen. Quer über die Brust verlief der Haltegurt des Köchers.

»Sind das Attrappen? Pompfen?« Angersbach erinnerte sich an den Fall auf dem Kreutzhof, bei dem ihm ein Zeuge die Waffen gezeigt hatte, die man bei Live-Rollenspielen, sogenannten LARPs, verwendete.

Benny lachte verächtlich. »Nein. Pompfen sind Kinderkram. Die hier sind echt. Oder wollen Sie mit einem Spielzeugschwert gegen ein paar gemeingefährliche Verbrecher antreten?«

* * *

Reinhold Körber stand mit dem Gesicht zur Außenwand, die Hände auf dem Rücken verschränkt, und schaute durch das vergitterte Fenster der Justizvollzugsanstalt in den Nachthimmel. Schwarze Wolken, nur dann und wann durchbrochen von einem fahlen Mond. Sterne waren wegen des Lichtsmogs der Stadt nur vereinzelt zu sehen. Anders als auf der Terrasse seines Hauses in Fuchsrod. Dort war es nachts wirklich dunkel, und man konnte ein ganzes Kaleidoskop funkelnder Sterne erblicken, und oft genug auch noch die Milchstraße dazu.

Ein Idyll, zu dem er niemals zurückkehren würde.

Dabei war es immer sein Traum gewesen, den Lebensabend dort zu verbringen. Bevor ihm Dietmar Schultheiß zum zweiten Mal sein Projekt gestohlen und ihn in den vorzeitigen Ruhestand genötigt hatte. Und bevor Martin Lubitz versucht hatte, ihn für dumm zu verkaufen. Wie euphorisch hatte er sich zu Beginn zu dem geplanten Golfplatz geäußert! Eine großartige Idee, profitabler und prestigeträchtiger für die Gemeinde – und viel leichter durch den Gemeinderat zu bringen als der Windpark, für den man sicher auch einen anderen Standort finden würde. Das waren seine Worte gewesen, die er gebetsmühlenartig wiederholt hatte. Dabei war er in Wirklichkeit hinter seinem Rücken schon mit Dietmar Schultheiß in Verhandlungen getreten, und der Windkraftdeal war fast in trockenen Tüchern. Schultheiß hatte ihm die Sache sicher mit einem großzügigen Geldgeschenk schmackhaft gemacht, und die Brücken über den Fuchsbach und den Zufluss wurden natürlich auch nur saniert, wenn die Rücken-Wind AG den Zuschlag bekam. Diese ganze Seifenblase mit dem Golfplatz war nur ein Ablenkungsmanöver gewesen, um ihn ruhigzustellen, damit er den Protest der Dorfbewohner gegen den Windpark nicht unterstützte. Durch eine Klage hätte er Schultheiß und Lubitz durchaus ein paar Steine in den Weg legen können.

Doch was hätte das auf Dauer genützt? Er hätte vielleicht eine noch größere Abfindung bekommen, oder man hätte ihm einen Anteil am Ertrag der Windanlage zugesprochen, doch die Windräder wären gekommen, so oder so, und hätten ihm seinen Lebensabend in dem Haus in Fuchsrod vergällt. Auch wenn man die Windräder nur vom Badezimmerfenster aus sah und das Panorama somit einigermaßen unbeschadet blieb – man hörte sie. Das leise Sirren der sich drehenden Räder, das metallische Brummen und Flattern, wenn der Wind die Richtung wechselte. Er hatte weiß Gott genug von den Dingern konstruiert, um zu wissen, wie sie klangen. Diesen Sound hätte er auf der Terrasse jeden Tag vernommen, und er hätte ihn für alle Zeit an seine Niederlagen und die Demütigungen durch Schultheiß und Lubitz erinnert.

Also war ihm keine andere Wahl geblieben, als das Haus zu verlassen. Portugal war keine schlechte Alternative. Und das Geld, das ihm Lubitz und Schultheiß zusätzlich hätten zahlen müssen, wenn er vor Gericht gegangen wäre, hätte wahrscheinlich für eine große Villa dort unten und ein luxuriöses Leben gereicht. Trotzdem hatte er sich anders entschieden, weil er nicht wollte, dass sie ungeschoren davonkamen.

Er hatte nie die ersten Jahre in Fuchsrod vergessen, die Zeit, als er mit seiner kleinen Glaubensgemeinschaft in dem Haus gelebt hatte. Ganz friedlich hatten sie dort gehaust, Drogen konsumiert und schrille Rituale im Wald zelebriert. Sie hatten alle Carlos Castaneda gelesen, diese Sammlung immer abstruserer rauschhafter Geschichten, die der Autor unter dem Einfluss halluzinogener Pflanzen erlebt hatte, und sie wollten ebenso eintauchen in die Welt außersinnlicher Erfahrungen. Großartige Momente hatten sie erlebt, Welten voller Farben und unfassbarer Glücksgefühle. Er selbst hatte sich das nötige Wissen angeeignet und seine Anhänger auf dieser Reise geführt, und sie hatten es ihm mit einer Treue gedankt, die an Hörigkeit grenzte.

Wenn er in seiner Gemeinschaft war, fühlte er sich gut. Er war der Meister. Er bestimmte, was geschah und was nicht.

Alles hätte so bleiben können – hätte nicht der junge und maßlos ehrgeizige Dietmar Schultheiß ihm seine Pläne gestohlen, um damit Karriere zu machen. Das hatte er nicht dulden können.

Es war nicht schwer gewesen, ein paar seiner Anhänger dazu zu bringen, die Verantwortlichen hinzurichten und auch dem abtrünnigen Bauern Gert Debus eine Lektion zu erteilen, während er selbst weit weg auf dem Kongress in Los Angeles war. Wer die Drogen kontrollierte, hatte die Macht. Dietmar Schultheiß hatten sie verschont – ihn zu töten wäre zu auffällig gewesen, hätte die Ermittler zu leicht auf seine Spur gesetzt. Und allen Streitigkeiten zum Trotz hatte er den Mann gemocht. Er war ein kreativer Kopf, sie hatten einige großartige Projekte zusammen auf die Beine gestellt, und nachdem der Windpark vom Tisch war, hatten sie andere Betätigungsfelder gefunden, und seine Wut war irgendwann verraucht. Bis Schultheiß ihn zwanzig Jahre später erneut über den Tisch gezogen hatte.

Seine Anhänger hatten damals gute Arbeit geleistet, doch in der Zeit nach den Lektionen für Debus, Beppler und Runzheimer kippte die Stimmung in der Gruppe. Plötzlich gab es die Täter und die, die mit der Gewalt nicht einverstanden waren. Er versuchte, sie mit mehr und stärkeren Drogen weiter gefügig zu machen, doch es funktionierte nicht. Eines Abends wollten die drei sich heimlich aus dem Staub machen, und er gab sich keinen Illusionen hin, dass sie nicht auf dem schnellsten Weg zur Polizei marschieren würden.

Zum Glück hatten die beiden verbliebenen Mitglieder seiner kleinen Glaubensgemeinschaft keine Skrupel, auch die drei Verräter aus den eigenen Reihen hinzurichten.

Danach hatten sie beschlossen, dass es sicherer war, keine neuen Anhänger um sich zu scharen und ihre Sinnesexperimente lieber im Verborgenen durchzuführen. Die beiden waren ausgezogen und hatten sich ein paar Jahre später in Fuchsrod, nur einen Steinwurf entfernt, eine neue Bleibe gesucht. Da man die Sektenmitglieder immer nur kostümiert gesehen hatte, registrierte keiner der Bewohner, dass die Neuankömmlinge zu seinen Anhängern gehört hatten. Sie konnten untertauchen und eine bürgerliche Fassade aufbauen. Zwanzig Jahre lang hatten sie sich wieder ganz dem Genuss unvorstellbarer Sinnesräusche hingegeben, ohne dass irgendjemand etwas gemerkt hatte. So ein Haus in abgelegener Lage hatte unbestreitbar Vorteile. Bis eben Dietmar Schultheiß das alte Projekt wieder aufgegriffen hatte. Geschäftsführer war er trotz des derben Rückschlags vor zwanzig Jahren längst geworden, doch nun etablierte sich die Rücken-Wind AG auch international, und Schultheiß spekulierte auf einen Platz in der Führungsetage des Dachunternehmens. Mehr Macht, mehr Geld, mehr Prestige.

Schultheiß und Lubitz hatten geglaubt, dass sie ihn übertölpeln könnten, doch sie hatten sich getäuscht. Es hatte nicht viel Mühe gekostet, seine beiden verbliebenen Anhänger von der Notwendigkeit zu überzeugen, die Feinde unschädlich zu machen. Die Macht lag immer noch bei ihm.

* * *

Ralph Angersbach schnaufte. Es ging steil bergauf, und Possel und sein Sohn legten ein strammes Tempo vor. Um ihn herum raschelte und knackte es. Ein kalter Wind pfiff zwischen den Bäumen hindurch und ließ ihn frösteln. Oder war es die Angst um Sabine? Das Ultimatum war abgelaufen, und er hatte keine Ahnung, wie die Entführer auf die gefälschte Nachricht reagieren würden, dass sich Körber auf freiem Fuß befand. Wenn sie darauf bestanden, mit ihm zu sprechen, würde der Schwindel rasch auffliegen. Was würde mit Sabine geschehen?

Sie marschierten auf den höchsten Punkt des Fuchsrückens zu. Die schwarzen Wolken hingen tief, nur gelegentlich kam der Mond hervor und warf sein milchiges Licht auf die Kronen der Eichen auf der einen und die Wipfel der Douglasien auf der anderen Seite des Höhenzugs.

»Tut mir übrigens leid, dass ich Ihre Tochter angegriffen habe«, sagte Ralph zu Maik Possel, weil er sich nicht weiter mit den Horrorvisionen beschäftigen wollte, die vor seinem geistigen Auge vorbeizogen. »Ich dachte wirklich, Sie hätten meine Kollegin entführt.«

»Schon vergessen«, erwiderte Possel. »Überfälle in den eigenen vier Wänden waren im Mittelalter gang und gäbe. Und meine Kinder wissen sich zu wehren, das haben Sie ja gemerkt.«

»Hm.« Angersbach betastete seine Rippe. Schuld daran war letzten Endes nicht Melanie, sondern Reinhold Körber oder einer seiner Schergen, denn einer von ihnen war es ja wohl gewesen, den er im Arbeitszimmer von Martin Lubitz beim Einbruch gestört und der ihn daraufhin niedergeschlagen und in die Rippen getreten hatte.

Irgendwo in den Bäumen krächzte ein Käuzchen. In der Stille der Nacht klang das Geräusch so laut, dass es Ralph einen Schauer über den Rücken jagte. Dann piepte sein Smartphone, und er zuckte zusammen. Er zog es aus der Tasche, war jedoch so fahrig, dass es ihm aus den Fingern glitt und auf dem Waldboden landete. Benny hob es auf und hielt es ihm hin.

Ralph aktivierte das Display. Er hatte eine SMS bekommen, vom Handy von Sabine Kaufmann.

Sie versuchen, uns für dumm zu verkaufen. Keine gute Idee. Ihre Kollegin wird teuer dafür bezahlen.

»Scheiße.« Angersbach blickte zu Maik Possel. »Die tun ihr was an!«

Er steckte sein Smartphone zurück und drehte sich einmal um die eigene Achse, starrte zwischen den dicht stehenden Bäumen in Richtung Norden, wo sich die Hütte befinden sollte, ohne dass er auch nur das Geringste erkennen konnte. »Wie weit ist es noch?«

Der Dozent hob die massigen Schultern. »Exakt kann ich es nicht sagen. Ich war lange nicht dort. Ich bin sicher, dass ich die Hütte finde, aber wir müssen ein bisschen suchen. Da gibt es keine markanten Wegpunkte, sie befindet sich mitten im dichtesten Wald. Deswegen glaube ich ja auch, dass man sie als Versteck gewählt hat. Aber es sind bestimmt noch ein, zwei Kilometer, bis wir dort sind. Wenn wir sie überhaupt auf Anhieb finden.«

»Scheiße.« Ralph schnappte nach Luft und hatte das Gefühl, dass der Sauerstoff einfach nicht in seinen Lungen ankam und in die Blutbahn gelangte. Seine Gedanken wollten sich nicht mehr ordnen lassen, zerflossen zu einer breiigen Masse, durchtränkt von Angst und Panik. Aber das durfte nicht sein. Er war der Einzige, der Sabine jetzt noch helfen konnte. Wenn er sich nicht auf seine professionellen Kompetenzen besann, war sie verloren. Er musste die Ruhe bewahren, logisch denken, strategisch und zielorientiert handeln. Doch das war leichter gesagt als getan. Solange er von Adrenalin überflutet wurde, sein Herz pumpte wie verrückt und das Blut so lautstark durch seine Adern pumpte, dass es ihm in den Ohren dröhnte, war an Ruhe nicht zu denken. Doch zumindest konnte er handeln.

Ralph zerrte sein Smartphone wieder aus der Hosentasche und wählte die Nummer des staatsanwaltlichen Notdienstes.

Sie mussten in diesem Fall einfach eine Ausnahme machen. Bis sie die Hütte erreicht hatten, würden mindestens noch zehn, fünfzehn Minuten vergehen, womöglich noch mehr, wenn Possel das Gebäude nicht sofort fand. Und selbst falls sie in Kürze dort eintrafen, war längst nicht gesagt, dass sich Sabine und ihre Entführer tatsächlich dort aufhielten. Was, wenn sie an einem anderen Ort gefangen gehalten wurde? Es musste ja nicht einmal ein Haus oder eine Hütte sein, genauso gut konnten sich die Entführer irgendwo unter freiem Himmel bei einem der Opfersteine befinden. Der Wald auf dem Fuchsrücken war groß und teilweise schwer zu durchdringen. Selbst mit einem Suchtrupp und einer Hundestaffel würde es möglicherweise Tage dauern, seine Kollegin aufzuspüren. Zeit, die sie nicht hatten. Nein. Wenn sie auf ihrer Position beharrten, dass es per se keinen Gefangenenaustausch gab, war Sabines Leben keinen Pfifferling mehr wert.

Endlich wurde am anderen Ende abgenommen, und Ralph schilderte hektisch die Lage.

»Sie müssen Körber rauslassen«, drängte er. »Sonst stirbt meine Kollegin.«

Der Staatsanwalt dachte nach. Nur einen kurzen Moment, doch Angersbach erschien jede Sekunde endlos. Schließlich räusperte sich der Mann.

»Einverstanden«, sagte er. »Ich setze alle Hebel in Bewegung. Wir lassen Körber laufen und sorgen dafür, dass er sich bei seinen Komplizen meldet.«

»Danke.« Ralph beendete das Gespräch und steckte das Handy weg. Er fühlte sich erleichtert und zugleich so erschöpft, als hätte er gerade einen Marathonlauf hinter sich gebracht. Trotzdem zwang er sich, weiterzugehen.

»Wo müssen wir lang?«, fragte er Maik Possel, der neben ihm lief.

»Dort oben über den Grat, ein Stück den Berg in Richtung Steinbruch hinunter und dann noch ein paar Meter durch den Wald, wenn ich mich richtig erinnere.« Er legte Ralph kurz eine Hand auf die Schulter. »Wir schaffen das.«

* * *

Reinhold Körber wandte sich vom Fenster ab und maß seine kleine Zelle mit Blicken. Seine Rache hatte er bekommen, doch sie hatte ihren Preis. Auch wenn er selbst niemanden getötet hatte, machte er sich keine Illusionen. Er würde dieses Gefängnis nicht als freier Mann verlassen. Anstiftung zum Mord wurde ebenso bestraft wie die Durchführung von eigener Hand. Nicht das helle Licht des Südens und das Meeresrauschen würden seine Zukunft bestimmen, sondern die Enge und Düsternis einer Haftanstalt. Wenn sie ihn wieder hinausließen, wäre er ein alter Mann. Zu gebrechlich vermutlich, um noch auszuwandern. Die Jahre relativer geistiger und körperlicher Fitness wären verschwendet. Wahrscheinlich würde sein Weg direkt aus dem Gefängnis in ein Altersheim führen. Er wäre für den Rest seines Lebens abhängig von der Gunst anderer. Keine Freiheit, kein Sinnesrausch, keine Macht mehr.

Seine beiden treuen Anhänger würden ihre letzte Aufgabe getreulich erfüllen, ob mit oder ohne ihn. Vielleicht würden sie sogar versuchen, ihn irgendwie freizubekommen, doch er wäre für den Rest seines Lebens ein Gejagter, wenn es überhaupt gelang. Die Zeiten, in denen sich der deutsche Staat erpressen ließ, lagen Jahrzehnte zurück, und selbst damals hatten die Geschichten selten gut geendet. War es da nicht besser, zu gehen, solange er noch selbst die Macht hatte, zu entscheiden?

Körber schritt vom Fenster zur Tür und wieder zurück. Er betrachtete das spärliche Inventar der Zelle. Pritsche, Tisch, Stuhl, ein kleines, an der Wand befestigtes Regal. Er nahm das Brett herunter und zog an einer der Halterungen. Fest verankert und stabil, wie es sich für ein deutsches Gefängnis gehörte.

Die Schnürsenkel und den Gürtel hatten sie ihm abgenommen, aber das machte nichts.

Reinhold Körber streifte die Schuhe ab und zog seine Hose aus. Dann machte er sich ans Werk.

* * *

Sie hatten den höchsten Punkt des Fuchsrückens erreicht, als Ralphs Smartphone erneut klingelte. Ohne stehen zu bleiben, nahm er das Gespräch entgegen. Es war der Staatsanwalt.

»Was?« Angersbach blieb wie vom Donner gerührt stehen. Er konnte nicht glauben, was er soeben gehört hatte.

»Reinhold Körber hat sich in seiner Zelle erhängt«, wiederholte der Staatsanwalt. »Der Vollzugsbeamte, der ihn abholen sollte, konnte nichts mehr tun.«

»Wie kann das sein?«, keuchte Ralph, der Mühe hatte, überhaupt etwas zu verstehen, weil das Blut in seinen Ohren so heftig rauschte. »Hat man ihm seinen Gürtel nicht abgenommen?«

»Doch. Er hat seine Hose benutzt. Das eine Bein an der Aufhängung des Wandregals befestigt, das andere um seinen Hals geknotet. Dann hat er sich hingehockt, bis sich die Schlinge um seinen Hals zugezogen hat.«

»Scheiße.« Ralphs Knie gaben nach. Er schwankte und wäre gestürzt, wenn ihn Maik Possel nicht aufgefangen hätte.

»Es tut mir leid«, sagte der Staatsanwalt. »Wenn es noch irgendetwas gibt, das wir für Sie tun können, melden Sie sich.«

»Ja.« Ralph drückte das Gespräch weg, stopfte das Telefon zurück in die Tasche.

»Was ist passiert?«, fragte Possel, und Ralph erklärte es ihm.

Der große Mann packte ihn bei den Schultern. »Sie dürfen jetzt nicht aufgeben«, forderte er eindringlich. »Es ist noch nicht zu spät. Lange kann es nicht mehr dauern, bis wir die Hütte gefunden haben. Und ich bin sicher, dass Ihre Kollegin dort ist.«

Angersbach nickte. Er musste einfach daran glauben, dass er Sabine noch helfen konnte. Alles andere wäre schlichtweg nicht zu ertragen.

20

Sabine Kaufmann schwitzte unter der schwarzen Kapuze. Der Schweiß lief ihr von der Stirn und brannte ihr in den Augen. Das Atmen fiel ihr schwer durch den Stoff, und ihr Mund war vollkommen ausgetrocknet. Alles in ihr drängte danach, sich die verdammte Kapuze vom Kopf zu reißen, doch mit ihren gefesselten Händen konnte sie nichts tun. Dazu kam noch die Wirkung der Droge, die man ihr verabreicht hatte. Sie machte sie wach und unruhig wie drei Tassen doppelter Espresso, und jeder Nervenimpuls erschien ihr hundertfach verstärkt. Überall juckte und kribbelte es, und ihre Hilf- und Bewegungslosigkeit machte sie schier verrückt. Wenn nicht bald etwas geschah, würde sie durchdrehen, so, wie ihre Mutter eines Tages durchgedreht war. Beinahe erschien ihr der Tod als die barmherzigere Variante. Ob Hedwig das auch so erlebt hatte? Eingesperrt in ihren Schädel und ihre Wahnvorstellungen? Hatte sie in dem Moment, als sie begriff, dass sie sterben würde, Erlösung empfunden? Sabine wünschte sich, dass es so war.

Für einen Moment hatten die Gedanken an ihre Mutter sie von ihrer eigenen Situation abgelenkt, doch als sich die Tür zu ihrem Gefängnis mit einem lauten Knarren öffnete, kam die Realität mit einem Schlag zurück. Wäre ihre Blase nicht längst leer gewesen, hätte sie sich spätestens jetzt in die Hose gemacht.

Jemand machte sich an ihren Fußfesseln zu schaffen, eine zweite Person löste den Strick, der ihre Hände mit der Stuhllehne verbunden hatte. Sie wurde auf die Füße gezogen und knickte sofort ein, weil ihre Beine eingeschlafen waren. Harte Hände packten sie rechts und links an den Armen und hielten sie aufrecht. In Beinen und Füßen begann es höllisch zu kribbeln, als das Blut mit Macht hindurchströmte und die lahmgelegten Nerven wieder Verbindung aufnahmen.

Langsam fand sie ihr Gleichgewicht wieder, doch kaum hatte sie sich stabilisiert, wurde sie ruppig zur Seite gezerrt. Im nächsten Moment hob jemand sie hoch. Kein Heldenstück bei einer Frau, die nur einen Meter sechzig groß und schlank war, doch trotzdem konnte ihr Gegner kein Schwächling sein. Sie spürte starke Arme und eine muskulöse Brust, als ihr Kopf zur Seite rollte.

Im nächsten Moment lag sie auf der Pritsche, die sie gesehen hatte, ehe ihr einer der Entführer die schwarze Kapuze über den Kopf gestülpt hatte, und fühlte den Plastiküberzug durch den Stoff ihrer Bluse hindurch. Ihre Füße wurden auf die Liege gepresst, und sie spürte, wie man ihr die Lederriemen um die Gelenke band und festzurrte. Gleich darauf passierte dasselbe mit ihren Handgelenken. Dann legte sich einer der breiten Gurte über ihre Beine, knapp über den Knien, ein weiterer über ihre Brust, sodass ihre Arme eng an den Körper gedrückt wurden. Die Fesseln wurden so stramm gezogen, dass sie sich keinen Millimeter mehr rühren konnte. Einer der Entführer hob ihren Kopf an und löste die Kordel der Kapuze. Sie wurde ein Stück nach oben gezogen, sodass Mund und Nase plötzlich frei waren.

Sabine schnappte nach Luft und war für eine Sekunde einfach nur glücklich, dass sie nicht mehr durch den Stoff atmen musste. Dann zog jemand den Stofffetzen aus ihrem Mund und stopfte ihr stattdessen einen harten Gummiball hinein. Sie hörte ein Ratschen, wie es entstand, wenn man Klebeband von einer Rolle löste. Im nächsten Augenblick spürte sie, wie das Band über ihren Mund geklebt und mehrfach um ihren Kopf geschlungen wurde. Sie konnte kaum noch schlucken. Speichel sammelte sich in ihrem Rachen, und sie würgte ihn mühsam hinunter. Panisch sog sie die Luft durch die Nase ein. Doch ihre Entführer waren immer noch nicht fertig. Sie zogen ihr die Kapuze wieder übers Kinn und verschnürten die Kordel um ihren Hals. Dann drückten sie ihren Kopf zurück auf die Liege. Der dritte breite Lederriemen legte sich über ihre Stirn und wurde zugezogen.

Nun lag sie da wie ein Stück Frachtgut, das man mit Spanngurten auf der Ladefläche eines Lkw festgezurrt hatte. So ausgeliefert, wie man es überhaupt nur sein konnte, ohne die Möglichkeit, ihre Angst hinauszuschreien, und mit einem durch die Droge geschärften Bewusstsein, sodass sie die ganze Situation mit einer seltsamen Klarheit wahrnahm, als schwebte sie außerhalb ihres Körpers und sähe sich selbst. Es war fürchterlicher als jeder Alptraum. Ihr Körper wollte zittern und konnte es nicht, weil nicht einmal dafür der Bewegungsspielraum reichte. Sie hatte das Gefühl, dass ihr Gehirn jeden Moment explodieren müsste.

Ruhig, ermahnte sie sich selbst. *Bleib ganz ruhig. Sie können dich quälen, aber du lässt sie nicht in dein Innerstes eindringen.*

Sie lauschte. Die beiden Entführer unterhielten sich gedämpft; Sabine meinte, eine männliche und eine weibliche Stimme unterscheiden zu können. Sie kamen ihr bekannt vor, doch sie konnte sie nicht identifizieren. Waren es Harald Kromm und Nina Wollmacher? Oder doch eher Maik Possel und seine Frau?

Die Stimmen verstummten, und sie hörte ein metallisches Klappern. Sabine spürte, wie sich ihre Nackenhaare aufstellten. Hatte einer der beiden nach einem der Werkzeuge gegriffen, die sie auf der Werkbank gesehen hatte? Einem der Hämmer, womöglich einem Brandeisen? Wieder zitterte sie innerlich, während ihr die leisen Schritte, die sich näherten, wie das Stampfen einer Dampframme in den Ohren dröhnten.

Sie spürte, dass die Person links von ihr neben der Pritsche stehen blieb, registrierte eine Bewegung, spürte einen leichten Luftzug. Dann krachte etwas hart auf ihren linken Unterarm. Der Knochen brach mit einem trockenen Knacken. Ein unvorstellbarer Schmerz jagte durch ihren Körper. Sie schrie gegen den festen Knebel, doch es kam kein Ton hinaus. Ihre Muskeln zuckten spastisch, ohne dass sie sich rühren konnte.

Wenn sie doch wenigstens in eine gnädige Bewusstlosigkeit abtauchen könnte. Doch das Teufelszeug, das sie ihr verabreicht hatten, verhinderte das. Und der gebrochene Arm war sicherlich erst der Anfang. Sie wusste schließlich, wie man Martin Lubitz und Dietmar Schultheiß und die anderen Opfer der Sekte zugerichtet hatte.

* * *

Die Nacht schien immer dunkler zu werden, die Bäume immer dichter nebeneinanderzustehen. In schneller Folge peitschten Ralph von links und rechts Zweige ins Gesicht, die er nicht gesehen hatte, während Maik Possel vor ihm wie ein Bulldozer eine Schneise ins Unterholz trat. Wieder schrie das Käuzchen, und Angersbach hatte das Gefühl, dass es ihn verhöhnte.

Zu spät. Zu spät. Zu spät.

Wie eine tickende Uhr. Die Zeit zerrann ihnen zwischen den Fingern.

Er krachte gegen Possels breiten Rücken, weil dieser plötzlich stehen geblieben war. Angersbach war selbst kein Leichtgewicht, doch Possel war so groß und massiv, dass ihn der Zusammenprall nicht erschütterte. Er streckte nur den Arm aus und deutete nach vorn.

»Da ist es.«

Angersbach kniff die Augen zusammen. Zuerst sah er überhaupt nichts. Dann trat der Mond für einen Moment zwischen den Wolken hervor, und er konnte die schemenhafte Silhouette einer Hütte ausmachen. Und noch etwas anderes. Einen kleinen, hellen Punkt, dort, wo sich vermutlich ein Fenster befand.

»Ist das Licht?«

»Sieht so aus, ja«, bestätigte Possel. »Da ist jemand.«

»Also los.« Ralph stürmte mit neuer Energie auf die Hütte zu. Adrenalin überschwemmte seinen Körper. Er würde nicht zu spät kommen. Er würde Sabine retten.

Gleich darauf lag die Hütte direkt vor ihnen. Sie war größer, als Ralph angenommen hatte, fünfzig, vielleicht sechzig Quadratmeter Grundfläche. Komplett aus Holz, das, soweit sich das im Zwielicht erkennen ließ, alt und verwittert war. Neben der massiv wirkenden Eingangstür waren zwei Fenster. Die Vorhänge, orange und gelb gemustert, waren zugezogen, doch dahinter brannte unzweifelhaft Licht.

»Was jetzt?«, fragte Possel. »Anschleichen oder stürmen?«

»Wir verschaffen uns erst mal einen Überblick.« Ralph lief geduckt die letzten Meter zur Hütte und presste sich neben dem rechten Fenster an die Wand. Possel und sein Sohn folgten ihm so lautlos wie Indianer.

Angersbach umrundete die Hütte. An der rechten Seite war noch ein Fenster, ebenfalls mit geschlossenen Vorhängen. Zwei weitere kleine Fenster auf der Rückseite, außerdem eine schmale Hintertür. Auch hier verhinderte gelborange gefärbter Stoff den Blick ins Innere. Dann die letzte Seite, ein letztes Fenster. Die Vorhänge waren ebenfalls zugezogen, doch nicht so sorgfältig wie bei den anderen Scheiben. In der Mitte zwischen den Stoffbahnen war ein kleiner Spalt offen geblieben. Ralph schob sich vorsichtig an das Fenster heran und spähte hindurch.

Der Anblick traf ihn wie eine Faust in den Magen. In dem Raum befand sich eine Pritsche. Jemand lag darauf, mit breiten Lederriemen an der Liege festgebunden, eine blickdichte schwarze Kapuze über dem Kopf. Eine kleine, schmal gebaute Frau. Angersbach erkannte die Jeans und die Bluse. Sabine!

Rechts und links von ihr standen zwei Gestalten, beide in schwarze Overalls gehüllt, mit abscheulichen Tiermasken vor den Gesichtern, wie er sie auch in Körbers Fotoalbum gesehen hatte. Ein Löwe und ein Wolf, beide mit gefletschten Zähnen, von denen Blut tropfte. Eine der beiden Gestalten hielt einen Hammer in der Hand, den sie schwenkte, während sich der Kopf mit der Löwenfratze mal nach links, mal nach rechts neigte. Ein Folterknecht, der die Reaktion seines Opfers beobachtete und die Stelle suchte, an der er ihm mit dem nächsten Schlag die größten Schmerzen zufügen konnte.

Ralph war für einen Moment wie erstarrt und registrierte deshalb erst ein paar Herzschläge später, was die zweite Person tat. Sie hatte sich von der Liege abgewandt und einen kleinen Metallbehälter mit Gummifüßen in die Mitte des Raums gerückt. Sie füllte ihn mit Holzwolle, schüttete aus einem Beutel Briketts hinein und zündete das Kohlebecken an. Dann griff sie nach einem Gerät, das auf der Werkbank auf der anderen Seite des Raums gelegen hatte. Ein Brandeisen!

Die Erkenntnis löste einen erneuten Adrenalinschub bei Angersbach aus. Sein Herz klopfte wie verrückt. Er sah noch, wie die Person mit der Löwenmaske den Hammer beiseitelegte und Sabines Bluse aufriss. Dann wandte er sich Possel und seinem Sohn zu.

»Wir müssen da rein«, wisperte er. »Sofort.«

»Okay.« Possel dachte rasch nach. »Benny geht zur Vordertür und schlägt dagegen, um sie abzulenken. Wir verschaffen uns über die Hintertür Zutritt.«

»Einverstanden.« Ralph machte sich auf den Weg zur Rückseite, dicht gefolgt von Maik Possel. Aus dem Augenwinkel registrierte er, wie Benny um die Hausecke verschwand.

* * *

Sabine Kaufmann spürte die Wärme, die von der linken Seite der Pritsche aus aufstieg. Der gebrochene Arm sandte in rascher Folge Schmerzstöße durch ihren Körper, doch sie verblassten angesichts der grässlichen Angst, die sich durch ihre Eingeweide fraß. Sie hatte die Geräusche gehört, das dumpfe Aufschlagen eines weichen Materials auf einem härteren, das Knistern wie von Lametta oder Stroh und schließlich das unverkennbare Ratschen, wenn jemand ein Zündholz an einem Streichholzbriefchen anriss. Ohne dass sie es sehen konnte, hatte sie das Bild vor Augen: die Briketts im Kohlebecken, die von einem leicht entzündlichen Material in Brand gesetzt wurden, und das Brandeisen, das jemand dazwischensteckte. Dass ihr einer der Entführer die Bluse aufgerissen und ihre Brust entblößt hatte, verstärkte die bange Ahnung, was als Nächstes geschehen würde, genau wie der Rauchgeruch, den sie wahrnahm.

Wie würde es sein, wenn das heiße Eisen die empfindliche Haut traf und sich ins Fleisch hineinbrannte? Ihre Nervenenden würden in Flammen stehen und Schmerzimpulse wie Trommelfeuer an ihr Gehirn senden. Würde sie rasch in eine gnädige Bewusstlosigkeit abgleiten, oder sorgten die Drogen, die ihre Entführer ihr verabreicht hatten, dafür, dass sie wach blieb und jede Sekunde des Martyriums bei vollem Bewusstsein erdulden musste?

Wieder versuchte sie zu schlucken und hörte das trockene Klicken des Kehlkopfs. Niemals in ihrem Leben hatte sie auch nur annähernd solche Angst verspürt. Konnte ein Mensch das überhaupt aushalten? Oder musste er zwangsläufig wahnsinnig werden?

Sie spürte eine Bewegung neben sich, und dann kam die Wärme näher, wie eine Kerze, die an ihren Körper herangeführt wurde. Ihr Folterknecht schien die Sache zu genießen, denn die Wärmequelle näherte sich in Zeitlupe, Millimeter für Millimeter. Besser konnte man die Angst nicht schüren, als dass man die Erwartung des Schmerzes unendlich in die Länge zog. Ihr ganzer Körper bebte vor Furcht, und doch wusste sie, dass ihr das Schlimmste noch bevorstand.

Dann war die Wärme ganz nah, und das Eisen wurde ihr auf die Haut gepresst. Ein Schmerz wie von tausend heißen Nadeln, die sich tief in die Brust bohrten, die hochsensiblen Nervenenden berührten und elektrische Schauer durch ihren Körper jagten.

Aus ihrem Mund kam kein Laut, doch der Schrei in ihrem Kopf war so laut, dass er in ihren Ohren schrillte.

* * *

Angersbach blieb vor der Hintertür stehen und drückte probehalber die Klinke hinunter. Wie erwartet war die Tür verriegelt. Er betrachtete das Schloss und stellte fest, dass es sich um ein stabiles Sicherheitsschloss handelte, das man nicht so ohne Weiteres aufbrechen konnte.

»Verdammt.« Sein Mund war staubtrocken, Panik stieg in ihm auf. Er musste dort hinein! Sofort.

»Gehen Sie ein Stück beiseite«, sagte Maik Possel. Er hob die Axt über seinen Kopf, während er in die Nacht lauschte. Von der anderen Seite der Hütte waren laute Schläge zu hören. Benny hämmerte gegen die Eingangstür und brüllte: »Hallo! Ist jemand zu Hause? Ich brauche Hilfe!«

Ein kluges Ablenkungsmanöver, dachte Ralph. Maik Possel neben ihm schwang die Axt und ließ sie gegen das Schloss krachen. Holz splitterte und flog in alle Richtungen. Neben dem Metall klaffte ein Riss in der Tür wie eine tiefe Wunde. Possel schlug noch einmal zu, und das Schloss bog sich nach hinten, verharrte für eine Sekunde und fiel zu Boden. Possel trat mit dem Absatz seines Stiefels gegen die Tür, die aufflog und gegen die Wand knallte.

* * *

Sabine Kaufmann keuchte und schnappte nach Luft. Die Wunde auf ihrer Brust brannte wie Feuer, doch zumindest hatte ihr Folterknecht seine Arbeit bisher nicht fortgesetzt. Das zweite Zeichen, das sie zitternd erwartet hatte, war noch nicht angebracht worden. Stattdessen spürte sie, dass die Aufmerksamkeit der Entführer nicht mehr auf sie gerichtet war. Sie war sich nicht sicher, ob sich das alles nur in ihrem Kopf abgespielt hatte, weil sie vor Schmerzen wie von Sinnen gewesen war, vom Feuer auf der Brust ebenso wie von dem dumpfen Pochen des gebrochenen Arms, doch sie meinte, dass sie von draußen Lärm gehört hätte, ein Klopfen oder Schläge gegen die Tür und eine Stimme, die etwas rief, das sie jedoch nicht verstand, wegen der Kapuze und wegen der lauten Schreie in ihrem eigenen Kopf.

Eine zarte Hoffnung keimte in ihr auf. Hatte Ralph sie gesucht und gefunden und kam jetzt mit einem Spezialeinsatzkommando, um sie zu befreien? Oder waren es weitere Mitglieder der Sekte, die dazustießen, um ihr noch mehr Schmerzen zuzufügen, bevor sie sie bestialisch ermordeten?

Sie lauschte angestrengt, doch was sie hörte, lieferte ihr keinen Hinweis.

Bitte, dachte sie. *Helft mir.*

Die kleine Flamme der Hoffnung flackerte. Die Angst spülte wie Säure durch ihre Adern und schwemmte sie davon.

* * *

Ralph war plötzlich ganz ruhig. Das war eine Situation, die er kannte und in seiner Ausbildung tausendfach geprobt hatte.

»Bleiben Sie hinter mir«, sagte er zu Maik Possel, zog seine Pistole aus dem Holster und richtete sie in den Flur. Dort stand der Wolf und blickte wild zwischen der geborstenen Hintertür und der Eingangstür hin und her, an die immer noch lautstark geklopft wurde.

»Polizei!«, brüllte Angersbach. »Runter auf den Boden! Hände auf den Rücken!«

Der Wolf schien eine Sekunde lang wie paralysiert. Dann machte er auf dem Absatz kehrt und verschwand durch die Tür in den Raum, in dem sich Sabine befand. Ralphs Finger am Abzug zuckte, doch er schoss nicht. Die Gefahr, dass die Kugel abprallte und ein Unschuldiger durch einen Querschläger verletzt wurde, war zu groß.

Maik Possel lief zur Vordertür, schob den Riegel zurück und ließ seinen Sohn herein. Ralph stürzte hinter dem Wolf her in den Raum mit der Pritsche, dicht gefolgt von Maik und Benny Possel. Der Wolf stand am Fußende, der Löwe am Kopfende. Angersbach richtete die Waffe auf den Löwen.

»Hände hoch! Und keine falsche Bewegung. Ich werde nicht zögern zu schießen.«

Der Löwe hob die Arme, allerdings nur halb. Ralph sah, dass er etwas in der rechten Hand hielt. Ein kleines metallisches Kästchen mit einem roten Knopf in der Mitte, von dem eine Schnur unter die Pritsche führte. Ralph erkannte, dass dort etwas befestigt war, mehrere längliche Päckchen in olivgrüner Plastikfolie, jedes davon mit einer dünnen Lunte mit der Schnur verbunden. Angersbach hatte zwar nicht gedient, doch auch als Polizist hatte man gelegentlich mit diesen Dingen zu tun. Das, was da unter der Liege klebte, war genug Sprengstoff, um die komplette Hütte in die Luft zu jagen.

»Schießen Sie«, sagte der Löwe mit grollendem Bariton. »Dann drücke ich auf den Knopf, und in einer Sekunde sind wir alle tot.«

Angersbach ließ die Waffe sinken. Sie baumelte locker in seiner Hand, und er hätte sie im Bruchteil einer Sekunde hochreißen und schießen können, doch das würde nicht reichen. Selbst wenn er den Löwen direkt zwischen den Augen traf, gab es keine Garantie, dass es diesem nicht gelingen würde, den Sprengsatz auszulösen, ehe er das Bewusstsein verlor und starb.

»Ich sehe, Sie begreifen die Lage«, sagte der Löwe. Die Maske war starr, und Angersbach konnte den Mund der Person dahinter nicht sehen, doch er spürte, dass der Mann grinste. Und diese Stimme. Er wusste, dass er sie schon einmal gehört hatte. Aber wer war der Mann? Harald Kromm? Nein. Dafür war er zu schmal gebaut. Es konnte also nur Bernd Henke sein. Und der Wolf, bei dem es sich um eine Frau handelte, wie er jetzt bemerkte, als dieser um die Pritsche herum zum Löwen ging, musste Nina Wollmacher sein. Hatte Sabine also doch recht gehabt mit ihrem Misstrauen gegenüber den Leuten vom Ökohof. Eine Erkenntnis, die ihm gerade herzlich wenig nützte.

Angersbach spürte, wie die beiden Possels hinter ihm vor Wut brodelten und sich am liebsten auf den Wolf und den Löwen gestürzt hätten. Er hob die Hand, um sie aufzuhalten.

»Wie soll das jetzt weitergehen?«, fragte er. »Ich werde nicht zulassen, dass Sie meine Kollegin weiter foltern. Aber ich habe auch kein Interesse daran, dass Sie uns alle in die Luft sprengen.«

* * *

Sabine bekam keine Luft mehr. Ihr Herz raste so schnell, dass sie kaum noch die Pausen zwischen den einzelnen Schlägen registrierte. Das Brandzeichen, das ihr die Entführer auf die rechte Brust gedrückt hatten, fühlte sich an wie flüssige Lava, die sich mit jeder Sekunde tiefer in ihr Fleisch fraß und früher oder später auf ihrer Rückseite wieder austreten würde. Der gebrochene Arm schien in einer Schraubzwinge zu stecken, die immer fester zugedreht wurde. Und der Sauerstoff, den das Blut in ihre Körperzellen transportierte, reichte einfach nicht aus. Alles in ihrem Inneren flatterte. Der verdammte Ball, den sie ihr in den Mund gestopft hatten, schien immer tiefer in ihre Kehle zu rutschen, und die Kapuze lag so dicht über ihrer Nase, dass sie den Stoff mit jedem hektischen Atemzug ein Stück weit hineinrutschen spürte.

Ihr Herz hatte beinahe ausgesetzt, als sie Ralphs Stimme gehört hatte. Er war tatsächlich gekommen, um sie zu befreien. Doch ihre Entführer hatten offenbar vorgesorgt und Sprengstoff in ihrer Folterkammer deponiert, den sie zu zünden drohten, wenn Ralph sich nicht ergab. Aber was würde dann passieren? Sie würden sie nicht gehen lassen, Ralph nicht, und sie selbst auch nicht. Immerhin hatte die Sekte mindestens acht Menschen auf dem Gewissen. Das bedeutete lebenslange Haft, die unweigerlich mit einer Sicherungsverwahrung fortgesetzt werden würde. Oder fände sich ein Richter, der an der Zurechnungsfähigkeit der Sektenmitglieder zweifelte und sie statt zu einer Haftstrafe zu einer psychiatrischen Unterbringung verurteilte? Wie auch immer. Nichts davon würde diesen Leuten gefallen. Da sie keine Skrupel hatten, zu töten, würden sie Ralph und Sabine ermorden und anschließend fliehen. Oder war es ihnen so wichtig, Körber zu befreien, dass sie ein größeres Risiko eingingen und sie am Leben ließen? Zumindest, bis sie ihren Guru zurückhatten? Denn das war es doch, worum es ihnen ging, oder nicht?

Doch spätestens danach waren sie für ihre Peiniger wertlos. Sie konnte es drehen und wenden, wie sie wollte: Das hier war die Endstation. Die Frage war nur noch, wie viele Menschen in den nächsten Stunden den Tod fanden, wie stark die Schmerzen wären und ob sie sie ertragen oder vorher den Verstand verlieren würde.

Würde sie da oben ihre Mutter wiedersehen? Sie hatte nie an ein Jenseits geglaubt, aber in diesem Augenblick wünschte sie sich, dass es das trotzdem gab. Es würde ihr helfen.

* * *

»Es ist ganz einfach«, sagte der Löwe. »Sie legen Ihre Waffen hin und fesseln sich gegenseitig an dieses Rohr.« Er deutete auf eine Leitung, die in der Ecke des Raums vom Boden bis zur Decke führte. »Anschließend sorgen Sie dafür, dass man Reinhold Körber freilässt.«

»Das haben wir schon«, behauptete Angersbach und hoffte, dass sein Gegenüber den Schweiß nicht bemerkte, der ihm auf der Stirn stand. »Haben Sie die Nachricht nicht bekommen?«

Der Löwe tippte mit dem Daumen locker auf den Knopf des Zünders. »Das war ein Versuch, uns in die Irre zu führen. Wenn Reinhold frei wäre, würde er sich melden. Und das hat er nicht.«

Ralph nickte, während die Gedanken in seinem Kopf jagten. Was sollte er tun? Körber war tot. Und er glaubte auch nicht, dass die Sektenmitglieder Sabine und die Possels und ihn wirklich gehen lassen würden, selbst wenn sie glaubten, dass Körber freigelassen worden wäre. Er musste eine andere Strategie ausprobieren.

»Warum wollen Sie ihn überhaupt freipressen?«, fragte er und steckte seine Pistole zurück ins Holster. »Er hat doch offenbar nichts getan. Nach unseren Ermittlungen hat er für jeden der Morde ein Alibi.« Er funkelte den Löwen an. »Weil Sie es waren. Sie haben Dietmar Schultheiß, Martin Lubitz, Gert Debus, Manfred Beppler, Werner Runzheimer und drei Mitglieder Ihrer Sekte getötet.«

Wolf und Löwe wechselten einen raschen Blick.

»Stimmt«, sagte der Löwe. Angersbach hörte den Stolz in seiner Stimme.

»Verraten Sie mir, wie Sie es gemacht haben?«, fragte er, um Zeit zu gewinnen. Vielleicht fiel ja ihm oder den Possels etwas ein, während er die Entführer zum Reden brachte.

Oder das Spezialeinsatzkommando fand noch rechtzeitig einen Weg über den Fuchsbach und konnte ihnen zu Hilfe eilen. »Wie haben Sie Lubitz dazu gebracht, mitten in der Nacht mit Ihnen auf den Fuchsrücken zu fahren?«

Der Löwe lachte abfällig. »Das war leicht. Wir haben uns mit ihm getroffen, zusammen mit Reinhold. Privat. Um ihm einen Vorschlag zu machen, wie man das Areal für den Windpark ein Stück von Fuchsrod weg verlegen könnte, sodass man nicht das ganze Dorf entsiedeln muss. Dazu haben wir ihm auch einen finanziellen Anreiz geboten. Er war neugierig. Wir haben bei ihm in der guten Stube einen Schluck getrunken und ihm K.-o.-Tropfen in den Wein geschüttet. Als er bewusstlos war, haben wir ihm noch ein paar andere Drogen eingeflößt. Dann haben wir ihn in unseren Wagen geladen und sind hier raufgefahren.« Der Löwe legte den Kopf schief. »Den Rest hat Ihnen ja sicher Ihr Gerichtsmediziner erklärt.«

Ralph schluckte. Er wollte lieber nicht daran denken. Nicht jetzt, wo ihnen allen dasselbe Schicksal drohte.

»Und warum mussten Sie noch mal zurück?«

Der Löwe lachte rau. »Wir hatten den Ordner mit den Unterlagen zum Windprojekt vergessen. Deswegen ist Reinhold am nächsten Tag noch mal hin, während wir bei der Arbeit waren. Wo Sie ihm leider in die Quere gekommen sind.«

Also war Körber derjenige gewesen, den er durch den Wald verfolgt und der ihm die Rippe gebrochen hatte.

»Aber er hat ihn dann ja doch noch bekommen«, fuhr der Löwe fort. »Wir haben ihn natürlich vernichtet. Die letzten Flöckchen finden Ihre Kollegen vielleicht noch in Reinholds Kamin.«

In Angersbach kochte erneut die Wut hoch. »Sie glauben immer noch, Sie befinden sich auf der Siegerstraße, was?«

Der Löwe schwenkte den Zünder. »Wir sind in der Poleposition. Wir haben nichts zu verlieren. Uns ist egal, ob wir hier lebend rauskommen oder nicht. Wie ist das bei Ihnen?«

Ralph schluckte. Er fühlte, wie das Adrenalin durch seinen Körper pulste.

Nein. Er wollte nicht sterben. Und er wollte auch nicht, dass Sabine und die Possels starben.

Er bemerkte eine Hand in seinem Rücken, die ihn sacht antippte. So unauffällig wie möglich führte er den Arm nach hinten und spürte, wie ihm jemand etwas in die Finger drückte. Ein handliches und doch schweres Objekt, der Griff massiv aus stabilem Holz mit einer geriffelten Oberfläche. Ralph betastete das Ding vorsichtig. Es war ein Messer mit einer vielleicht fünfzehn Zentimeter langen Klinge, die rasiermesserscharf war.

Ralph blickte zu der Pritsche mit den Sprengstoffpäckchen. Er brauchte etwa drei Schritte dorthin. Wenn er es schaffte, den Löwen für zwei Sekunden abzulenken, könnte er vorstürmen und versuchen, die Verbindung zwischen Zünder und Sprengstoff mit einem raschen Schnitt zu durchtrennen, ehe der Löwe den Knopf drückte.

Sollte er es wagen? Das Risiko, dass es schiefging, war groß. Wenn er nicht schnell genug war oder das Kabel nicht auf Anhieb entzweischneiden konnte, würden sie alle in die Luft fliegen. Aber gab es eine Alternative?

Er drehte das Messer so, dass die Klinge beim Laufen nach oben zeigen würde. Noch einmal atmete er tief durch.

»Ist es Ihnen auch gleichgültig, dass Reinhold Körber tot ist?«, fragte er so lässig wie möglich.

»Was?« Der Löwe ließ die Hand mit dem Zünder sinken und starrte ihn an.

Jetzt!

Ralph sprang vor, griff nach der Zündschnur, sodass sich eine Schlaufe bildete, und durchtrennte sie mit dem Messer, im selben Moment, als der Löwe den Knopf drückte. Für den Bruchteil einer Sekunde fürchtete Ralph, dass er zu langsam gewesen war, doch der befürchtete Knall blieb aus.

Er ließ das Messer fallen, zog seine Pistole aus dem Holster und richtete sie auf den Löwen. Der reagierte blitzschnell und hatte nun ebenfalls ein Messer in der Hand. Mit einem Schritt war er beim Wolf und legte ihm die Klinge an den Hals.

»Jeder bleibt, wo er ist«, forderte er. »Sie wollen ja sicher nicht noch mehr Blut vergießen.«

Er zerrte den Wolf an Maik und Benny Possel vorbei durch den kleinen Flur zur Tür der Hütte. Angersbach folgte ihm.

»Bleiben Sie stehen. Das hat doch keinen Sinn.«

»Das werden wir ja sehen.« Der Löwe öffnete die Tür und schob sich rückwärts hinaus. Dann versetzte er dem Wolf einen heftigen Stoß, sodass dieser gegen Ralph und die nachfolgenden Possels prallte. Alle vier verhedderten sich und stürzten zu Boden. Der Löwe floh in den Wald.

»Verdammt.« Angersbach rappelte sich wieder auf. Mit Maik Possels Hilfe drehte er den Wolf auf den Bauch und legte ihm Handschellen an.

»Passen Sie auf und kümmern sich um meine Kollegin?«, bat er. Possel nickte, und Ralph stürzte aus der Tür.

* * *

Sie wusste nicht, was passiert war. Irgendwie war die Lage eskaliert, doch der Sprengstoff, der sich in diesem Raum befinden musste, war nicht explodiert. Stattdessen schien sich das Blatt gewendet zu haben. Auf einmal waren alle aus dem Raum gestürzt, und vor der Tür hatte ein Handgemenge stattgefunden. Es machte sie schier wahnsinnig, dass sie nicht wusste, wer gewonnen hatte. War sie in Sicherheit? Oder in noch größerer Gefahr?

Sabine spürte, dass wieder jemand den Raum betrat. Nur eine einzelne Person. Sie machte sich an der Kordel der Kapuze zu schaffen und zog ihr das schwarze Ding vom Kopf. Sie blickte in das gerötete Gesicht von Maik Possel. Die Augen des Dozenten funkelten wie irre.

Also hatten sie verloren, und Possel würde nun den letzten Akt beginnen. Wollte er ihr dabei ins Gesicht sehen, oder weshalb nahm er ihr die Kapuze ab?

Sie war so in ihrer Angst verstrickt, dass sie erst beim dritten Mal registrierte, was er sagte.

»Hallo. Frau Kaufmann. Hören Sie mich? Sie sind in Sicherheit.«

Sabine blinzelte. War Possel keines der Sektenmitglieder? Hatte sie doch recht gehabt, und bei ihren Entführern hatte es sich um Bernd Henke und Nina Wollmacher gehandelt?

»Ich nehme Ihnen jetzt den Knebel ab«, sagte Possel. »Sind Sie so lieb und schreien nicht? Ich ertrage das nicht gut.« Er löste das Klebeband und zog so vorsichtig, wie es ging, das Tape von ihrem Gesicht. Dann fischte er den Gummiball aus ihrem Mund.

Sabine schluckte und schnappte nach Luft.

»Warten Sie. Ich schaue, ob ich etwas zu trinken für Sie finde. Und etwas zum Kühlen für die Wunde.« Sie sah, wie er ihre entblößte Brust betrachtete und empathisch den Mund verzog. »Oder soll ich lieber erst Ihre Fesseln lösen?«

Sabine merkte plötzlich, dass sie völlig ausgetrocknet war. »Wasser«, japste sie.

Possel verschwand und kehrte keine Minute später mit einer Flasche zurück, die er ihr an die Lippen hielt. »Trinken Sie.«

Sabine presste die Lippen zusammen. Konnte sie sich sicher sein, dass Possel es gut mit ihr meinte? Oder wollte er ihr mit dem Wasser eine neue Droge oder ein Gift einflößen? Wenn er einer von den Guten war, wieso war dann Ralph nicht hier? Was war passiert?

»Keine Sorge«, sagte Possel, der ihr offenbar am Gesicht ablesen konnte, was in ihrem Kopf vorging. »Ich habe nichts mit Körbers Sekte zu tun. Wir haben einen Ihrer Entführer festgesetzt, aber der andere ist flüchtig. Ihr Kollege Angersbach und mein Sohn Benny verfolgen ihn.«

Sabine musterte ihn eindringlich. Possel schien die Wahrheit zu sagen. Und selbst wenn nicht … was sollte sie schon tun? Sie öffnete den Mund, und das Wasser rann durch ihre ausgetrocknete Kehle, köstlicher als alles, was sie je in ihrem Leben getrunken hatte.

21

Ralph Angersbach stolperte durch den dunklen Wald. Er hatte die Taschenlampen-App seines Smartphones aktiviert, um nicht über vorstehende Wurzeln zu stolpern, doch er konnte kaum etwas erkennen. In diesem Teil des Waldes gab es keine Wege, nur dicht stehende Bäume und wucherndes Gestrüpp. Er blieb mit dem rechten Fuß hängen und geriet ins Straucheln. Wütend zerrte er den Schuh aus den Dornenranken und rannte weiter.

Ein gutes Stück voraus konnte er den Flüchtigen zwischen den Stämmen ausmachen. Das Laufen schien ihm keine Mühe zu bereiten. Er sprang behände über Hindernisse und war im nächsten Moment wieder verschwunden.

Ralph keuchte. Er war schon jetzt außer Atem. Seine Lunge brannte, genauso wie seine Oberschenkel. Zu viel Zeit am Schreibtisch, zu wenig Training. Das rächte sich jetzt. Und der stramme Verband um seinen Oberkörper schränkte ihn zusätzlich ein. Seine Chancen, den Flüchtigen einzuholen, waren gering, und um auf ihn zu schießen, war er zu weit weg und zu wendig, und die Bäume standen zu dicht. Auch wenn Angersbach kein schlechter Schütze war, unter diesen Bedingungen würde er ihn kaum treffen. Außerdem würde er weitere Meter verlieren, wenn er stehen blieb, um zu zielen. Aus vollem Lauf zu feuern glich einer Lotterie.

Er hörte federnde Schritte hinter sich und sah aus dem Augenwinkel, dass Benny Possel ihm gefolgt war. Der junge

Mann bewegte sich schnell und locker. Ein paar Sekunden später hatte er Ralph eingeholt.

Gemeinsam schlugen sie sich durch das Dickicht, bis sie zu einer Lichtung gelangten. Benny und Ralph brachen aus dem Unterholz. Auf der anderen Seite war der Flüchtige kurz davor, wieder zwischen den Bäumen unterzutauchen.

Benny zog geschmeidig den Bogen von der Schulter und spannte noch im Laufen einen Pfeil ein. Dann blieb er stehen, zielte kurz und ließ die Sehne los.

Der Pfeil flog in hohem Bogen durch die Luft und verschwand in der Dunkelheit.

* * *

Der Löwe rannte über die Lichtung. Die Verfolger waren ihm auf den Fersen, aber sie würden ihn nicht einholen. Er war gut trainiert.

Er spürte, wie das Adrenalin durch seinen Körper jagte. Es machte die Lungen weit, die Gelenke geschmeidig und den Kopf frei. Nie zuvor hatte er sich so lebendig gefühlt. Körbers Drogen hatten ihm unvergleichliche Erlebnisse beschert, Höhenflüge, grellbunt und lustvoll, sinnliche und heiße Träume. Er hatte ihm den Weg gewiesen, und seine Anweisungen zu befolgen hatte ihm ein Gefühl von Wichtigkeit beschert. Die Verräter hinzurichten war notwendig gewesen, und er hatte es genossen, sie zu quälen. Sie hatten es nicht besser verdient. Doch nichts von alledem war mit dem Gefühl vergleichbar, das ihn jetzt durchströmte. Diese Wildheit, wenn es keinen Plan mehr gab, sondern nur noch den Kampf auf Leben und Tod. Siegen oder sterben, etwas anderes kam für ihn nicht infrage.

Das saftig weiche Gras federte unter seinen Schuhen. Er wusste, dass rechts von ihm der Basaltsteinbruch lag. Dort hatten sie vor zwanzig Jahren das erste Opfer dargebracht, den dummen Bauern Gert Debus, der sein Grundstück an die Verbrecher von der Rücken-Wind AG hatte verkaufen wollen. Die Drogen, die sie ihm verabreicht hatten, waren so stark gewesen, dass er überhaupt nicht gewusst hatte, wie ihm geschah. Selbst als sie ihm das Brandeisen in die Hand gelegt und mit sanfter Gewalt auf seine Brust gedrückt hatten, hatte er sich nicht gewehrt. Zunächst schien er nicht einmal Schmerzen gespürt zu haben. Dann war er aufgestanden, hatte die Hände auf die Wunde gelegt und wie ein angeschossener Köter gewinselt. Ganz von selbst war er auf den Steinbruch zugetaumelt. Nur einen letzten, winzigen Stoß hatte es gebraucht, damit er in die Tiefe stürzte. Ein Moment, der sie alle so erregt hatte, dass sie anschließend die ganze Nacht gevögelt hatten.

Danach hatten sie sich Beppler und Runzheimer geschnappt, den damaligen Bürgermeister und seine rechte Hand im Gemeinderat. Die hatten sie in Körbers Keller hingerichtet und eingemauert. Zu viele Leichen am selben Ort wären zu auffällig gewesen. Bei Debus hatten sie gehofft, dass die Polizei auf Selbstmord erkennen würde, was die Beamten in ihrer geistigen Beschränktheit ja auch getan hatten. Bei drei Toten hätten sie gewusst, dass es Mord war.

Sie waren vollkommen euphorisch gewesen. Bis die Wirkung der halluzinogenen Pilze, die ihnen Körber gegeben hatte, abgeflaut war. Da hatten Ronny, Mick und Suse den Moralischen gekriegt. Zur Polizei gehen und sich stellen wollten sie. Stattdessen hatten sie nur wenig später ihr dunkles Grab im ehemaligen Eiskeller gefunden.

Danach waren sie nur noch zu dritt gewesen. Sie hatten das Gerücht gestreut, dass die Mitglieder der Sekte nach Südamerika ausgewandert seien. Körber hatte das Haus gekauft und war ganz offiziell dort eingezogen, nach außen hin der seriöse Ingenieur bei der Rücken-Wind. Und auch sie selbst waren ein paar Jahre später in ein Haus im Ort gezogen und hatten ihre bürgerliche Existenz gepflegt. Auf gewagte Aktionen hatten sie verzichtet und sich ganz in ihre bewusstseinserweiternden Experimente vertieft. Körber war mittlerweile so versiert in der Dosierung der Drogen, dass es kein Problem war, am nächsten Morgen wieder fit zu sein, auch wenn sie die halbe Nacht im Rausch verbracht hatten. Und ihre Lust, anderen Schmerzen zuzufügen, hatten sie mit gekauften oder gefangenen Tieren auf den Opfersteinen im Wald auf dem Fuchsrücken befriedigt. Alles war gut gewesen. Bis dann der neue Bürgermeister Lubitz und Rücken-Wind-Geschäftsführer Schultheiß das alte Projekt wieder aufgegriffen und Körber über den Tisch gezogen hatten. Da waren sie aus der Versenkung aufgetaucht und hatten an den beiden erneut ein Exempel statuiert.

Der Löwe lächelte, während er seine Schritte weiter beschleunigte. Er korrigierte seinen Kurs ein wenig nach links, schließlich wollte er nicht wie einst Debus in den Steinbruch stürzen und sich sämtliche Knochen brechen. Direkt vor ihm ragten die dicht stehenden Eichen auf. Zwischen ihnen würde er verschwinden, sich erneut nach links wenden und dann den Abhang hinunter zur Bundesstraße klettern. Irgendein Auto würde schon anhalten und ihn mitnehmen. Seine Brieftasche mit den Karten hatte er dabei, und sie hatten im Lauf der Jahre genug geheime Konten im Ausland angelegt. Irgendwie würde er sich nach Südamerika durchschlagen und dort seine eigene Gruppe gründen. Jetzt, da Körber tot war, brauchte er einen Nachfolger. Oder hatte der Bulle ihn angelogen? Nein, so, wie er es gesagt hatte, musste es wahr sein. Der Guru war tot. Und er war der Einzige, der das Erbe antreten konnte.

Für einen Moment bedauerte er, dass er seine Gefährtin hatte opfern müssen, um den Verfolgern zu entkommen. Doch wenn er es recht bedachte, war die große Liebe schon vor langer Zeit abhandengekommen, und sie waren eher aus Gewohnheit zusammengeblieben, und weil sie beide Körbers Schüler waren natürlich. Doch jetzt begann eine neue Ära. Und da schadete es nicht, wenn er frei war wie ein Vogel. Gegen die Trauer würde er sich ein paar berauschende Pilzcocktails zubereiten. Dieses Mal würde er höher fliegen als jemals zuvor.

Der Löwe strebte beschwingt auf die Bäume zu. Von irgendwo hinter sich hörte er ein leises Sirren. Im nächsten Moment traf ihn etwas an der linken Schulter, und ein brennender Schmerz breitete sich von dort aus. Er geriet aus dem Gleichgewicht, stolperte und stürzte. Schnell wollte er sich wieder aufrappeln, doch ein zweiter Pfeil bohrte sich in sein linkes Bein. Er wimmerte und wollte den Pfeil entfernen, aber er steckte zu fest.

Zwei dunkle Gestalten liefen auf ihn zu und waren gleich darauf neben ihm. Sie packten ihn bei den Armen, zogen ihn auf die Füße und zerrten ihn wortlos den Weg zurück, den sie gekommen waren.

* * *

Ralph Angersbach verspürte eine tiefe Befriedigung, als er gemeinsam mit Benny Possel den zweiten Entführer zu der verborgenen Hütte im Wald schleppte. Als sie dort angekommen waren, stieß er den Mann in den Raum, in dem Sabine auf der Pritsche gelegen hatte. Maik Possel hatte sie befreit. Jetzt saß sie mit einer Decke um die Schultern auf der Liege, presste mit dem rechten Unterarm ein in ein Geschirrtuch gewickeltes Kühlpad auf die Brandwunde auf ihrer Brust und nippte an einer Tasse, die sie in der rechten Hand hielt und aus der heißer Dampf aufstieg. Der linke Arm hing nutzlos neben ihrem Körper, als sei er beschädigt. Maik Possel hatte den Stuhl danebengerückt und war damit beschäftigt, ihr zu erklären, was in den letzten Stunden geschehen war. Sie wirkte immer noch fassungslos.

Der Wolf kniete in der Ecke neben dem Rohr, an das die Entführer Ralph und die Possels hatten binden wollen. Maik Possel hatte die kurze Kette der Handschellen, mit denen Angersbach dem Wolf die Hände auf den Rücken gefesselt hatte, über eine vorstehende Schraube gehängt, sodass die Arme des Wolfs nach hinten und oben gezerrt wurden und er sich kaum bewegen konnte. Um den Schmerz zu ertragen, musste er den Oberkörper weit nach vorn beugen. Die Maske mit der grässlichen Wolfsfratze berührte dabei fast den Boden. Die Position erinnerte an einen Büßer. Sehr passend, fand Ralph.

Er zwang seinen eigenen Gefangenen ebenfalls auf die Knie. Der wimmerte laut. Die beiden Pfeile, mit denen Benny Possel ihn getroffen hatte, verursachten offenbar gehörige Schmerzen.

Gut so, dachte Ralph. Am liebsten hätte er die Pfeile noch ein wenig in den Wunden herumgedreht, um dem Entführer das heimzuzahlen, was er Sabine angetan hatte. Aber als rechtschaffener Beamter übte man keine Selbstjustiz. In dieser Frage hatte er einen klaren Standpunkt.

Er überließ es Benny, den Gefangenen zu beaufsichtigen und ihn davon abzuhalten, sich erneut davonzumachen, und trat zu Sabine.

»Hey.« Er hatte den Impuls, ihr eine Haarsträhne, die ihr in die Stirn hing, zurückzustreichen, doch er traute sich nicht. Stattdessen versenkte er die Hände in den Jackentaschen. »Alles okay mit dir?«

Sabine gab ihre Tasse an Maik Possel weiter, rutschte von der Liege und streifte die Wolldecke ab.

»Nimm mich mal in den Arm«, sagte sie.

Angersbach tat es und drückte sie ganz vorsichtig an seine Brust. Der Knoten, der sich dort befunden hatte, löste sich auf. Erst jetzt merkte er so richtig, wie viel Angst er um sie gehabt hatte. Unwillkürlich verstärkte er die Umarmung.

Im nächsten Moment keuchten sie beide auf, er, weil sich seine Rippe mit einem scharfen Stich bemerkbar machte, sie, weil er zu fest auf ihre Brandwunde gedrückt hatte.

»Ach, verdammt.« Er ließ Sabine los und presste eine Hand auf die Rippe. Seine Kollegin tat dasselbe mit ihrer Brust. Sie sahen sich an und lachten leise, und Ralph fand, dass das den Schmerz wert war. Diese Sache hier würde ihnen bestimmt nicht so schnell aus dem Kopf gehen, und alles, was sie auf andere Gedanken brachte, war gut.

Er atmete ein paarmal tief durch, bis sich seine Rippe wieder beruhigte. Sabine drehte das Kühlpad, um es von der anderen Seite auf die Wunde pressen zu können. Für einen kurzen Moment sah Ralph das grellrot eingebrannte Zeichen.

»Das ist ja ein S«, stellte er überrascht fest.

Sabine rang sich ein schiefes Lächeln ab.

»Man könnte sagen, ich hatte Glück«, erklärte sie. »Die beiden hatten sich für mich etwas Neues ausgedacht. Nicht *Verrat,* sondern ein Wort, das mit S, C, H beginnt und sich auf Lampe reimt. Maik Possel hat mir die Eisen gezeigt.«

Zuerst überlief es Ralph kalt aus Erleichterung, dass Sabine zumindest der größere Teil der Prozedur erspart geblieben war. Dann ein zweites Mal, denn ihm kam in den Sinn, wie vor ein paar Jahren jemand mit den Buchstaben seines eigenen Nachnamens gespielt hatte. SCHABERNAG. Er schüttelte sich, um die Gedanken zurück in die Vergangenheit zu verbannen.

Wie war das mit der Rechnung, die er bei Körber gefunden hatte? Der Ingenieur hatte das gesamte Alphabet in Grillbrandzeichen erworben. Er konnte von Glück reden, dass er gekommen war, ehe die Entführer ihr Werk vollendet hatten. Das ganze Wort wäre eine lebenslange Demütigung für seine Kollegin gewesen. Mit dem Anfangsbuchstaben des eigenen Vornamens dagegen konnte man sich womöglich anfreunden, auch wenn man ihn sich nicht freiwillig in die Haut hatte brennen lassen. Trotzdem wollte er das Thema lieber nicht vertiefen.

»Du hattest recht«, sagte er deshalb. »Maik Possel und seine Familie hatten nichts mit der Sekte zu tun.«

Kaufmann warf Possel einen schnellen Blick zu. »Das habe ich mittlerweile gemerkt.« Sie schaute zu dem Löwen, der in der Mitte des Zimmers kniete, Benny Possels starke Hand im Nacken, die ihn davon abhielt, sich zu rühren.

»Dann nehmen wir doch unseren Landwirten mal die Masken ab«, schlug sie vor.

»Klar. Du den Löwen, ich den Wolf?«

Sabine nickte. Sie traten zu ihren Gefangenen und rissen ihnen gleichzeitig die Masken herunter. Im nächsten Moment schnappten sie beide nach Luft.

Die Entführer waren nicht Bernd Henke und Nina Wollmacher vom Ökohof. Es waren Norman und Bärbel Rupp von der Sparkasse Fuchshain.

»Sie?« Ralph starrte die Filialleiterin an. Die esoterische Elfenbeauftragte ein brutales, mörderisches Sektenmitglied?

»Das hätten Sie nicht geglaubt, stimmt's?«, spuckte Bärbel Rupp. »Sie dachten, wir sind nur ein ganz durchschnittliches, biederes Pärchen mit ein paar spinnerten Ideen. Aber in Wahrheit waren wir Auserwählte.«

»Das wird den Richter sicher maßlos beeindrucken«, konterte Ralph, und Sabine grinste.

Dann waren von draußen plötzlich Geräusche zu hören. Die Tür flog auf, ein kleines rundes Objekt hüpfte über den Boden und explodierte. In der nächsten Sekunde war die gesamte Hütte mit dichtem Rauch gefüllt, der ihm beißend unter die Lider fuhr, und mehrere Gestalten in schwerer Rüstung stürmten durch den Nebel herein.

»Ach, verdammt«, fluchte Angersbach und presste die Finger auf die tränenden Augen. »Das Spezialeinsatzkommando. Ich habe vergessen, Bescheid zu sagen, dass wir die Lage im Griff haben.«

EPILOG

Zwei Wochen waren vergangen. Ralph Angersbach überquerte die wuchtigen Holzschwellen, die noch immer über dem Fuchsbachzufluss und dem Fuchsbach lagen. Jede Brücke ein eigenes Provisorium, von der Feuerwehr nach dem Einsturz der einen und der Sprengung der anderen errichtet. Ob und wann und aus welchen Mitteln ein Neubau entstehen würde, war noch nicht geklärt. Zunächst einmal brauchte die Gemeinde Fuchsrücken einen neuen Bürgermeister und die Rücken-Wind AG einen neuen Geschäftsführer. Ob man dann die Windparkpläne umsetzen oder auf Eis legen würde, stand in den Sternen. Angersbach hoffte, dass sie eine Möglichkeit fanden, die Brücken zu erneuern, ohne die großartigen Wälder auf dem Fuchsrücken mit ihren Spargeln zu zerstören und das kleine Dorf Fuchsrod zu entsiedeln.

Er fuhr die schmale Straße hinauf und stoppte vor dem Haus am Ortseingang. Der Diesel des Niva erstarb mit einem leisen Knacken. Ralph stieg aus. Sabine, die stumm auf dem Beifahrerplatz gesessen hatte, folgte ihm.

Ralph blieb vor dem Holzzaun stehen und verschränkte die Arme.

Das Haus war einfach wunderschön. Sein Traumhaus, nach wie vor. Trotzdem würde er es nicht kaufen. Nachdem er um all die Schrecken wusste, die sich im Keller ereignet hatten, und er die vergrabenen und eingemauerten Toten gesehen hatte, würde er nie unbefangen hier leben können. Es war ein Leichenhaus, und die Erinnerung daran würde ihn immer begleiten.

Der Vogelsberg war nach wie vor sein Ziel, doch die Gemeinde Fuchsrücken würde nicht seine Heimat werden.

Sabine legte ihm leicht eine Hand auf den Arm. Die rechte. Ihr linker Arm war eingegipst, ein komplizierter Trümmerbruch, wie die Mediziner festgestellt hatten. Aber er würde wieder heilen. Genau wie seine gebrochene Rippe, das Brandmal auf ihrer Brust und die Wunden auf ihrer beider Seelen. Es brauchte nur alles ein wenig Zeit.

»Komm«, sagte sie. »Lass uns weiterfahren. Dein Vater wartet.«

Angersbach nickte. Ein leckeres Essen und eine gute Flasche Wein waren der erste Schritt, die vergangenen Wochen zu vergessen und wieder nach vorn zu blicken. Johann Gründler hatte ihnen angeboten, bei ihm zu übernachten, damit sie nicht mehr fahren mussten, und Ralph hatte zugesagt. Die Arbeit am Fall war abgeschlossen, die Berichte waren geschrieben. Sie lagen bei der Staatsanwaltschaft, und heute Morgen hatte Ralph erfahren, dass der zuständige Staatsanwalt vorhatte, für Norman und Bärbel Rupp lebenslange Freiheitsstrafen mit anschließender Sicherungsverwahrung zu beantragen. Er vermutete, dass der Antrag problemlos durchgehen würde. Niemand sah eine Veranlassung, die beiden letzten Mitglieder der Sekte mit geistiger Unzurechnungsfähigkeit davonkommen zu lassen. Nicht nachdem sie Sabine entführt und gefoltert und gedroht hatten, zwei Polizeibeamte in die Luft zu sprengen.

Entschlossen wandte er sich vom Anblick seines verlorenen Traums ab. Es würden andere kommen. Und irgendwann auch der Moment, in dem er seine persönliche Heimat fand.

NACHWORT

»Totengericht« ist in vielerlei Hinsicht ein besonderes Buch für mich.

Während ich diese Zeilen schreibe, liegen genau zehn Jahre hinter mir, die ich nun als Autor tätig bin. Eine Zeit, in der eine Unmenge an Dingen geschehen ist – vieles überwältigend, das meiste erfreulich, manches weniger. Und ich schreibe diese Zeilen in etwa genau dort, wo mein Kommissar Ralph Angersbach in diesem Buch ermittelt hat. Klar, das ist natürlich alles fiktiv, aber es ist und bleibt der Hohe Vogelsberg mit seinem Zauber. Wo ich mittlerweile seit über einem Jahr lebe, kein Wunder also, wenn da eine Menge Autobiografisches im Buch steckt. Die Idee zum Beispiel, ein neues Zuhause zu finden. Die treibt Ralph Angersbach um, und dasselbe haben meine Familie und ich auch getan. Damit sind wir Ralph sogar eine Nasenlänge voraus, denn bei uns gab es keine Leichen im Keller – weder sprichwörtlich noch real. Aber die Idee, im Buch so etwas zu tun, ist genau hier entstanden. Und meine Kinder hatten seltsamerweise sofort die Idee, dass es in unserem Kriechkeller spuken könnte. Dass dort am Ende sogar ein Skelett liegt. Ich gebe zu: Seitdem meide ich die Kellertür … sicher ist sicher!

Und ich bin sehr froh, dass es nach viel zu langer Pause mit meiner Krimireihe weitergeht. Immerhin sind auch diese Grundideen hier oben entstanden, vor vielen Jahren, auf diversen Sonntagsausflügen. Ich durfte auf meiner Lesereise zum Vorgängerband, »Sühnekreuz«, aber noch etwas anderes feststellen. Kaum jemand von meinen Gästen hat die kleine »Fußnote« wahrgenommen, auf die ich im Nachwort näher eingegangen bin. Den Untertitel, der sich auch in diesem Band im Innencover unter meinem Namen wiederfindet. Den Grund, warum es nun ohne weiteren Verzug mit der Reihe weitergehen kann. Den Namen meines befreundeten Kollegen Ben Tomasson.

Um das noch einmal zu umreißen, Ben Tomasson und ich sind über einen Südfrankreich-Krimi zusammengekommen. Etwa zu der Zeit, als ich endlich »Sühnekreuz« zum Abschluss bringen wollte, jenes Buch (damals noch ohne Titel), das schon so lange brachlag. Ich wollte außerdem einmal so arbeiten wie andere Kollegen, die ihre Bücher zu zweit verfassen oder sich zumindest mit jemandem über kritische Szenen austauschen können. Nicht erst im Lektorat, sondern direkt beim Schreiben. So, wie es im Krimi selbst zugehen soll: Kein Ermittler steht alleine da, sondern man ist ein Team, bestenfalls ein Duo, bei dem jeder die Sache aus eigener Perspektive betrachtet.

Es ist nicht leicht, so einen Partner zu finden. Das muss menschlich stimmen, der persönliche Hintergrund, die Chemie … aber all das funktioniert blendend. Nicht zuletzt dank unserem gemeinsamen Buchplaner Dirk Meynecke. Nun habe ich also jemanden, mit dem ich die Perspektiven von Ralph Angersbach und Sabine Kaufmann teilen kann. Der nachhilft, wenn's mal hakt. Der einen festen Anker in Hessen hat und mit Freuden durch die verschiedenen Regionen jagt, die wir hier haben. Und der, genau wie ich, einen Ausgleich sucht. Bei mir sind es die düsteren, dichten Großstadtkrimis um Julia Durant, bei ihm die ähnlich gelagerten Schweden-Krimis, mit denen er im Jahr 2020 im Hause Droemer Knaur durchstartet, die wir jeder für sich in der stillen Kammer schreiben. Mit der Reihe um Ralph Angersbach bietet sich die wunderbare Gelegenheit für einen anderen, gemeinschaftlichen Arbeitsstil und einen anderen Ton. Und wieder einmal darf ich allen Beteiligten in diesem wunderbaren Verlag einen großen Dank aussprechen, der von Herzen kommt. Danke für die vielen guten Jahre und das Vertrauen, das ihr in all meine Projekte steckt!

Warum ich das alles noch einmal erwähne: Nun, weil ich in dieser Krimireihe ganz genau so weitermachen möchte! Weil Ben und ich nämlich bei jedem Buch genügend Material für zwei weitere zusammentragen und weil es eine große Freude ist, neue gemeinsame Geschichten entstehen zu sehen. Anstelle eines Untertitels werden wir das fortan gemeinsam tun. Noch intensiver, noch gleichwertiger. Wir sind überzeugt: Wenn Sie an den bisherigen Bänden Ihre Freude hatten, wird es auch künftig so sein. Und ich spreche in unser beider Namen, wenn ich sage, dass wir uns auf Sie, unsere treuen Leser/-innen, freuen!

Denn während Sie diese Zeilen lesen, arbeiten wir bereits mit Hochdruck an Band 5 :-)

Daniel Holbe im Mai 2019

Mord im Blut

DANIEL
HOLBE

Giftspur

Kriminalroman

Ulf Reitmeyer, Leiter eines großen Biobetriebes in der Wetterau, bricht auf offener Straße zusammen. Zunächst deutet alles auf plötzlichen Herzstillstand hin. Doch dann taucht eine zweite Leiche auf – ausgerechnet ein Mitarbeiter Reitmeyers. Höchste Zeit, Rechtsmedizin und Kripo einzuschalten. Kommissarin Sabine Kaufmann, die sich erst vor Kurzem vom Frankfurter K11 in die hessische Provinz versetzen ließ, übernimmt den mehr als merkwürdigen Fall. Und wird nicht nur mit einem perfiden Täter, sondern auch mit dem feindseligen Kollegen Angersbach konfrontiert.

Sabine Kaufmann ermittelte zuvor für Julia Durant, die Kultkommissarin des verstorbenen Bestsellerautors Andreas Franz.

KNAUR

Wer hat Angst vorm schwarzen Mann?

DANIEL
HOLBE

Schwarzer Mann

Kriminalroman

Sommer in der Provinz. Ein Toter hängt, mit dem Kopf nach unten, an einem Baum und gibt Sabine Kaufmann und Ralph Angersbach vom Kommissariat Bad Vilbel Rätsel auf. Was zunächst wie eine normale Mordermittlung beginnt, gewinnt zunehmend an Brisanz, denn der Tote hat eine düstere Vergangenheit …

Psychologisch ausgefeilt und spannend – Daniel Holbe spielt meisterhaft auf der Klaviatur der Spannungsliteratur!

KNAUR

Aus alten Wunden erfolgt bittere Rache

DANIEL

HOLBE

Sühnekreuz

Kriminalroman

Während Sabine Kaufmann versucht, die merkwürdigen Umstände beim Selbstmord ihrer Mutter aufzuklären, ermittelt Ralph Angersbach im Fall einer ermordeten Gutsbesitzerin. Ralph vermutet alte Feindschaften, findet aber keinen rechten Zugang zu den wortkargen Dörflern. Kurzerhand bittet er Sabine um Hilfe, und die beiden stellen eine seltsame Gemeinsamkeit in beiden Fällen fest: Sowohl am Tatort des Mordes als auch dort, wo Sabines Mutter Selbstmord beging, steht ein Sühnekreuz. Reiner Zufall?